KB164087

플루타르코스 영웅전 2

플루타르코스 영웅전 2

플루타르코스 지음 | 이다희 옮김 | 이윤기 기획

1판 1쇄 발행 | 2010. 11. 22

발행처 | **Human & Books**
발행인 | 하응백
출판등록 | 2002년 6월 5일 제2002-113호
서울특별시 종로구 경운동 88 수운회관 1009호
기획 홍보부 | 02-6327-3535, 편집부 | 02-6327-3537, 팩시밀리 | 02-6327-5353
이메일 | hbooks@empal.com

값은 뒤표지에 있습니다.
ISBN 978-89-6078-103-0 04890
ISBN 978-89-6078-102-3 04890 (세트)

플루타르코스 영웅전 2

플루타르코스 지음 | 이다희 옮김 | 이윤기 기획

Human & Books

PLUTARCH
LIVES

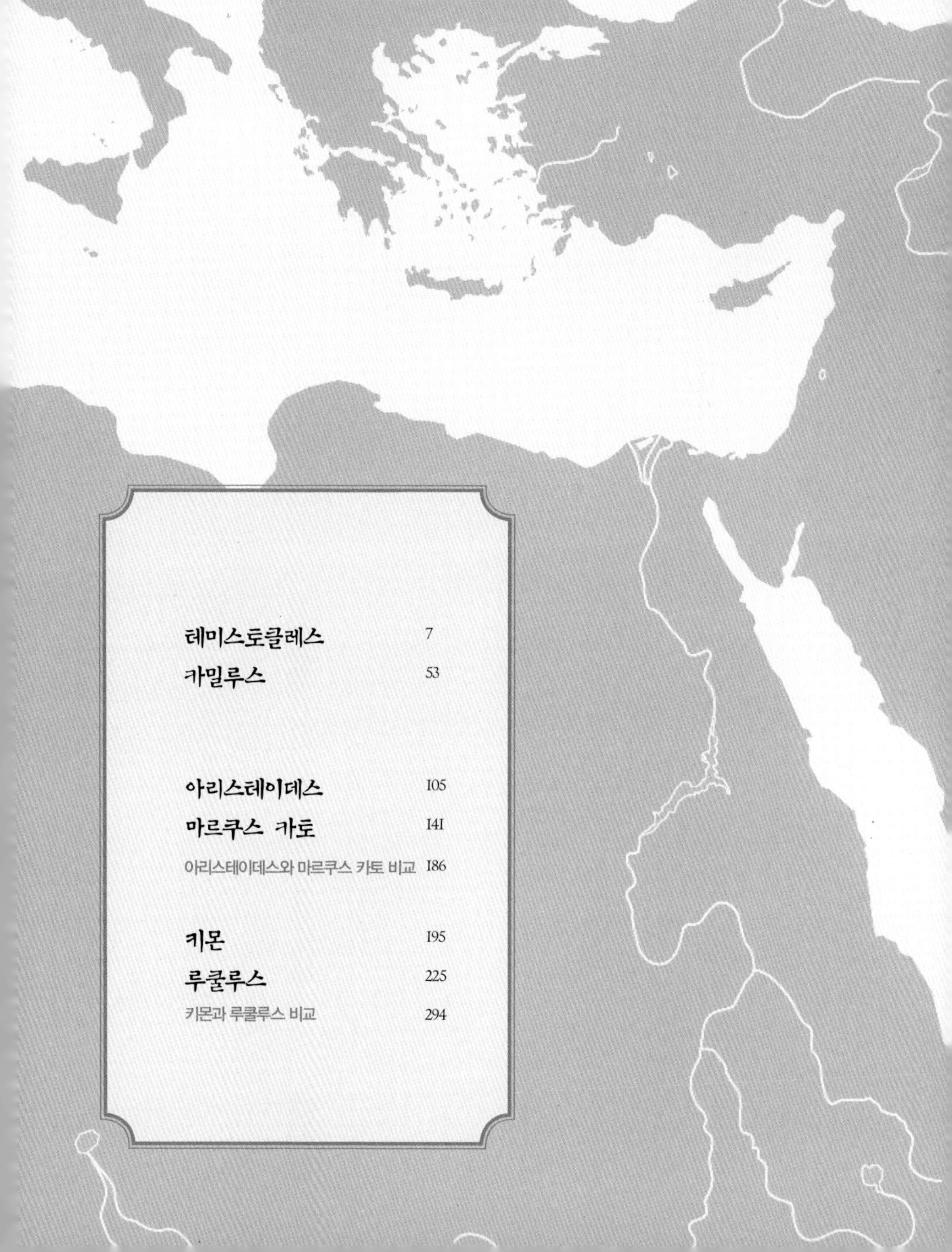

일러두기

Ⅰ. 이 책은 1914년 출간된 페린(Bernadotte Perrin)의 영역본 『PLUTARCH LIVES』(Havard University Press)를 바탕으로 번역하였다. 페린의 영역본은 영미권에서 가장 권위 있는 플루타르코스 영웅전 번역본으로 알려져 있다. 이 영역본은 그리스어와 영어가 원전 대비 형태로 편집되어 있다. 따라서 이 책의 번역도 영역을 기준으로 하되, 애매한 부분은 그리스어 표현을 참고하였다.

Ⅱ. * 표시가 된 부분은 책의 가독성을 위해 생략한 부분을 표시한 것이다. 대부분 언어의 기원, 관습의 유래 등을 설명하는 내용들로 이야기의 흐름에 크게 지장을 주지 않을 부분만 생략했다.

Ⅲ. 그리스 인명과 신의 이름은 그리스식으로, 로마 인명과 신의 이름은 로마식으로 표기하였다. 지명도 고대식으로 표기하였으며, 설명이 필요한 곳에서는 현대식 표기를 덧붙여 두었다.
ex. 이집트 → 아이귑토스, 아테네 → 아테나이, 피타고라스 → 퓌타고라스

테미스토클레스

I.

테미스토클레스로 말할 것 같으면, 집안은 그다지 변변치 못해 명성에는 도움이 되지 않았다. 아테나이에서 그다지 눈에 띄는 사람은 아니었던 아버지 네오클레스가 속한 퓔레•는 레온티스, 데모스는 프레아르리오이였다. 어머니는 바깥 나라 사람으로 다음 비문이 이를 뒷받침해 주고 있다.

> 나 아브로토논은 트라키아 여자이나
> 헬라스의 큰 빛을 낳았으니 그가 바로 테미스토클레스.

그러나 파니아스는 테미스토클레스의 어머니가 트라키아 사람이 아니라 카리아 사람이며, 이름도 아브로토논이 아니라 에우테르페였다고 한다. 네안테스는 여기에 출신 도시 이름까지 덧붙이는데, 바로 카리아의

• 씨족 집단. (「뤼쿠르고스」 편 V.) 각 퓔레에는 여러 데모스, 즉 마을 단위가 속해 있었다.

할리카르낫소스라고 한다.

*아무튼 그가 뤼코미다이 집안과 연결되어 있음은 분명하다. 뤼코미다이 집안 소유인 플뤼아의 사당이 바르바로이•에 의해 불타자 테미스토클레스는 제 주머니를 털어 복구하고 벽화로 치장했다. 이는 시모니데스의 주장이다.

• 테미스토클레스. 『그림으로 보는 세계사(Illustrerad Verldshistoria)』에 수록된 삽화.
•• 테미스토클레스. BC 5세기 제작된 두상의 복제품.

II.

태생이 미천하기는 해도, 그가 어린 시절부터 성격이 급하고 천성이 영리했으며 공직 생활에 대해 진취적이고 적극적인 태도를 택했다는 것에는 모두가 동의한다. 수업이 끝나고 휴식 시간이나 여가 시간이 되어도, 다른 남자 아이들처럼 놀거나 느긋하게 있지 못하고 모의 연설을 쓰거나 연습하는 모습을 보였다. 주로 다른 아이를 고발하거나 변호하는 내용이었다. 그래서 테미스토클레스의 스승은 이렇게 말하곤 했다.

"네가 보잘것없는 사람이 될 리는 없다. 분명히 큰 사람이 될 거야. 좋은 쪽으로든 나쁜 쪽으로든."

또 공부를 할 때면 인격 형성을 목적으로 하는 분야나, 취미나 교양을 닦는 분야는 배우는 데 망설임이 많고 게을렀다. 슬기를 함양하거나 실

• 알아들을 수 없는 말을 하는 사람들이라는 뜻으로, 헬라스인이 아닌 사람들을 통칭하는 말.

질적인 효용이 있는 분야에 대해서도 나이에 어울리지 않게 무관심했는데, 마치 선천적인 재능만으로도 충분하다고 자신하는 듯했다.

따라서 세월이 흐른 뒤 이른바 교양과 품격이 있는 놀이가 벌어진 자리에서 세련되었다는 사람들이 그를 비웃자, 그는 다소 무례한 방식으로 자신을 변호할 수밖에 없었다. 뤼라를 조율하거나 프살테리온을 타는 법은 배운 적 없지만, 무명의 작은 도시를 명성이 드높은 위대한 도시로 만들 수는 있다고 말한 것이다.*

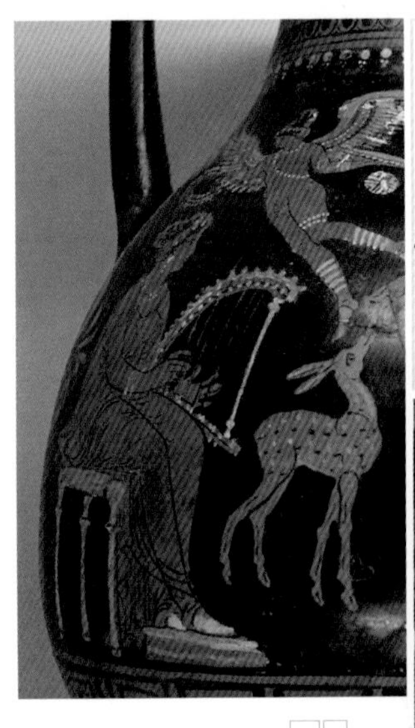

• 왼쪽에 프살테리온을 타는 여인이 보인다. 오늘날의 하프와 비슷하게 생겼다. 항아리, 기원전 320-310년경.

•• 뤼라.

••• 뤼라와 프살테리온은 둘 다 현을 뜯어 소리를 내는 악기인데 모양이 약간 다르다. 그림에서 뤼라를 연주하는 여신은 문화와 예술을 관장하는 무사이 아홉 여신 중 에라토라는 여신이다. 고드워드의 그림.

아무튼 어린 시절 그의 행동은 불규칙하고 불안정했다. 본성에서 나오는 충동을 자유롭게 내버려두었기 때문이다. 마땅한 가르침이나 훈련이 없다면, 충동은 추구하는 목표를 따라 극에서 극으로 난폭하게 치닫고 종종 타락하는 법이다. 테미스토클레스도 훗날 이를 인정하며 아무리 제멋대로인 어린 야생마라도 적절히 길들이고 훈련시키면 훌륭한 말이 될 수 있다고 했다.

그러나 어떤 이야기꾼들은 여기 덧붙이기를, 테미스토클레스의 아버지가 그를 버렸으며 어머니가 아들의 오명을 슬퍼하며 목숨을 끊었다고 한다. 내 생각에 이것은 사실이 아니다. 반대로 이렇게 말하는 사람들도 있다. 테미스토클레스의 아버지가 공직에 나서려는 아들의 마음을 돌리려고 애쓰며 해안에 내팽개쳐진 낡은 함선을 가리켜 말하기를, 사람들은 임기가 지난 지도자를 저 함선과 같이 대접한다고 했다는 것이다.

III.

그러나 여러 사회 문제들이 젊음의 정열을 미처 벗지도 못한 그를 빠르게 옥죄었고, 명예를 얻으려는 욕구도 테미스토클레스 자신을 지배한 것으로 보인다. 따라서 최고가 되고자 했던 그는, 이미 최고의 자리에 있었던 권력자들의 적개심에 처음부터 과감히 맞섰다. 언제나 그의 맞수였던, 뤼시마코스의 아들 아리스테이데스에 대해서는 특히 더욱 그러하였다.*

그러나 아리스테이데스와의 적수 관계는 매우 유치한 일로부터 시작되었다고 전해진다. 철학자 아리스톤이 기록한 바에 따르면, 두 사람 모

* 플루타르코스 시대에 누구누구의 아들로 표기된 사람은 이른바 명문가 집안, 즉 귀족이라는 뜻이다. 반면 테미스토클레스는 평민이다.

두 케오스 출신의 아름다운 미소년 스테실라오스를 사랑했던 것이다. 그 이후 공적인 관계에서도 계속해서 서로 경쟁했다고 한다.

하지만 두 사람의 삶의 방식과 성격의 차이가 관계를 더욱 벌려놓았을 가능성이 크다. 아리스테이데스는 본성이 유순했고 성격도 보수적이었다. 그가 공직 생활을 한 것은 환심을 사거나 명예를 얻기 위해서가 아니라 안정적이고 정의로운 사회라는 최선의 결과를 얻기 위해서였다. 따라서 사람들을 선동해 새로운 일을 벌이고 크나큰 개혁을 선보이는 테미스토클레스에게 자꾸 반대하게 되고, 커가는 그의 세력에 대항해 단호한 입장을 유지할 수밖에 없었다.

반면 테미스토클레스는 명예욕이 강하고 위업을 이루고자 하는 야망이 컸다. 밀티아데스 장군이 마라톤에서 페르시아를 격퇴시킨 뒤 모두가 장군의 이름을 입에 달고 살 때였다. 테미스토클레스는 어린 나이였음에도 생각에 잠겨 뜬눈으로 밤을 지새우다시피 했고, 늘 가곤 하던 술자리에도 가지 않았다. 갑자기 생활 방식이 바뀐 테미스토클레스에게 누군가 그 이유를 묻자, 그는 밀티아데스 장군의 승전비 때문에 잠을 이룰 수 없다고 했다.

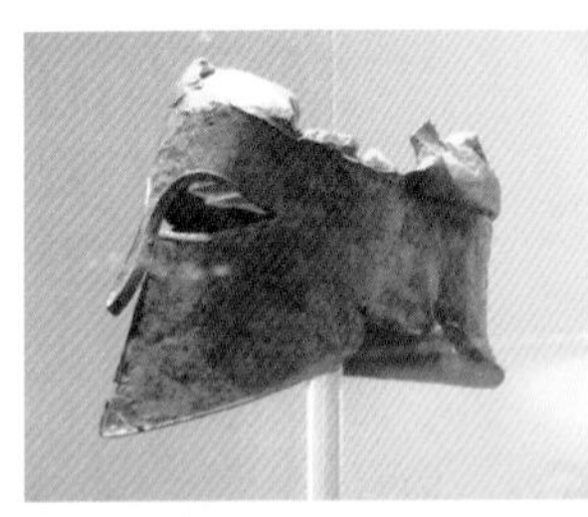
• 밀티아데스 장군이 제우스에게 바친 투구.

사람들은 아테나이가 마라톤에서 페르시아를 상대로 승리함으로써 전쟁이 끝난 것으로 생각했다. 그러나 테미스토클레스는 이것을 더 큰 다툼의 시작일 뿐이라고 생각했으며, 이 싸움을 위해 스스로를 헬라스 전역의 보호자로 지명하고 도시를 훈련에 돌입시켰다. 먼 미래의 일이기는 해도 닥쳐올 불행을 예상하고 있었기 때문이다.

IV.

그는 무엇보다도 먼저, 라우레이온의 은광에서 나오는 소득을 나눠 가지는 데 익숙하던 아테나이 사람들 앞에 과감히, 그것도 홀로 나섰다. 그는 소득을 나눠 갖지 말고 그 돈으로 아이기나[••]에 맞설 트리에레스를 만들자고 제안했다.

◦ 트리에레스는 노가 3단으로 달린 배로 고대의 해전에서 주로 등장한 함선이다.

아이기나와의 전쟁은 당시 헬라스를 괴롭히던 가장 치열한 싸움이었고, 아이기나 섬의 사람들은 수많은 배를 앞세워 바다를 호령하고 있었다. 따라서 테미스토클레스는 손쉽게 자신의 주장을 납득시킬 수 있었다. 그는 저 무시무시한 다레이오스[•••], 혹은 페르시아 사람들을 내세워

• 기원전 490년 페르시아의 다레이오스 대왕이 헬라스를 침공했다. 아테나이 군은 마라톤 평야에서 승리했고 이로 인해 페르시아 군은 철군했다. 10년 후인 기원전 480년 다레이오스의 아들 크세르크세스는 대군을 앞세우고 재침공했다.

•• 헬라스의 앗티케 반도와 펠로폰네소스 반도 사이에 있는 도시국가. 아테나이 바로 앞바다 섬에 위치하고 있었다. 아테나이가 제해권을 갖기 위해서는 반드시 아이기나를 제압할 필요가 있었다.

••• 페르시아의 왕. 영어식 표현은 '다리우스'이다.

시민들을 겁주려고 하지 않았다. 그들은 너무 멀리 있었고 침략에 대한 공포는 그다지 크지 않았다. 테미스토클레스는 오히려 아테나이 사람들이 아이기나 사람들에게 느끼고 있던 통렬한 시기심을 적절히 이용함으로써 필요한 군비를 확보한 것이다. 그 결과 은광에서 나온 돈으로 트리에레스 1백 척을 만들 수 있었고, 이 배들을 가지고 살라미스에서 실제로 크세르크세스에 대항해 싸웠다.

테미스토클레스는 이것을 시작으로 서서히 도시의 발전 방향을 바다로 유도했다. 보병대를 가지고는 가까운 이웃을 상대하기도 어렵지만, 함대에서 오는 힘이 있다면 바르바로이를 물리칠 수 있을 뿐만 아니라 헬라스의 으뜸이 될 수 있다고 부추긴 것이다. 이렇게 테미스토클레스는 아테나이 사람들을, 플라톤의 말을 인용하자면 '꿋꿋이 제자리만 지키는 보병'에서 파도에 부대끼는 바닷사람으로 만들어 놓았고, 다음과 같은 비난을 자초했다.

"테미스토클레스는 아테나이 시민들로부터 창과 방패를 빼앗아 방석을 깔고 앉아 노나 젓는 이들로 전락시켰다."

그리고 스테심브로토스에 따르면 이 모든 것을, 밀티아데스를 지지하는 자들의 대중적인 반감을 무릅쓰고 이루어냈다.*

이로써 그가 나라 체제의 고결함과 순수성에 해를 입혔는지 아닌지는 철학자가 연구할 몫이다. 아무튼 헬라스 사람들을 구한 것은 바다였고 무너진 아테나이를 다시 세운 것도 바로 그 트리에레스 선단이었다는 사실은, 크세르크세스가 증인이며 굳이 다른 증거를 댈 것도 없다. 크세르크세스는 보병대가 멀쩡했음에도 함대가 패하자 퇴각했다. 헬라스 사람

---

* 이때 아테나이 사람들은 육군을 강화할 것이냐, 해군을 강화할 것이냐를 두고 치열한 논쟁을 벌였던 것으로 보인다. 해군력을 강화해야 한다는 테미스토클레스의 판단은 살라미스 해전에서 승리함으로써 입증되었고, 이후 아테나이는 해상 국가로 더욱 발전하게 된다.

들을 상대할 능력이 되지 못한다고 생각했기 때문이다. 또 마르도니오스•를 뒤에 남겨두었다. 적을 누르기 위해서라기보다 추격을 막기 위해서였다는 것이 내 생각이다.

• 다레이오스로부터 페르시아의 왕위를 물려받은 크세르크세스. 16세기 리옹에서 출간된 『위인전기 모음(Promptuarii Iconum Insigniorum)』에 수록된 삽화.

V.

어떤 이들은 테미스토클레스가 자유분방한 사고를 갖고 있어 돈을 버는 데 적극적이었다고 말하기도 한다. 그는 잔치를 벌이는 것을 좋아했다. 손님들을 위해 돈을 물 쓰듯 했기 때문에 많은 돈이 들어갔다.

반면 다른 이들은 그가 선물로 받은 음식까지 내다팔 정도였다고 그의 인색함과 지나친 검약을 비난한다. 말을 사육하는 필리데스가 그의 부탁에도 망아지를 내어주지 않자, 테미스토클레스는 필리데스의 집을 목마木馬로 만들겠다고 위협했다. 필리데스 식구들 사이에서 비난이 일도록 해서 가족 간에 법정 다툼이 일어나게 하겠다는 의지를 은밀히 암시한 것이었다.

야망으로 말하자면 테미스토클레스에 비할 자가 없었다. 예를 들어 그가 젊고 이름 없을 때 아테나이 사람들이 열렬히 좋아하던 수금 연주자, 헤르미오네의 에피클레스를 설득해 자신의 집에서 연습을 하게 했다. 많은 사람들이 자신의 집으로 와주기를 바랐기 때문이다. 또 올륌피아에 갔을 때는 연회며 잔치, 그 밖의 호화로운 자리를 열어 키몬과 경쟁하려 하다가 헬라스 사람들의 미움을 샀다. 키몬은 젊고 명성이 높은 집안 출신이었기 때문에 그러한 사치가 허용된다고 사람들은 생각했다.

• 페르시아의 장군. 크세르크세스 뒤에 남아 전장(戰場)을 정리했다.

그러나 테미스토클레스는 명성도 없었고 재산도 충분하지 않으면서 부적절한 방법으로 지위를 높이려는 것으로 비쳤기 때문에 허세가 심하다는 비난을 샀다. 그뿐만이 아니다. 코레고스, 즉 연극 제작자로서 연극 경연에 비극을 출품하여 우승하기도 했다.*

그래도 그는 평민들과 좋은 관계를 유지했다. 모든 시민들이 그의 이름을 편하게 부를 수 있었기 때문이기도 하고, 사적인 의무 관계가 얽힌 일에서나 법정 밖에서 조정이 필요한 경우 그가 신뢰할 만하고 공정한 중재자로서의 역할을 수행했기 때문이기도 하다. 그는 공직에 있던 자신에게 부적절한 부탁을 한 케오스의 시인 시모니데스에게 다음과 같이 말한 적이 있다.

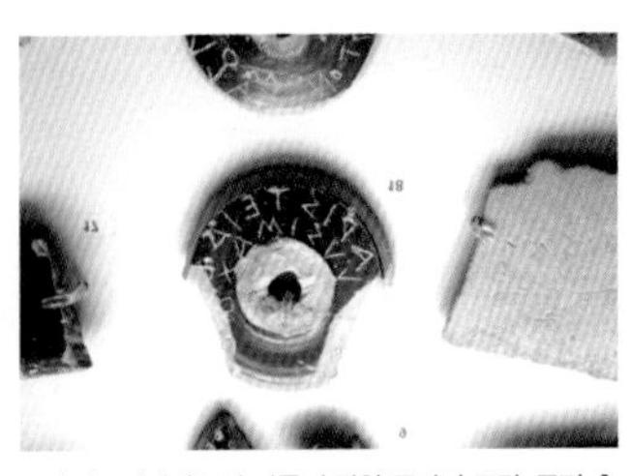

• 아리스테이데스의 이름이 적힌 도자기 조각. 도편 추방(陶片追放)은 고대 아테나이에서 시민을 국외로 10년간 추방하는 제도로 시민의 이름을 도자기 조각에 적는 방식으로 투표한다. 추방하는 이유와 절차에 관해서는 이 책의 뒷부분에 보다 상세히 나온다.

"그대가 운율을 지키지 않는다면 좋은 시인이라고 할 수 없겠지요. 내가 법에 반하여 누구를 편애한다면 나는 영리한 관리라고 할 수 없습니다."*

그렇게 그는 세력을 키웠고 평민들의 호감을 샀으며, 마침내 성공적인 파벌의 수장이 되어 아리스테이데스를 도편 추방하기에 이르렀다.

VI.

마침내 메디아 사람들이 헬라스를 치러 내려왔다. 아테나이는 누구를 사령관으로 앉힐지 고민했다. 눈앞의 위험을 보고 겁에 질린 다른 사람들은 사령관 자리에 앉을 자격을 스스로 포기했다. 그러나 에우페미데스의 아들로 말은 번지르르했으나 사내답지 못하고 뇌물에 약한 에피퀴데스는 사령관 자리를 원했다. 그리고 쉽게 선출될 것처럼 보였다. 테미스토클레스는 그런 자의 손에 지휘권이 들어가면 사태가 파멸에 이를 것을 우려했다. 따라서 뇌물로 에피퀴데스를 매수하여 그가 야망을 버리도록 했다.

테미스토클레스는 페르시아의 왕이 보낸 통역관을 처리한 방법으로 칭송받기도 했다. 페르시아 왕은 사신使臣들을 보내 복종의 징표로 흙과 물을 요구했다. 그러자 테미스토클레스는 사신들과 함께 왔던 통역관을 체포해 특별법에 따라 그를 사형에 처했다. 헬라스의 언어를 팔아 바르바로이의 요구 조건을 읊은 죄였다. 그가 젤레이아의 아르트미오스를 다룬 방법도 칭송을 받았다. 테미스토클레스는, 메디아 사람들의 황금을 가져와 헬라스 사람들에게 권한 대가로 아르트미오스의 시민권을, 또 그의 자식과 다른 식구들의 시민권을 박탈해야 한다고 제안했던 것이다.

그러나 무엇보다도 그의 가장 큰 위업은 헬라스 사람들 간의 전쟁을 멈춘 것이다. 외부의 세력에 대적하는 동안만큼은 서로 간의 반목을 접어두자고 헬라스의 도시들을 설득해 화해에 이르게 한 것이다.*

VII.

지휘권을 손에 넣자마자 그는, 시민들을 트리에레스에 태우기 위한 설득을 시작했다. 도시를 뒤로 하고 헬라스와 가능한 멀리 떨어진 바다에서 바르바로이와 싸워야 한다고 주장한 것이다. 그러나 많은 사람들이 이 계획에 반대했다.

그래서 그는 라케다이몬 사람들을 포함한 큰 병력을 이끌고 템페 계곡으로 갔다. 여전히 메디아의 왕에게 복종하지 않고 있던 텟살리아를 지키기 위함이었다. 하지만 테미스토클레스의 군대는 곧 아무 성과 없이 그곳에서 철수했고, 이어서 텟살리아 사람들이 페르시아 왕의 편으로 넘어갔다. 뿐만 아니라 보이오티아에 이르기까지 전부 페르시아의 수중으로 넘어갔다.

그러자 아테나이 사람들은 해군을 키우자는 테미스토클레스의 정책에 좀 더 우호적이 되었다. 결국 그는 함대를 이끌고 아르테미시온으로 가서 해협을 지키게 되었다.

여기서 헬라스 사람들은 에우뤼비아데스가 이끄는 라케다이몬 사람들에게 지휘권을 주고자 하였다. 그러나 아테나이 병사들은 다른 모든 도시들의 배를 합친 것보다 더 많은 배를 갖고 있었으므로 좀처럼 남의 명령을 들으려 하지 않았다. 단번에 위험을 감지한 테미스토클레스는 자신의 지휘권을 에우뤼비아데스에게 넘긴 뒤 부하들을 달랬다. 전쟁에서 용기를 보여주기만 한다면 전쟁이 끝난 뒤 헬라스 사람들이 기꺼이 아테나이에 복종하게 만들겠다고 약속한 것이다.

바로 이런 이유에서 그가 헬라스를 구하는 데 가장 결정적인 역할을 한 사람으로 여겨지는 것이다. 또 아테나이 병사가 적국의 병사보다 용기가 뛰어나고 동맹군의 병사보다 아량이 뛰어나다는 드높은 명성을 얻는 데 앞장선 장본인으로 여겨지기도 하는 것이다.

막상 에우뤼비아데스는 아페타이에 바르바로이 군대가 도착하자 마주선 함대의 크기를 보고 겁에 질렸다. 게다가 퇴로를 막기 위해 추가로 2백 척이 스키아토스 북쪽을 배회하고 있다는 소식을 듣자 가능한 빠른 길로 헬라스로 직행하려고 했다. 펠로폰네소스로 움직여 거기 있는 보병대로 하여금 함대를 에워싸게 할 작정이었다. 페르시아 왕을 바다에서 무찌를 수는 없다고 생각했기 때문이다.

따라서 헬라스 군대가 자신들을 버릴까 두려웠던 에우보이아 사람들은 비밀리에 테미스토클레스를 만났다. 그리고 펠라곤을 시켜 그에게 큰돈을 주었다. 헤로도토스가 전하는 바에 따르면, 테미스토클레스는 이 돈을 받아 에우뤼비아데스에게 주었다고 한다.

아테나이 사람들 가운데는 아르키텔레스가 에우뤼비아데스의 지휘를 받는 데 가장 큰 반대를 하고 나섰다. 그가 선장으로 있는 군함은 평시에는 종교적인 임무를 도맡아 했다. 아르키텔레스는 선원들에게 급료를 줄 돈이 없었기 때문에 하루빨리 고향으로 돌아가고 싶은 마음뿐이었다.

그러자 테미스토클레스는 오히려 선원들을 부추겼다. 우르르 몰려들어 선장의 식사를 빼앗게 만든 것이다. 그런 뒤, 낙담하고 분노한 선장에게 빵과 고기를 상자에 담아 보냈다. 상자 밑에 은화 1탈란톤*을 넣어둔 테미스토클레스는 선장에게 지체하지 말고 식사를 하라고 일렀으며 다음 날에는 급료를 주어 선원들을 기쁘게 해주라고 했다.** 그러지 않으면 적들로부터 돈을 받았다고 모두가 보는 앞에서 고발하리라고 덧붙였다.

• 약 26kg에 해당하는 큰돈이다.

•• 이 당시에 아테나이의 배는 대개 노를 젓는 3단선이었는데, 노를 젓는 노잡이들에게는 하루에 0.5드라크메의 급료를 주는 것이 원칙이었다. (『해전의 모든 것』, 이에인 딕키 외, 휴먼앤북스, 38쪽.)

레스보스 사람 파니아스가 전하는 바에 따르면 그렇다는 이야기다.

VIII.

당시 바르바로이의 함대를 상대로 해협에서 벌인 전투에서 뚜렷한 승자가 나오지 않았다는 것은 사실이다. 그러나 헬라스 사람들에게는 경험을 쌓는 기회였다는 점에서 큰 도움이 되었다. 그들은 위험과 마주함으로써 달성한 실질적인 경험을 통해 배가 아무리 많아도, 뱃머리의 조각상이 아무리 화려해도, 적의 병사들이 아무리 큰 소리로 자랑을 해대고 거칠게 찬가를 불러도, 몸으로 맞붙어 싸울 용기가 있는 자들을 겁줄 수 없음을 깨달은 것이다. 오히려 그 모든 것을 무시하고 적의 병사들을 향해 온몸으로 달려들어 밀고 당기며 끝까지 치열하게 싸워야 한다는 것을 배웠다.*

IX.

그러나 테르모필라이에서 아르테미시온으로 온 전령들을 통해, 레오니다스가 쓰러졌고 크세르크세스가 길목을 차지했다는 소식을 들었을 때 그들은 헬라스 안쪽으로 더 깊숙이 퇴각했다. 제일 꽁무니에는 아테나이의 함대가 있었는데 용맹했기 때문이기도 하고, 막 달성한 업적에 한껏 고조되어 있었기 때문이기도 했다.

해안가를 따라 항해하던 테미스토클레스는 적들이 잘 곳과 군수품을 확보하기 위해 정박해야 할 곳마다 바위에 특이한 글을 새겨두었다. 때로는 이미 적절한 자리에 있던 바위를 이용했고 때로는 닻을 내리거나 물을 길을 만한 자리 곁에 일부러 바위를 놓아두었다. 바위에 새긴 글에서 그는 이오니아 사람들을 엄숙하게 타이르고 있었다. 가능하다면 그들의 선조이며, 그들을 위하여 모든 것을 걸고 있는 아테나이의 편에 서라고 한 것이다. 그러나 사정상 그것이 어렵다면 바르바로이의 전투력에 해를 입히고 그들 사이에 혼란을 일으키라고 했다. 이로써 그는 이오니아 사람들을 확보하거나, 바르바로이로 하여금 이오니아인들을 의심의 눈초리로 바라보게 함으로써 혼란을 초래하고자 했다.•

크세르크세스가 도리스를 통해 포키스까지 치고 올라가 포키스 사람들의 도시를 불태우고 있었음에도 헬라스 사람들은 아무 도움도 주지 않았다. 아테나이 사람들이, 보이오티아로 올라가 적과 싸우자고 다른 헬라스 사람들에게 간청한 것은 사실이다. 아테나이가 다른 나라를 돕기 위해 바다를 통해 아르테미시온으로 간 것처럼 그들 역시 보이오티아로 가서 진을 치고 앗티케를 방어하는 것을 도와야 한다고 주장한 것이다. 그러나 아무도 그들의 탄원을 듣지 않았다. 모두 펠로폰네소스에 철석같이 매달린 채 모든 병력을 이스트모스 내에 모으는 데 주력했다. 그리고 이쪽 바다에서 저쪽 바다까지 이스트모스를 가로질러 방벽을 짓기 시작했다.••

아테나이 사람들은 이러한 배신에 일제히 분노에 사로잡혔고 철저히 고립된 상황에 몹시 낙담했다. 그토록 수많은 페르시아 병사들을 상대로 홀로 싸워야 한다는 것은 상상도 할 수 없는 일이었다. 위급한 상황에 처한 아테나이 사람들에게 남겨진 유일한 선택은 도시를 버리고 함대에 모든 것을 거는 일이었으나 이것은 생각만 해도 괴로웠다. 사람들은 승리를 원하지도 않았지만 승리한다고 한들 신들의 사원과 선조들의 무

• 페르시아의 함대는 여러 연합함대로 이루어져 있었다. 이 중에는 소아시아의 남서부 지역, 즉 이오니아 지역의 함선들도 많았다. 이들은 페르시아 군사보다 해전에 능했기에, 테미스토클레스는 그들을 분열시키고자 심리전을 전개한 것이다.

•• 18쪽 지도 참조.

덤을 적에게 넘겨준 뒤라면 그 승리가 무슨 의미가 있겠느냐고 물었다.

X.

바로 이때 테미스토클레스가 나섰다. 그는 상식적인 논리를 통해 군중을 납득시키는 것이 절망적인 일임을 깨닫고, 마치 비극 작품을 연출하는 사람처럼 신들을 드러내 보여줄 일종의 장치를 고안했다. 그리하여 시민들에게 하늘이 내린 징조와 신탁 등을 짚어주었다.

하늘에서 내려온 징조로는 아크로폴리스 내 성역에 살고 있던 뱀을 들었다. 이 뱀은 때마침 모습을 감춘 터였다. 사제들은 뱀에게 매일 바치는 음식이 먹은 흔적 없이 그대로 남아 있는 것을 발견하자마자 테미스토클레스가 시킨 대로 시민들을 향해 선포했다. 여신께서 도시를 버리고 바다로 향하는 길을 보여주고 계신다고 말이다.

나아가 테미스토클레스는 잘 알려진 신탁을 인용해 시민들에게 자신의 주장을 관철시키려고 하였다.• 그는 이 신탁에서 '목재 담장'은 함대를 의미한다고 했고 신께서 살라미스를 두고 이르기를 '거룩한' 살라미스라고 했지 '두려운' 혹은 '잔인한' 살라미스라고 하지 않았다고 했다. 그것은 그 섬이 언젠가 헬라스 사람들에게 크나큰 행운을 가져다줄 것임을 의미한다고 했다.

마침내 테미스토클레스의 의견이 먹혀들었고 그는 도시의 안위를 '아테나이의 수호신 아테나 여신'에게 맡기되, 병역을 수행할 나이가 된 모

• 헤로도토스의 『역사(Histories)』에 따르면 그 신탁은 다음과 같다. "그러나 내가 분명 약속하건대 / 앗티케 영토 내의 모든 것, 인근 산지의 성역까지 다 함락된다 해도 / 전지의 제우스 신께서 아테나 여신에게 목재 담장을 내려주실 테니 / 이는 너희와 너희 자식들의 요새가 되리라 / 아시아에서 몰려오는 기병과 보병을 기다리지도 말고 / 멈추어 있지도 말며 몸을 돌려 후퇴하거라 / 언젠가는 적과 대면하는 날이 올 것이니 / 거룩한 살라미스여, 그대는 여인들의 아들들에게 죽음을 가져올 것이다 / 씨앗을 뿌리거나 거둘 무렵에."

든 젊은이들은 트리에레스에 태우는 법을 제안했다.[*] 물론 자식과 아내, 하인을 위해 가능한 안전한 장소를 찾은 뒤여야 했다. 이 법안이 통과되자 아테나이 사람들 대부분은 자식과 아내를 트로이젠에 맡겼고, 트로이젠 사람들은 그들을 기꺼이 환영했다. 심지어 나랏돈을 써서 그들을 지원하기로 결정하기까지 했다. 한 가족 당 매일 두 오볼로스[**]를 주었으며 남자 아이들의 경우 어디서든 햇과일을 딸 수 있게 허용하였다. 또 아이들을 위해 교사를 고용해 주기도 했다. 이 모든 것을 법안으로 만든 사람의 이름은 니카고라스였다.

아테나이 사람들에게는 당장 쓸 나랏돈이 없었다. 따라서 아레이오파고스 회의[***]에서 배를 타는 남자들에게 각각 8드라크메를 제공하기로 했다는 것이 아리스토텔레스의 말이다. 이것이 트리에레스를 병사로 채우는 데 가장 결정적인 역할을 했다. 그러나 클레이데모스는 이 역시 테미스토클레스가 꾀를 부린 결과라고 말한다. 그의 말에 따르면, 아테나이 사람들이 도시를 버리고 페이라이에우스로 갈 적에 아테나 여신의 신상에서 고르고[****]의 머리가 사라졌다는 것이다. 테미스토클레스가 이를 빌미로 온 피난민의 짐을 뒤졌고 그 과정에서 짐 속에 숨겨진 돈을 찾았다. 그리고 이 돈을 압수해 선원들에게 넉넉한 양식과 임금을 제공했다는 것이다.[*****]

---

* 당시 아테나이의 전함 트리에레스 한 척이 제 기능을 발휘하기 위해서는 노잡이 170명, 선원 20명, 전투 수병 14명이 기본적으로 필요했다. 즉 한 척에 200여 명이 필요했으므로 트리에레스 200척이라 해도 약 4만 명의 병력이 필요했다. (『해전의 모든 것』, 28쪽.)

** 화폐 단위. 6오볼로스가 1드라크메.

*** 한 해 동안 아르콘을 역임한 이들로 구성된 회의 기구. 「솔론」 편 XIX(1권 220쪽) 참조.

**** 머리에 뱀이 자라는 무시무시한 괴수로 쳐다보는 사람은 돌로 변한다. 아테나 여신의 방패에는 메두사라고 하는 유명한 고르고의 머리가 있다.

***** 당시 해전에는 많은 전비가 필요했다. 육상전에서는 도저히 가망이 없는 것을 깨달은 테미스토클레스는 모든 전력을 해전에 집중하고자 했다. 당시 국고가 비어 전비를 마련할 수 없게 되자, 고르고(메두사)의 머리가 없어졌다는 핑계로 배를 뒤지게 하여, 짐 속에서 많은 돈을 찾아낸 것이다. 아테나이라는 도시를 비우고 배를 탈 때 부자들이 많은 돈을 숨겨 배에 실었을 것을 짐작한 테미스토클레스의 기지(奇智)라고 볼 수 있다.

이렇게 온 도시 사람들이 바다로 나가는 광경을 딱한 시선으로 바라보는 사람도 있었고 그 꿋꿋한 과정을 놀라움의 시선으로 바라보는 사람들도 있었다. 가족을 피난시키면서도 선원들 자신은 사랑하는 이들의 절규와 눈물, 포옹에도 아랑곳 않고 적들과 싸움이 벌어질 섬으로 건너갔기 때문이다. 그뿐 아니라 뒤에 남겨진 노인들도 연민을 자극하였고, 집에서 기르던 동물들은 승선하는 주인을 좇아가며 그 곁에서 간절한 소리로 울부짖는 등 애처롭고도 안타까운 모습을 보였다. 페리클레스의 아버지 크산팁포스의 개는 주인과 헤어지는 것을 참지 못해, 바다로 뛰어들어 주인이 탄 트리에레스와 나란히 해협을 건넜다. 휘청거리며 살라미스 섬에 오른 개는 탈진하여 그 자리에 쓰러져 죽고 말았다.*

XI.

이와 같은 일들도 물론 테미스토클레스의 위업에 속하지만, 진정으로 위대한 업적은 더 나중에 오게 된다. 그는 시민들이 아리스테이데스를 그리워할 뿐만 아니라, 아리스테이데스가 분노한 나머지 바르바로이와 동맹함으로써 헬라스의 앞길을 망칠까봐 두려워하는 것을 보았다. 전쟁이 벌어지기 직전 아리스테이데스에게 정치적 패배를 안기고 그를 도편추방한 장본인은 바로 테미스토클레스였다. 따라서 테미스토클레스는 추방된 지 일정 기간이 넘은 자들의 경우 고향으로 돌아와 다른 시민들과 나란히 헬라스를 위해 봉사할 수 있도록 허용하는 법을 만들었다.•

하루는, 스파르테의 명성에 기대어 함대의 지휘를 맡았지만 정작 위험이 닥치면 마음이 약해지곤 했던 에우뤼비아데스가, 돛을 올려 이스트

• 이 법에 의해 아리스테이데스는 아테나이로 돌아와 전쟁에 대비할 수 있게 되었다.

모스로 항해하고자 했다. 펠로폰네소스 사람들로 이루어진 보병대가 그곳에도 소집되어 있었다. 테미스토클레스는 이에 반대했다. 바로 그때 두 사람 사이에서 다음과 같은 기억에 남을 만한 대화가 오갔다. 에우뤼비아데스는 이렇게 말했다.

"테미스토클레스여, 경주에서는 출발이 빠른 선수가 지팡이로 매를 맞습니다."

이에 테미스토클레스가 말했다.

"맞습니다. 하지만 뒤처지는 사람은 승리의 관을 쓰지 못하지요."

에우뤼비아데스가 테미스토클레스를 때릴 기세로 지팡이를 치켜들자 테미스토클레스가 말했다.

"때릴 때 때리더라도 내 말을 들어보십시오."

에우뤼비아데스는 테미스토클레스의 침착함에 탄복하여 말을 해보라고 했고, 테미스토클레스는 자신의 입장을 이해시키려고 애썼다. 그러자 누군가가 끼어들어 말했다. 이미 나라를 잃어버린 사람이 아직 나라가 있는 사람에게 그 나라를 버리거나 배신하라고 조언할 수는 없는 일이라고 한 것이다. 그러자 테미스토클레스가 응수했다.

"참 딱하신 분입니다. 우리가 우리 집과 성벽을 버리고 떠난 것은 맞습니다. 생명도 없는 그러한 것들을 지키려고 남에게 복종할 수 없다고 여겼기 때문입니다. 하지만 우리에게도 나라가 있습니다. 헬라스에서 가장 위대한 나라, 트리에레스 2백 척입니다. 우리들은 그대들이 원한다면 그대들을 구원할 용의가 있습니다. 그러나 그대들이 또다시 우리를 버리고 떠난다면 헬라스 사람들은 아테나이 사람들이 자유의 나라를 차지하는 것을, 버리고 떠난 것보다 훨씬 더 나은 영토를 차지하는 것을 구경만 하게 될 것입니다."

테미스토클레스가 이렇게 말하자 생각에 잠긴 에우뤼비아데스는 아테나이 사람들이 자신을 버리고 떠날까봐 두려워졌다. 그러나 곧 이 에레트리아 사람이 또다시 반대하려고 하자 테미스토클레스가 말했다.

"됐습니다! 오징어처럼, 심장이 있어야 할 곳에 긴 주머니만 있는 사람이 전쟁에 대해 뭘 안다고 나섭니까?"

XII.

어떤 이들은 테미스토클레스가 갑판에서 이렇게 이야기하는 동안, 부엉이 한 마리가 함대 우측에서 날아와 밧줄 위에 앉았다고 말하기도 한다. 그러자 그의 말을 듣고 있던 사람들이 기꺼이 그의 의견을 받아들였고 바다에서 싸울 채비를 했다는 것이다.

하지만 곧 적의 병력이 앗티케의 연안을, 팔레론 항구에 이르기까지 에워쌌다. 해변이 시야에서 사라질 정도였다. 또 왕은 몸소 보병대를 거느리고 바다로 내려와 전 병력과 함께 선 모습을 과시했다.

- 부엉이는 전쟁과 지혜의 여신 아테나의 신조이다. 헤라클레스와 마주 보고 있는 아테나 여신의 왼손에 부엉이가 들려 있다. 술잔, 기원전 480-470년경.

•• 기원전 393-355년경의 아테나이 동전. 한 면에는 아테나 여신의 옆얼굴이, 다른 면에는 부엉이가 새겨져 있다.

적군이 이처럼 결집한 것을 보자 테미스토클레스의 말은 헬라스 사람들의 마음속에서 썰물처럼 빠져나갔고 펠로폰네소스 사람들은 또다시 이스트모스를 애처로운 눈으로 바라보았다. 그리고 누구든 다른 방법을 제안하기라도 하면 신경질적으로 반응했다. 실제로 이들은 밤을 틈타 후퇴하기로 결정했으며 배의 조타수들에게 이와 같은 명령이 내려졌다.

바로 이러한 위기 상황에서 테미스토클레스가 그 유명한 시킨노스 사건을 계획하고 꾸민 것이다. 그는 헬라스 사람들이, 다함께 좁은 해협을 차지하고 있는 것이 얼마나 이로운지 모르고 도시별로 뿔뿔이 흩어지려는 것이 심히 염려되었던 것이다.

이 시킨노스라는 사람은 페르시아 혈통으로 전쟁 포로였다. 테미스토클레스에게 충성을 맹세한 뒤 자녀들의 교육까지 맡았다. 이 사람은 비밀리에 명령을 받고 크세르크세스에게 가 다음과 같이 말했다.

"아테나이의 장군 테미스토클레스가 왕의 큰 뜻에 동조하여 누구보다 먼저 알리고자 하는 바, 헬라스 사람들이 빠져나가려고 하고 있으니 도망치게 내버려두지 말고 그들이 보병대와 분리되어 혼란에 빠진 틈에 공격해 해군력을 말살하십시오."

크세르크세스는 이를 자신에게 호의를 가진 이의 전갈로 받아들이고 기뻐해 마지않으며 그 즉시 각 군함의 선장들에게 단호한 명령을 내렸다. 나머지 함대에는 서두르지 말고 병력을 배치하되 먼저 2백 척을 이끌고 당장 바다로 나갈 것을, 그리하여 해협을 사방에서 에워쌀 것을 주문했다. 심지어 봉쇄 선상에 있는 섬들까지 포위하여 적이 단 한 명도 빠져나갈 수 없도록 하라고 명했다.*

이런 일이 벌어지고 있을 때 뤼시마코스의 아들 아리스테이데스는 상황을 가장 먼저 파악하고 테미스토클레스의 막사로 왔다. 이미 언급했듯 아리스테이데스를 도편 추방시킨 장본인이 테미스토클레스였던 만큼 둘이 친밀한 사이는 아니었다. 테미스토클레스가 막사에서 나오자 아리스테이데스는 페르시아의 적이 그들을 에워쌌다고 전했다. 테미스토클

* 살라미스 섬 서쪽 부분을 봉쇄하여, 도주해 올 헬라스 함대를 궤멸시키려는 작전이었다. 때문에 퇴로가 막힌 헬라스 동맹함대는 필사적으로 싸우지 않을 수 없게 되었다.

레스는 아리스테이데스의 검증된 고결함을 믿었고 그가 그 시각에 나타난 것에 탄복하였기 때문에 시킨노스를 보낸 일을 모두 털어놓았다. 그리고 헬라스인들이 아리스테이데스의 말을 더욱 신뢰한다는 것을 인정하면서 헬라스 사람들을 붙잡아 해협에서 전투를 치르고자 하는 자신의 절박한 시도에 힘을 실어 달라고 요청했다.

이에 아리스테이데스는 테미스토클레스의 전략을 칭송했다. 그리고 다른 지휘관들과 트리에레스의 선장들을 선동했다. 그럼에도 동맹군이 여전히 미심쩍은 태도를 보이는 와중에 테노스의 트리에레스가 나타났다. 파나이티오스가 사령관으로 있던 이 배는 적진에서 이탈한 배였으며 적들이 포위하고 있음을 알렸다. 결국 헬라스 사람들은 용기를 내 위험과 마주하러 나설 수밖에 없었다.*

XIV.

바르바로이의 숫자에 관해서는 시인 아이스퀼로스가 『페르시아 사람들』이라는 비극 작품에서, 마치 직접 경험하여 확실하게 알고 있다는 듯 다음과 같이 말했다.

"그러나 이것만은 확실한데, 크세르크세스가 거느리고 있는 배는 그 수가 1천 척이었다. 속도가 월등히 빠른 배들이 그 밖에도 2백하고도 일곱 척이 있었다. 함선의 수가 그러했다."

앗티케 사람들의 배는 그 수가 180척이었고 각 함선의 갑판에서 싸우는 병사가 열여덟이었다. 그 가운데 넷은 사수였고 나머지는 중무장한 병사들이었다.

테미스토클레스는 전투를 하기 위한 최고의 장소를 선택했을 뿐만 아니라 시기 또한 철저히 계획한 것으로 여겨진다. 그는 자기편 트리에레스의 뱃머리를 바르바로이의 함선을 향해 보낼 시기로, 바람과 넘실대는 파도가 먼 바다로부터 해협을 향해 들어오는 때를 골랐다. 이 바람은 작고 나지막한 헬라스의 배에는 아무 해도 입히지 않았지만 선미가 하늘을 향해 치솟아 있고 갑판이 높은 데다 움직임도 굼뜬 바르바로이의 배들에게는 치명적이었다.* 바람이 배를 때려 뱃전을 헬라스 함대가 있는 쪽으로 향하게 만들었기 때문이다. 헬라스 군대는 이틈을 타 맹렬하게 공격했다. 시선은 언제나 테미스토클레스에게 고정시키고 있었다. 테미스토클레스야말로 제대로 지휘할 수 있다고 생각했기 때문이며, 또 그의 상대가 크세르크세스 밑의 총사령관 아리아메네스였기 때문이다.

아리아메네스는 거대한 배에 타고 있었기 때문에 마치 성벽 위에서 공격하듯 계속해서 화살을 쏘고 창을 던져댔다. 그는 진성 용맹한 사람으로 왕의 형제들 가운데 가장 강력하고 정의로웠다. 바로 이자를 향해, 한 배에 타고 있던 데켈레이아의 아메이니아스와 파이아니아의 소클레스가 공격을 퍼부었다. 두 배의 이물이 서로 맞부딪혀 청동 뱃머리끼리 단단히 얽히자 아리아메네스가 두 사람의 트리에레스에 올라타려고 하였다. 그러나 이에 맞선 두 사람은 그를 창으로 때려 물속으로 처박았다. 아리아메네스의 시신은 다른 잔해와 함께 수면을 떠다니다가 아르테미시아의 눈에 띄었고 그는 시신을 크세르크세스에게로 가져갔다.

* 『살라미스 전쟁』, 카울바흐.

XV.

적군의 배를 처음으로 사로잡은 사람은 아테나이의 함장 뤼코메데스라고 전해진다. 나머지는 수적으로 적과 동등한 위치에서 싸울 수 있었는데 해협이 좁은 관계로 바르바로이의 함대는 나뉘어 공격해야 했고 자기편끼리 서로 충돌하기까지 했기 때문이다. 적은 해질녘까지 버텼으나 마침내 패주했다. 헬라스 군인 시모니데스는 다음과 같이 말했다고 한다.

"싸움에 임한 이들의 사나이다운 용맹과 공통의 열의로, 또 무엇보다 테미스토클레스의 영리한 판단으로 저 아름답고 이름 높은 승리를 차지했으며 헬라스 사람들도 바르바로이도 바다 위에서 이보다 더 빛나는 업적을 이루어 본 적이 없었다."

XVI.

해전에 패배한 뒤 원통해하던 크세르크세스는 해협을 가로질러 둑을 만들고 그 위로 보병대를 보내 살라미스에서 헬라스인들과 맞설 계획을 꾸몄다.** 테미스토클레스는 단지 아리스테이데스를 떠볼 작정으로 진지한 척 제안을 하나 했다. 함대를 이끌고 헬레스폰토스로 가서 거기 가로놓인 배들을 흩어놓음으로써 "에우로페에 아시아를 가둬놓자"는 것이었다. 그러나 계획이 마음에 들지 않았던 아리스테이데스는 이렇게 말했다.

• 이 당시 해전의 주요 전술 중 하나가 뱃머리로 상대의 배 측면을 들이받는 '들이박기' 전술이다. 이러한 전술을 구사하기에는 기동력이 좋고 뱃전이 낮은 아테나이의 배가 유리했다. (『해전의 모든 것』, 39쪽.)

•• 그리스 본토와 살라미스 섬 사이 가장 가까운 곳은 폭이 800미터였고, 살라미스에는 헬라스의 주력 해군의 군사기지가 있었다. 이에 육군이 우세했던 페르시아 군대는 본토와 섬을 잇는 둑을 쌓아 육전을 계획했던 것이다.

"우리가 맞서 싸운 바르바로이의 왕은 지금은 편안하고 안락한 것을 찾지만, 우리가 그토록 큰 군대를 거느린 자를 강제로 헬라스에 가둔다면 그는 더 이상 금빛 양산 밑에 앉아 편안히 전투를 감상하지 않을 것이네. 오히려 무엇이든 시도해 볼 것이며 위험에 맞서 모든 것을 직접 지휘함으로써 부주의에서 비롯된 이때까지의 모든 실수를 바로잡고 중대한 문제들에 대해 더 좋은 방책을 협의할 것일세. 그러니 우리는 이미 지어진 다리를 부수어서는 안 되네, 테미스토클레스. 우리는 가능하다면 그 곁에 또 다른 다리를 지어 그자를 에우로페에서 서둘러 쫓아내야 하네."

이에 테미스토클레스가 대답했다.

"자네 생각이 그렇다면 그자를 헬라스에서 내보낼 가장 빠른 방법을 연구하고 계획해야겠네."

이 방침이 채택되자마자 테미스토클레스는 전쟁 포로 가운데서 발견한 왕의 내관 아르나케스에게 전갈을 주어 보냈다. 바다를 장악한 헬라스 사람들이 부교浮橋가 놓인 헬레스폰토스로 가서 그 부교를 파괴하려고 벼르고 있다는 내용이었다. 왕에 대한 예의로서 권하는 바이니 서둘러 병사들을 거두어 고향으로 돌아간다면 테미스토클레스 자신은 추격하는 같은 편 병사들을 어떻게든 붙잡고 늦추어 보겠다고 덧붙였다. 바르바로이의 왕은 이 전갈을 듣자마자 극심한 두려움에 사로잡혔고 서둘러 후퇴를 시작했다.*

XVII.

헤로도토스가 전하는 바에 따르면 전쟁에 참가한 도시 중에는 아이기나가 가장 용맹했다는 칭호를 얻었다고 한다. 개인으로 따지면 모두가 테미스토클레스를 으뜸으로 쳤으나 시기심으로 인해 이를 직접적으로 표현하지 않았다고 한다.

지휘관들이 이스트모스에 모여 그 지역 신의 제단에서 가져온 조약돌을 갖고 이 문제에 대해 엄숙한 투표를 했을 때, 각자 자신을 누구보다 용맹한 사람으로 꼽았고 그다음으로 테미스토클레스를 꼽았다. 또 라케다이몬 사람들은 그를 스파르테로 데려갔으며, 에우뤼비아데스에게는 용맹함을 기리는 상을 주었고 테미스토클레스에게는 지혜를 칭찬하는 상을 주었다. 두 사람에게 각각 올리브 가지로 만든 관을 수여했고 테미스토클레스에게는 나라에서 가장 훌륭한 전차를 주었으며 그를 나라 경계까지 안내할 엄선된 젊은이 3백 명도 붙여주었다.

또, 올륌피아 경기가 돌아왔을 때 테미스토클레스가 경기장에 들어서자 모든 관객들이 선수들은 보지 않고 하루 종일 테미스토클레스만 바라보았는가 하면 존경에 넘치는 환호를 보내며 그를 모르는 바깥 나라 사람들에게 그를 짚어주었다고 한다. 이에 테미스토클레스도 매우 기뻐했고 친구들에게 털어놓기를, 그동안 헬라스를 위해 고생했는데 그제야 그 보상을 톡톡히 거두고 있다고 했다고 한다.

XVIII.

실로 테미스토클레스는 본래 유명세를 즐기는 사람이었다. 그 일례로 시민들이 그를 해군 사령관으로 임명했을 때 그는 그 어떤 사적, 공적 업무도 제때 하지 않고 항해를 시작하기로 되어 있는 날까지 미루었다고 한다. 마침내 그날이 왔을 때 모든 일을 몰아서 함으로써, 또 온갖 다양한 사람들과 만남을 가짐으로써 매우 대단하고 권세 있는 사람으로 보이고자 했다.

하루는 해안에 밀려온 바르바로이의 시체들을 살펴보다가 시체에 황금 팔찌와 목걸이가 걸려 있는 것을 목격했다. 테미스토클레스 자신은 그냥 지나쳤으나 뒤따라오던 동료에게 이를 짚어주면서 말했다.

"가져가게. 그대는 테미스토클레스가 아니지 않나."

또, 한때 아름다웠던 안티파테스가 전에는 자신을 멸시해 놓고 자신이 명예를 얻자 따르는 것을 보고 이렇게 말했다.

"젊은이여, 늦기는 했어도 결국 우리 둘 다 정신을 차렸군."

또 아테나이 시민들에 대하여 말하기를, 그들이 자신을 있는 그대로 존경하고 우러러보는 것이 아니라 마치 버즘나무 취급하듯 한다고 했다. 폭풍우가 오면 밑으로 달려와 비를 피하지만 날씨가 화창하면 잎을 따고 가지를 자르기가 일쑤라는 것이다.

한번은 어느 세리포스 사람이 테미스토클레스에게 말하기를, 그의 명성이 그 자신으로 인한 것이 아니라 아테나이라는 도시로 인한 것이라고 하자 그는 이렇게 대답했다.

"맞습니다. 내가 세리포스 사람이었다면 명성을 얻지 못했을 테지만 그대가 아테나이 사람이었다고 해도 마찬가지였을 겁니다."

또, 자신이 도시에 꽤나 큰 봉사를 했다고 생각하는 동료 지휘관이 감히 테미스토클레스의 업적을 자신의 업적과 비교하기 시작하자 그가 말했다.

"어느 날 축제 다음 날이 축제날에게 따졌다네. '너는 온갖 의무로 가득해서 지루하지만 내가 가면 사람들은 모두 이미 풍족하게 마련된 것들을 한가로이 즐겨.' 그랬더니 축제날이 이렇게 대답했다지. '맞아. 하지만 내가 없다면 넌 존재하지도 않아.' 자, 내가 그날 살라미스에 나타나지 않았다면 자네와 자네 동료들은 지금 어디 있겠는가?"

한편 테미스토클레스의 아들은 어머니테미스토클레스의 아내를 쥐락펴락했고 또 어머니를 통해 테미스토클레스를 쥐락펴락했기 때문에 테미스토클레스는 자신의 아들이 온 헬라스 땅에서 가장 막강하다고 했다. 헬라스 땅은 아테나이 사람들이 지휘하고 있고 아테나이는 자신이 지휘하고 있는데 자신이 꼼짝 못하는 아내가 아들에게 꼼짝 못하니 그렇다는 것이었다.

그는 또 무엇을 하든 남다르게 하고 싶은 바람이 있었기에 부지를 매각할 때도 훌륭한 이웃을 덤으로 준다는 것을 알리도록 했다. 그리고 딸을 아내로 청한 두 구혼자 중에서 그는 부유한 남자 대신 미래가 유망한 남자를 골랐다. 돈 없는 사람이 사람 없는 돈보다 낫다는 것이 그 이유였다. 테미스토클레스의 놀라운 언사들은 이 정도였다.

XIX.

지금까지 이야기한 위업들을 세운 뒤에 테미스토클레스는 즉시 도시를 재건하고 도시의 방비를 강화하고자 했다. 테오폼포스가 전하는 바에 따르면 그는 스파르테의 에포로스*들에게 뇌물을 주어 이 계획에 반대하지 못하게 했다. 그러나 다른 대부분의 사람들은 에포로스들이 눈속임을 당했다고 전한다.

아무튼 이것이 그가 스파르테로 간 진정한 목적이며 사절로서의 임무가 있다는 것은 구실일 뿐이었다. 스파르테 사람들은 아테나이가 방비를 강화하고 있다고 비난했고 아이기나 역시 일부러 폴뤼아르코스를 보내 같은 비난을 퍼부었다. 테미스토클레스는 이를 부인하며 정 못 믿겠다면 아테나이로 사람을 보내 직접 보라고 하였다. 그러나 이것은 성벽을 쌓을 시간을 벌기 위한 수작이었고 아테나이 사람들로 하여금 사절단을 볼모로 붙잡게 하여 자신의 신변을 보호하기 위함이었다. 사태는 그의 예상대로 전개되었다. 라케다이몬 사람들이 마침내 진실을 깨달았을 때 그들은 테미스토클레스에게 아무 해도 입히지 못했고 불쾌한 감정을 숨긴 채 그를 보내주었다.

이 일이 있은 뒤 테미스토클레스는 페이라이에우스**를 건설하였다. 항구로서의 유리한 입지 형태를 알아보고는 도시 전체를 바다에 붙이고 싶었기 때문이다. 그런데 이는 아테나이의 옛 왕들의 방침을 일부 거스르는 일이었다. 왕들은 아테나이 사람들로 하여금 바다를 멀리하고 항해술이 아닌 농업을 통해 삶을 꾸리도록 하기 위해 아테나 여신에 대한 이야기를 퍼뜨렸다고 전해진다. 이 이야기에 따르면 아테나와 포세이돈

---

* '감독관'이라는 의미로 스파르테에 있었던 관리 직책.

** 아테나이 중심부에서 약 10킬로미터 떨어진 곳에 있는 항구. 아테나이의 외항에 해당한다.

이 도시를 놓고 겨루고 있을 때 아테나 여신은 심판들 앞에 아크로폴리스의 신성한 올리브나무를 드러냈고 그로써 도시를 차지했다.

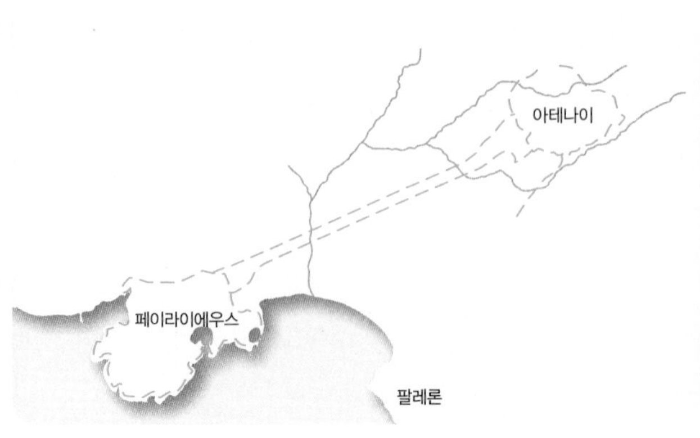

• 아테나이와 페이라이에우스.

• 아테나와 포세이돈. 항아리. 기원전 550-530년경.

그러나 희극 시인 아리스토파네스가 말하는 것처럼 테미스토클레스가 "페이라이에우스를 아테나이에 주물러 붙인" 것은 아니다. 아테나이를 페이라이에우스에, 즉 땅을 바다에 붙인 것이다. 이로써 그는 귀족들보다 평민들의 특권을 신장했고 그들에게 대담함을 심어 주었다. 이제 통제권이 선장과 갑판장, 조타수에 돌아갔기 때문이었다. 같은 이유에서, 바다를 바라보게끔 세워졌던 프닉스의 연단은 이후 서른 명의 참주들에 의해 내륙을 향하도록 방향이 바뀌었다. 그들은 해양 제국이 민주 체제의 모태가 되는 반면, 땅을 가는 이들은 과두정에 대한 반감이 덜하다고 생각했기 때문이었다.

XX.

그러나 테미스토클레스는 해양에서의 패권을 공고히 하기 위해 더 큰 계획을 품고 있었다. 크세르크세스가 떠난 뒤 헬라스의 함대가 파가사이에 정박하여 겨울을 나고 있을 때였다. 테미스토클레스는 아테나이 사람들 앞에서 열변을 토하며 말하기를, 자신에게 계획이 하나 있는데 매우 유용하고 유익한 계획이기는 하나 공개석상에서 밝힐 수는 없다고 했다. 그러자 아테나이 사람들은 아리스테이데스에게만 그 계획을 말하고 그가 동의하면 계획을 실행에 옮기라고 하였다.

이에 테미스토클레스는 아리스테이데스에게, 헬라스 동맹군의 함대를 불태우고자 한다는 자신의 계획을 말했다. 그러나 아리스테이데스는 시민들 앞에서 테미스토클레스가 실행에 옮기고자 하는 계획에 대하여 그보다 더 유익한 계획도, 그보다 더 사악한 계획도 없을 것이라고 말했다. 그러자 아테나이 사람들은 테미스토클레스에게 계획을 포기할 것을 명했다.•

신성 동맹 회의라고도 불리는 암픽튀온 회의에서 라케다이몬 사람들은 메디아에 맞서 싸우지 않은 모든 도시들을 동맹에서 제외시킬 것을 제안했다. 이 제안이 받아들여져 텟살리아와 테바이, 아르고스가 제외되면 과반수를 차지하게 되는 라케다이몬이 무엇이든 그들 뜻대로 할 것을 우려한 테미스토클레스는 반대하는 도시들을 대표해서 말했다. 그는 전쟁에 참가한 곳은 서른한 개 도시에 불과하며 이 도시들은 대개 크기가 작은 도시라는 것을 지적함으로써 의원국들의 마음을 돌렸다. 헬라스 대부분이 제외된 채 동맹 회의가 두세 개의 커다란 도시에 의해 좌지우지되는 것은 참을 수 없는 일이라고 주장한 것이다.

바로 이런 이유로 라케다이몬 사람들은 테미스토클레스를 미워했고 키몬에 대한 대중의 지지를 키우려고 애쓴 것이다. 키몬은 결국 테미스토클레스의 정치적 맞수가 되었다.

• 동맹군 함대를 불태우면 아테나이를 제외한 다른 동맹국들은 해군력을 상실하게 되어 아테나이가 강국이 됨을 뜻한다.

XXI.

테미스토클레스는 동맹을 맺은 도시들의 미움을 받기도 했다. 섬들을 돌며 돈을 갈취하려고 했기 때문이다. 일례로 안드로스 섬 사람들로부터 돈을 요구할 때 헤로도토스는 그가 다음과 같이 말하고 또 다음과 같은 대답을 들었다고 말한다. 테미스토클레스가 말하기를 자신이 신 두 분, 즉 '설득'과 '강요'를 모시고 왔다고 했더니 안드로스 사람들이 대답하기를 그들은 이미 위대한 신 두 분을 모시고 있는데 바로 '빈곤'과 '무기력'이라고 했다는 것이다.

• 역사가 헤로도토스.

로도스의 서정시인 티모크레온은 시 속에서 테미스토클레스를 매우 날카롭게 꾸짖었다. 그가 뇌물을 받고 여러 추방된 이들을 사면해 주었으면서도 그를 손님으로 맞아주고 친구로 삼았던 자신티모크레온은 단지 돈 때문에 외면했다고 노래한 것이다.*

테미스토클레스 자신이 유죄 선고를 받고 추방당했을 때 티모크레온은 더욱더 신랄하고 화려한 비난을 퍼부었다.*

또 티모크레온이 추방을 당한 것은 메디아에 충성을 맹세했다는 혐의 때문이었는데 테미스토클레스가 이에 찬성표를 던졌다고 한다.*

XXII.

마침내 같은 시민들조차 테미스토클레스의 위대함을 시기한 나머지 그에 대한 비난에 동조하기 시작하자 그는 의회에서 발언할 때마다 자신의 업적을 언급하지 않을 수 없었다. 그러나 사람들이 이마저 성가시게 여기자 그는 불평분자들에게 이렇게 말했다.

"그렇게 귀찮으면 계속해서 같은 사람의 도움을 받지 않았으면 될 것 아닙니까?"

그는 또한 아르테미스 신전을 지어 대중을 불쾌하게 했다. 그가 이 신전에 아리스토불레, 즉 최고 조언자라는 별명을 붙였기 때문이다. 이 별명은 자신이 아테나이와 헬라스 전체에 최고의 조언을 했다고 암시하는 것으로 비쳐졌다. 그는 이 신전을 멜리테에 있는 자신의 집 근처에 지었다. 오늘날 이곳은 관리들이 사형수의 시체를 내버리는 곳이다. 스스로 목을 맨 자들의 옷가지와 올가미를 이곳으로 가져오기도 한다. 이 아리스토불레 신전에는 오늘날까지 테미스토클레스의 흉상이 놓여 있다. 이것을 보면 그의 정신뿐 아니라 풍채도 영웅적이었던 것으로 보인다.

아무튼 사람들은 그를 도편 추방함으로써 그의 지위와 명성을 박탈하였다. 이는 압제적인 권력을 행사한다고 여겨지는 사람, 진정한 민주적 평등과 부합하지 않는다고 여겨지는 사람에게 취해지곤 하는 조처였다. 도편 추방은 처벌이 아니라 시기심을 달래고 가라앉히는 방법이었기 때문이다. 명성이 드높은 이를 끌어내리기 좋아하는 시기심은 시민권 박탈을 통해 그 악의를 토해내게 된다.

• 테미스토클레스의 이름이 적힌 도편.

XXIII.

테미스토클레스가 이처럼 도시로부터 추방당해 아르고스에 머물고 있을 때였다. 파우사니아스의 죽음과 연결된 여러 상황이 아테나이에 있는 테미스토클레스의 적들에게 그를 공격할 빌미를 주었다. 그를 실제로 반역죄로 고발한 자는 알크메온의 아들 레오보테스로 아그륄레 출신이었으며 스파르테 사람들이 그의 고발을 지지했다.

거창한 역모를 꾸미던 파우사니아스는 처음에는 테미스토클레스에게 이를 숨겼다. 그러나 그가 나라에서 쫓겨나 원통해 하고 있는 것을 보고 과감히 자신의 계획에 동참하라고 권했다. 페르시아의 왕으로부터 받은 편지를 보여주며 천하고 감사할 줄 모르는 헬라스 사람들을 버리라고 부추긴 것이다. 테미스토클레스는 파우사니아스의 유혹을 거부하고 그와 손잡기를 대번에 거절했다. 그럼에도 파우사니아스의 제안을 그 누구에게도 말하지 않았고, 역모에 대해 그 어떤 정보도 내보내지 않았다. 파우사니아스가 스스로 포기하거나, 그의 계획이 어떤 방식으로든 들통날 것이 분명하다고 생각했던 것이다. 그가 말도 안 되는 무모한 목적을 막무가내로 추구하고 있었기 때문이다.

따라서 파우사니아스가 사형에 처해지고 그 사건과 관련된 서신과 문서가 발견되자 테미스토클레스에게 의심이 돌아갔다. 라케다이몬 사람들은 그를 비난했고 그를 시기했던 아테나이 시민들도 그를 규탄했다. 직접 법정에 출두할 수 없었던 그는 글로써 자신을 변호했고 이를 위해 과거에 받았던 혐의를 이용했다. 한때 그의 적들은 시민들 앞에서 그를 비난하고 고발하기를 그가 늘 지배자가 되고 싶어 하는 사람이며 지배를 받을 사람도, 받기를 원하는 사람도 아니라고 했었다. 그런데 그런 사람이 자기 자신과 헬라스를 바르바로이에게, 그것도 적에게 팔아넘길 리 있겠느냐고 적은 것이다.

그러나 시민들은 고발자들의 설득에 넘어갔고 테미스토클레스를 체포해 헬라스 의회에서 재판을 받도록 하기 위해 사람들을 보냈다.

XXIV.

미리 이 소식을 들은 테미스토클레스는 케르퀴라로 건너갔다. 거기서 그는 도시의 후원자로 공식 인정을 받고 있었다. 케르퀴라 사람들이 코린토스 사람들과 분쟁에 휘말려 있을 때 테미스토클레스가 이를 중재한 적이 있었기 때문이다. 그는 코린토스 사람들에게 보상금 20탈란톤을 물리고 레우카스를 두 도시가 공동으로 관리해야 한다고 결정한 바 있었다.

테미스토클레스는 거기서 다시 에페이로스로 도망쳤고 아테나이와 라케다이몬 사람들에게 쫓기는 와중에 피할 구멍을 찾고자 비참하고 절박한 심정으로 몰롯시아의 왕 아드메토스에게 도움을 청했다. 아드메토스 왕은 한때 아테나이에 도움을 청했다가 당시 정치적 영향력이 최고조였던 테미스토클레스로부터 거절당하는 수모를 겪은 바 있었다. 따라서 내내 그에게 분노해 있었던 왕은 잡히기만 하면 복수하리라고 공공연히 말해오던 참이었다.

그러나 절박한 운명에 처해 있던 테미스토클레스는 동족의 새로운 시기심이 왕의 케케묵은 분노보다 더 두려웠던 나머지 즉각 왕의 자비를 구하였다. 그런데 그가 아드메토스에게 탄원한 방법이 매우 독특하고 특별했다. 그는 왕의 어린 아들을 두 팔에 안고 화로 바닥에 몸을 던진 것이다. 이는 몰롯시아 사람들이 가장 신성하다고 여기는 탄원 방법이었다.*

◦ 피에르 조세프 프랑소와가 그린 『테미스토클레스와 아드메토스 왕』.

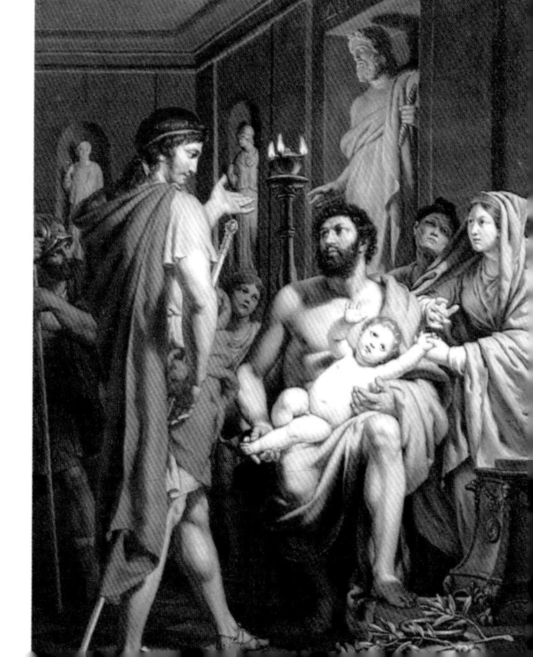

스테심브로토스에 따르면, 아테나이에 있던 테미스토클레스의 아내와 자식들은 비밀리에 이곳에 있는 테미스토클레스에게 왔다.* 그런데 웬일인지 스테심브로토스는 이 사실을 잊고, 혹은 테미스토클레스가 잊은 것으로 만들고, 그가 다시 배를 타고 시켈리아로 가 폭군 히에론의 딸에게 구혼했다고 전하고 있다. 딸을 주는 대가로 헬라스를 그에게 복종하도록 만들겠다고 약속했지만, 히에론이 거절하자 아시아로 배를 돌렸다는 것이다.

XXV.

그러나 이는 사실이 아닐 가능성이 높다.* 투퀴디데스는 그가 내륙을 가로질러 바다에 이르렀으며 퓌드나에서 배를 탔다고 한다. 승객들 중 누구도 그를 알아보지 못했다. 그런데 마침 배가 폭풍우를 만나, 아테나이 사람들이 점령하고 있던 낙소스로 밀려갔다. 겁에 질린 테미스토클레스는 배의 주인과 선장에게 정체를 밝힌 뒤 그들을 어르고 또 위협했다. 낙소스를 지나쳐 아시아 해안을 향해 배를 돌리지 않으면 아테나이 사람들에게 그들을 고발하겠다고 선언한 것이다. 모르고 그를 태운 것이 아니라 뇌물을 받고 태운 것이라고 말이다.

• 역사가 투퀴디데스.

테미스토클레스의 재산 대부분은 친구들이 은밀히 빼돌려 배에 실어 아시아로 보냈다. 그러나 그의 재산으로 드러나 압수된 것만 해도 백 탈란톤에 다다랐다는 것이 테오폼포스의 주장이다. 테오프라스토스는 80 탈란톤이었다고 이야기한다. 그런데 테미스토클레스가 정치계에 뛰어들기 전에는 가진 것이 석 탈란톤도 안 됐었다고 한다.

XXVI.

퀴메에 도달한 테미스토클레스는 해안 사람들이 그를 잡으려고 혈안이 되어 있다는 것을 알게 되었다. 특히 에르고텔레스와 퓌토도로스가 문제였다. 돈이라면 마다하지 않는 사람들에게 테미스토클레스를 추격하는 일은 짭짤한 돈벌이였다. 페르시아 왕이 공식적으로 현상금 2백 탈란톤을 걸어놓은 참이었기 때문이다.

테미스토클레스는 아이올리스의 작은 성채 아이가이로 피신했다. 여기서 그를 아는 사람은, 그를 손님으로 맞아준 니코게네스뿐이었다. 아이올리스에서 가장 갑부인 니코게네스는 내부의 유력자들과도 잘 아는 사이였다. 이 니코게네스와 며칠을 피신해 있는 동안 다음과 같은 일이 벌어졌다. 제물을 바치고 저녁 식사를 한 다음이었다. 니코게네스의 자녀들을 가르치던 올비오스가 갑자기 무언가에 홀린 듯하더니, 신들린 것처럼 목소리를 높여 다음과 같이 읊어댔다.

"밤이 말하리라. 밤이 그대를 가르치리라. 밤이 그대에게 승리를 주리라."

다음 날 밤 테미스토클레스는 침대에 누워 꿈에 본 것을 떠올렸다. 뱀이 자신의 몸을 감고 올라 목에 이르러서는 얼굴에 닿자마자 독수리가 된 것이다. 날개로 그를 감싼 독수리는 하늘 높이 솟구쳐 멀리까지 날아갔다. 이윽고 황금으로 된 전령의 지팡이 같은 것이 나타나자 그 위에 그를 안전하게 내려놓았고 그는 어쩔 줄 모르는 공포와 불안감에서 벗어났다.

그건 그렇고, 니코게네스는 길을 떠나는 테미스토클레스를 보호하기 위해 다음과 같은 작전을 짰다. 헬라스 밖 대부분의 나라들, 특히 페르시아에 사는 사람들은 질투심이 강해 여자들을 혹독하고 극심하게 감시하곤 했다. 본처뿐만 아니라 돈을 주고 산 여자 노예나 첩도 엄격하게 감시해 바깥사람들이 볼 수 없게 했을 뿐더러 완전히 격리된 채 집 안에서 살도록 했다. 심지어 여행을 할 때도 네 바퀴 수레 위에 가림막이 촘촘히 드리워진 천막을 치고 그 안에서만 있게 했다. 니코게네스는 테미스토클레스를 위해 바로 그런 가마를 준비한 것이다. 테미스토클레스는 그 안에 안전하게 몸을 숨기고 길에 올랐다. 그를 수행하던 사람들은 안에 누가 있느냐는 질문을 받을 때마다, 아름다우나 연약한 헬라스 여자를 페르시아 왕의 대신에게 데려다 주고 있노라고 대답했다.

XXVII.

투퀴디데스와, 람프사코스 출신의 카론은 당시 크세르크세스가 죽고 없었으며 테미스토클레스가 아들 아르타크세르크세스를 접견했다고 전하고 있다. 그러나 에포로스와 데이논, 클레이타르코스, 헤라클레이데스를 비롯한 수많은 사람들이 그가 크세르크세스에게로 갔다고 전한다. 투퀴디데스의 주장이 연대표에서 얻을 수 있는 정보와 더 정확히 일치하는 것처럼 보이지만 연대표는 뚜렷하게 확립되었다고 말하기가 힘들다.

• 아르타크세르크세스.

어쨌든 테미스토클레스는 이 무시무시한 모험을 앞두고 먼저 천인대장千人隊長, 즉 최고 대신 아르타바노스를 접견했다. 거기서 그는 자신이 헬라스 사람이며 왕을 접견하고자 한다고 했다. 무엇보다 중대하고, 왕께서 지대한 관심을 보일 사안을 논의하기 위해서라고 했다.

그러자 천인대장이 대답했다.

"이방인이시여, 사람들은 다양한 풍습에 따라 살아갑니다. 민족에 따라 관례도 다른 법이지요. 그렇지만 모두가 자신들만의 독특한 관습을 최고로 여기고 지킵니다. 헬라스 사람들은 자유와 평등을 무엇보다도 존경한다고 하지요. 우리에게는 여러 아름다운 풍습이 있지만 가장 아름다운 풍습은, 만물을 보살피시는 신의 권화이신 왕을 우러러보고 왕께 복종을 맹세하는 것입니다. 만약 그대가 우리의 관례를 받들어 왕께 복종을 맹세한다면 왕을 접견할 수 있을 것입니다. 그러나 그럴 생각이 없다면 그대를 대신하여 전령을 보내야 합니다. 복종을 맹세하지 않은 이에게 왕께서 귀를 기울이는 것은 이 나라 풍습이 아니기에 그렇습니다."

테미스토클레스가 이를 듣고 대답했다.

"아르타바노스여, 저는 왕의 명성과 권력을 키워드리기 위해 여기 온 것입니다. 페르시아 사람들을 찬미하시는 신의 뜻에 따라, 저 혼자 그대들의 풍습을 따르는 것에 그치지 않고 더 많은 사람들이 왕에게 복종을 맹세하도록 만들고자 합니다. 그러니 제가 왕께 드리고 싶은 말씀이 가로막히지 않도록 해주십시오."

"그렇다면 이렇게 찾아온 그대가 누구라고 전해야 좋겠습니까? 평범한 분 같아 보이지는 않습니다만."

아르타바노스가 물었다.

그러자 테미스토클레스가 대답했다.

"아르타바노스여, 그것은 왕께서 알기 이전에는 누구도 알 수 없습니다."

파니아스가 전하는 바는 이렇다. 한편 에라토스테네스는 자신의 책 『부에 관하여』에서 천인대장이 아내로 맞은 에레트리아 여인을 통해 테미스토클레스가 그를 접견하고 면담할 수 있었다고 적고 있다.

XXVIII.

그것은 사실일 수도 있고 아닐 수도 있다. 아무튼 테미스토클레스가 왕 앞으로 불려와 절을 하고 말없이 서 있자 왕은 통역관을 통해 그가 누구인지 물었다.

테미스토클레스가 말했다.

"전하, 테미스토클레스 인사 올립니다. 전 아테나이 사람이지만 아테나이에서 추방되어 헬라스 사람들에게 쫓기는 몸입니다. 페르시아 사람들은 저로 인해 많은 고초를 겪었으나 그보다 더 많은 이익을 얻었습니다. 헬라스 사람들의 추격을 지연한 것이 바로 접니다. 헬라스가 위험에서 벗어나고 제 고향이 안전을 되찾자 전하께 감사의 표시를 할 기회를 얻었던 것입니다. 이제 오늘날의 제 불행이 그 무엇으로 이어진다고 해도 달게 받겠습니다. 전하께서 너그럽게 화해를 청해 주신다면 그 은총을 달게 받을 것이고, 제가 입힌 피해를 잊을 수 없다고 하시면 저를 통해 그 분노를 삭이셔도 좋습니다. 그러나 전하, 헬라스에 있는 제 적들을 제가 페르시아에 가져온 이득의 증거로 삼으시고 저의 불행을 전하의 분노를 채울 기회가 아니라 전하의 덕을 알릴 기회로 삼으십시오. 저를 살리신다면 전하의 탄원자를 살리시는 것이고, 죽이신다면 헬라스의 적을 죽이시는 것입니다."

이 말이 끝나고 테미스토클레스는 신이 자신에게 내려 보낸 길한 징조들에 대해 이야기했다. 니코게네스의 집에서 보았던 환상을 상세히 이야기하고 도도네*의 제우스로부터 받은 신탁도 이야기했다. 신탁이 명하기를 제우스와 이름이 같은 이에게 가라고 했는데, 제우스와 크세르크세

• 에페이로스의 한 마을로, 여기 제우스의 뜻을 전하는 나무 한 그루가 있었다고 전해진다.

스 모두 '위대한 왕'으로 불리고 있었으므로 크세르크세스 왕에게 가기로 결심했다고 말한 것이다.

이 말을 들은 페르시아 왕은 그의 대담한 정신에 탄복하였음에도 그에게 직접 답변을 주지는 않았다. 그러나 측근들에게 털어놓은 바에 따르면 최고의 행운을 얻은 것을 자축했고 아리마니오스 신에게 기도하며 적들이 계속해서 저런 훌륭한 이들을 추방하게 해달라고 빌었다고 한다. 그런 다음 신들께 제를 올리고 축배를 들었다는 것이다. 심지어 밤새 기쁨을 못 참고 잠에서 깨어나 세 번이나 외쳤다고 한다.

"아테나이 사람 테미스토클레스가 내 편이다!"

XXIX.

날이 밝았을 때 그는 측근들을 모아놓고 테미스토클레스를 만나보라고 권했다. 테미스토클레스는 좋은 결과를 기대하지 않았다. 왜냐하면 성문을 지키는 보초들이 그의 이름을 들었을 때 불쾌한 기색을 드러냈고 그를 업신여기듯 말했기 때문이다. 게다가 왕이 왕좌에 앉아 있고 모두가 침묵을 지키고 있는 가운데, 천인대장 록사네스가 맞은편에서 다가오는 테미스토클레스에게 성난 목소리로 소리 죽여 말했던 것이다.

"이 헬라스의 교활한 구렁이 같으니라고. 전하의 은총이 아니었다면 넌 여기 없었다."

그러나 테미스토클레스가 왕을 알현하고 다시 절을 하자 왕은 따뜻하게 그를 맞으며 친절한 말을 건넸다. 또, 자신이 그에게 이미 200탈란톤을 빚졌다고 했다. 그가 제 발로 찾아왔으니 그를 잡아온 사람에게 주려고 했던 현상금을 그에게 주는 게 옳지 않겠느냐는 것이었다. 이어서 더 많은 액수를 약속하며 기운을 북돋운 뒤 헬라스에 관하여 하고 싶은 말이 있다면 무엇이든 솔직히 말하라고 하였다.

그러나 테미스토클레스는 대답하기를, 사람의 말은 수놓은 융단과도 같아서 무늬를 드러내려면 융단을 펼쳐야 하지만 말려 있을 때는 무늬가 드러나지 않거나 왜곡된다고 하였다. 따라서 시간이 필요하다고 했다. 왕은 테미스토클레스의 비유에 흡족해하며 시간을 가지라고 하였다.

테미스토클레스는 1년을 달라고 했고 그동안 페르시아 말을 공부해 통역관 없이도 왕과 면담할 수 있게 되었다. 바깥 사람들은 이 면담에서 단지 헬라스에 관한 문제만 논의되리라고 생각했다. 그러나 그 무렵 왕이 왕실과 충신들을 상대로 여러 새로운 개혁을 시도하였기 때문에 유력자들은 테미스토클레스를 시기하기 시작했다. 왕과 소통이 자유로워진 것을 이용해 자신들에게 해를 입히고 있다고 생각하기에 이른 것이다.

실로 테미스토클레스는 왕과 사냥을 나가기도 하고 집안 잔치에 초대받기도 하였다. 심지어 왕의 어머니와 친밀해졌으며 왕의 부탁에 따라 페르시아의 사제 계급인 마기의 전통을 배우기도 했다.

한번은 스파르테 사람 데마라토스가, 받고 싶은 선물을 말하라는 질문에, 페르시아 왕이 하듯 관을 세워 쓰고 사르데이스를 행진하고 싶다고 했다. 그러자 왕의 조카 미트로파우스테스가 데마라토스의 관을 만지며 이렇게 말했다.

"이 관이 덮고 있는 머리는 텅 비어 있지 않은가. 벼락을 쥔다고 다 제우스는 아니지."

왕 역시 데마라토스의 청에 분노하여 버릇을 고쳐주려고 했으나 테미스토클레스가 간청하여 용서를 구했다.

페르시아와 헬라스가 좀 더 친밀한 관계에 놓이게 만든 이후의 왕들도, 헬라스 사람을 조언자로 초청하는 일이 잦았으며 그때마다 서면으로 약속하기를 왕궁에서 테미스토클레스보다 더 큰 영향력을 보장하겠다고 했다. 페르시아에서 테미스토클레스는 명성이 드높았고 추종자도 많았다. 한번은 자신을 위해 차려진 화려한 식탁 앞에서 그가 아이들에게 말했다고 한다.

"얘들아, 우리가 과거에 몰락하지 않았다면 바로 지금 몰락했을 것이다."

대부분의 역사가들은 테미스토클레스가 마그네시아, 람프사코스, 뮈우스 땅을 하사받아 거기서 각각 빵과 포도주, 고기를 얻었다고 하며, 퀴지코스 출신의 네안테스, 그리고 파니아스는 여기 페르코테와 팔라이스켑시스 지방을 덧붙이는데 그곳에서 침구와 의복을 얻었다고 한다.

XXX.

한번은 테미스토클레스가 명령을 받고 헬라스와 관련된 일을 처리하기 위해 해안으로 가는데, 상上 프뤼기아의 지방관으로 있던 페르시아 사람 에픽쉬에스가 그의 목숨을 빼앗으려고 했다. 그는 테미스토클레스가 사자의 머리라는 마을에서 하룻밤을 묵을 경우에 대비해 언제든 그를 죽일 수 있도록 오래전부터 피시디케 사람들을 대기시켜 두었던 것이다. 그런데 그 전날 낮잠을 자던 테미스토클레스의 꿈에 신들의 어머니가 나타나 이렇게 말했다.

"테미스토클레스여 사자들의 머리를 피하라. 사자들을 만나지 않도록 하라. 내가 그대에게 이와 같이 호의를 보였으니 그대는 므네시프톨레마를 내 시녀로 달라."

테미스토클레스의 심기가 매우 불편해진 것은 당연하다. 그는 여신에게 감사의 기도를 드린 뒤에 큰길을 포기하고 다른 길로 돌아 문제의 장소를 피해 갔으며 밤이 되자 숙박할 준비를 했다.

그런데 마침 그의 천막을 지고 가던 짐승들이 강물에 빠진 뒤였기에 테미스토클레스의 하인들은 젖은 천막을 널어 말려야 했다. 피시디케 사람들은 바로 이것을 향해 손에 칼을 들고 다가갔다. 달빛에 제대로 볼 수 없었기 때문에 널어놓은 천막 안에 테미스토클레스가 쉬고 있으리라고 착각한 것이다. 그러나 가까이 가서 천막을 들추는 순간 보초병들에게 발각되어 붙잡혔다. 이렇게 위험에서 벗어난 테미스토클레스는 여신이 나타나 예언한 일이 놀라웠기에 마그네시아에 딘뒤메네 여신을 기리는 사원을 짓고 딸 므네시프톨레마를 사제로 봉했다.

XXXI.

사르데이스에 도달한 테미스토클레스는 여가 시간이 생기자 거기 지어진 신전들과 신전에 봉헌된 여러 선물을 둘러보다가, 어머니 여신의 신전에서 물동이를 든 처녀라고 불리는 동상을 보았다. 높이가 두 페퀴스*

* 팔꿈치 끝에서 중지 끝까지의 길이.

인 이 처녀상은 테미스토클레스가 아테나이에서 물을 관리하는 직책을 맡고 있을 때, 공공의 물을 훔치거나 몰래 끌어다 쓴 사람들로부터 징수한 벌금으로 제작을 요청한 뒤 헌납한 것이었다.

그런데 그런 처녀상을 빼앗긴 것이 억울해서였는지, 아니면 그가 왕의 밑에서 누리는 명예와 권력을 아테나이 사람들에게 과시하고 싶었기 때문인지, 테미스토클레스는 뤼디아의 지방관에게 처녀상을 아테나이에 돌려주라고 부탁했다. 그러나 지방관은 몹시 화를 내며 왕에게 이 일에 관하여 서신을 쓰겠다고 했다. 이에 겁을 집어먹은 테미스토클레스는 여인들에게 도움을 청해야 했다. 지방관의 후실들에게 돈을 주어 환심을 사는 방식으로 지방관의 화를 누그러뜨린 것이다. 이런 일이 있고 나서 페르시아 사람들의 시기심조차 두려웠던 테미스토클레스는 보다 신중하게 행동했다.

테오폼포스가 주장하는 바와 달리 아시아 전역을 방황하지도 않았다. 그는 마그네시아에 집이 있었고 많은 선물을 받곤 했으며 여느 페르시아 귀족 못지않은 대우를 받았다. 그리고 한동안 별 걱정 없이 살 수 있었는데 왕이 나랏일에 바빠 헬라스의 일에 전혀 관심이 없었기 때문이다.

그러나 이후 아이귑토스가 아테나이의 도움으로 들고 일어났고 헬라스의 트리에레스 선단이 퀴프로스와 킬리키아까지 밀고 올라왔다. 또한 키몬은 해전에 능했기 때문에 페르시아 왕은 헬라스의 분투를 막고 적의 성장을 저지해야 할 필요성을 느꼈다. 따라서 마침내 군대가 이동하고 지휘관이 여기저기 파견되는 동안 테미스토클레스에게도 전갈이 왔다. 과거에 약속한 대로 헬라스 문제에 힘쓰라는 명령이었다.

그런데 테미스토클레스는 과거의 동포들에게 씁쓸한 감정이 남아 있지도 않을 뿐더러 다가오는 전쟁에서 얻게 될 명예와 권력을 생각해도 마음이 가볍지 않았다. 게다가 헬라스에는 여러 위대한 지휘관들이 있었고 키몬이 여러 전투에서 놀라운 업적을 보여주고 있었기 때문에 자신이 나설 수 있다고 생각지 않은 것이다. 그러나 무엇보다도 자신이 업적을 통해 쌓은 명성과 과거에 세운 승전비에 대한 예의로서, 적절한 죽음을 맞는 것이 가장 좋은 방법이라고 마음먹은 것이다.

그는 신들에게 제를 올리고 친구들을 한자리에 모은 다음 손을 맞잡고 작별 인사를 했다. 그리고 오늘날 전해지는 바에 따르면 황소의 피를 마시고, 또 다른 이야기에 따르면 급사에 이르는 독약을 마시고 마그네시아에서 죽었다고 한다.

예순다섯의 나이로 죽은 그는 삶의 대부분을 정치 지도자로서 살았다. 전해지는 바에 따르면 왕은 그가 죽은 이유와 방법을 듣고 테미스토클레스를 한결 더 존경하게 되었으며, 친구와 친지들을 계속해서 따뜻하게 대우해 주었다고 한다.

XXXII.

*마그네시아 사람들은 테미스토클레스를 위해 시장에 화려한 무덤을 세웠다. *지형학자 디오도로스는 『무덤에 관하여』라는 저서에서 실지식이 아닌 추론에 따라 말하기를, 페이라이에우스 근방, 알키모스 맞은편 곳에 뾰족하게 튀어나온 땅이 있는데 이것을 끼고 돌면 바닷물이 잔잔한 내포內浦에 이른다. 여기서 보이는, 큼직한 기초 위에 지어진 제단처럼 생긴 구조물이 바로 테미스토클레스의 무덤이라고 한다.*

마그네시아에서는 테미스토클레스의 직계 후손들이 이 시대까지도 여러 특권을 누렸으며 철학자 암모니오스 학파인 내 절친한 친구 역시 득을 보았는데 아테나이 출신인 이 친구 역시 이름이 테미스토클레스다.

카밀루스

I.

이제 푸리우스 카밀루스로 넘어가는데 그에 대한 여러 주목할 만한 이야기 가운데 가장 특이하고 기이한 이야기는 바로 이것이다. 그가 여러 관직을 맡으며 크고 많은 성공을 이루었음에도, 그리고 독재관* 자리에 오른 것이 다섯 번, 개선 행진을 한 것이 네 번이며 로마의 제2의 창건자라는 칭호를 얻기까지 했음에도, 단 한 번도 집정관 자리에 오른 적이 없었다는 점이다.

그 이유는 당시의 정치적 환경에 있다. 원로원과 의견 대립을 보이던 평민들은 집정관을 임명하는 데 반대했고 대신 군사 호민관들을 선출해 통솔권을 맡겼다. 이들은 집정관과 동등한 지위와 권력을 수행했지만 그 수가 많아 권력을 휘두르더라도 평민들이 느끼는 불쾌감이 덜했다. 두 사람이 아닌 여섯 명이 통솔한다는 사실은 소수의 지배를 반대하는 사람들에게 약간의 위안이 되었다.

* 로마 공화정 때의 관직 중 하나. 외적의 침략 등 비상 시, 국론 일치를 위해 한 사람에게 모든 권한을 맡겼다. 임기는 6개월이었으며 두 명의 집정관 중 한 명이 독재관(dictator)을 임명했다.

카밀루스의 업적과 명성이 최고에 다다른 것도 바로 이때였다. 그가 관직에 있는 동안 로마에서는 여러 번 집정관 선거가 이루어졌지만 그는 집정관을 원하지 않는 사람들을 다스리고 싶지 않았다. 오히려 여러 다양한 관직에 있는 동안, 오로지 자신에게 주어진 권위라 하더라도 다른 이들과 함께 행사하는 식으로 처신하였다. 그럼에도 거기서 비롯된 명예는, 그가 지휘권을 나누어 주었을지언정 순전히 그의 것이었다. 바로 이런 겸손함 덕분에 카밀루스의 권위는 시기심을 유발하지 않았고 그의 능력은 그를 논란의 여지가 없는 최고의 위치에 올려놓았다.

II.

푸리우스 집안의 명성이 그다지 두드러지지 않았던 시절 카밀루스는 집안에서 첫 번째로, 오로지 자신의 노력만으로 이름을 얻었다. 독재관 포스투미우스 투베르투스를 보좌하며 아이퀴 족과 볼스키 족을 상대로 벌인 전투를 통해서였다. 말을 타고 진두로 나간 카밀루스는 허벅지에 상처를 입고도 속도를 늦추지 않았다. 상처에 화살이 박힌 채 적의 가장 용감한 병사와 싸워 그를 무찌르고 적군을 격퇴시킨 것이다. 이 업적으로 인해 그는 여러 영예를 안았는데 감찰관으로 임명된 것도 이 중 하나였다. 당시 감찰관은 매우 명예로운 직위로 여겨졌다.

그가 감찰관으로 있는 동안 이룬 고귀한 업적 하나가 기록에 남아 있다. 결혼하지 않은 남자들을, 설득도 하고 벌금으로 위협하기도 하면서 과부가 된 여인들과 혼인하도록 한 일이다. 당시에는 전쟁이 많아 과부도 많았기 때문이다. 마찬가지로 유용했던 공적은, 이전까지 나라를 지탱하는 데 어떤 기여도 하지 않았던 고아들로부터 세금을 징수한 것이다. 계속되는 군사 작전으로 인해 많은 자금이 지출되어야 했으므로 이는 필수적인 조처였다. 자금 부담이 가장 컸던 것은 베이이이 도시 사람들을 일러 베이엔타니 족이라고 부르기도 한다에 대한 포위 공격이었다.

베이이는 에트루리아 지방의 방벽이자 보루였다. 이 도시는 가진 무기나 병력으로 보아도 로마에 전혀 뒤지지 않았다. 실제로 베이이 사람들은 자신들이 누리는 부와 교양, 사치와 호화로움을 믿고 명예와 권력을 쟁취하기 위해 로마와 여러 차례 팽팽한 전투를 치른 바 있었다. 그러나 당시는 큰 전투에서 여러 번 패배한 뒤였기에 기존의 야심찬 결의는 포기한 상태였다. 그럼에도 베이이 사람들은 성벽을 높고 튼튼하게 쌓고 도시에 무기와 창, 곡식을 비롯한 모든 물자를 쟁여 두었기에 거뜬히 포위 공격을 버텨낼 수 있었다.

이 길고 긴 포위는 공격을 하는 사람들에게도 마찬가지로 힘겹고 어려웠다. 로마 병사들은 대개 여름이 시작되면 단기간의 원정을 나갔으며 겨울은 고국에서 보냈다. 그러나 이때 처음으로 호민관들의 명령에 의해 요새를 짓고 진영을 강화하여 적의 땅에서 여름과 겨울을 모두 보내야 했던 것이다. 전쟁이 시작한 지 만 7년이 되어갈 무렵이었다.

그 결과 지휘관들이 원성을 샀고 마침내 통솔권을 빼앗겼다. 군사들의 사기가 떨어진 상황에서 무책임하게 포위 공격을 감행하고 있다고 여겨졌기 때문이다. 따라서 지휘권은 다른 이들에게 넘어갔으며 카밀루스도 지휘권을 넘겨받았다. 그러나 그 후에도 상당 시간 카밀루스는 베이이를 포위하는 것과는 아무 상관없는 일을 했다. 제비뽑기를 통해, 팔레리이와 카페나 사람들을 상대로 전쟁을 벌이는 것이 그의 몫으로 할당되었기 때문이다. 그들은 종종 로마의 영토를 침략했고 에트루리아 전쟁 내내 로마를 귀찮게 하고 문제를 일으켰다. 카밀루스는 이들을 진압했고 이들은 수많은 전사자를 낸 끝에 성채 안에 꼼짝없이 갇혔다.*

V.

전쟁이 시작된 지 십 년째, 원로원은 다른 관직을 없애고 카밀루스를 독재관에 임명했다. 카밀루스는 코르넬리우스 스키피오를 기병대장으로 임명한 뒤 먼저 신들에게 엄숙히 맹세하기를, 전쟁이 영광스럽게 끝을 맺는다면 신들을 기리는 큰 경기를 열 것이며, 로마 사람들이 마테르 마투타라고 부르는 여신에게 신전을 봉헌하겠다고 했다.*

이렇게 맹세한 카밀루스는 팔리스키 족의 영토를 침략했고 큰 전투 끝에 승리하였다. 도우러 왔던 카페나 사람들도 무찔렀다. 그런 다음 포위된 베이이에 눈을 돌렸다. 도시에 직접적인 공격을 가하는 것은 부담스럽고 어려운 일임을 깨달은 카밀루스는 땅굴을 파기 시작했다. 도시 주변의 땅이 땅굴을 파기에 적합했고 적이 모르는 사이 깊이 파고들기 용이했기 때문이다. 기대했던 대로 일이 진행이 될 조짐이 보이자 카밀루스 자신이 성벽 밖에서 베이이를 공격함으로써 적의 병사들을 성벽 쪽으로 유인했다. 그동안 다른 로마 병사들은 땅굴을 따라 적의 눈을 피해 성내에 다다를 수 있었다. 도시에서 가장 크고 가장 섬김받는 신전인 유노 여신의 신전 바닥을 뚫고 나온 것이다.

바로 그 순간 그곳에서 에트루리아의 사령관이 제물을 올리고 있었다고 전해진다. 희생 제물의 내장을 살펴본 예언자는 큰 목소리로 말하기를 신께서 제를 마치는 사람에게 승리를 주리라고 하였다. 이 말을 듣자마자 땅굴에 숨어 있던 로마 사람들이 신전의 바닥을 뜯고 나와 함성을 지르고 무기를 부딪쳤으며 적은 소스라치게 놀라 사방으로 흩어졌다. 로마 병사들은 희생 제물의 내장을 챙겨 카밀루스에게 가져갔다. 하지만 이것은 꾸며낸 이야기일 가능성이 높다.

어쨌든 도시는 눈 깜짝할 사이 점령되었고 로마 병사들은 도시의 무한한 재물을 뒤지고 또 훔치고 있었다. 성채 위에서 이것을 지켜보던 카밀루스는 선 자리에서 눈물을 터뜨렸다가, 곁에서 지켜보던 사람들의 축하를 받고는 두 손을 신들에게 뻗어 이렇게 기도했다.

"누구보다 위대하신 유피테르여, 그리고 인간의 선행과 악행을 두루 보시고 심판하시는 모든 신들이여, 신들께서는 알고 계시리라 확신합니다. 저희가 이 무례하고 무법적인 사람들의 도시에 부정을 행한 것은 사악해서가 아니라, 필요에 의해서 저희 자신을 지키기 위해서 한 것입니다. 그러나 형평성을 위해, 승리의 행운을 거둔 저희에게 어떠한 보복을 하시려거든 제발 로마나 로마의 군대에 그 보복을 내리지 마시되 저 자신에게 내려주시고 부디 너무 많은 해는 입히지 마시옵소서."

카밀루스는 이와 같이 말하고 기도나 예배를 마친 뒤 행하는 로마의 풍습대로 오른쪽으로 몸을 돌렸다. 그런데 그러다 하필 발을 헛디뎌 넘어졌다. 지켜보던 사람들은 당황했지만 자세를 바로잡은 카밀루스는 이렇게 말했다.

"내 기도가 이루어졌구나! 겨우 살짝 넘어지는 것으로 이토록 크나큰 행운을 갚다니!"

VI.

도시를 무참히 약탈한 카밀루스는 맹세했던 대로 유노의 신상을 로마로 옮기려고 했다. 작업자들이 이 목적을 위해 소집되었고 카밀루스는 여신께 제물과 기도를 올리며 여신께서 그들의 열정을 받아주시고 로마의 신들과 사이좋게 어울리시기를 기원했다. 그러자 신상이 낮은 목소리로, 준비가 되었으며 기꺼이 그러겠다고 말했다고 한다.

하지만 리비우스에 따르면 카밀루스가 신상에 손을 올리고 여신께 기도하며 간청한 것은 사실이지만, 준비가 되었으며 기꺼이 그와 가겠다고 대답한 것은 곁에 있던 사람들이라고 한다.

신상이 말을 했다는, 기적과 같은 일을 옹호하는 사람들은 도시에 찾아온 행운이 자신들의 주장을 강력하게 뒷받침해 주고 있다고 말한다. 신의 힘이 함께하지 않았다면, 그리고 신께서 때때로 그 위대한 모습을 드러내지 않았다면, 미미하고 초라하게 시작한 도시가 그토록 큰 영광과 권세의 정점에 설 수 없었으리라는 것이다. 나아가 그들은 비슷한 종류의 다른 현상들을 제시한다. 조각상이 땀을 흘리는 현상이라든가, 신상이 신음 소리를 내는 현상, 얼굴을 돌리거나 눈을 감는 현상에 대해 기록한 역사가들도 적지 않다.

우리 시대의 사람들도 여러 놀라운 현상에 관해서 이야기하고 있는데 이는 가볍게 넘길 것이 아니다. 그러나 이러한 문제에 관해서는 무조건적인 신뢰도 지나친 불신도 똑같이 위험하다. 인간 본성의 나약함 때문이다. 인간 본성은 한계를 지을 줄 모르고 자신을 다스릴 줄 모르며, 때로는 헛된 미신에 빠지기도 하고 때로는 신들을 업신여기고 무시하기도 하는 것이다. 따라서 늘 조심하고 극단으로 치우치지 않는 것이 최선이다.

VII.

로마와 비견할 만한 도시, 로마의 포위 공격을 10년이나 버틴 도시를 점령하는 위대한 업적을 세운 탓이었는지, 아니면 수많은 축하 인사가 쏟아진 탓인지는 몰라도 지나치게 우쭐해진 카밀루스는 법치국가의 관리답지 않은 생각에 빠졌고, 매우 웅장한 승전 행진으로 자신의 업적을 자축했다. 그는 무려 네 마리의 백마가 끄는 전차를 몰고 로마를 돌았는데 그때까지 그 어떤 군 지휘관도 그렇게 한 적이 없었고 그 이후로도 없었다. 그러한 전차는 신들의 왕이자 아버지에게나 어울리는 신성한 것이라고 여겼기 때문이다.

『푸리우스 카밀루스의 일생』의 세부. 카밀루스가 탄 전차를 백마 네 마리가 끌고 있다.
『푸리우스 카밀루스의 일생』. 피렌체 베키오 궁전에 있는 프란체스코 살비아티의 벽화.

이렇게 그는, 무절제한 사치에 익숙하지 않은 시민들의 미움을 샀다. 시민들이 가진 두 번째 불만은 카밀루스가 로마를 둘로 나누는 법에 반대하고 있다는 것이었다. 당시 평민 호민관들은, 시민과 원로들을 반으로 나누어 절반은 로마에 남아 살게 하고 제비뽑기를 통해 선정된 절반은 점령한 도시로 이주시키는 법을 제안해 놓고 있었다. 그러면 삶이 여유로워지고, 크고 아름다운 도시가 두 개가 되어 영토와 부를 더 잘 지킬 수 있으리라는 생각에서였다.

갈수록 수가 늘고 가난해지고 있던 민중은 기뻐하며 이 법안을 환영했고 쉴 새 없이 연단에 모여들어 법안을 어서 투표에 부치라고 요구했다. 그러나 원로원과 영향력이 가장 셌던 몇몇 시민들의 경우 평민 호민관들의 법안은 도시의 분리가 아니라 파멸을 의미한다고 생각하고 조언과 도움을 청하러 카밀루스에게 갔다. 논란이 두려웠던 카밀루스는 꾀를 부려 민중의 주의를 다른 문제로 돌려놓기 일쑤였고 그로써 법안이 통과되는 것을 지연했다. 민중이 그를 눈엣가시로 여겼던 것은 바로 이런 이유에서였다.

하지만 대중이 그를 싫어했던 가장 크고 명백한 이유는 베이이에서 얻은 전리품의 십분의 일에 관한 문제 때문이었다. 이것은 아주 정당하지는 않아도 어느 정도 수긍할 만한 이유가 있는 불만이었다. 카밀루스가 베이이를 점령하러 가기 전 이렇게 맹세한 모양이었다. 만약 도시를 점령한다면 거기서 얻은 전리품의 십분의 일을 델포이의 신에게 봉헌하겠다고 말이다. 그러나 도시를 점령해 약탈한 뒤에도 그는, 병사들이 약탈한 물건 모두를 갖도록 내버려 두었다. 병사들의 불평이 두려웠는지, 아니면 할 일이 너무 많아 맹세를 깜빡 잊었는지 그것은 모르는 일이다. 지휘권을 내려놓은 이후 그는 이 문제를 원로원에 문의했다. 예언자들은, 희생제물로 점친 바에 따르면 신들이 매우 분노하고 있으며 합당한 제물로 달래야 한다고 말했다.

VIII.

따라서 원로원은 투표를 통해 이렇게 결정했다. 먼저, 전리품을 재분배하려면 일이 매우 복잡해질 터였기 때문에 그렇게 하지는 않기로 했다. 대신 전리품을 획득한 사람들로 하여금 맹세를 하도록 하고 얻은 것의 십분의 일을 직접 들고 와 국고에 바치도록 했다. 이것은 병사들에게 매우 성가시고 불편한 일이었다. 병사들은 대부분 가난했고 열심히 일해서 얻은 대가의 큰 부분을, 게다가 이미 써버린 것을 돌려주어야 했던 것이다.

병사들의 불만이 터져 나오자 달리 변명할 거리가 없던 카밀루스는 터무니없는 핑계를 댔다. 맹세한 사실을 잊어버렸다고 말한 것이다. 적들의 물건에서 십분의 일을 봉헌하겠다고 맹세해 놓고는, 뒤늦게 동료 시민들의 물건에서 십분의 일을 봉헌하겠다는 발상에 병사들은 분노로 가득 찼다. 그럼에도 모든 병사들이 자신의 몫을 들고 왔고 이것으로 거대한 황금 그릇을 만들어 델포이로 보내기로 결정했다.

그런데 당시 로마에는 금이 귀했기 때문에 관리들은 어디서 금을 구해야 할지 몰랐다. 그러자 여인들이 자진해서 몸에 지니고 있던 금 장신구를 내놓기에 이르렀다. 모인 황금은 다 합해서 그 무게가 여덟 탈란톤이었다. 원로원은 이 여인들에게 합당한 보답을 해주었다. 원래 남자가 죽으면 공식석상에서 고인의 업적을 찬양하는 연설을 하는 것이 관례였지만 여자가 죽으면 그렇게 하지 않았는데 여자들에게도 적합한 연설을 해주기로 투표를 통해 결정한 것이다.

그런 뒤 원로원은 가장 고귀한 시민들 셋으로 사절단을 구성해 화려하게 장식한 군함에 최고의 선원들과 함께 태워 보냈다.*

IX.

이어서 평민 호민관들은 다시금 도시를 둘로 나누는 법안을 통과시킬 것을 재촉했으나 때마침 팔리스키 족과 전쟁이 벌어졌고, 이는 권력을 가진 자들로 하여금 원하는 대로 관직 선거를 시행할 구실을 주었다. 여기서 카밀루스와 그 밖에 다섯 명이 군사 호민관으로 임명되었다. 당시와 같은 비상사태는 경험만이 가져다줄 수 있는 명예와 명성을 가진 지도자를 요구했다.

민중이 선거 결과를 승인하자 카밀루스는 군대를 이끌고 팔리스키 족의 영토를 점령하고 팔레리이를 포위했다. 팔레리이는 막강한 도시였으며 군수품이 잘 구비되어 있었다. 카밀루스는 도시를 점령하는 일이 쉽거나 빠른 시일 내에 이루어지리라고 생각하지 않았다. 나아가 시민들의 주의를 팔레리이로 끌어 거기 머물러 있게 하고 싶었다. 시민들의 생각이 고국에 머물러 선동적인 지도자들의 먹잇감이 되도록 내버려두고 싶지 않았던 것이다. 이것은 로마 사람들이 곧잘 쓰던 처방으로 마치 용한 의사의 처방처럼 매우 적절하고 효험이 있었으며 나라 체제라는 몸으로부터 골치 아픈 병을 없앴다.

X.

팔리스키 족은 그들의 도시가 전방위로 매우 막강하다고 자신하여 로마 사람들의 포위 공격을 가볍게 여겼다. 그리하여 성벽을 방어하던 군사들을 제외한 나머지 사람들은 평상시와 다른 없는 차림을 하고 도시를 누볐다. 남자 아이들도 평상시처럼 학교에 갔다. 아이들의 교사는 아이들에게 운동을 시키기 위해 성벽 둘레를 산책하게 했다. 팔레리이 사람들은 헬라스 사람들과 마찬가지로 모든 아이들을 한 교사에게 맡겼다. 아이들이 시작부터 서로 몰려다니며 함께 자라게 하기 위함이었다.

이 교사는, 아이들을 이용해 팔레리이를 배신할 작정으로 학생들을 데리고 매일 성벽 밖으로 나갔다. 처음에는 성벽에서 멀리 떨어지지 않았고 운동이 끝나면 곧바로 성안으로 데리고 들어왔다. 그러다 조금씩 더 멀리 나아가며 전혀 위험하지 않다고 느끼게 만든 다음, 마침내 아이들 모두와 함께 로마의 전초 부대로 들어갔다. 교사는 아이들을 적에게 넘긴 뒤 자신은 카밀루스에게 데려다 줄 것을 요구했다. 그렇게 카밀루스 앞에 다다른 교사는 자신이 아이들의 학교 선생이라고 소개하고는 장군의 호의를 사고자 직무를 포기하고 아이들을 이용해 도시 전체를 넘기러 왔다고 했다.

교사의 말을 들은 카밀루스는 그가 끔찍한 짓을 저질렀다고 생각하고 지켜보던 사람들에게 이렇게 말했다.

"전쟁은 참으로 슬픈 것이며 많은 불의와 폭력을 수반합니다. 하지만 전쟁에도 법이 있고 선하고 용맹한 자들은 법을 지킵니다. 우리는 비열하고 불경한 자들의 부탁을 들어줄 만큼 맹목적으로 승리를 좇아서는 안 될 것입니다. 위대한 장군은 자신만의 용맹에 의지하여 전쟁을 벌이지 남들의 비열함에 의지하지 않습니다."

이 말과 함께 카밀루스는 수행원들을 시켜 교사의 옷을 벗긴 다음 팔을 뒤로 묶었다. 그리고 아이들의 손에 매와 회초리를 들려 역적을 매질하며 성안으로 몰고 들어가도록 했다.

• 『카밀루스와 팔레리이의 교사』, 푸생의 그림.
•• 『카밀루스와 팔레리이의 교사』, 버거스의 판화.

한편 팔레리이 사람들은 뒤늦게 교사의 반역 행위를 깨달았다. 크나큰 재앙에 온 도시가 비탄에 휩싸인 것은 당연했다. 남녀 할 것 없이 통탄하는 심정으로 성벽과 성문으로 내달렸는데 어찌된 영문인지 아이들이 돌아오고 있었다. 함께 돌아온 아이들의 교사는 벌거벗겨지고 팔이 뒤로 묶인 채 처참한 몰골을 하고 있었다. 아이들은 카밀루스를 구원자, 아버지, 심지어 신이라고 칭송했다. 그 광경을 보고는 아이들의 부모뿐만 아니라 나머지 시민들도 카밀루스의 정의로움에 대한 존경과 동경에 사로잡혔다.

그들은 서둘러 의회를 소집해 카밀루스에게 사절단을 보냈다. 그에게 시민들 모두의 목숨과 운명을 맡긴 것이다. 카밀루스는 이 사절단을 로마로 보냈다. 원로원에 선 사절단은 승리보다 정의를 높이 산 로마 사람들이 팔레리이 사람들에게 자유보다 패배를 원하도록 만들었다고 말했다. 그리고 이는 로마 사람들보다 힘이 약해서라기보다 덕을 겨루는 싸움에서 졌기 때문이라고 인정했다. 원로원은 이 문제를 결정하고 처리할 권한을 도로 카밀루스에게 주었고, 그는 팔레리이 사람들로부터 일정한 금액을 받은 뒤 팔리스키 족 모두와 동맹 관계를 맺고는 군을 철수시켰다.

XI.

그러나 팔레리이를 약탈할 것을 기대했던 병사들은 빈손으로 로마에 돌아오게 되자 나머지 시민들에게 카밀루스를 비난하는 말을 하기 시작했다. 그가 평민을 혐오한다고 주장했으며 전리품은 당연히 가난한 이들의 몫인데 이를 내주기 아까워한다고 말하기도 했다.

평민 호민관들이 다시금 도시를 둘로 나누는 법안을 내고 시민 투표에 붙이자, 카밀루스는 시민들의 증오심도 두려워하지 않고 과감한 언행을 삼가지도 않은 채, 대중의 바람이 이루어지는 것을 억지로 가로막는데 보란 듯 앞장섰다. 결국 시민들의 애초의 의지와 달리 법안은 부결되었고 시민들은 카밀루스에게 잔뜩 분노했다. 그래서 카밀루스의 가정에 불행이 찾아와 두 아들 중 하나가 병에 걸려 죽었을 때에도 시민들은 동정심을 갖지 않았고 분노는 조금도 수그러들지 않았다.

그럼에도 천성이 따뜻하고 온화한 카밀루스는 슬픔을 삼가지 않았다. 심지어 첫 번째 고소장이 발급되었을 때도 비탄에 빠져 밖으로 나가지 않고 여인들과 집안에 꼭 틀어박혀 있었다.

XII.

어찌 되었든 카밀루스를 첫 번째로 고소한 사람은 루키우스 아풀레이우스였다. 그는 카밀루스에게, 에트루리아의 물건을 강탈했다는 혐의를 씌웠다. 전리품으로 보이는 황동 문짝이 카밀루스의 집에서 발견되었다고 한 것이다. 그러나 사람들은 한껏 약이 올라 있었고 카밀루스를 죄인으로 몰 구실이라면 무엇이든 붙잡을 것이 명백한 상황이었다.

따라서 카밀루스는 수많은 친구들과 군대 동료들을 불러 모았다. 그리고 자신이 저토록 저속한 혐의에 대해 유죄 판결을 받으면 적들 앞에서 웃음거리가 될 터이니 부디 도움을 달라고 청했다. 친구들은 머리를 맞대고 사건을 논의한 뒤에 아무래도 재판에 관해서는 도움이 되지 못할 것 같다고 했다. 그러나 유죄 판결을 받고 벌금이 징수되면 내는 것을 도와주겠다고 했다.

카밀루스는 이를 참지 못했고 분노에 받쳐 도시를 버리고 유랑길에 오르기로 결심했다. 그리하여 아내와 아들에게 작별 인사를 한 뒤 소리 없이 성문으로 갔다. 성문에서 멈추어 뒤로 돌아선 카밀루스는 카피톨리움을 향해 두 팔을 뻗고는 신들에게 기도했다.

"제가 이렇게 고향으로부터 쫓겨나는 것이 정의의 실현이 아니라 시민들의 생각 없는 판단, 그리고 저를 시기하는 자들의 비방으로 인한 것이라면, 로마 사람들이 부디 빠르게 이를 뉘우치고 그들이 저 카밀루스를 필요로 하고 그리워한다는 것을 온 세상에 알리도록 해주시옵소서."

XIII.

카밀루스는 아킬레우스가 했듯 동료 시민들을 저주한 다음, 도시를 떠났다. 또 재판에 결석함으로써 저절로 패소하여 1만 5천 아스를 지불해야 하는 벌금형을 받았다.

*로마 사람들 중에 카밀루스의 저주가 이루어지지 않았다고 여기는 이는 없다. 하지만 그가 받은 보상은 달콤하기보다 몹시 씁쓸한 것이었다. 어쨌거나 그 보상이 무엇인지는 아주 널리 잘 알려져 있다. 로마에 크나큰 천벌이 내린 것이다. 지독한 파괴와 위험이 도시를 괴롭히기 시작했다. 그렇다고 해서 로마가 불명예를 피한 것도 아니다. 이 모든 것은 우연이었을 수도 있고 훌륭한 업적이 보답 받지 못하는 것을 그냥 지나치지 못하는 신이 손을 썼기 때문일 수도 있다.

XIV.

먼저, 감찰관 율리우스의 죽음이 크나큰 불행이 다가올 조짐으로 여겨졌다. 로마 사람들은 감찰관이라는 직책을 특히 존중하고 신성시하기 때문이다. 둘째로, 카밀루스가 나라를 떠나기 전, 명망이 높지는 않아도 정직하고 선하다고 여겨지는 마르쿠스 카이디키우스가 군사 호민관들에게 유의할 만한 정보를 알려주었다. 전날 밤, 노바 비아새 길라고 이름 붙은 길을 걸어가는데 누군가가 맑은 목소리로 불렀다는 것이다. 돌아보니 아무도 없었지만 사람의 목소리보다 더 우렁찬 목소리가 이렇게 말했다고 한다.

"잘 들어라, 마르쿠스 카이디키우스! 아침 일찍 관리들에게 가서 전하여라. 곧 갈리아 사람들이 들이닥칠 것이다."

XV.

갈리아 지방 사람들은 켈토이 족의 후손으로, 인구가 심하게 불어나는 바람에 나라를 버리고 생계를 위해 살 땅을 찾아 떠난 것으로 전해진다. 그들은 수많은 젊은 전사들과 더 많은 아녀자들로 이루어져 있었다. 이 가운데 일부는 리파이아 산을 넘어 북쪽 바다로 흘러들어가 유럽의 가장 변두리에 자리 잡았다. 다른 이들은 퓌레나이이피레네와 알페스알프스 산맥 사이에 정착해서 세노네스 족과 켈토리이 족 곁에 오랫동안 살았다.

그러다 마침내 포도주의 맛을 알게 된 것이다. 이탈리아에서 가져온 포도주를 처음으로 맛본 갈리아 사람들은 포도주가 정말로 마음에 들었다. 그들은 새로운 맛이 주는 기쁨에 흥분한 나머지 무기를 집어 들었고 오로지 포도가 나는 땅을 찾아 식구들까지 데리고 알페스로 나선 것이다. 그들에게 포도가 나지 않는 다른 모든 땅은 황무지로밖에 보이지 않았다.*

XVI.

갑자기 쳐들어온 갈리아 사람들은 순식간에 에트루리아 땅을 점령했다. 알페스 산맥에서 두 바다에 이르기까지 펼쳐진 이 땅이 예로부터 에트루리아 사람들의 땅이었다는 사실은 그 이름이 증명한다. 북쪽에 있는 바다는 에트루리아 도시의 이름을 따서 아드리아, 남쪽에 있는 바다는 그냥 에트루리아 해라고 부르기 때문이다. 이 지역 전체에는 숲이 산재해 있고 가축을 먹이기에 좋은 훌륭한 초원이 있으며 하천도 넉넉하다. 상업이 발달되어 있고 풍요로운 삶을 보장하는 크고 아름다운 도시도 열여덟 개나 있다. 갈리아 사람들은 이 모든 것을 빼앗아 가졌다. 그러나 이 모든 것은 내가 이야기하고자 하는 시대보다 훨씬 앞선 시대에 일어난 일이다.

XVII.

내가 말하고자 하는 시기는 갈리아 사람들이 에트루리아 도시 클루시움을 향해 행진하여 포위 공격을 시작한 무렵이다. 클루시움 사람들은 로마인들에게 도움을 요청했다. 그들을 대신하여 갈리아 사람들에게 서신을 전해 달라고 간청한 것이다.

이를 위해 로마에서 높은 명성과 명예를 자랑하던 파비우스 집안의 남자들이 사절단으로 임명되었다. 로마의 명성을 익히 알던 갈리아 사람들은 사절단을 공손하게 맞이했으며 성벽에 대한 공격을 멈추고 회담에 응했다. 도대체 클루시움이 무엇을 잘못했기에 공격하느냐고 묻자 갈리아의 왕 브렌누스가 웃음을 터뜨리며 대답했다.

"클루시움의 잘못은, 자그마한 땅으로도 먹고살 수 있는데 큰 땅을 차지하고 우리와 나누지 않은 것입니다. 우리는 이 지역 사람들도 아니고 수도 많은 데다 가진 것도 없습니다. 로마에도 이와 같은 잘못을 한 도시들이 한둘이 아니지 않습니까? 알바도 그리 했고 피데나이, 아르데아 최근에는 베이이, 카페나도 그리 했습니다. 팔리스키 족이나 볼스키 족 사람들도 마찬가지였습니다. 그대들은 이러한 도시들로 행군해서 그들이 가진 것을 나누지 않으면 노예로 만들고 약탈하고 도시를 깡그리 없애버립니다. 그것은 그대들이 잔인하거나 사악해서가 아니라 아주 오래된 법칙을 따르기 때문이지요. 약한 자가 강한 자에게 가진 것을 양보하는 법칙은 신으로부터 시작해서 필멸의 짐승들에 이르기까지 온 세상이 다 따르는 것이 아니겠습니까? 짐승들조차 강한 녀석이 약한 녀석보다 더 가지려는 본성이 있는 법입니다. 그러니 우리가 공격하고 있는 클루시움 사람들을 그만 동정하십시오. 우리 갈리아 사람들이 그걸 배워 로마의 전쟁 상대에게 똑같은 동정을 베풀면 어찌하실 작정입니까?"

이 말을 들은 로마의 사절단은 브렌누스와 그 어떤 합의에도 도달할 수 없을 거라 생각하고 클루시움으로 숨어들었다. 그리고 거기서, 함께 밖으로 나가 갈리아 사람들을 무찌르자고 도시 사람들을 격려하고 부추겼다. 전사들의 용맹을 시험해 보고 싶었거나 자신들의 용맹을 자랑하고 싶었기 때문일 것이다.

클루시움 사람들은 갈리아 사람들에 대해 반격을 감행했고, 성벽을 따라 벌어진 전투에서 파비우스 집안의 퀸투스 암부스투스는 어느 갈리아 전사를 향해 말을 몰았다. 맨 앞에서 말을 타고 있던 이 기품 있고 풍채 좋은 병사는 바로 브렌누스였다. 워낙 순식간에 벌어진 싸움이었고 빛나는 투구가 얼굴을 가리고 있었기 때문에 브렌누스는 상대방을 알아보지 못했다. 적을 제압하여 말에서 끌어내리고 갑옷과 투구를 벗긴 뒤에야 비로소 누군지 알 수 있었다. 브렌누스가 그를 신들께 보이며 말했다.

"사람이라면 따라야 할 정의롭고 신성한 도리가 있을진대 이자는 그것을 거스르고 사절로 와서는 적으로 둔갑했습니다."

브렌누스는 즉시 전투를 중지시키고 클루시움을 내버려둔 채, 로마를 향해 군대를 이끌었다. 그러나 그는 갈리아인들이 이 무례한 처사를 실은 반기고 있으며 단지 전쟁을 일으킬 구실을 원하고 있을 뿐이라는 인상은 주고 싶지 않았다. 따라서 퀸투스 암부스투스를 로마로 보내 그에 대한 처벌을 요구했고, 그동안 아주 천천히 진군했다.

XVIII.

로마에서는 원로원이 소집되었다. 여러 의원들이 파비우스 가문 사람들을 비난했다. 특히 페티알레스라고 하는 사제 계급은 모든 신들의 이름으로 원로원에 촉구하기를, 이미 벌어진 일로부터 비롯될 재앙을 한 사람의 죄인에게 돌림으로써 나머지 사람들을 구제하자고 했다.

페티알레스는 누구보다 온화하고 정의로운 누마 폼필리우스 왕이 제정한 사제 계급으로, 평화를 수호하고 전쟁의 정당성을 판단하고 결정하는 역할을 맡고 있었다.

원로원은 이 문제의 해결을 민중에게 맡겼고 사제들은 한목소리로 파비우스를 비난했으나 대중은 파비우스와 그 형제들을 군사 호민관에 임명함으로써 종교를 비웃고 업신여겼다.

갈리아 사람들은 이 소식을 듣고 격분하여 더 이상 지체하지 않고 서둘러 진군했다. 규모도 규모였거니와 화려한 군사 장비를 갖춘 데다 분노에 휩싸여 난폭해져 있었던 갈리아 군대는 어디를 가든 공포를 불러일으켰다. 사람들은 성벽 밖 영토를 이미 빼앗겼다고 생각했으며 곧 도시마저 점령당하리라고 생각했다.

그러나 기대와 달리 적들은 아무런 해도 입히지 않았고 밭에서 아무것도 빼앗아가지 않았다. 도시 곁을 지날 때에도 로마로 행군하고 있으며 로마 사람들만 상대하겠다고 외쳤을 뿐 다른 도시들과는 우호 관계를 유지한 것이다.

갈리아 사람들이 몰려오자 군사 호민관들은 로마 사람들을 이끌고 전투를 하러 나섰다. 중장비 보병이 4만 명에 달하는 로마군이 수적으로 열세에 있었던 것은 아니다. 그러나 대부분의 병사들은 훈련은커녕 한 번도 무기를 들어보지 못한 사람들이었다. 게다가 모든 종교적 절차가 무시되었다. 위험한 전투에 앞서 마땅히 제물을 바쳐 상서로운 징조를 확인하고 또 예언자들의 말을 들어야 했음에도 로마군은 그렇게 하지 않았다.

그러나 군대의 임무를 가장 큰 어려움에 빠뜨린 것은 지휘관들의 수였다. 크지 않은 전투에 임할 때 군대는 종종 독재관이라는 지위를 부여받은 단 한 사람의 지휘에 따르곤 했다. 위기에 직면한 상황에서, 제 손에 정의의 저울을 들고 있는 단 한 사람의 절대적인 권위에 복종하는 것이 얼마나 이로운지 모르지 않았던 것이다. 게다가 카밀루스에 대한 불공평한 대우는 군기에 상당한 영향을 미쳤다. 따라서 카밀루스 이후 병사들의 만족이나 변덕을 고려하지 않고 지휘하는 것은 위험하기까지 했다.

그들은 로마로부터 11밀레* 가량 전진하여 알리아 강둑에 진을 쳤다. 티베르 강과 합류하는 지점과 멀지 않았다.

거기서 갈리아 군대가 갑자기 로마군을 덮쳤고 로마군은 우왕좌왕 수치스러운 꼴을 보이다가 패주했다. 왼쪽 날개는 곧장 갈리아 군대에 쫓겨 강물에 빠져 죽었다. 오른쪽 날개는 비교적 피해가 적었다. 적이 들판에서 언덕으로 올라오기 전에 후퇴할 수 있었기 때문이다. 대부분의 병사들은 로마로 되돌아갔다. 나머지 병사들은, 오랜 살육 끝에 지쳐버린 적군의 손아귀를 빠져나와 밤을 이용해 베이이로 피신했다. 그들은 로마가 함락되었으며 모든 시민들이 죽임을 당했다고 여겼다.*

XX.

이 전투가 끝난 뒤 갈리아 군대가 퇴각하는 병사들을 끈질기게 뒤쫓았다면 로마는 깡그리 파괴되고 도시에 남은 사람들도 모두 깨끗이 사라졌을 것이다. 후퇴한 병사들이 도시 사람들에게 불어넣은 공포가 극심했으며 그들 자신도 또다시 혼란에 빠져 날뛰고 있었기 때문이다.

그러나 갈리아 사람들은 이 전투에서의 승리가 얼마나 큰 의미를 가지는지 알지 못했고, 넘치는 기쁨에 흥청망청 놀며 적진에서 빼앗은 물건을 나눠 갖느라 정신이 없었다. 바로 그 덕에 도시를 떠나고자 한 수많은 사람들에게는 피난할 시간이 주어졌으며 도시에 남고자 한 사람들은 희망을 갖고 방어할 채비를 할 수 있었던 것이다.

남은 사람들은 카피톨리움**주위로 방벽을 쌓고 화살과 창을 재어 두었으며 그 밖의 지역은 포기했다. 그러나 무엇보다 먼저 신성한 물건들을 지키는 데 힘썼다. 물건 대부분은 카피톨리움으로 옮겼다. 베스타 여신의 성화는 여사제들이 들고 피난했으며 그 밖에 그들이 지키고 있던

• 로마의 거리 단위로 천 걸음가량.
•• 카피톨리누스 언덕에 자리한 신전이자 요새.

다른 신성한 물건들도 가지고 갔다.*

그러나 다른 신들을 모시는 사제들, 그리고 한때 집정관이었으며 개선 행진의 영광도 누렸으나 이제는 늙어버린 시민들은 차마 도시를 떠날 수 없었다. 그래서 예복을 갖추어 입고 당시 최고 제사장이었던 파비우스를 따라, 죽는 순간까지 나라를 위해 몸 바치겠다고 신들에게 맹세했다. 그들은 그런 차림으로 포룸•에 있는 상아 의자에 앉아 운명을 기다렸다.

XXII.

• 로마로 들어온 갈리아 군대. 기조의 『프랑스 역사』에 수록된 삽화.

전투가 있은 지 사흘 뒤, 브렌누스가 군대를 이끌고 로마로 왔다. 성문이 활짝 열려 있고 성벽을 지키는 병사들이 하나도 없는 것을 본 그는 어떤 위험한 함정이 도사리고 있으리라 추측했다. 로마 사람들이 그토록 쉽게 포기하리라고는 생각지 못했던 것이다. 그러나 사실을 알게 되자마자 그는 콜리나 성문으로 들어가 로마를 점령했다. 로마가 창건되고 360년이 채 지나지 않은 때였다. 그런데 이 연대는 정확하지 않을 것이다. 바로 이 사건으로 발생한 손실 때문에 그 이후에 일어난 일의 연대마저도 뚜렷하지 않기 때문이다.*

로마를 점령한 브렌누스는 수비대로 카피톨리움을 포위했다. 그리고

• 포룸은 시민들이 모이는 시장이나 광장을 통칭하는 말. 여기서는 카피톨리누스 언덕 남쪽, 팔라티누스 언덕 북쪽에 자리한 포룸 로마눔을 의미한다.

자신은 포룸으로 갔다. 놀랍게도 그곳에는 예복을 갖춰 입은 노인들이 침묵을 지키며 앉아 있었다. 그들은 적들이 다가오는데도 일어서서 저항하지 않았고 얼굴색 하나 변하지 않은 채 말없이 앉아 있었다. 두려움 없는 편안한 모습으로 지팡이에 몸을 기대고 서로의 얼굴을 바라보고 있었던 것이다.

갈리아 사람들은 그 이례적인 광경에 놀라움을 금치 못했고 비범한 존재처럼 여겨지는 그들에게 한동안 다가가지도, 손을 대지도 못했다. 그러다 마침내 병사 한 명이 용기를 내 파피리우스 마르쿠스에게 다가갔다. 그는 손을 뻗어 살며시 노인의 턱을 잡고는 긴 수염을 쓰다듬었다. 그러자 노인은 지팡이를 들어 병사의 머리를 가차 없이 내려쳤다. 병사는 그 즉시 칼을 뽑아 노인을 죽였다. 갈리아 병사들은 나머지 사람들도 공격해 쓰러뜨렸고 그 뒤 만나는 사람마다 목숨을 빼앗았다. 몇날 며칠 동안 집을 약탈한 뒤에는 불을 질러 깡그리 태워버렸다. 카피톨리움을 지키고 있던 자들에 대한 분노 때문이었다. 그들은 갈리아의 요구에도 항복하지 않았고 공격을 받아도 끝까지 적을 물리쳐 방벽을 지켰다. 심지어 적의 병사들을 죽이기까지 했던 것이다. 따라서 갈리아는 도시를 있는 대로 유린하고 붙잡히는 사람이면 남자든 여자든 노인이든 아이든 가리지 않고 베어 죽였다.

• 알프레드 J. 처치의 『리비우스의 역사 이야기(Stores from Livy)』에 수록된 삽화.

XXIII.

포위 공격은 오랫동안 지속되었고 갈리아 군대는 식량이 떨어지기 시작했다. 그래서 병력을 나누어 일부는 왕과 함께 남아 카피톨리움을 지키고 나머지는 주변 지방을 털었다. 한꺼번에 몰려다닌 것이 아니라 지휘관과 부대에 따라 나뉘어 여기저기로 흩어져 마을을 공격하고 약탈한 것이다. 그들은 앞선 전투에서 얻은 자신감으로 아무것도 두려워하지 않고 있었다. 가장 크고 훈련이 잘된 부대는 카밀루스가 로마를 떠나 줄곧 머물러 있던 아르데아로 행군해 왔다.

철저히 은둔해서 홀로 살아가고 있던 카밀루스였지만, 적의 눈에 띄지 않기를 간절히 바라기보다 기회가 된다면 복수를 하고 싶은 마음이 었기 때문에, 그에 따른 기대와 계획을 품고 있었다. 따라서 아르데아 사람들이 수적으로 우세하면서도 나약하고 경험 없는 지휘관들 때문에 선뜻 용기를 내지 못하는 것을 보자, 그는 먼저 젊은이들을 붙잡고 설득하기 시작했다. 로마에 불행이 닥친 것은 갈리아 사람들이 용맹해서도 아니고, 잠시 판단력이 흐려졌던 로마 사람들이 고통을 겪고 있는 것은 갈리아 사람들의 전투력이 좋아서도 아니며, 그들은 승리를 얻을 자격이 없고 다만 로마가 운이 나빴을 뿐이라고 주장했다. 또 위험을 감수하고서라도 타지에서 쳐들어온 야만적인 사람들의 공격을 저지하는 것은 훌륭한 일이라고 했다. 무엇보다 그들의 목적이, 마치 불과 같이, 정복한 모든 것을 남김없이 파괴하는 데 있다는 것을 생각한다면 더욱 그러하다고 했다. 하물며 때는 용기와 열정만 있다면 위험을 감수할 필요도 없이 승리를 쟁취할 수 있는 기회라고도 했다.

젊은이들의 지지를 등에 업은 카밀루스는 아르데아의 지배자와 의원들에게 갔다. 그리고 그들의 동의까지 얻은 다음 복무 연령에 있는 사람들을 무장시키고 성안에 결집시켜 두었다. 근처에 있던 적의 눈에 띄지 않도록 하기 위함이었다. 적은 주변 지방을 휩쓸고 난 뒤 아무런 걱정이나 두려움 없이 들판에 진을 치고 있었으며 약탈한 물자가 워낙 많아 이동도 불편한 상황이었다. 밤이 찾아와 더 이상 잔치를 벌일 수도 없게 된 갈리아 사람들의 진영은 침묵에 잠겼고 정찰병들을 통해 이러한 상황을 전달받은 카밀루스는 아르데아 사람들을 이끌고 나섰다. 조용히 들판을 가로질러 자정쯤 갈리아 진영에 다다른 아르데아 군대는 고함과 나팔소리로 갈리아 사람들을 혼란에 빠뜨렸다.

술에 취해 쓰러져 잠든 갈리아 사람들은 좀처럼 정신을 차릴 수가 없었다. 겁에 질려 취기를 털어버린 자들도 몇몇 있었다. 그들은 무장을 하고 카밀루스와 부하들에게 맞섰기 때문에 그나마 싸우다 죽음을 맞았다. 그러나 대부분의 사람들은 공격을 받을 당시 술과 잠에 빠져 있는 상태였기 때문에 무기도 들어보지 못하고 목숨을 빼앗겼다. 소수의 사람들만이 어둠을 틈타 진영에서 도망쳤고 날이 밝자 뿔뿔이 들판을 헤매다가 기병에 쫓겨 결국 난도질을 당했다.

XXIV.

이 사건에 관한 소문은 이웃 나라로 빠르게 퍼졌고 복무 연령에 있던 많은 사람들이 무기를 들었다. 특히 알리아 강둑에서 벌어졌던 전투에서 패하고 베이이로 달아났던 로마 사람들이 들고 일어났다. 그들은 원통해하며 이렇게 말했다고 한다.

"하늘도 무심하시지 어떻게 로마로부터 카밀루스 장군님과 같은 지도자를 빼앗아 아르데아에 주실 수 있나? 장군님과 같은 영웅을 낳고 기른 도시는 죽어 없어졌고 우리는 지휘관도 없이 남의 성안에 틀어박혀 이탈리아 땅이 눈앞에서 폐허가 되는 꼴을 지켜보고 있어야 하는 신세! 이럴 때가 아니다! 아르데아로 사람을 보내 우리 장군님을 내달라고 하든지 무기를 집어 들고 장군님께 가자. 나라가 적의 손에 들어간 마당에 장군님은 더 이상 죄인이 아니고 우리도 더 이상 로마 시민이 아니다."

이렇게 말한 뒤 그들은 카밀루스에게 지휘를 맡아달라고 하였다. 그러나 카밀루스는 카피톨리움에 있는 시민들이 그를 합법적으로 임명하기 전에는 그렇게 할 수 없다고 했다. 카밀루스의 생각에 카피톨리움에 시민들이 있는 한 로마는 살아 있었고, 그들이 명령을 내린다면 기꺼이 복종하겠지만 그들의 의지에 반하여서는 어떤 일에도 끼어들지 않겠다고 작정한 것이다. 사람들은 카밀루스가 보여준 이 고결한 자제심을 칭송해 마지않았지만 어떻게 카피톨리움에 이 문제를 의뢰해야 할지 알지 못했다. 전령이 점령된 도시로 들어가 적의 눈을 피해 카피톨리움에 다다르는 것은 실로 불가능해 보이기까지 했다.

XXV.

그러나 폰티우스 코미니우스라는 한 젊은 사내가 있었으니 태생은 평범하여도 명예와 영광을 아끼는 사람이었다. 그가 자진해서 임무를 맡았다. 그는 카피톨리움을 지키는 사람들에게 전달하려는 내용을 서신에 적지 않았다. 적에게 붙잡혔을 경우 카밀루스의 의도를 들킬 수 있기 때문이었다. 대신 짜임이 성긴 옷 속에 코르크 덩어리를 숨겨 갔다. 대부분의 거리는 낮 시간을 이용해 걱정 없이 이동했다. 하지만 로마에 가까워질 무렵 밤이 찾아왔다. 다리를 이용해 강을 건널 수는 없었다. 갈리아 사람들이 지키고 있었기 때문이다. 그래서 가벼운 옷가지들은 머리에 묶고 몸에는 코르크를 묶은 다음 이것에 의지해 헤엄을 쳐서 강을 건넜다. 강 건너편에 도달한 그는 계속해서 도시로 발길을 옮겼다.

그는 눈을 부릅뜨고 경계를 하는 적병들과 언제나 적당한 거리를 유지하며, 적병들이 든 횃불과 그들이 내는 소리를 기준으로 삼아 가장 조용한 카르멘탈 성문으로 향했다. 그런데 카피톨리누스 언덕은 그 지점에서 가장 경사가 심했으며 높고 날카로운 절벽에 에워싸여 있었다. 폰티우스는 적의 눈에 띄지 않고 이 절벽을 올랐으며 온갖 고통과 어려움 끝에 마침내 언덕 위에 다다랐다. 그곳은 마침 방벽이 낮아 로마의 보초병들이 지키고 있는 지점이었다. 폰티우스가 보초병들을 불러 자신의 정체를 밝히자 병사들이 그를 방벽 안으로 끌어올려 로마의 관리들에게 데리고 갔다.

원로원이 급히 소집되었고 폰티우스는 그들 앞에서 먼저 카밀루스가 전투에서 승리했다고 전했다. 원로원은 전혀 모르고 있던 일이었다. 이어서 카밀루스의 뜻을 전달하고 병사들 또한 기뻐하고 있음을 전했다. 그리고 원로원에서 즉각 카밀루스의 지휘권을 승인해 줄 것을 요청했는데 바깥에 있는 로마 시민들은 그가 아니면 복종하지 않을 터였기 때문이다. 원로원은 이 소식을 듣고 협의한 끝에 카밀루스를 독재관으로 임명하고 폰티우스를 온 길로 되돌려 보냈다. 그는 또다시 운 좋게 적들의 눈을 피해 원로원의 전갈을 도시 밖의 로마 사람들에게 전했다.

XXVI.

사람들은 이 소식을 기뻐하며 반겼다. 따라서 카밀루스가 도달했을 때 이미 무장한 병사 2만 명이 모여 있었다. 그는 동맹 관계에 있는 도시들로부터 추가로 병사를 확보하고 공격 준비를 했다. 이렇게 두 번째로 독재관에 임명된 카밀루스는 적을 공격하기 위해 베이이로 가서 군 지휘권을 잡았으며 우호 관계에 있는 도시들로부터 추가로 병사를 모집했다.

한편 로마에서는 갈리아 사람들 몇몇이 우연히 카피톨리움으로 올라가는 길을 발견했다. 폰티우스가 밤을 틈타 올라갔던 길이었다. 그들은 폰티우스가 기어오르며 남긴 손자국과 발자국을, 그리고 여기저기 바위

틈에 자라고 있던 풀이 뜯기고 흙이 파인 것을 알아챘다. 그들은 왕에게 이를 전했고 왕도 직접 이것을 확인했다. 당시 왕은 아무 말도 하지 않았지만 저녁이 되자 갈리아 병사들 가운데 발이 빠르고 절벽을 잘 타는 자들만을 모아 이렇게 말했다.

"적진으로 향하는, 우리가 모르고 있던 길을 적이 보여주었다. 사람이 충분히 지나갈 수 있는 길이다. 우리의 시작은 훌륭했다. 이렇게 해놓고 끝에 가서 실패한다면 얼마나 큰 수치일 것이냐? 적이 길을 보여주었는데도 불구하고 난공불락의 성이라며 포기한다면 얼마나 부끄러울 것이냐? 한 사람이 갈 수 있는 길이라면 여러 사람이 줄을 지어 차례로 지나가는 것 또한 어렵지 않을 것이다. 오히려 서로에게 격려와 도움이 될 것이다. 모두에게 용기에 어울리는 명예와 포상이 내려질 것이다."

XXVII.

왕이 이와 같이 말하자 갈리아 병사들은 기꺼이 그 뜻에 따랐다. 자정쯤 꽤 많은 병사들이 소리 없이 절벽을 올랐다. 가파르고 험난한 곳은 손발을 모두 이용해서 올라야 했지만 생각했던 것보다 어렵지는 않았다. 앞서 간 사람들은 언덕에 올라 대열을 정돈하고 있었다. 잠든 보초병을 습격하고 초소를 차지하는 일만 남은 것이었다. 아무도 적이 접근한다는 것을 몰랐고 개도 짖지 않았다.

그런데 마침 유노 여신의 신전 근처에 신성한 거위들이 살고 있었다. 평소에는 이 거위들에게 먹이를 아낌없이 주곤 했지만 당시에는 수비대조차 먹을 것이 충분하지 않았기 때문에 거위들은 뒷전이었고 곧 죽을 운명에 처해 있었다. 거위는 원래 청력이 좋고 어떤 소음이든 두려워한다. 이 거위들은 배고픔 때문에 특별히 예민하고 안절부절못하는 상태였기 때문에 갈리아 사람들이 다가오는 것을 감지하고 큰 소리로 울어대며 다가갔다. 이 통에 수비대가 전부 잠에서 깨어났다.

발각된 갈리아 사람들은 즉시 고함을 지르며 공격을 감행했다. 수비대는 아무 무기나 손에 잡히는 대로 들고 최선을 다해 싸웠다. 먼저, 집정관 임무를 수행하고 있던, 체격이 건장한 강심장 만리우스는 두 사람을 동시에 상대했다. 적이 손도끼를 들어 올리려는 찰나 칼로 오른손을 쳤고 나머지 한 손에 든 방패는 적의 얼굴에 들이밀어 절벽 아래로 굴러 떨어뜨렸다. 그런 다음, 그를 도우러 달려와 곁에 대열을 이루고 선 병사들과 함께 방벽 위에 버티고 서서 남은 적들을 물리쳤다. 언덕 위로 올라온 적들은 그 수가 많지 않았을 뿐더러 용기에 비해 전투력이 부족했다. 로마 사람들은 이렇게 위험을 벗어났다.

날이 밝자 수비대는 아군 보초병의 우두머리를 적의 병사들과 마찬가지로 절벽 아래로 굴러 떨어뜨렸다. 대신 만리우스에게는 승리에 대한 보상이 내려졌다. 실익보다는 그 영예가 의미 있었다. 한 사람의 하루치 식량을 모아 그에게 준 것이다. 하루치 식량이라고 해봤자 밀이 로마의 무게 단위로 반 리브라*, 포도주가 헬라스의 단위로 4분의 1코틸레**에 불과했다.

XXVIII.

이 일이 있고 전세가 갈리아 사람들에게 불리하게 기울었다. 카밀루스가 두려워 식량을 모으러 나갈 수 없었기에 양식이 모자랐고 병사들 사이에는 전염병까지 돌았다. 게다가 바람과 열기에 엄청난 양의 재가 공

• 약 330그램.
•• 약 270밀리리터.

중으로 퍼진 탓에 공기가 건조하고 독해져서 숨쉬기조차 불편했다. 그들은 모두 여름의 햇볕을 피하는 것이 어렵지 않은, 그늘이 많은 지방 출신이었다. 그런 그들이 지대가 낮고, 가을이 가까워 오면서 기후가 매우 불안정해진 지역에 머물러야 했던 것이다. 더구나 하염없이 무료하게 카피톨리움을 지키고 앉은 것이 7개월째로 접어들고 있었다. 이러한 모든 원인들로 인해 갈리아 진영에서는 사망자 수가 치솟아 시신을 묻을 수조차 없었다.

그러나 이러한 상황이라고 해서 포위된 로마 사람들에게 안정이 찾아온 것은 아니다. 굶주림이 점점 심해졌고 사람들은 카밀루스의 심중을 알 수 없었기에 더욱 좌절했다. 카밀루스로부터 전령이 찾아올 수도 없었다. 갈리아 사람들이 도시를 더 삼엄하게 경비했기 때문이다. 양측이 이와 같은 고난을 겪고 있는 상황에서, 서로 접촉이 잦았던 양측의 전초부대가 제일 먼저 협상안을 내놓았다. 지휘권을 잡고 있던 이들도 이를 최선이라고 여겼다.

따라서 로마인들의 군사 호민관 술피키우스는 브렌누스와 회담을 가졌다. 브렌누스는 황금 천 리브라를 가져오면 로마와 로마의 영토를 깨끗이 떠나겠다고 했다. 로마인들은 브렌누스가 제시한 조건에 서약하고 황금을 가지고 나와 무게를 재기 시작했다. 그런데 갈리아 사람들이 처음에는 은밀히, 나중에는 노골적으로 저울의 균형을 흐트러뜨렸다. 로마 사람들이 이에 격분하자 브렌누스가 비웃으며 칼을 뽑더니 칼과 허리띠를 비롯한 온갖 것들을 저울에 올려놓았다. 술피키우스가 물었다.

"대체 뭘 하자는 짓입니까?"

"뭘 하자는 짓이겠소? 패한 자만 억울한 거지."

이 말은 그 즉시 속담이 되었다. 로마 사람들 일부는 격분한 나머지 황금을 물리고 돌아가 포위 공격을 버티어내야 한다고 생각했다. 다른 이들은 그 정도 행패는 눈감아 주어야 한다고 생각했다. 황금을 내준다는 사실 자체가 이미 수치인만큼 조금 더 준다고 해서 달라지는 것은 없다고 주장한 것이다. 황금을 내주는 수치를 참는 것은 위급한 상황이기 때문이라고 했다. 명예로운 행위라서가 아니라 그러지 않을 수 없기 때문이라고 주장한 것이다.

XXIX.

로마인들이 이처럼 갈리아 사람들과, 그리고 같은 로마인들끼리 의견 충돌을 겪고 있을 무렵 카밀루스가 군대를 이끌고 성문에 다다랐다. 상황을 보고 받은 그는, 나머지 병사들은 대열을 유지하며 뒤따르게 하고 자신은 엄선된 병사들과 함께 서둘러 로마 사람들에게로 갔다. 로마인들은 카밀루스를 독재관으로 인정한다는 표시로 예의 바른 침묵을 유지하며 길을 터주었다. 거기서 그는 저울에 올려져 있던 황금을 들어 올려 수행원들에게 주고 갈리아인들에게 저울과 추를 들고 꺼지라고 명했다. 그리고 로마인들은 황금이 아닌 무쇠로 도시를 구원한다고 덧붙였다.

분노에 휩싸인 브렌누스가, 협정을 파기하는 것은 자신을 욕보이는 것이라고 선언하자 카밀루스는 협정이 법적으로 이루어지지 않았고 구속력도 없다고 말했다. 카밀루스가 이미 독재관으로 임명된 상황이었고 법적인 지배자가 그 말고 없었기 때문이다. 따라서 갈리아는 아무런 자격이 없는 자들과 협정을 맺은 것뿐이었다.

카밀루스는 원하는 것을 말하라고 했다. 용서를 구하면 줄 수 있는 권한도, 뉘우침 없는 죄인들을 벌할 수 있는 권한도 모두 그에게 있었기 때문이다. 이에 브렌누스는 고함을 치며 몸싸움을 시작했다. 하지만 양측은 칼을 뽑아 들고 서로를 이리저리 밀칠 뿐 그 이상은 어쩔 수 없었다.

소동이 벌어진 곳은 폐허가 된 도시의 중심부로, 좁아서 전투 대형을 갖출 수 없었기 때문이다.

브렌누스는 곧 정신을 차리고 갈리아 병사들을 이끌고 진영으로 되돌아갔다. 작은 접전이라 전사자는 많지 않았다. 다음 날 밤 진영을 거둔 그는 도시를 떠나 전군을 이끌고 8밀레가량 행진하여 가비나 가도 곁에 진을 쳤다. 날이 밝을 무렵, 카밀루스가 번쩍이는 갑옷을 입고 그를 덮쳤다. 전과 달리 자신감이 충만했던 로마 병사들은 길고 치열한 전투 끝에 수많은 전사자를 발생시키며 적을 패주시키고 그들의 진영을 차지했다. 도망간 갈리아 병사들 중에는 즉각 추격당해 죽임을 당한 자들도 있었지만 대부분 멀리 흩어졌다. 그러나 그들마저도 에워싼 마을과 도시 사람들의 손에 붙잡혀 목숨을 잃었다.

XXX.

그렇게 로마는, 괴이한 방식으로 점령당했듯이 한결 더 괴이한 방식으로 구원받았다. 이는 도시가 갈리아인들의 손에 들어간 지 7개월 만이었다. 그들은 7월 15일에 입성해 다음 해 2월 13일에 쫓겨났다. 카밀루스는 잃어버린 영토를 되찾고 도시를 돌려받은 이에게 합당한 개선 행진을 했다.

도시 밖에 있던 시민들은 처자식과 함께 카밀루스의 전차를 뒤따라 성안으로 들어왔고 카피톨리움에 포위되어 있던 이들, 굶어 죽는 것을 가까스로 면한 이들은 행렬을 마중 나왔다. 모두가 껴안고 기쁨에 겨워 눈물을 흘렸다. 사제들을 비롯하여 신께 봉사하는 사람들은, 땅에 묻거나 가지고 도망쳤던 신성한 물건들을 모두 가지고 나와 무사함을 알렸으며 시민들은 이 반가운 광경을 기뻐하며 즐겼다. 시민들은 그 신성한 물건들과 함께 신들 또한 도시로 되돌아온 것이라고 생각했다.

카밀루스는 전례에 능통한 이들이 처방한 대로 신들에게 제를 올리고 도시를 정화한 다음, 원래 있던 신전들을 복구하고 소문의 신과 목소리의 신에게 봉헌하는 신전을 세웠다. 하늘로부터 목소리가 들려와 마르쿠스 카이디키우스에게, 갈리아에서 적군이 오고 있다는 것을 알렸던 바로 그 자리였다.

XXXI.

카밀루스의 열정과 사제들의 많은 노력 덕분에 신전이 있었던 자리는 마침내 발굴했으나 복구는 매우 고된 작업이었다. 또 완전히 파괴된 도시 전체를 다시 세워야 했으므로 대중은 그 일의 규모에 압도되어 절망했다. 그들은 빈털터리였고 고통에 시달린 후였기에 휴식과 안정을 원했다. 물자도 여력도 없는 상황에서 도시를 재건하는 일에 매달려 몸을 축내고 싶지 않았던 것이다.

따라서 그들의 생각은 자연히 베이이로 되돌아갔다. 베이이는 멀쩡히 서 있었고 필요한 모든 것을 갖추고 있었다. 이것은 대중의 기분을 맞추고 즐겁게 해주려는 것만이 목적인 자들이 악의를 가지고 대중을 선동할 절호의 기회였다. 대중은 또다시 카밀루스에 대한 선동적인 연설에 귀를 기울이기 시작했던 것이다. 선동가들은 카밀루스가, 시민들을 수용할 준비가 되어 있는 도시가 있는데도 가지 못하게 한다고 비난했다. 시민들로 하여금 폐허 위에 천막을 친 채, 시신을 태우기 위한 거대한 장작더미처럼 되어버린 도시를 재건하도록 강요하고 있다고 했다. 그리고 이는 카밀루스가 오로지 자신의 야망과 명성만을 생각하기 때문이라고 주장했다. 그들은 또 카밀루스가 로마의 지도자이자 장군이 되는 것으로 모자라 로물루스를 제치고 도시의 창건자가 되려고 한다고 비방했다.

이와 같은 아우성에 겁을 먹은 원로원은 카밀루스의 바람과 달리 그가 1년 안에 독재관을 그만두지 못하도록 못 박았다. 그 어떤 독재관도 6개월 이상 재임한 적이 없음에도 불구하고 그렇게 정한 것이다. 한편 원로원의 의원들은 다정한 인사치레와 설득력 있는 말로써 민중을 다독이고 그들의 마음을 바꾸려고 노력했다. 조상들을 모신 묘소를 가리키기도 하고, 로물루스나 누마, 또는 다른 왕이 성화聖化한 뒤 그들의 보호 아래 맡겨둔 여러 사당과 성소들을 일깨우기도 하면서 민중을 달랜 것이다.

그들은 또 하늘이 드러냈던 여러 가지 징조를 언급하며 특히 카피톨리움의 주춧돌을 놓을 자리를 팔 당시 발견된 머리통을 강조했다. 잘려나간 지 얼마 지나지 않은 것으로 보였던 그 머리통은, 그것이 발견된 자리가 이탈리아의 우두머리가 될 운명임을 암시하고 있다고 했다. 그들은 또 베스타 여신의 성화를 강조했다. 여사제들은 전쟁이 끝난 뒤 이 불을 새로이 붙인 바 있었다. 그들이 도시를 버림으로써 다시 그 불을 꺼 없앤다면, 도시가 이주민과 이방인들의 차지가 되든 가축 떼의 차지가 되든 그처럼 불명예스러운 일이 없으리라고 주장한 것이다.

의원들은 이와 같이 시민들을 타일렀다. 한 명 한 명을 붙잡고 개인적으로 설득했을 뿐만 아니라 공식적인 집회에서도 종종 이야기했다. 반대로 의원들은 대중의 눈물겨운 애원에 연민을 품기도 했다. 대중은 무력한 처지를 한탄하며 자신들은 배가 난파되어 가까스로 목숨만 건진 빈털터리에 벌거숭이와 다름없다고 했다. 그런 자신들에게 폐허가 되어버린 도시를 다시 끼워 맞추라고 강요하지 말고 이미 그들을 맞이할 준비가 되어 있는 다른 도시로 보내달라고 애원한 것이다.

XXXII.

카밀루스는 의회에서 이 문제를 논의하고 결정해야 한다고 생각했다. 카밀루스 자신 역시 긴 연설을 통해 너와 나 모두의 고향을 보존하자고 역설했고 발언을 원하는 모든 사람에게 기회가 주어졌다. 마침내 카밀루스는 루키우스 루크레티우스를 불러냈다. 그는 관례에 따라 첫 번째 표를 던지게 되어 있던 루크레티우스에게 먼저 의견을 말하도록 했다. 다른 의원들은 그다음 순서에 따라 의견을 말할 수 있게 되어 있었다.

침묵이 깔렸고 루크레티우스가 말을 시작하려는 찰나 바깥에서 주간 보초를 맡은 분대가 백인대장과 함께 지나갔다. 백인대장은 깃발을 들고 앞선 병사에게, 그곳이 머물러 있기 가장 좋으니 거기 멈추어 깃발을 꽂으라고 큰 소리로 말했다. 이 말은, 모두가 염려스런 마음으로 불확실한 미래를 고민하고 있던 위기의 순간에 들려왔고 루크레티우스는 신들의 뜻에 표를 던진다고 두터운 경외심을 담아 말했다. 다른 의원들도 차례차례 루크레티우스의 본보기를 따랐다.

그러자 놀랍게도 대중의 마음도 반대로 기울었다. 그들은 서로를 격려하고 부추기며 일을 시작했고 부지마다 집을 짓기 시작했다. 어떤 질서정연한 규칙에 따라 그리한 것이 아니고 편리한 대로, 마음 가는 대로 지은 것이다. 따라서 도시는 복잡하고 좁은 골목을 갖게 되었고 집들도 미로처럼 늘어서게 되었다. 서둘러 빠르게 지은 탓이다. 불과 1년 만에 새로운 도시가 섰으며 도시를 보호할 성벽이 지어졌고 살 집이 마련되었다고 한다.

성지를 복원하고 새로 경계를 긋는 임무를 맡은 사람들은 기존의 성지들이 완전히 난장판이 된 것을 발견했다. 팔라티움을 돌아 마르스 신전에 다다르자 다른 곳들과 마찬가지로 갈리아인들에 의해 파괴되고 불에 탄 신전이 보였다. 신전을 치우고 새로 단장하려는데 잿더미 깊숙이 파묻혀 있던 로물루스의 예언 지팡이가 발견되었다. 한쪽이 구부러진 이 예언 지팡이의 이름은 리투우스다. 새들의 비행을 보고 점을 치는 예식을 할 때 하늘을 여러 구역으로 나누기 위해 쓴다. 로물루스도 위대한 예언자였으므로 이 리투우스를 쓴 것이다. 그가 사람들로부터 자취를 감추었을 때 사제들은 이 지팡이를 가져다 다른 모든 신성한 물건들과 같이 귀중히 여겨 보관해오고 있었다.

마침 다른 모든 것은 타버리고 없던 그때, 그 지팡이가 멀쩡한 모습으로 발견되었다는 것은 로마에 더 큰 희망을 안겨주었다. 사람들은 지팡이가 로마의 영원한 안정을 상징한다고 여겼던 것이다.

XXXIII.

시급한 일들이 미처 마무리되지도 못한 시점에 새로이 또 다른 전쟁이 터졌다. 아이퀴와 볼스키, 라티니 족 사람들이 한꺼번에 로마의 영토로 쳐들어온 것이다. 게다가 에트루리아 사람들까지 로마와 동맹 관계에 있는 수트리움을 공격해왔다. 군대의 지휘를 맡고 있던 군사 호민관들은 마르키우스 산 근방에 진을 치고 있다가 라티니 족에 포위되어 진영을 잃을 위기에 처했다. 그리하여 로마에 도움을 요청했고 카밀루스가 세 번째로 독재관에 임명되었다. 이 전쟁에 관하여는 두 가지 이야기가 전해지는데 먼저 설화일 가능성이 높은 이야기부터 전하겠다.

전하는 이야기에 따르면 라티니 족은 전쟁을 일으킬 핑계를 찾고 있었기 때문인지, 아니면 진정 두 민족 간의 옛정을 되살리기 원했기 때문인지는 몰라도 로마 사람들로부터 자유민의 딸들을 아내로 달라고 요구했다. 로마 사람들은 어떻게 해야 할지 결정할 수 없었다. 완전히 자리 잡지도, 회복되지도 못한 상태에서 전쟁을 벌이기는 두려웠기 때문이다. 그럼에도 아내를 달라는 라티니 족의 요구가 민족 간의 혼인이라는 허울 좋은 가면을 썼을 뿐 실은 볼모를 내놓으라는 소리가 아닐까 의심했다.

이 난처한 상황에서 어느 시녀 하나가 관리들을 설득했다. 어떤 사람들은 이 시녀의 이름이 투툴라, 다른 사람들은 필로티스였다고 한다. 투툴라는 용모가 곱고 매우 귀족스러운 다른 하녀들과 함께 자유 시민의 딸들처럼 혼례복을 갖춰 입고 적군에게 가겠다고 했다. 나머지는 다 알아서 하겠다고 덧붙이기까지 했다. 관리들은 투툴라의 말에 설득되어 투툴라가 말한 숫자대로 하녀들을 골라 값비싼 옷과 황금으로 치장한 뒤 도시 근처에 진을 치고 있던 라티니 족에게 넘겼다.

그러나 밤을 틈타 하녀들은 적의 칼을 피해 도망쳤고 투툴라 혹은 필로티스는 높다란 야생 무화과나무를 기어올랐다. 그리고 외투를 뒤로 펼친 채 로마를 향해 횃불을 들었다. 다른 시민들은 알지 못했지만 이 횃불은 사실 투툴라와 관리들 사이에 약속된 신호였다. 이 신호를 본 병사들은 관리들의 격려와 함께 요란한 소리를 내며 성 밖으로 나왔다. 서로의 이름을 부르며 왁자지껄 대열을 맞춘 병사들은 아무것도 모르고 깊이 잠들어 있던 적진을 습격해 진영을 빼앗고 대부분의 적을 무찔렀다.*

XXXIV.

그러나 대부분의 역사가들은 이 전쟁에 대해 알려진 또 다른 이야기를 지지한다. 그 이야기는 이렇다. 세 번째로 독재관에 임명된 카밀루스는 군사 호민관들이 맡은 군대가 라티니와 볼스키 족에 의해 포위당했다는 소식을 듣고, 나이가 많아 복무에서 면제된 시민들에게까지 무기를 쥐어 주어야 했다. 적의 눈을 피하기 위해 마르키우스 산을 크게 에둘러 이동한 카밀루스는 병사들을 적의 등 뒤에 심어놓은 다음 불을 피워 존재를 알렸다. 포위된 로마 사람들은 대번에 용기를 냈고 진영을 나와 전투에 임했다.

그러자 라티니와 볼스키 족 병사들은 거대한 나무 울타리를 둘러친 뒤 참호 속으로 기어들어갔다. 진영을 사방팔방 봉쇄한 그들은 앞뒤로 적이 있는 상황이었기 때문에 고향으로부터 지원군이 올 때까지 기다리기로 결심했다. 동시에 에트루리아 사람들의 도움도 기대하고 있었다. 적의 계획을 꿰뚫어 본 카밀루스는 자신이 적을 포위한 것과 똑같은 방식으로 적에게 포위당할 것을 우려해 서둘러 좋은 기회를 확보하고자 했다.

적의 방벽은 나무로 되어 있었고 해가 뜰 시간이 되면 산에서는 거센 바람이 불어 내려왔다. 그래서 불화살을 준비한 카밀루스는 날이 밝을 때쯤 병사들을 이끌고 나왔다. 그는 병사들을 둘로 나누어 한쪽에 지시하기를 반대편에서 커다란 함성과 함께 화살을 쏘며 공격하라고 했다. 그리고 자신은 불화살을 쏠 병사들과 함께 바람이 적의 참호를 가장 강력하게 때릴 것 같은 위치에 자리 잡았다. 그리고 거기서 상서로운 때를 기다렸다.

전투가 시작되었다. 태양이 뜨고 바람이 맹렬히 불어닥치자 카밀루스가 공격 명령을 내렸다. 병사들은 참호를 향해 끝도 없이 불화살을 날렸다. 불꽃은 촘촘한 목책을 빠르게 먹어치웠고 온 사방으로 퍼져나갔다. 라티니 족은 불을 막거나 끌 수 있는 그 어떤 방법도 없었기에 진영이 불바다가 되자 작은 공간에 한 덩어리로 웅크려 있다가, 결국 적이 있는 곳으로 달려 나와야 했다. 적은 참호 앞에 전투 대형을 갖추고 그들을 기다리고 있었다. 빠져나간 자는 거의 없었고 진영에 남은 자들은 불길의 먹이가 되었다. 로마 병사들은 나중에 이 불을 끄고 진영을 약탈했다.

XXXV.

이 일을 마무리하고 아들 루키우스에게 지휘를 맡긴 카밀루스는 아들에게 포로와 전리품을 지키도록 하고 자신은 적의 영토를 침략했다. 그는 아이퀴 족의 도시를 점령하고 볼스키 족과 협정을 맺은 즉시 군대를 이끌고 수트리움으로 향했다. 수트리움 사람들의 운명을 미처 알지 못했던 카밀루스는 그들이 여전히 에트루리아 군에 포위되어 위험하다고 생각했다. 그래서 서둘러 그들을 구하러 갔다.

그러나 수트리움 사람들은 이미 적에게 도시를 넘긴 채 몸에 걸친 옷가지만 가지고 처참하게 쫓겨난 뒤였다. 수트리움을 향해 행진해 오던 카밀루스를 만난 그들은 아녀자들까지 나서 불행한 처지를 한탄했다. 그 광경을 본 카밀루스는 물론, 부하 병사들도 매달려 애원하는 수트리움 사람들의 모습에 마음이 흔들려 애처로운 마음에 눈물을 흘렸고 그들의 운명에 분노했다.

카밀루스는 조금도 지체하지 않고 복수를 감행했다. 그날로 수트리움으로 행진한 것이다. 그는 부유하고 풍요로운 도시를 빼앗은 에트루리아 사람들이 경계심을 풀고 완전히 마음을 놓았으리라고 생각했다. 성 안에도 적이 없었고 성 밖에서 쳐들어올 일도 없었기 때문이다.

카밀루스의 생각이 옳았다. 그는 들키지 않고 성 밖 영토를 가로질렀고 적이 눈치 채기도 전에 성문에 다다라 성벽을 장악했다. 보초를 서는 이는 한 사람도 없었고 전부 집집마다 흩어져 흥청망청 잔치를 벌이고 있었기 때문이다. 그들은 적이 우위를 점한 것을 보고도, 배가 부르고 술이 취한 나머지 몸이 좀처럼 움직이지 않았던 탓에 도망치려고도 하지 않았다. 그저 집안에서 수치스러운 죽음을 기다리거나 적에게 항복했을 따름이다. 수트리움은 이와 같이 하루에 두 번 점령당했으며 빼앗은 자들이 빼앗기고, 빼앗겼던 자들이 도로 빼앗게 되었으니 이 모든 것이 카밀루스 덕분이었다.

XXXVI.

이와 같은 승리를 거두고 정해진 대로 개선 행진을 치른 카밀루스에게 처음 두 번과 다를 바 없는 영예와 명성이 뒤따랐다. 그러자 그를 누구보다 심하게 질투했던 시민들도 더 이상, 그의 잇따른 성공이 순전히 무한한 행운 때문이지 타고난 용맹 때문은 아니라고 주장할 수 없었다. 카밀루스가 새로이 이루어낸 업적들로 인해 그 영광이 그의 능력과 기력에서 비롯되었음을 인정해야 했던 것이다.

그럼에도 증오심과 시기심을 품고 그와 대적했던 사람들 가운데 가장 눈에 띄는 이가 있었으니 바로 마르쿠스 만리우스였다. 그는 갈리아 사람들이 밤을 틈타 카피톨리움을 공격했을 때 처음으로 갈리아 사람들을 절벽 아래로 떨어뜨린 바로 그 사람이다. 이 업적 덕분에 카피톨리누스라는 별명을 얻기도 했다.

만리우스는 도시의 우두머리가 되고자 하는 야망을 품고 있었는데 아무리 발버둥을 쳐도 카밀루스의 명성을 앞설 수 없었기에 독재정을 수립하기 원하는 다른 자들과 똑같은 방법을 쓸 수밖에 없었다. 대중의 환심을 사려고 한 것이다. 그중에서도 빚이 있는 계층을 끌어들이기 위해 그들의 편을 들어주고 빚쟁이들을 상대하여 어려움을 대신 토로해주기도 했다. 또 구류된 이들을 풀어주고 법적인 절차를 통해 재판을 막기도 했다. 이러한 방법으로 수많은 불만분자들이 그와 함께 파벌을 이루게 되었으며 포룸에서 그들이 보여준 무모하고 난폭한 행동에 선한 시민들은 겁을 집어먹었다.

이러한 무질서를 잠재우고자 퀸투스 카피톨리누스가 독재관에 임명되었다. 그는 만리우스를 감옥에 넣었다. 그러자 사람들이 상복을 입고 나타나 시위했는데, 이것은 나라에 대재앙이 닥쳐왔을 때에 국한된 일이었다. 폭도들의 위협에 꼬리를 내린 원로원은 만리우스의 석방을 명령했다. 그러나 석방된 만리우스는 행실을 바로잡기는커녕 더욱 반항적이고 선동적이 되어 온 도시를 파벌 다툼으로 가득 채웠다. 이에 카밀루스가 다시금 군사 호민관에 임명되었다.

만리우스가 재판에 부쳐졌을 당시 재판이 벌어지고 있던 포룸에서 보이는 광경은 그를 기소한 이들에게 매우 불리하게 작용하고 있었다. 만리우스가 갈리아 병사들과 밤새 전투를 벌인 지점이 포룸을 내려다보고 있었고, 이에 관중은 연민을 품지 않을 수 없었다. 만리우스 자신도 그 위치를 향하여 두 팔을 뻗은 채 울먹이며 자신이 그곳에서 벌인 이름 높은 투쟁을 기억해 달라고 호소했다. 판결을 맡은 이들도 어쩔 줄을 몰라 두 번이나 휴정을 선언했다. 증거가 그토록 명백한 상황에서 죄를 면해 줄 수도 없었지만 재판이 이루어지는 장소가 장소였으니만큼 온 세상이 그의 헌신적인 업적을 지켜보는 마당에 무조건 법에 따를 수도 없었다.

카밀루스는 이 모든 것을 이해하고 재판정을 카피톨리움이 보이지 않는 도시 밖 페텔리누스 숲으로 옮겼다. 거기서 기소자가 고발장을 읽었다. 판결을 맡은 사람들은 피고가 저지른 범죄에 대한 정당한 분노에 싸여 피고의 지난 업적을 잊을 수 있었다. 그렇게 만리우스는 유죄 판정을 받았고 카피톨리움으로 옮겨져 절벽 아래로 떨어지는 벌을 받았다. 동일한 지점이 그의 가장 큰 행운과 가장 큰 불행을 모두 기념하게 된 것이다. 이것으로 모자라 로마 사람들은 만리우스의 집을 깡그리 밀어버리고 그 자리에 모네타라고 부르는 여신에게 바치는 신전을 지었다. 그리고 또 미래에는 그 어떤 의원도 카피톨리누스 언덕에 집을 짓지 못하도록 정했다.

∘ 오늘날의 아벤티누스 언덕에서 바라본 카피톨리누스 언덕.

XXXVII.

여섯 번째로 군사 호민관에 임명된 카밀루스는 관직을 고사했다. 이미 꽤 노쇠해 있었던 탓이기도 하지만 그가 이룬 것과 같은 영예로운 업적들에 곧잘 뒤따르곤 하는, 사람들의 시기심과 신들의 노여움이 두렵기도 했을 것이다. 하지만 가장 큰 이유는 몸이 좋지 않았기 때문이다. 마침 그때 병을 앓고 있었던 것이다.

그러나 시민들은 그를 내버려두지 않았다. 기병이나 중장비 보병들과 나란히 싸울 필요가 없으니 조언을 하거나 명령만이라도 내려달라고 간청했다. 그렇게 시민들은 억지로 그에게 지휘권을 쥐어주었고 동료 루키우스 푸리우스와 함께 당장 적을 향해 군대를 이끌고 가도록 했다. 적이라고 함은 커다란 병력을 이끌고, 동맹국의 영토를 휩쓸고 있는 프라이네스티니 족과 볼스키 족을 말했다.

군대를 이끌고 나가 적의 곁에 진을 친 카밀루스는 전쟁을 길게 끄는 것이 유리하리라고 생각했다. 어쩔 수 없이 전투를 하게 된다면 건강한 몸으로 결정적인 싸움에 임하고 싶었기 때문이다. 그러나 승리의 욕망에 들뜬 동료 루키우스는 전투를 향한 열망을 식히고 싶지 않았고 부하 장교들에게도 동일한 마음을 심었다. 하찮은 시기심 때문에 젊은 병사들로부터 그들이 열렬히 원하는 승리를 빼앗으려 한다는 비난이 두려웠던 카밀루스는 마지못해 루키우스의 의견에 따랐다. 루키우스가 병력을 이끌고 전투를 하러 나간 동안 병이 낫지 않은 카밀루스 자신은 몇 안 되는 부하들과 함께 진영에 남기로 한 것이다.

그러나 경솔하게 전투를 이끈 루키우스는 싸움에서 패했고 로마 병사들이 패주하고 있다는 것을 안 카밀루스는 참지 못하고 침상에서 벌떡 일어나 진영을 나섰다. 그는 후퇴하는 병사들 사이를 비집고 그들을 쫓는 적을 향해 달려갔다. 그가 지나가는 것을 본 병사들은 단번에 몸을 돌려 그를 따랐고 바깥에서 그를 향해 달려오던 병사들은 걸음을 멈추고 그의 주변으로 대열을 맞추었다. 그러고는 장군을 버려서는 안 된다며 서로를 격려했다. 그날 하루는 이와 같은 방식으로 적의 추격을 막았다.

다음 날 카밀루스는 병력을 이끌고 적과 전투를 벌였으며 철저히 패퇴시키고 진영을 빼앗았다. 진영으로 후퇴하는 적의 병사들과 거의 동시에 적진에 다다라 적의 대부분을 죽여 없앤 것이다. 이 일이 있은 뒤 카밀루스는 사트리쿰이 에트루리아 사람들에 의해 점령되었다는 소식을 들었다. 그뿐 아니라 전부 로마 사람들로 이루어져 있던 도시 시민들이 모두 죽임을 당했다는 소식도 들려왔다. 그는 중장비 보병들로 이루어진 군대의 대부분을 로마로 돌려보낸 뒤 가장 젊고 패기 있는 병사들만 이끌고 도시를 점령하고 있던 에트루리아 군을 습격해 승리했다. 그런 후 일부는 쫓아버리고 나머지는 죽였다.

XXXVIII.

카밀루스는 로마로 상당한 전리품을 갖고 돌아왔다. 병을 앓고 있었던 데다가 본인이 원하지 않았음에도, 지휘권을 갖고 싶어 졸라대는 젊은 사람들을 제치고 카밀루스를 선택한 시민들의 판단이 지혜로웠음을 증명한 것이다. 시민들은 경험과 용기가 있는 지도자의 신체적 나이나 병약함은 중요하지 않다고 생각한 것이다.

시민들은 투스쿨라니 족이 반란을 일으킬 기미를 보인다는 소식을 전해 듣고 역시 똑같은 지혜를 발휘했다. 카밀루스에게 동료 다섯 중에 한 사람을 선택해 함께 군을 이끌고 나가라고 명령한 것이다. 카밀루스가 나머지는 제쳐두고 루키우스 푸리우스를 선택하자 모두가 놀라움을 표했다. 카밀루스의 판단을 따르지 않고 적과 싸우고 싶은 마음에 위험을 무릅썼다가 패주한 장본인이었기 때문이다. 그럼에도 카밀루스는 불행한 기억은 접고 그가 입은 불명예를 씻어주고 싶어서였는지 다른 사람들을 제쳐두고 그를 택했다.

한편 투스쿨라니 족은 카밀루스가 행진해 오고 있다는 소식에 교묘히 자신들의 이탈 행위를 덮었다. 평시와 다름없이 들판에는 밭을 갈고 가축을 먹이는 사람들이 수두룩했다. 성문은 활짝 열려 있었고 아이들은 학교에서 공부하는 척했다. 그리고 시민들 가운데 공예가들은 작업장에서 열심히 할 일을 했고, 유한 시민들은 평상복을 입고 포룸을 거닐었으며 관리들은 로마 병사들에게 머물 곳을 마련해 주느라 분주히 쏘다녔다. 그 어떤 잘못도 없으며 앞으로도 없을 것이라는 듯 행동했던 것이다.

그러나 아무리 아닌 척 연기해도 카밀루스는 그들이 반역을 하려고 했다는 사실을 의심하지 않았다. 한편 반역을 도모하자마자 뉘우쳐야 했던 그들의 모습이 애처롭기도 했다. 그래서 그는 투스쿨라니 족에게 원로원으로 가서 용서를 빌라고 명령했다. 카밀루스 자신도 이들이 용서를 비는 데 힘을 실어주었다. 이에 투스쿨라니 족의 도시는 모든 처벌을 면제받았고 사람들은 로마 시민권을 획득했다. 카밀루스가 여섯 번째로 군사 호민관 자리에 앉았을 때 이루었던 가장 눈에 띄는 업적이 바로 이것이다.

XXXIX.

이 일이 있은 뒤 리키니우스 스톨로가 성내에 극심한 분란을 일으켜 원로원과 시민들을 대립시켰다. 시민들이 고집하기를, 집정관 둘을 임명할 때에 한 사람은 무조건 평민이어야 하지 둘 다 의원이어서는 안 된다고 한 것이다. 평민 호민관은 선출되었지만 대중은 집정관 선거가 제때 치러지지 못하도록 막았다.

중요한 관직이 비게 되자 사태가 점점 더 혼란스러워졌고 카밀루스는 원로원에 의해 네 번째로 독재관에 임명되었다. 그는 관직이 그다지 달갑지 않았다. 게다가 여러 처절한 투쟁 끝에 다음과 같이 말할 자격을 얻은 자들에게 맞서고 싶지도 않았다.

"그대의 업적은 우리와 함께 전쟁터에서 쌓은 것이지 의원들과 정치판에서 쌓은 것이 아닙니다. 저들이 그대를 독재관에 임명한 것은 증오심과 시기심 때문입니다. 저들은 그대가 승리하여 시민들을 누르든가, 그대가 실패하여 시민들이 그대를 누르기를 희망하고 있습니다."

그럼에도 험악한 사태를 막아보려고 노력하지 않은 것은 아니다. 호민관들이 법안을 발의하려는 날짜를 알아낸 카밀루스는 그날을 시민 소집일로 선언하고는 포룸에 있던 이들을 마르스의 들판, 즉 캄푸스 마르티우스로 불러들였으며, 따르지 않는 이들에게는 무거운 세금을 징수하겠다고 협박했다.

한편 호민관들은 이 같은 위협에 대항하여 엄숙히 선언하기를, 카밀루스가 시민들로부터 법과 투표권을 빼앗겠다면 그에게 은 주화 5만 드라크메의 벌금형을 내리겠다고 했다. 그러자 카밀루스는 집으로 돌아가 며칠 간 앓는 척하다가 곧 관직에서 내려왔다. 자신의 나이와 업적에 어울리지 않는 또 한 번의 유배가 두려웠기 때문일 수도 있고, 그의 바람과는 달리 민중의 불가항력적인 힘을 이길 수 없었기 때문일 수도 있다.

그러나 원로원은 또 다른 독재관을 임명했고 그 독재관은 스톨로, 그러니까 선동을 주도한 장본인을 기병대장으로 앉힌 뒤 법안이 통과되는 것을 지켜보았다. 원로원 의원들에게는 몹시 신경 쓰이는 법이 아닐 수 없었다. 법안은 한 사람이 땅을 5백 유게룸* 이상 갖지 못하도록 제한하고 있었기 때문이다. 당시 투표에서 승리를 거둔 스톨로는 주목받는 인물이었다. 그러나 얼마 지나지 않아, 남들에게는 소유를 금지해 놓은 것을 그 자신은 버젓이 소유하고 있음이 들통 났다. 그래서 그도 자신의 법에 따라 벌금을 냈다.

XL.

그러나 집정관 선거에 관한 논란은 여전히 남아 있었고 이것이 애초에 분란을 야기한 첫 번째 원인이자 주된 문제였다. 그리고 이 문제는 시민

• 1유게룸은 1평방킬로미터에 조금 못 미친다.

들과 경쟁하던 원로원에게 가장 큰 고민거리였다.

그런데 갑자기 갈리아 사람들이 다시금 아드리아 해에 배를 띄웠다는 소식이 뚜렷하게 들려왔다. 무수한 병사들이 로마로 행진하고 있다는 전갈이었다. 이 소식과 발맞추어 실질적인 침략 행위가 벌어졌다. 외곽의 영토가 짓밟혔고 쉽게 로마로 피난할 수 없었던 그 지역 사람들은 산속으로 뿔뿔이 흩어졌다. 이러한 상황이 가져온 공포로 인하여 성내의 분란은 그 즉시 멈추었고 가진 자와 없는 자, 원로원과 민중 모두가 하나가 되었다.

그들은 한마음으로 카밀루스를 독재관으로 선출했다. 다섯 번째였다. 당시 카밀루스는 여든에 가까운 나이로 상당히 노쇠해 있었다. 그러나 닥친 위험과 자신의 임무를 깨달은 그는 전처럼 핑계를 대지도 않았고 조건을 달지도 않았으며 즉각 지휘권을 잡고 병사들을 소집하는 데 앞장섰다.

• 나이가 들어 보이는 카밀루스의 모습. 피렌체 베키오 궁전의 벽화. 도메니코 기를란다이오.

카밀루스는 갈리아 병사들의 전력이 그들의 칼에 달려 있음을 잘 알고 있었다. 그들은 아무런 기술 없이, 그야말로 야만적으로 검을 휘둘렀는데 주로 머리와 어깨에 치명타를 날리곤 했던 것이다. 따라서 카밀루스는 병사 대부분에게 새로 만든 투구를 씌웠다. 표면이 매끄러운 이 무쇠 투구를 칼로 내리치면 칼은 미끄러지거나 산산조각 나게 되어 있었다. 그는 또한 병사들의 긴 방패 가장자리에 청동을 둘렀다. 나무로 된 방패만으로는 적의 칼을 막아낼 수 없다고 여겼기 때문이다. 또 병사들에게는 긴 투창을 이용해, 상대방이 내리치는 검을 막을 수 있는 방법을 가르쳤다.

XLI.

근접한 갈리아 군이 아니오 강가에 진을 치고 있으며 약탈한 물건이 많아 좀처럼 이동이 어렵다는 소식을 들은 카밀루스는 군대를 이끌고 나가 완만하게 비탈진 숲속에 병사들을 배치했다. 골짜기가 많은 숲이었다. 그곳에 대부분의 병사들을 눈에 띄지 않게 숨기고, 일부만 눈에 보이게 배치했다. 겁을 집어먹은 나머지 언덕진 곳에 몸을 숨긴 것이라는 인상을 주기에 충분했다. 아군이 코앞에서 적에게 털려도 숨은 병사들은 방어하러 나서지 않았으며 대신 참호 속에서 쥐죽은 듯 기다렸다.

마침내 때가 찾아왔다. 적의 일부는 약탈을 하기 위해 뿔뿔이 흩어지고 진영에 남은 병사들은 고기와 술로 배를 채우느라 정신이 없었다. 때는 캄캄한 밤이었음에도 카밀루스는 먼저 경기병들을 보내 갈리아 병사들이 전투 대형을 갖추지 못하도록 막고 진영을 나서는 이들을 혼란에 빠뜨렸다. 그리고 새벽이 오기 직전, 중장비 보병들을 데리고 들판으로 나가 전투 대형으로 세웠다. 갈리아 사람들은 애초의 기대와 달리 소수의 겁먹은 병사들이 아니라 수많은 당당한 용사들을 마주하게 된 것이다.

처음부터 이 광경은 갈리아 군의 기를 꺾었다. 그들은 먼저 공격할 기회를 빼앗기는 것을 수치스럽게 여겼기 때문이다. 그런 데다 로마의 경기병들이 덮치는 바람에 평소처럼 질서정연하게, 분대에 따라 대형을 갖출 수 없었기 때문에 완전히 혼란에 빠진 상태에서, 주먹구구로 전투를 벌일 수밖에 없었다.

마침내 카밀루스가 중장비 보병들을 이끌고 공격하자 적들은 칼을 쳐들고 육탄전을 벌이려 돌진했다. 그러나 로마 병사들은 적의 얼굴에 투창을 들이대고 방패에 무쇠를 댄 부분으로 칼을 받았다. 그러자 무르고 담금질이 제대로 되지 않은 칼의 가장자리가 먼저 휘었고 뒤따라 칼 전체가 구부러져 접힐 지경이었다. 한편 갈리아 병사들의 방패는 로마의 투창에 꿰뚫려 무거워진 탓에 쓸 수가 없었다. 그래서 갈리아 병사들은 무기를 내동댕이치고 적의 투창을 붙잡아 빼앗으려고 했다. 그러나 로마군은 갈리아 병사들이 무기를 버리는 것을 보자마자 때를 놓치지 않고 단번에 칼을 들었다. 앞줄에 있던 갈리아 병사들이 무참히 살해되는 동안 나머지는 온 들판으로 흩어져 도망쳤다. 언덕 위를 비롯하여 지대가 높은 곳은 카밀루스가 점령한 뒤였고 적은 진영으로 되돌아갈 수도 없었다. 지나치게 오만했던 나머지 갈리아 군은 진영을 방벽으로 보강하지도 않은 터였기 때문이다.*

XLII.

이것이 카밀루스의 마지막 군사 업적이었다. 벨리트라이를 빼앗은 것도 이 직후 일어난 일이지만 벨리트라이는 싸워보지도 않고 항복했다. 그러나 그가 민간인으로 돌아와 나라를 위해 벌여야 했던 가장 큰 투쟁은 아직 남아 있었다. 승리에 흥분한 민중이 법을 거스르고 평민을 집정관으로 선출하려고 고집했기 때문에 더 힘겨운 싸움이 되었다.

그러나 원로원은 민중의 요구에 반대했고 카밀루스가 관직을 내려놓도록 내버려두지 않았다. 정권을 귀족들의 손에 남겨두는 데 그의 권력과 권위가 힘이 될 것으로 여겼기 때문이다. 하루는 카밀루스가 정식으로 포룸에 앉아 업무를 보려는데 평민 호민관이 보낸 어느 관리가 그에게 따라 오라고 명령했다. 그러고는 그를 끌고 가려는 듯 그에게 손을 얹었다. 그러자 포룸이 고함 소리로 가득 차는 등 엄청난 소란이 벌어졌다. 카밀루스의 동료들은 그 평민 관리를 아래로 밀어 냈고 아래에 있던 군중은 관리에게 독재관을 끌고 가라고 명령했다.

이러한 상황에 혼란을 느낀 카밀루스는 관직을 내려놓지는 않았지만 원로원 의원들을 데리고 의회가 열리는 곳으로 갔다. 의회장에 들어서기 직전 카피톨리움을 향해 몸을 돌린 카밀루스는 신들께 기도를 올렸다. 벌어진 소란이 행복한 결말로 끝나기를 빌며 혼란이 종식되면 화합의 여신에게 신전을 지어 바치기로 엄숙하게 맹세한 것이다.

원로원에서는 서로 다른 의견들이 첨예하게 대립했지만 보다 온건한 측의 의견이 우세했고, 결국 민중에게 양보하기로 결정되었다. 집정관 한 사람을 평민 가운데서 선출하는 것을 허락한 것이다. 독재관이 이것을 민중에게 선포하고 원로원의 의도와 흡족함을 함께 전하자 기대했던 대로 민중은 원로원과 화해하게 된 것을 매우 기뻐했고 큰 박수와 함께 카밀루스를 집까지 배웅해 주었다. 다음 날은 민회를 열어 투표를 통해 화합의 신에게 바치는 신전을 짓기로 결정했다. 카밀루스가 맹세한 대로였다. 그들은 이 신전이 포룸, 그리고 민회가 이루어지는 장소와 마주 보도록 했는데 그곳에서 막 벌어졌던 일들을 기념하기 위함이었다.*

• 카피톨리누스 언덕에서 바라본 포룸.

이어서 카밀루스가 주관한 선거에서 마르쿠스 아이밀리우스가 귀족 출신 집정관으로, 루키우스 섹스투스가 최초의 평민 출신 집정관으로 선출되었다. 이것이 카밀루스의 마지막 공식 업무였다.

XLIII.

이듬해 로마에 전염병이 찾아와 셀 수 없이 많은 평민들의 목숨을 앗아갔고 관리들도 많이 죽었다. 카밀루스 역시 이때 죽었다. 죽음에도 때가 있다면, 카밀루스의 연령으로 보나 인생의 완성도로 보나 때 이른 죽음은 아니었다. 그럼에도 카밀루스의 죽음은 당시 전염병으로 생을 마친 모든 사람들의 죽음을 합친 것보다 로마 사람들에게 더 많은 슬픔을 안겼다.

PLUTARCH
LIVES

아리스테이데스

I.

뤼시마코스의 아들 아리스테이데스가 속한 퓔레*는 안티오키스, 데모스는 알로페케였다. 그의 형편에 관해서는 여러 다른 이야기가 전해진다. 어떤 이는 그가 평생 극심한 가난 속에 살았으며 그가 죽고 난 뒤 그의 두 딸은 빈곤으로 인해 한동안 혼처를 찾지 못했다고 한다.

수많은 사람들이 이렇게 적고 있지만 팔레론의 데메트리오스는 그의 저서 『소크라테스』에서, 팔레론에 아리스테이데스의 토지가 있으며 아리스테이데스가 거기 묻혀 있다고 말한다.

또 그가 부유하게 살았다고 주장하며 세 가지 증거를 제시한다. 첫째는 그가 아르콘 에포뉘모스라는 관직을 가졌다는 것이다. 재산으로 따졌을 때 최상위 계층, 즉 한 해 5백 메딤노스를 생산하는 펜타코시오메딤노이 가운데서 제비뽑기로 선출된 자만 이 관직에 오를 수 있었다. 둘째는 그가 도편 추방을 당했다는 것인데 도편 추방을 당하는 사람은 대

• 씨족 집단. 각 퓔레에는 여러 데모스, 즉 마을 단위가 속해 있었다. (「뤼쿠르고스」 편 V.)

개 가난한 자가 아니라 가문의 명예로 인해 시기를 당하는 명문가 사람들이었다. 그리고 마지막으로, 그가 연극 경연에서 승리하고 디오뉘소스 신전 경내에 이를 기념하는 삼각대를 봉헌한 것이다. 우리 시대에 이르기까지 남아 있었던 이 삼각대에는 다음과 같은 글이 새겨져 있었다고 한다.

안티오키스 필레 승리. 코레고스•는 아리스테이데스. 작가는 아르케스트라토스.

II.

아리스테이데스는 폭군들을 몰아낸 뒤 나라의 질서를 되찾은 클레이스테네스의 절친한 친구였다. 그는 그 어느 정치가보다 라케다이몬의 뤼쿠르고스를 존경했다. 따라서 귀족이 정치를 하는 나라 체제를 선호했으며, 민중의 편에 서 있었던 네오클레스의 아들 테미스토클레스와 언제나 대립했다.

전해지는 이야기에 따르면 이들은 어려서 학교를 같이 다닐 때부터 크든 작든 모든 말과 행동에서 서로 대립했다고 한다. 바로 이러한 경쟁 관계로 인해 두 사람의 본성이 뚜렷하게 드러났다. 한 사람이 교활하고 무모하고 파렴치했으며 무슨 일이든 따지지 않고 모든 일에 성급하게 돌진했다면 다른 한 사람은 성미가 곧고 정의감이 강했으며 운동 경기에 임할 때조차 그 어떤 허식이나 속임수, 천

• 클레이스테네스.

• 코레고스는 연극 제작 비용을 대는 제작자로 테미스토클레스도 코레고스로 이름을 올린 적이 있다. (「테미스토클레스」 편 V.)

박한 행위를 허용하지 않았다.

그러나 케오스 사람 아리스톤에 따르면 둘 사이의 적대감이 그토록 심해진 원인은 애정 관계 때문이었다. 두 사람 모두 케오스 출신의 미소년 스테실라오스와 사랑에 빠졌던 것이다. 스테실라오스는 그 당시 젊은 이들 가운데 가장 눈부신 아름다움을 가지고 있었다. 두 사람의 열정이 얼마나 과했던지 어린 스테실라오스의 아름다움이 퇴색된 뒤에도 두 사람은 경쟁 관계에서 벗어나지 않았다. 젊은 시절의 일은 몸 풀기에 지나지 않았다는 듯 두 사람은 나랏일을 할 때도 서로 다른 욕망을 추구하며 열렬히 대립했다.

테미스토클레스는 정치계에 있는 수많은 동료들과 교제했으며 이를 통해 적지 않은 지지와 힘을 얻었다. 그가 모든 이에게 공정하고 치우침이 없다면 아테나이 사람들을 잘 통치할 수 있을 것이라는 조언에 대해 그는 이렇게 대답했다.

"내가 판관의 자리에 앉아 내 동료를 남과 동일하게 취급해야 하는 일이 없기를 바랄 뿐입니다."

반면 아리스테이데스는 외로이 정치가의 길을 걸었다. 오로지 자신만의 길을 걸은 셈인데 그 이유는 이러하다. 첫째로 친구의 부추김에 넘어가 악행에 가담하거나 친구의 청을 들어주지 않는다고 역정을 사고 싶지 않았기 때문이다. 둘째로 그는 많은 사람들이 친구들로부터 나온 권력으로 인해 잘못된 길로 빠져 든다고 생각했다. 그래서, 훌륭한 시민은 쓸모 있고 정의로운 행실을 자신감의 바탕으로 삼는 것이 옳다는 생각에서 친구를 멀리했던 것이다.

III.

그러나 앞뒤 안 가리는 선동가 테미스토클레스가 나랏일에 관해서라면 사사건건 그를 반대하고 훼방을 놓았으므로 아리스테이데스 역시 테미스토클레스가 하고자 하는 일마다 반대하고 싶은 마음이 간절했다. 그것은 자기 방어를 위해서이기도 했고 경쟁자의 세력을 꺾기 위해서이기도 했다. 테미스토클레스의 세력이 대중의 지지를 받아 점점 커져가고 있었기 때문이다. 아리스테이데스는 시민들이 몇 가지 혜택을 잃을지언정, 경쟁자 테미스토클레스가 모든 분야에서 우세하게 되어 지나치게 강력해지는 것보다는 낫다고 생각했다.

한번은 아리스테이데스가 꼭 필요한 법안을 상정하려는 테미스토클레스에 반대하여 그를 눌렀다. 그때 그는 회의장을 나서며, 다물고 있던 입을 열었다. 테미스토클레스와 자신을 둘 다 지옥으로 보내지 않는 한 나라가 평온하지 않으리라고 선언한 것이다.

또 한번은 아리스테이데스 자신이 어떤 법안을 상정하려고 했는데 반대파의 공격에도 불구하고 법안이 순조롭게 통과될 듯 보였다. 그러나 의장이 이를 최종 투표에 부치기 직전 반대파의 주장을 듣고 법안의 부적절함을 깨달은 그는 투표에 부치지 않고 법안을 회수했다.

다른 사람을 통해 자신의 법안을 상정하는 일도 잦았다. 테미스토클레스가 자신에 대한 경쟁심 때문에 나라에 유익한 법안을 반대할까 두려웠기 때문이었다.

존경할 만한 점은 그가 급변하는 정세 속에서도 지조를 지켰다는 것이다. 그는 영예를 받더라도 지나치게 기뻐하지 않았으며 어려움이 닥쳐도 침착하고 차분하게 대처했고 그 어떤 상황에서라도 나라를 위해서라면 보수나 보상을 바라지 않고 봉사했다. 금전적인 보상은 물론이었고,

더 의미 있는 것은 그가 명성이라는 보상조차 기대하지 않았다는 점이다.

그래서 이런 일도 있었다. 아이스퀼로스가 쓴 암피아라오스에 대한 시구가 극장에서 낭독되는 순간이었다.

• 비극 작가인 아이스퀼로스.

"그는 정의로워 보이려고 하지 않고 정의롭고자 하며, 정신 속 깊은 고랑으로부터 작물을 거두어들이니 거기서 존경받아 마땅한 조언이 솟아나온다."

그러자 관객들이 하나같이 아리스테이데스를 쳐다보았다. 그렇게 탁월한 사람은 아리스테이데스뿐이라고 생각했기 때문이다.

IV.

그는 공명정대하려고 애썼으며, 호의를 베풀거나 청탁을 들어주는 것을 삼갔을 뿐만 아니라 혐오나 분노 또한 자제했다. 다음과 같은 이야기도 전해진다. 아리스테이데스가 재판정에서 자신의 적을 고발할 때였다. 그가 기소 내용을 발표하자 판사들은 피고의 말을 듣기조차 꺼리며 즉시 투표하자고 제안했다. 그러자 아리스테이데스가 벌떡 일어나더니 피고의 편을 들며 그에게 말할 기회를 주고 평소와 같이 법적 절차를 따르기를 요구했다.

이런 일화도 있다. 그가 두 사람 간의 분쟁을 개인적으로 중재하게 되었을 때였다. 한 사람이 주장하기를 상대방이 아리스테이데스에게 잘못한 게 많다고 했다. 그러자 아리스테이데스가 말했다.

"그게 아니라 상대방이 그대에게 무슨 잘못을 했는지 말씀해 보십시오. 내가 정의를 찾으려는 것은 나를 위해서가 아니라 그대를 위해서입니다."

그에게 국고를 관리하는 직책이 주어졌을 때, 그는 동료 관리들뿐 아니라 기존의 관리들이 꽤 많은 돈을 횡령한 사실을 명백히 입증했다. 그 가운데에는 테미스토클레스도 있었다.

"그자는 영리하기는 했어도 제 손버릇은 어쩌지 못했습니다."

테미스토클레스가 사람들을 설득해 아리스테이데스에게 등을 돌리게 만든 것도 바로 이것 때문이다. 그들은 회계감사 때 아리스테이데스를 절도 혐의로 고발했고, 이도메네우스에 따르면 유죄 판결도 얻어냈다. 그러나 아테나이의 명망 있는 시민들이 이에 격분했고 아리스테이데스는 벌금을 면제 받았을 뿐만 아니라 같은 직책에 재임명되기까지 했다.

그 후 아리스테이데스는 자신의 행동을 후회하는 척하며 더 융통성 있게 행동하는 듯했다. 그가 공금을 훔치는 자들을 수사하지도 않고 그들로부터 정확한 기록을 요구하지도 않자 그들은 기뻐하며 더 많은 공금으로 배를 불렸고 아리스테이데스를 하늘 높이 추켜세웠다. 또 그의 임기를 연장해 주기를 호소하며 그를 대신해 시민들을 설득했다. 그러나 투표가 있기 직전 아리스테이데스가 아테나이 사람들을 꾸짖었다.

"참 딱합니다. 내가 성실하고 명예롭게 관직을 수행할 때는 나를 비난하고 고발하더니, 도둑놈들에게 공금을 던져주다시피 하는 지금은 나를 존경스러운 시민으로 취급하는군요. 나는 과거에 받은 비난보다 지금 받는 칭송이 더 수치스럽습니다. 천박한 자들을 기쁘게 하는 것을 공금을 지키는 것보다 더 명예롭다고 여기는 여러분이 참으로 안타깝습니다."

이어서 동료 관리들의 도둑질을 폭로한 그는 자신을 소리 높여 칭송하던 이들의 입을 막았을 뿐 아니라 명망 있는 시민들로부터 진심 어리고 합당한 칭송을 받았다.

V.

다레이오스가 보낸 다티스가 전군을 데리고 마라톤에 진을 친 뒤 영토를 약탈하고 있을 때였다. 사르데이스를 불태운 대가로 아테나이 사람들을 벌한다는 명목이었으나 실은 온 헬라스를 제압하기 위함이었다. 당시 지휘관으로 임명된 아테나이 장군 열 명 가운데 가장 존경받던 사람은 밀티아데스였고 아리스테이데스는 그 명성과 영향력이 두 번째였다.

그는 벌어질 전투에 관하여 밀티아데스의 의견을 따름으로써 전세를 유리하게 만드는 데 크게 기여했다. 각 장군이 돌아가며 하루 동안 최고 통수권을 맡을 때도 아리스테이데스는 자신의 차례가 되자 지휘권을 밀티아데스에게 넘겼다. 이를 통해 지혜로운 사람에게 복종하고 그를 따르는 일은 수치스러운 일이 아니라 명예롭고 유익한 일이라는 것을 동료 장교들에게 가르친 것이다.

• 페르시아 병사들. 독일 페르가몬 박물관.

•• 페르시아의 수도 격이었던 페르세폴리스에 있는 페르시아 병사들의 돋을새김.

이와 같이 동료들의 시기심을 가라앉히고, 기꺼이 하나의 의견, 최고의 의견을 따르는 데 만족하게 만든 아리스테이데스는 밀티아데스에게 무제한적 권력으로부터 오는 강력한 힘을 확보해 주었다. 다른 장군들 역시 하루 동안의 지휘권이 주어질 때마다 이를 양보하고 밀티아데스의 명령에 따랐기 때문이다.

마라톤 전투 도중에는 아테나이 군의 중앙 부대가 가장 심한 공격을 받았다. 페르시아 병사들이 가장 오랫동안 버티고 있었던 위치 역시 그곳으로, 레온티스와 안티오키스 필레에 속하는 병사들이 있는 곳이었다. 거기 나란히 선 테미스토클레스와 아리스테이데스는 놀라운 전투력을 뽐냈다. 한 사람은 레온티스, 다른 한 사람은 안티오키스 필레 출신이었다. 마침내 아테나이 군은 페르시아 군을 패퇴시켰고 페르시아 병사들은 배에 올라 돛을 올렸다.

그런데 페르시아 함대가 섬들을 향해 먼 바다로 나아가지 않고 파도와 바람에 휩쓸려 앗티케 방향으로 움직이자, 아테나이 사람들은 아테나이에 방어군이 남아 있지 않다는 사실을 들킬까 두려웠다.

그리하여 아홉 필레는 서둘러 고향으로 향했고 당일 아테나이에 도달했다. 그러나 아리스테이데스는 자신의 필레와 함께 마라톤에 남아 포로와 약탈품을 지키는 역할을 맡았다. 그는 역시 명성에 걸맞게 행동했다. 금은이 도처에 수북이 쌓여 있었고 그밖에도 막사와 빼앗은 선박 안에는 온갖 의복과 이루 말할 수 없이 많은 재물이 있었음에도 그는 손을 대고 싶어 하지 않았고 다른 사람이 손을 대도록 내버려두지도 않았다. 그렇다고 해서 몰래 손을 댄 사람들이 없었다는 것은 아니다.*

아리스테이데스는 그 직후 관직 아르콘 에포뉘모스를 하사받았다.*

VI.

그의 모든 덕목 가운데 대중을 가장 감동시킨 것은 그의 정의감이었다. 무엇보다 지속적으로, 그리고 여러 분야에서 골고루 이 덕목을 보여주었기 때문이다. 따라서 가난하고 서민적이었음에도 그는 왕 또는 신에게나 어울릴 법한 별명을 얻어 '정의로운' 아리스테이데스라고 불렸다.*

VII.

아리스테이데스가 처음에는 이 이름 덕분에 사랑을 받았지만 나중에는 시기와 혐오를 받았다. 무엇보다도 테미스토클레스가 군중들 사이에 퍼뜨린 소문 때문이었다. 그는 아리스테이데스가 모든 것을 사석에서 판정하고 결정함으로써 공공의 재판정을 쓸모없게 만들었다고 주장했고 무장한 근위병만 없다 뿐이지 아무도 모르는 사이 왕 노릇을 하고 있다고 했다. 게다가 승리감에 크게 도취되어 한껏 기가 살아 있던 민중은 대중을 압도하는 명성을 가진 자들을 아니꼬운 시선으로 바라보곤 했다. 그리하여 온 지방에서 모여든 사람들이 아리스테이데스를 도편 추방했다. 시기심에서 비롯된 혐오일 뿐인 감정에 독재에 대한 공포라는 이름을 붙인 것이다.*

도편 추방제의 절차는 대체로 다음과 같았다. 각 투표자가 오스트라콘, 즉 도자기 조각陶片을 집어 거기 도시에서 추방하고 싶은 시민의 이름을 쓴 다음, 난간을 둘러친 광장 안으로 가지고 들어온다. 아르콘들은 먼저 오스트라콘의 총 개수를 센다. 6천 명 이상 투표하지 않으면 도편 추방이 성립하지 않기 때문이다. 그런 다음 이름에 따라 분류하고 가장 많은 표를 받은 사람을 10년 동안 추방한다고 선언한다. 다만 소유하고 있는 땅에서 나오는 소득을 유지할 권리는 남겨둔다.

앞서 이야기하던 때로 되돌아가서, 투표자들이 도편에 이름을 쓰고 있는 와중에 글을 모르는, 촌스럽기 짝이 없는 어느 시골뜨기가 아리스테이데스에게 도자기 조각을 건넸다. 그는 아리스테이데스가 평범한 시민에 지나지 않는다고 생각하고 도자기 조각에 '아리스테이데스'라고 적어달라고 부탁했다. 아리스테이데스는 기가 막혀 그에게 어떤 해코지를 당했기에 그러느냐고 물었다. 대답은 이러했다.

"해코지라니. 그자와 아는 사이도 아니라오. 다들 정의롭다, 정의롭다 해대니 지겨울 뿐이지."

대답을 들은 아리스테이데스는 아무 말도 하지 않고 오스트라콘에 자신의 이름을 적은 뒤 돌려주었다. 마침내 도시를 떠나게 되었을 때 그는 하늘을 향해 두 팔을 뻗어 기도했다. 아킬레우스가 했던 기도와는 반대로, 아테나이 사람들에게 자신을 그리워하게 만들 그 어떤 위험도 닥치지 않기를 빌었다.

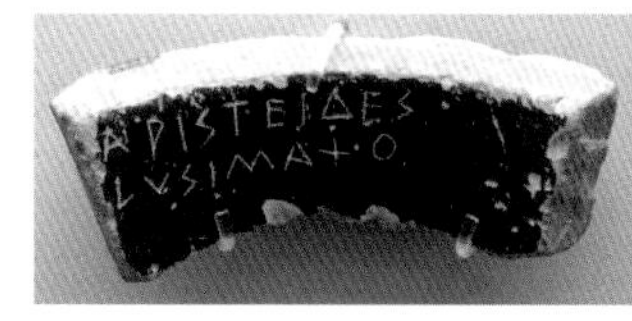

• 아리스테이데스의 이름이 적힌 도자기 조각.
•• 시골 농부의 도편에 자신의 이름을 적어주는 아리스테이데스. 『아리스테이데스와 농부』, 일마쉐 에르네스트.

VIII.

그러나 아리스테이데스가 추방되고 3년째 되던 해, 크세르크세스가 텟살리아와 보이오티아를 가로질러 앗티케로 향하자 아테나이 사람들은 도편 추방법을 철회하고 법에 의해 추방당했던 사람들이 돌아올 수 있도록 결정했다. 아리스테이데스가 적의 편에 서서 동료 시민들을 타락시키고 페르시아로 돌아서게 만들까 두려웠던 것이 주된 이유였다.

그러나 이것은 아리스테이데스를 잘못 봐도 심하게 잘못 본 것이다. 아테나이 사람들이 위 법령을 선포하기도 전에 아리스테이데스는 헬라스 사람들에게 자유를 쟁취하라고 격려하며 부추기고 있었다. 법령이 선포되고 테미스토클레스 장군이 총 지휘권을 일임받은 뒤에도 그는 전략을 짜고 이를 진행시키는 것을 도왔다. 모두의 안위를 위해 하필 자신의 숙적을 누구보다 유명한 사람으로 만든 것이다.

에우뤼비아데스가 살라미스를 버리고자 했을 때였다. 페르시아의 트리에레스 여러 척이 밤을 틈타 그가 떠 있는 해협을 포위했으나 헬라스 사람들 가운데 누구도 섬들이 포위되었다는 사실을 알지 못했다. 바로 이때, 아이기나에서 출발한 아리스테이데스가 과감히 적의 함대를 뚫고 그들에게 다가갔다. 한밤중이었으나 즉각 테미스토클레스의 막사를 찾아간 그는 장군을 불러내 단둘이 대화를 나누었다.

"테미스토클레스, 우리가 지각 있는 사람들이라면 이제 헛되고 유치한 다툼은 그만두고 서로에게 유익하고 고귀한 경쟁을 시작해야 하지 않겠는가? 자네는 총사령관으로서, 나는 자네를 보조하는 조언자로서 헬라스를 구하기 위해 서로 지지 않으려고 애써야 하지 않겠는가? 나는 처음부터 자네의 전략만이 최선이라고 생각해왔네. 서둘러 이 해협에서 결정적인 해전을 치르자는 자네의 주장이 옳아. 후방을 비롯해 우리 주위의 바다는 죄다 적들로 둘러싸여 있어. 원하지 않는 사람들까지도 어쩔 수 없이 용기를 추슬러 싸워야 하네. 정말 빠져 나갈 곳이 없어."

그러자 테미스토클레스가 대답했다.

"아리스테이데스, 여기서 자네에게 지고 싶지 않네. 자네가 시작한 이 아름다운 경쟁을 받아들여 공을 세우고 자네를 이겨보지."

이어서 그는 아리스테이데스에게 페르시아 군을 무찌르기 위한 전략을 이야기해 주었고, 승리하려면 해전을 치를 수밖에 없다고 에우뤼비아데스를 설득해주길 바랐다. 에우뤼비아데스가 아리스테이데스를 더 신뢰했기 때문이다. 이후 장군들이 모인 회의에서, 코린토스 사람 클레오크리토스가 테미스토클레스에게 말하기를 아리스테이데스 역시 그의 계획에 반대하고 있다고 했다. 그가 회의에 참석했음에도 아무 발언도 하지 않았기 때문이다. 그러자 아리스테이데스가 대답하기를, 테미스토클레스의 결정이 최선이 아니었다면 입을 닫고 있지 않았을 거라고 했다. 그가 입을 닫고 있었던 이유는 테미스토클레스에게 잘 보이고 싶어서가 아니라 그의 계획을 인정하기 때문이었다.

IX.

헬라스 군의 지휘관들이 테미스토클레스의 전략에 따라 움직이고 있을 때, 아리스테이데스는 살라미스 앞 해협에 자리 잡은 작은 섬 프쉿탈레이아에 적이 득시글대는 것을 보았다. 그래서 작은 배 여러 척에, 누구보다 열정적이고 싸움을 잘하는 병사들을 태워 프쉿탈레이아에 상륙했다. 거기서 페르시아인들과 싸운 끝에 중요한 인물 몇몇만 생포한 뒤 나머지는 전멸시켰다.

생포된 사람들 중에는 왕의 누이 산다우케가 낳은 세 아들이 있었다.

아리스테이데스는 이들을 즉각 테미스토클레스에게 보냈다.* 그런 뒤 섬을 빙 둘러 중장비 보병들을 배치한 다음, 누구든 그 섬에 상륙하기를 기다렸다. 아군을 보호하고 적군이 빠져나가는 것을 막기 위함이었다. 배가 가장 많이 모여 있고 전투가 가장 극심했던 곳이 바로 이 지역이었던 것으로 보인다. 프쉿탈레이아에 승전비를 세운 것도 이런 이유에서였다.

전투가 있은 뒤 테미스토클레스는 아리스테이데스를 떠볼 작정으로, 헬라스 군이 위업을 이루어내기는 했어도 더 큰 업적이 남아 있으며 그것은 최대한 빨리 헬레스폰토스•로 가서 거기 놓인 부교浮橋를 차단해 에우로파유럽에 아시아를 가둬 놓는 것이라고 했다. 그러나 아리스테이데스는 큰 소리로 제발 제안을 철회해 달라고 부탁했고, 오히려 메디아 사람들을 헬라스 땅으로부터 서둘러 쫓아낼 방법을 부지런히 강구해야 한다고 주장했다. 그러지 않으면, 가로막혀 빠져나갈 곳이 없어진 메디아 사람들이 순전히 필요에 따라 그 거대한 병력을 이끌고 방위군을 공격할 것이라고 했다.

그래서 테미스토클레스는 포로로 잡혀 있던 왕의 내관 아르나케스를 왕에게 보냈다. 헬라스 사람들이 부교를 파괴하려고 나섰으나 테미스토클레스 자신이 왕을 돕기 위해 그들의 발길을 돌렸다고 전한 것이다.

X.

이에 크게 겁을 먹은 크세르크세스는 서둘러 헬레스폰토스로 직행했다. 그러나 마르도니오스는 3백 명으로 이루어진 정예 부대를 데리고 뒤

• 오늘날의 다르다넬스 해협. 아시아와 유럽을 가른다. 페르시아는 그리스 원정을 위해 이 해협에 한 쌍의 부교를 건설했었다.

에 남았다. 그는 만만한 적이 아니었다. 자신이 거느린 보병들에 대한 믿음이 강했던 마르도니오스는 헬라스 군에게 다음과 같은 위협적인 서신을 보내기도 했다.

"그대들은 바다에 띄운 나무배로 노 저을 줄 모르는 육지 사람들을 이겼소. 그러나 용맹이 넘치는 기병과 중장비 보병들이 그대들을 상대할 곳은 넓은 텟살리아 땅과 아름다운 보이오티아의 들판이라오."

반면 아테나이 군에게는 이와 다른 서신, 그리고 왕으로부터 온 전갈을 보냈다. 왕은 아테나이 군이 싸움을 멈춘다면 도시를 재건해주고 많은 돈을 주겠으며 헬라스의 우두머리로 앉히겠다고 제안했다.

이 소식을 들은 라케다이몬 사람들은 겁을 먹고 아테나이로 사절단을 보냈다. 사절단은 아테나이 사람들에게, 처자식을 맡아주고 노약자들 또한 돌보아 줄 테니 스파르테로 보내라고 제안했다. 영토와 도시 전부를 잃은 지 얼마 되지 않은 아테나이 사람들의 슬픔이 클 것을 염려해서라고 했다.

그러나 사절단의 말을 들은 아테나이는 아리스테이데스의 제안에 따라 의연한 답변을 돌려보내기로 했다. 다음과 같은 이유에서였다. 모든 것을 돈으로 살 수 있다고 생각하는 페르시아 사람들의 제의는 참을 수 있었다. 그들은 그 정도 수준밖에 되지 않는 사람들이었기 때문이다. 그러나 라케다이몬 사람들이, 아테나이를 지배하고 있는 가난과 궁핍만 바라보는 것은 분했다. 아테나이가 고작 라케다이몬의 배급을 얻고자 헬라스를 위해 싸우기를 바라는 것은 아테나이 사람들의 용맹과 야심을 무시한 처사였다. 아리스테이데스는 기다리던 라케다이몬 사절단을 회의장으로 데리고 들어와 말했다. 아테나이 사람들이 헬라스의 자유를 위해 싸우는 데 대한 보답은 땅 속과 땅 위의 황금을 모두 긁어모아도 부족하다고. 그리고 마르도니오스의 전령들에게는 태양을 가리키며 이렇게 말했다.

"저 태양이 주어진 길을 가는 한, 아테나이는 페르시아와 싸울 것이다. 당신들이 짓밟은 영토와 더럽히고 불태운 신전을 위하여."

이어서 메디아 사람들과 교섭을 하거나 헬라스 사람들 간의 동맹을 저버리는 자가 있으면 사제들이 정식으로 저주를 내리게끔 하자고 제안했다.

마르도니오스가 두 번째로 앗티케를 침범했을 때 아테나이 사람들은 다시 살라미스로 건너갔다. 그때 사절단의 일원으로 라케다이몬에 가 있던 아리스테이데스는 라케다이몬의 나태함과 무관심을 맹렬히 비난했다. 그들이 페르시아의 공격을 받은 아테나이를 또다시 배신했다고 비난하며 아직 적에게 넘어가지 않은 헬라스 땅을 도우러 나서라고 촉구한 것이다.

이 말을 들은 에포로스들은 낮 동안은 유유히 축제를 즐기는 척 여유로운 태도를 취했다. 마침 휘아킨티아 축제가 벌어지고 있었기 때문이다. 그러나 밤이 되자 스파르테 사람 5천을 뽑아 한 사람에 헤일로테스* 일곱을 붙인 뒤 아테나이 몰래 내보냈다. 그래서 아리스테이데스가 또다시 비난을 퍼붓고 나섰을 때 그들은 코웃음을 치며 그가 말 많은 잠꾸러기에 지나지 않는다고 말한 것이다. 그리고 군대가 이미 아르카디아에서 낯선 자들을 향해 행군하는 중이라고 덧붙였다. 스파르테 사람들은 페르시아 사람들을 낯선 자들이라고 불렀다.

그러나 아리스테이데스는 그들이 때를 모르고 농담을 하고 있다고 생각했다. 적군을 속여도 모자랄 때에 아군을 속이고 있다고 여겼던 것이다. 이도메네우스가 전하는 바에 따르면 그렇다는 이야기다. 그러나 아

• 스파르테 사람들이 근방에서 잡아들인 노예들을 통칭하는 말.

리스테이데스가 통과시킨 법안은 그를 제외한 키몬, 크산팁포스, 뮈로니데스만을 라케다이몬으로 보낼 사절로 지명하고 있다.

XI.

전투를 앞두고 장군으로 선출되어 전권을 얻게 된 아리스테이데스는 아테나이의 중장비 보병 8천 명을 이끌고 플라타이아에 다다랐다. 거기서 헬라스 군의 총사령관을 맡고 있던 파우사니아스 역시 스파르테 군을 이끌고 합류했다. 이어서 다른 지역 출신의 헬라스 병사들 역시 꾸역꾸역 모여들었다. 아소포스 강을 따라 진을 친 페르시아 군은 그 규모가 엄청나, 어디가 시작이고 어디가 끝이라고 말하기 어려웠다. 늘어선 짐수레와 지휘 본부 둘레로 사각을 그리며 벽이 세워져 있었고 한 변의 길이가 10스타디온•이었다.

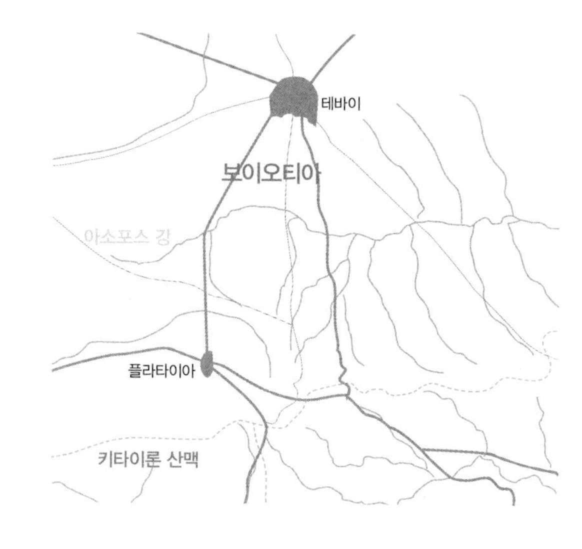

XII.

한편 전투 대형 속에서의 위치를 놓고 아테나이 사람들과 테게아 사람들 간에 논쟁이 벌어졌다. 테게아 사람들은 언제나 라케다이몬 사람들이 우측 날개를 지켰으니 자신들은 좌측을 지켜야 한다고 주장했으며

• 1스타디온은 약 180미터.

이를 뒷받침하기 위해 큰 소리로 선조들의 업적을 자랑했다. 아테나이 사람들이 여기에 격분하자 아리스테이데스가 나서서 이렇게 말했다.

"누구의 태생이 더 고귀한지 누가 더 용맹한지 왈가왈부할 때가 아닙니다. 그러나 스파르테인들이여, 그리고 그 밖의 모든 헬라스 사람들이여, 대형 안의 위치가 달라진다고 해서 있던 용기를 빼앗기는 것도, 없던 용기가 주어지는 것도 아닙니다. 우리에게 어느 위치가 주어지든 우리는 그 위치를 지키고 승리로 장식하여 우리가 그동안 세운 업적에 누가 되지 않도록 할 것입니다. 우리는 동맹국들과 다투러 온 것이 아니라 적들과 전투를 하러 온 것입니다. 선조들을 칭송하러 온 것이 아니라 헬라스를 위해 우리의 용맹을 보여주러 온 것입니다. 이 전쟁을 통해 우리는 어느 도시가, 어느 사령관이, 어느 사병이 헬라스에서 제 몫을 하는지 알게 될 것입니다."

이 말을 들은 군사 고문과 지휘관들은 아테나이의 손을 들어주었고 아테나이 군이 왼쪽 날개를 맡게 되었다.

XIII.

헬라스가 이런 위기에 놓여 있고 특히 아테나이가 위험에 처해 있던 이때, 집안이 좋고 돈도 많았으나 전쟁으로 가난해진 사람들이 있었다. 자신들이 돈과 함께 영향력과 명성도 잃은 사이 다른 사람들은 오히려 관직과 명예를 얻은 것을 본 그들은 플라타이아에 있는 한 집에서 몰래 모임을 가지고 민주정을 뒤엎을 음모를 꾸몄다. 그리고 만약 계획대로 되지 않는다면 페르시아 편에 붙어 헬라스 군 공동의 목적을 좌절시키고자 했다.

아테나이의 진영 내에 이와 같은 동요가 일고 여러 사람들이 여기 선동되어 동참했을 때 아리스테이데스가 낌새를 챘다. 당시와 같은 위기 상황은 음모자들에게 유리한 상황이었기 때문에 이를 두렵게 여긴 아리스테이데스는 사태를 덮어놓지도, 만천하에 밝히지도 않는 방법을 택했다. 공공의 이익을 생각지 않고 옳고 그름만을 따졌다가는 얼마나 많은 사람들이 벌을 받게 될지 가늠할 수 없었기 때문이다.

따라서 그는 음모에 가담한 사람들 중 겨우 여덟 명만을 붙잡았다. 그 가운데 처음으로 혐의를 받았으며 가장 죄가 많은 두 사람, 즉 람프트라의 아이스키네스와 아카르나이의 아게시아스는 몰래 진영을 빠져나가게 했다. 나머지 사람들은 풀어주었다. 자신은 들키지 않았다고 여기는 사람들에게 뉘우치고 기운을 낼 기회를 준 것이다. 또 그들이 나라를 위해 진심이 담긴, 의로운 혐의를 한다면 전쟁은 그들의 혐의를 벗겨줄 거대한 재판정이 될 수 있음을 확인시켜 주었다.

XIV.

이 일이 있은 뒤 마르도니오스는 자신이 가장 아끼는 병사들을 통해 헬라스를 곤경에 빠뜨렸다. 키타이론 산기슭에 진을 치고 있던 헬라스군에 기병대를 보낸 것이다. 헬라스 군 대부분은 험하고 바위가 많은 이 산기슭에 자리 잡고 있었는데 메가라 사람들만이 예외였다. 3천명 남짓 되는 메가라 사람들은 탁 트인 들판에 진을 치고 있었고, 이 때문에 기병대의 손에 무참히 당했다. 기병대가 사방에서 물밀듯 몰려왔기 때문이다.

메가라 사람들은 서둘러 파우사니아스에게 전령을 보내 도움을 청했다. 그들만으로는 수많은 페르시아 병사들을 대적할 수 없었던 까닭이다. 이 소식을 들은 파우사니아스는, 메가라의 진영이 적의 창과 화살에 가려져 있다시피 하고 메가라 병사들이 좁은 공간에 몰린 것을 보았지만, 혼자서는 기병대에 대적하여 메가라에 도움을 줄 수 없음을 깨달았다. 그가 거느린 스파르테의 병사들은 중무장을 한 채 밀집 대형을 이루고 있어 움직임이 느렸기 때문이다.

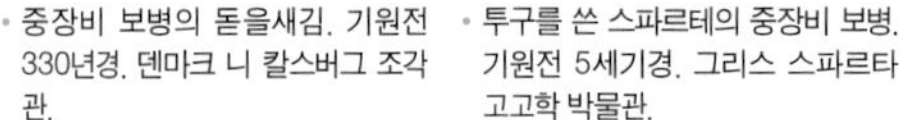

• 중장비 보병의 돋을새김. 기원전 330년경. 덴마크 니 칼스버그 조각관.

• 투구를 쓴 스파르테의 중장비 보병. 기원전 5세기경. 그리스 스파르타 고고학 박물관.

대신 곁에 있던 헬라스의 장군과 지휘관들의 용기를 돋우고 야망을 부추기며 누군가 자진해서 메가라 사람들을 도우러 갈 것을 제안했다. 모두 망설였지만 아리스테이데스는 아테나이 군을 대신해 역할을 자청하였고, 승리에 대한 열망이 누구보다 강한 올림피오도로스와 그의 부하 가운데 3백 명을 파병했다. 사수도 여럿 포함시켰다.

이들은 재빨리 대열을 갖추고 공격하러 뛰어갔다. 이것이 페르시아 기병대를 지휘하던 마시스티오스의 눈에 띄었다. 놀라운 용기를 가졌을 뿐만 아니라 키가 남보다 크고 외모도 아름다웠던 마시스티오스는 즉시 말을 돌려 적을 향해 돌진했다. 한동안 막는 자들과 공격하는 자들 간에 치열한 싸움이 벌어졌다. 두 편 모두 그 전투의 결과에 따라 전쟁의 결말이 달라질 것으로 생각했기 때문이다. 그러다 곧 마시스티오스의 말이 화살을 맞고 기수를 내팽개쳤다. 마시스티오스는 갑옷이 너무 무거웠던 까닭에 널브러진 채 일어설 수가 없었다. 아테나이 병사들이 몰려와 그를 쳤지만 그는 그리 쉽게 아테나이 병사들의 먹잇감이 되지 않았다. 가슴과 머리뿐만 아니라 팔다리까지 황금과 청동, 무쇠가 감싸고 있었기 때문이다. 그러나 마침내 투창 하나가 투구의 눈구멍으로 뚫고 들어가 그를 죽였고 나머지 병사들은 그의 시신을 버리고 도망치기에 바빴다.

헬라스 사람들의 성공이 얼마나 위대한지 가늠하게 도와준 것은 그들이 쓰러뜨린 적의 수가 아니었다. 실제로 전사자는 많지 않았다. 그것은 페르시아 사람들의 슬픔이었다. 그들은 마시스티오스를 기리며 머리카락을 밀었고 말과 노새의 털도 밀었으며 온 들판을 곡성으로 채웠다. 마르도니오스 다음으로 용기와 권위가 뛰어나다고 여겨지던 사람을 잃은 탓이었다.

XV.

기병대와의 전투가 있고 나서 양측은 한참 동안 싸움을 자제했다. 먼저 공격을 당한 쪽이 승리할 것이라고 페르시아와 헬라스의 예언자들이 똑같이 예언했기 때문이다. 예언에 따르면 공격을 하면 곧 패배했다. 그러나 식량이 얼마 남지 않은 데다 새로운 병사들이 합류하면서 헬라스 병력이 나날이 커져가고 있었기 때문에, 초조해진 마르도니오스는 더 이상 기다리지 않기로 결심했다. 날이 밝자마자 아소포스 강을 건너 아테나이 군을 습격하기로 하고 지휘관들에게 비밀리에 이 소식을 전달했다.

그러나 자정 무렵 말을 탄 병사 하나가 소리 없이 헬라스 진영에 접근했다. 전초지에 있는 병사들과 마주친 그는 아테나이 사람 아리스테이데스를 불러오라고 명했다. 명령은 신속히 받들어졌고 그는 이렇게 말했다.

"나는 마케도니아 사람 알렉산드로스입니다. 그대에게 선의를 베풀고자, 그리고 그대가 갑작스런 공격에 제대로 싸워보지도 못할까봐 엄청난 위험을 무릅쓰고 여기 왔습니다. 마르도니오스는 틀림없이 내일 공격을 해올 것입니다. 희망이 보여서도, 용기가 있어서도 아니고 단지 식량이 떨어져 가고 있기 때문입니다. 예언자들은 상서롭지 못한 징조와 신탁을 들어 전투에 반대하고 있으며 의기소침해 있던 병사들은 경악을 금치 못하고 있습니다. 그러나 마르도니오스는 과감히 운명을 시험해 보거나, 아무것도 하지 않고 극심한 굶주림을 견뎌낼 수밖에 없는 입장입니다."

이렇게 말한 알렉산드로스는 이 정보를 잘 간직하되 어느 누구에게도 말하지 말라고 간청했다. 아리스테이데스는, 최고 지휘권을 갖고 있는 파우사니아스에게까지 이를 숨기는 것은 명예롭지 못한 일이라고 대답했다. 그러나 다른 지휘관들에게는 전투가 있기 전까지 알리지 않겠다고 했다. 그리고 헬라스가 승리한다면 모두가 알렉산드로스의 열정과 용기에 대해 듣게 될 것이라고 했다. 대화를 나눈 뒤 마케도니아 왕은 다시 말을 타고 돌아갔고 아리스테이데스는 파우사니아스의 천막으로 가 소식을 전했다. 그리고 두 사람은 다른 지휘관들을 불러 전투가 있을 테니 병사들을 전투 대형으로 배치하라고 명령했다.

XVI.

헤로도토스가 전하는 바에 따르면 바로 이때 파우사니아스가 아리스테이데스에게 전갈을 보냈다. 아테나이 병사들을 대형의 우측 날개로 재배치하여 페르시아인들과 싸우도록 한다는 내용이었다. 아테나이 군이 페르시아 군의 전투 방식을 잘 알고 있기도 했고, 이미 그들과 싸워 이겨 의기양양한 상태였던 까닭에 더 잘 싸울 수 있으리라고 판단했던 것이다. 그리고 헬라스를 배신하고 페르시아로 넘어간 병사들의 공격을 받게 될 좌측 날개는 파우사니아스 자신과 스파르테 병사들이 맡기로 했다.

다른 아테나이 장군들은 파우사니아스의 판단이 무례하다고 여겨 성을 냈다. 자신은 꼼짝도 않으면서 오로지 아테나이 군만 마치 헤일로테스 다루듯 마음대로 움직였으며 전투가 가장 치열하게 벌어질 곳으로 내보내고 있었기 때문이다.

그러나 아리스테이데스는 장군들의 생각이 틀렸다고 주장했다. 얼마 전까지만 해도 좌측 날개를 맡는 것을 두고 테게아 사람들과 겨루고 다투었던 그들이었다. 또 경쟁 상대를 누르고 좌측 날개를 맡게 된 것을 자축하던 그들이었다. 그런데 라케다이몬 사람들이 자진해서 우측 날개를 내어주고, 말하자면 헬라스의 우두머리 자리를 양보하다시피 하였으니 그 영예를 기쁘게 받아야 한다고 아리스테이데스는 주장했다. 나아가 동족과 친족들에 맞서 싸워야 할 필요 없이 남의 나라 사람이자 숙적인 페르시아 사람들과 싸우게 된 것을 오히려 다행이라 여겨야 한다고 했다.

그러자 아테나이 사람들은 기꺼이 스파르테 사람들과 자리를 바꾸었다. 병사들은 입에서 입으로 다음과 같은 말을 퍼뜨렸다. 적의 무기나 군기는 마라톤 전투 당시와 비교해 더 나아지지 않았으며 사수들의 실력도 여전하고, 그들의 나약한 몸과 연약한 정신을 감싼 얼룩덜룩한 갑옷과 황금 장신구도 변함없다는 것이었다.

"그러나 우리는 마라톤 전투에 참전했던 우리 형제들과 동일한 무기와 체력을 갖추었을 뿐더러 잇따른 승리로 인해 사기는 더욱 높다. 또 우리가 싸우는 것은, 우리 형제들과 달리 우리의 영토와 도시만을 위해서가 아니라 형제들이 마라톤과 살라미스에 세운 승전비를 위해서이기도 하다. 승리가 오로지 밀티아데스의 덕택, 혹은 그에게 행운이 따른 덕택이 아니라 아테나이 사람 모두의 덕택이었음을 세상에 알리기 위해서인 것이다."

따라서 스파르테와 아테나이 사람들은 부지런히 위치를 바꾸었다. 그러나 탈영한 병사들을 통해 이 소식을 전해들은 테바이 사람들이 이를 마르도니오스에게 알렸다. 아테나이 사람들이 두려워서였는지 라케다이몬 사람들과 싸우기를 원했기 때문인지는 몰라도 그는 즉시 페르시아 병사들을 우측 날개로 옮기고 자신이 거느린 헬라스 사람들을 아테나이 군과 맞서게 놓았다.

적의 대형이 이와 같이 바뀌었다는 소식을 들은 파우사니아스는 도로 우측 날개를 맡았고 그러자 마르도니오스 역시 원래의 위치였던 좌측 날개로 돌아와 처음처럼 라케다이몬 사람들과 마주보았다. 이러면서 아무 일 없이 하루가 지나갔다. 헬라스 사람들은 고심한 끝에 진영을 더 멀리 옮겨 맑은 물이 풍부한 곳을 차지하고자 했다. 페르시아의 강력한 기병대가 근처에 있는 샘을 모두 더럽히고 망쳐놓았기 때문이었다.

XVII.

밤이 되었고 지휘관들은 정해진 위치에 새로 진을 치기 위해 병사들을 이끌고 나섰다. 그러나 병사들은 좀처럼 대열을 유지하려고 하지 않았다. 1차 방어선을 버리고 떠나자마자 대부분 서둘러 플라타이아로 갔다. 그들이 흩어져 아무렇게나 천막을 치자 큰 혼란이 찾아왔다.

한편 라케다이몬 사람들은 본의 아니게 대열에서 뒤처졌다. 성격이 불같고 모험심이 강한 아몸파레토스라는 자 때문이었다. 싸우고 싶어 안달이 나 있었던 아몸파레토스는 전투가 자꾸 연기되고 지연되자 실망이 컸다. 그러다 마침내 자제력을 잃고, 진영을 옮기는 것은 도망치자는 것이 아니냐며 자신은 부하들과 제자리를 지키며 마르도니오스의 공격을 기다리겠다고 주장했다.

파우사니아스가 그에게로 가서, 헬라스 사람들이 함께 논의한 끝에 정식 투표를 통해 내린 결정이라고 말하자 아몸파레토스가 커다란 돌을 집어 들어 파우사니아스의 발치에 던졌다. 자신은 전투를 하자는 쪽에 표를 던지겠으며 다른 사람들의 의사, 그들이 겁에 질려 내린 결정은 쥐뿔만큼도 상관없다고 말한 것이다. 곤란해진 파우사니아스는 이미 움직이고 있던 아테나이 군에 전령을 보내 기다렸다 함께 움직여 달라고 간청했다. 그런 다음 나머지 병사들을 이끌고 플라타이아로 움직이기 시작했다. 그렇게 하면 아몸파레토스가 포기하고 움직이리라고 생각한 것이다.

이 와중에 날이 밝았다. 헬라스 사람들이 진영을 버리고 떠난 것을 눈치 챈 마르도니오스는 완벽한 전투대형을 갖춘 뒤 라케다이몬 군을 덮쳤다. 고함을 치고 소란을 피우며 달려든 페르시아 사람들은, 제대로 된 전투가 벌어지기를 기대하지는 않았다. 그들은 다만 도망치는 헬라스를 저지할 생각이었다. 그런데 뜻대로 되지 않았다. 상황을 목격한 파우사니아스가 행군을 멈추고 병사들을 전투 대형으로 배치하기는 했지만 헬라스 동맹군에게 전투 신호를 보내는 것을 깜빡했기 때문이다. 아몸파레토스에 대한 분노가 가라앉지 않았기 때문인지, 적의 속도를 착각했기 때문인지 그 이유는 알 수 없다. 어쨌든 이런 이유로 동맹군은 한참이 지나서야 그들을 도우러 왔고, 그것도 한꺼번에 온 것이 아니라 전투가 이미 시작된 이후에 뿔뿔이 흩어져 조금씩 모여들었다.

파우사니아스가 제물을 바치고도 상서로운 징조를 보지 못하자 그는 라케다이몬 사람들에게 방패로 앞을 가리고 얌전히 앉아 있으라고 명령했다. 그가 다시금 제물을 올리고 돌아올 때까지 적을 물리칠 생각은 하지도 말고 기다리라고 한 것이다. 이때 이미 적의 기병대가 달려들고 있었고 곧 창과 화살도 도달했으며 여러 스파르테 병사들이 여기에 맞았다.

헬라스 사람들 가운데 가장 보기 좋고 병사들 사이에서 가장 키가 컸던 칼리크라테스 역시 이때 화살에 맞았다고 한다. 그가 죽어가며 말하기를, 헬라스를 위해 죽으려고 참전했으니 죽는 것은 슬프지 않으나 싸워보지도 못하고 죽는 것은 원통하다고 했다.

버텨내기 실로 끔찍한 상황이었으나 병사들은 놀라운 자제력을 보여주었다. 그들은 공격해 오는 적을 물리치려고 하지 않았으며 신이, 그리고 장군이 적절한 때를 알려줄 것으로 믿고는 상처를 입고 죽음을 맞더라도 제 위치를 사수했다.*

XVIII.

한편 예언자가 희생 제물을 죽이고 또 죽이는 동안 침통해진 파우사니아스는 눈물로 뒤덮인 얼굴을 헤라이온, 즉 헤라 여신의 신전으로 향한 채 두 손을 뻗어 키타이론의 헤라 여신, 그 밖에 플라타이아 땅을 지키는 다른 신들에게 기도했다. 헬라스가 이길 운명이 아니라면 죽기 전에 위대한 업적이라도 세우게 해줄 것을, 그리고 적들로 하여금 그들이 용감하고 싸울 줄 아는 상대와 겨루었음을 확실히 깨닫게 해줄 것을 간청했다. 파우사니아스가 이처럼 신들에게 호소하고 있을 때 제물에서 상서로운 징조가 보였고 예언자는 승리를 예언했다.

즉시 적을 향해 움직이라는 명령이 전열을 파고들었다. 스파르테 병사들의 밀집 대형은 갑자기 스스로를 방어하기 위해 꿈틀대는 사나운 짐승의 모습을 띠었다. 그때 페르시아 사람들은 상대가 죽을 때까지 싸울 사람들이라는 것을 똑똑히 깨달았다. 그래서 그들은 나뭇가지를 엮어 만든 방패로 방벽을 세우고 라케다이몬의 전열을 향해 화살을 쏘았다. 그러나 라케다이몬 병사들은 방패를 가까이 맞붙여 들고 적을 향해 다가갔으며 방패로 세운 방벽을 뜯어내고 긴 창으로 페르시아 병사들의 얼굴과 가슴을 공격했다. 수많은 페르시아인들이 죽어갔지만 그들이 용감하게 맞서 싸우지 않은 것은 아니다. 그들은 맨손으로 긴 창을 붙잡아 대부분 부러뜨렸고 단검과 언월도를 휘둘렀으며 적의 방패를 내동댕이친 뒤 적을 부둥켜안는 등 맹렬히 육탄전을 벌였다. 그렇게 한참을 버틴 것이다.

한편 아테나이 군은 얌전히 라케다이몬 사람들을 기다리고 있었다. 그러나 전투를 벌이는 용사들의 고함 소리가 귓전을 때리고, 전하는 바에 따르면, 파우사니아스가 보낸 전령이 도달하여 사정을 설명하자 아테나이 군은 서둘러 그를 도우러 나섰다. 그러나 들판을 가로질러 파우사니아스에게 향하던 그들에게 페르시아로 넘어간 헬라스 사람들이 공격을 해왔다.

• 페르시아 병사와 싸우는 헬라스의 중장비 보병, 기원전 4세기경.
•• 헬라스의 중장비 보병, 기원전 4세기경.

아리스테이데스는 그들을 보자마자 최전방으로 나서 헬라스의 신들을 거론하며 싸우지 말자고 외쳤다. 헬라스를 위해 위험을 무릅쓰고 있는 자들을 도우러 가고 있으니 막지도 방해하지도 말라고 했던 것이다. 그러나 적이 자신의 말에 아무 관심도 없으며 이미 전투태세를 갖춘 것을 깨달은 아리스테이데스는 도움을 주려는 계획은 잠시 접어둔 채 5만 명 남짓 되는 적과 싸움을 시작했다.

적의 대부분은 순식간에 포기하고 후퇴했다. 페르시아 군 역시 퇴각하고 있었기 때문이다. 남은 병사들은 주로 테바이 사람들로 구성되어 있었다. 당시 권세가 뛰어나고 영향력 있던 테바이 시민들이 열렬히 페르시아 편을 들고 있었고 대중은 선택에 의해서가 아니라 소수의 명령에 따라 같은 길을 걷고 있었다.

XIX.

전투는 이와 같이 두 군데에서 벌어졌고 라케다이몬이 먼저 페르시아를 물리쳤다. 마르도니오스는 스파르테 사람 아림네스토스의 손에 죽임을 당했다. 그는 돌로 마르도니오스의 머리를 박살냈는데 이는 암피아라오스 사원의 사제가 예언한 바와 일치했다.*

곧이어 아테나이 군이 테바이 군을 패주시켰다. 가장 유력한 지도자 3백 명을 전장에서 무찌른 뒤였다. 테바이 군이 퇴각을 시작한 직후, 쫓아가면 더 많은 적을 무찌를 수도 있는 상황에서 아테나이 군 앞으로 전갈이 왔다. 라케다이몬 군이 페르시아 군을 방책 안에 가두고 포위했다는 내용이었다.

그리하여 아테나이 군은 코앞에 있는 헬라스인들을 도망가게 내버려두고 방책을 향해 행진했다. 라케다이몬 군은 아테나이 사람들의 도움을 반겼다. 벽이 세워진 곳을 공략해 본 경험이 없어 어쩔 줄 몰랐기 때문이다. 아테나이 군은 수많은 적을 무찌르고 진영을 빼앗았다. 페르시아 군은 30만 명 가운데, 4만 명만이 아르타바조스와 함께 도망쳤다고 전해진다. 헬라스 동맹군에서는 모두 1,360명이 죽었다. 클레이데모스의 말에 의하면, 그 가운데 쉰두 명이 아테나이 사람으로 모두 아이안티스 필레 사람들이었고 누구보다 용감하게 싸운 자들이었다.* 라케다이몬 사람은 아흔두 명이 전사했고 테게아 남자들도 열여섯 명이 목숨을 잃었다.*

XXII.

아테나이 병사들을 이끌고 도시로 돌아온 아리스테이데스는 그들이 좀 더 민주적인 나라 체제를 원하고 있음을 깨달았다. 그는 민중의 꿋꿋한 용기를 보고 이것이 고려해 볼 만한 가치가 있는 문제라고 생각했다. 게다가 언제까지나 그들에게 원하는 바를 포기하라고 강요할 수만은 없었다. 민중은 무기를 들어 강력해져 있었을 뿐만 아니라 연이은 승리에 고조되어 있었기 때문이다. 따라서 도시의 행정을 맡을 특권을 모든 계급에게 주고, 모든 아테나이 사람에게 아르콘으로 선출될 수 있는 기회를 주는 법안을 마련했다.

한번은 테미스토클레스가 시민들에게 말하기를, 자신에게 계획이 하나 있는데 도시에 유용하고 유익한 계획이기는 하나 무엇인지 밝힐 수는 없다고 했다. 그러자 시민들은 아리스테이데스에게만 그 계획을 들려주고 그의 판단을 듣자고 했다. 이에 테미스토클레스는 아리스테이데스에게, 헬라스의 함대를 불태움으로써 아테나이로 하여금 으뜸의 자리에서 헬라스를 다스리게 하려고 한다는 자신의 계획을 말했다. 아리스테이데스는 시민들 앞에서 테미스토클레스가 실행에 옮기고자 하는 계획에 대하여 그보다 더 유익한 계획도, 그보다 더 정의롭지 못한 계획도 없을 거라고 말했다. 그러자 아테나이 사람들은 테미스토클레스에게 계획을 포기할 것을 명했다. 시민들은 이처럼 정의를 사랑했고, 아리스테이데스는 시민들에게 충성하고 정성을 다했다.

XXIII.

그가 장군으로서 키몬과 함께 전쟁을 지휘하러 나섰을 때, 그는 파우사니아스를 비롯한 스파르테의 지휘관들이 동맹군에게 무례하고 가혹하게 구는 것을 보았다. 그러나 아리스테이데스는 정중하고 인정 많은 태도로 그들과 교류했다. 그리고 키몬을 독려하여 스파르테와 좋은 관계를 맺고 스파르테의 원정에 참여하도록 했다. 이로써 라케다이몬 사람들이 모르는 사이, 중장비 보병이나 함대나 기병대를 이용해서가 아니라 기지와 외교를 통해 스파르테의 지배권을 빼앗은 것이다.

정의로운 아리스테이데스와 합리적인 키몬 덕분에 아테나이에 호의를 품고 있던 헬라스 사람들은, 파우사니아스가 탐욕스러운 데다 무자비하기까지 한 것을 보고 더욱 아테나이가 우월해지기를 바랐다. 파우사니아스는 갈수록 동맹군의 지도자들에게 성을 내며 거칠게 굴었고 평민들을 벌할 때도 채찍을 쓰거나, 어깨에 무쇠로 만든 닻을 지고 하루 종일 서 있게 했다. 나아가 아무도 스파르테 사람보다 먼저 짚이나 꼴을 구하거나 샘에 물을 길러 갈 수 없었다. 그러려고 하면 스파르테의 하인들이 지팡이를 들고 다가오는 이들을 몰아냈다. 아리스테이데스는 이에 대해 파우사니아스를 나무라고 꾸중하려 했으나 파우사니아스는 얼굴을 찌푸리며 바쁘다는 핑계로 듣지 않으려 했다.

따라서 헬라스 군의 지휘관과 장군들은, 특히 키오스, 사모스, 레스보스 사람들은 아리스테이데스를 찾아가 스파르테로부터 지배권을 빼앗고 동맹군의 지지를 얻으라고 설득했다. 동맹군은 오래전부터 스파르테를 버리고 아테나이 편에 서기를 원했다고 주장하기도 했다. 아리스테이데스는 이것이 긴박하고 이유 있는 제안이라는 것을 인정하면서도, 그들이 아테나이의 신뢰를 얻으려면 어떤 공개적인 행위가 필요하며 그래야만 다수가 다시 등을 돌리지 않을 것이라고 대답했다.

그러자 사모스 사람 울리아데스와 키오스 사람 안타고라스가 모의한 끝에 뷔잔티온 앞바다로 갔다. 둘은 앞장서 바다로 나가던 파우사니아스의 트리에레스를 양쪽에서 접근해 들이박았다. 이를 본 파우사니아스는 자리에서 벌떡 일어나 격분하여 말했다. 그들이 가라앉힌 것은 파우사니아스의 배가 아니라 고향 땅의 도시들이라는 것을 곧 온 세상이 알게 되리라고 으름장을 놓은 것이다. 그러나 그들은 파우사니아스를 몰아내며, 플라타이이아에서 싸울 당시 행운이 그의 편에 선 것을 다행으로 여기라고 했다. 그의 잘못이 많으나 거기 합당한 벌을 내리지 않는 이유는 헬라스 사람들이 여전히 플라타이이아에서의 승리를 위대하게 여기고 있기 때문이었다. 이어서 두 사람은 자리를 떠나 아테나이 사람들과 합류했다.

바로 그때 스파르테인들의 고귀한 지혜가 놀라운 방식으로 빛을 발했다. 스파르테 사람들은 지나친 권력을 거머쥔 지휘관들이 그 권력으로 인해 부패했음을 깨닫고 스스로 지배권을 포기한 것이다. 전쟁에 장군들을 내보내지도 않았다. 헬라스를 호령하는 것보다 조상으로부터 물려받은 관습을 진심을 다하여 충실하게 따르는 길을 택한 것이다.

XXIV.

라케다이몬의 지배를 받을 때에도 헬라스 사람들은 일종의 전쟁 분담금을 바쳤으나 그들은 이제 이것이 각 도시의 형편에 알맞게 매겨지기를 바랐다. 따라서 아테나이 사람들에게 아리스테이데스를 보내달라고 부탁하여 그에게 여러 지방을 둘러보고 그 지방의 수입을 검토한 다음, 각 나라의 가치와 지불 능력에 따라 분담금을 매기는 일을 맡겼다. 그러나 이와 같은 권력을 갖게 되었음에도, 말하자면 헬라스의 모든 재산이 그의 수중에 맡겨졌음에도 아리스테이데스는 임무를 수행하러 나갈 때도 가난했고 임무를 끝마쳤을 때는 더욱 가난해져 있었다. 그는 청렴하고 정직하게 부담금을 매겼을 뿐만 아니라 관련된 모든 나라의 만족과 편의를 이끌어냈다. 실로 옛사람들이 크로노스의 시대, 즉 황금시대를 찬양했듯 아테나이의 동맹국 역시 아리스테이데스가 분담금을 조정한 일을 찬양했다.*

아무튼 분담금을 조정한 아리스테이데스는 더 큰 명성을 얻고 존경을 받았다. 그럼에도 테미스토클레스는 그를 비웃으며 그를 향한 찬사는 사람이 아니라 돈지갑에나 어울린다고 했다. 그러나 이런 테미스토클레스의 농담은 아리스테이데스의 꾸밈없는 말에 상대가 되지 않았다. 테미스토클레스가 말하기를 장군에게는 적의 작전을 꿰뚫어 보는 능력이 가장 중요하다고 하자, 아리스테이데스가 이렇게 응수했다고 한다.

"물론 중요한 능력이기는 하네, 테미스토클레스. 하지만 가장 존경받아야 할 장군, 진정한 장군은 제 손을 다스릴 줄 아는 장군일 테지."

XXV.

아리스테이데스는 전해지는 바와 같이, 영원히 동맹을 지키겠다는 의미로 바다에 철괴를 던지고 이를 어기는 자에게 저주가 있기를 기원했으며 온 헬라스로부터 같은 맹세를 받아내고 그 자신 역시 아테나이 사람들을 대표해서 맹세한 바 있었다. 그러나 이후 상황이 바뀌었을 때, 말하자면 좀 더 적극적인 지배가 필요하게 되었을 때, 그는 아테나이로 하여금 맹세를 어기고 상황을 유리한 쪽으로 돌리게 한 다음, 그 책임은 자신이 졌다.

테오프라스토스의 말에 따르면, 그는 평소에도 동료 시민들과의 사적인 관계에서는 철저하게 정직하면서도 공적인 사안에 관해서는 나라에서 채택한 정책에 어울리게 행동하며 그로써 여러 실질적인 불의를 행하게 되는 것을 안타까워하였다. 예를 들어 동맹군의 자금을 델로스 섬에서 아테나이로 가져오는 문제의 경우 사모스 사람들이 먼저 제안한 것임에도 아리스테이데스는 그것이 정의롭지 못하지만 실익이 있는 일이라고 받아들였다.

또 아테나이를 그토록 많은 나라의 우두머리로 만들고도 아리스테이데스 자신은 계속해서 가난하게 살았다. 사람들이 그의 가난을 들먹인다고 해서 그가 전쟁에서 세운 공적을 치켜세울 때보다 더 불쾌하게 여기는 일도 없었다. 이것은 다음 이야기에서 명백히 나타난다.

횃불을 나르는 관직을 맡고 있던 칼리아스는 아리스테이데스의 친척이었다. 한번은 칼리아스의 적들이 그에게 살인 혐의를 씌웠는데 칼리아스에 대하여서는 기소 내용에 한해서 적당한 선에서 비난한 반면, 기소 내용에서 벗어나 판사들에게 다음과 같이 늘어놓았다.

"뤼시마코스의 아들 아리스테이데스를 아시지요. 헬라스에서 얼마나 존경받는 인물입니까? 그런데 그런 그가 공적인 장소에 저렇게 허름한 웃옷을 입고 나타나면 그 사람의 집안 형편이 어떨 것이라고 생각되십니까? 밖에서 떠는 사람이 집에서 배부르겠습니까? 생필품도 없어 몹시 궁핍하지 않겠습니까? 그런데 아테나이에서 가장 돈이 많은 부자 칼리아스는 아리스테이데스와 사촌지간이면서도 그가 처자식과 가난하게 살든 말든 상관하지 않습니다. 아리스테이데스의 덕을 보지 않은 것도 아니고, 판사님들과의 친분으로 온갖 이득을 누리기까지 한 칼리아스가 말입니다."

판사들이 이 말에 동요되어 자신에게 불리하게 돌아선 것을 본 칼리아스는 아리스테이데스를 불러 판사들 앞에서 자신의 말을 입증해 달라고 부탁했다. 칼리아스의 주장에 따르면 자신이 몇 번이고 도움의 손길을 내밀고 제발 받아달라고 해도 아리스테이데스가 다음과 같이 응수하며 거절했다는 것이다.

"칼리아스 자네가 자네 재산을 자랑스럽게 여기는 만큼 나는 내 가난을 자랑스럽게 여기고, 그것이 또 내게 어울리네. 재물은 잘 이용하는 사람도 많고 잘못 이용하는 사람도 많지만 숭고한 정신으로 가난을 버티는 사람은 찾기가 힘들기 때문이네."

아리스테이데스는 칼리아스의 말이 사실이라고 진술했고 청중은 집으로 돌아가며 칼리아스와 함께 부자로 사느니, 아리스테이데스와 함께 가난하게 살고 싶다고 생각했다. 어쨌든 이것이 소크라테스 학파 아이스키네스의 이야기이다.

플라톤 역시 아테나이에서 명성을 떨친 모든 사람들 가운데 이 사람만이 존경받아 마땅하다고 했다. 테미스토클레스와 키몬, 페리클레스는 아테나이를 좋은 건물과 돈 그리고 온갖 말도 안 되는 것들로 채웠지만, 아리스테이데스는 덕으로 다스렸기 때문이다.

아리스테이데스가 합리적인 사람이었다는 증거는 테미스토클레스에 대한 그의 태도에서도 명백히 드러난다. 아리스테이데스는 공직에 있는 대부분의 시간 동안 테미스토클레스와 적대적인 관계에 있었고 그로 인하여 도편 추방되었다. 그러나 테미스토클레스가 시민들로부터 고발을 당하고 같은 어려움을 겪고 있을 때, 아리스테이데스는 과거의 일을 곱씹고 있지 않았다. 오히려 알크마이온과 키몬을 비롯한 여러 다른 사람들이 그를 비난하고 고발했을 때 아리스테이데스 홀로 아무런 악담도 하지 않았고 적의 불행을 자신에게 유리하게 이용하려 하지 않았다. 테미스토클레스가 승승장구할 때 그를 시기하지 않았던 것과 마찬가지였다.

XXVI.

아리스테이데스의 죽음에 대해서는 여러 가지 이야기가 있다. 어떤 이는 그가 공적인 일로 출장을 떠났다가 폰토스에서 죽었다고 하기도 하고 다른 이들의 말에 따르면 아테나이에서 동료 시민들의 존경을 받으며 고령으로 죽었다고도 한다.

그러나 마케도니아 사람 크라테로스는 이런 이야기를 하기도 한다. 테미스토클레스가 추방된 뒤 시민들은 뻔뻔해졌고 민중에 아첨하는 자들이 생겨났다. 그들은 누구보다 고귀하고 영향력이 큰 시민들을 좇아다니며 악의 가득한 민중의 먹잇감으로 만들었다. 부와 권력을 손에 쥔 민중은 한껏 의기양양해져 있었다. 크라테로스에 따르면 아리스테이데스 역시 뇌물죄로 기소되었다고 한다. 암피트로페 출신 디오판토스가 그를 고발했는데 아리스테이데스가 전쟁 분담금을 조정하면서 이오니아 사람들로부터 돈을 받았다는 혐의였다. 재판에 드는 비용 50므나를 댈 수 없었던 아리스테이데스는 배를 타고 떠나 이오니아 어딘가에서 죽었다고 한다. 그러나 크라테로스는 이를 뒷받침할 그 어떤 문서도 증거로 내놓지 않았다. 원래 증거를 꼼꼼히 기록하고 그 기록으로 자신의 주장에 권위를 부여하는 크라테로스였지만 이 일에 관해서는 판결문도, 기소장도 보여주지 않았다.

*다른 역사가들도 아리스테이데스가 도편 추방 당한 일은 기록해도 뇌물을 받아서 처벌을 받았다는 말은 어디에서도 하지 않는다.

XXVII.

게다가 그의 무덤은 팔레론에 있는 것으로 알려져 있다. 팔레론 사람들이 아리스테이데스를 위해 마련한 것인데 그가 장례 비용조차 남기지 않고 죽었기 때문이다. 심지어 아리스테이데스의 딸들은 나랏돈으로 프뤼타네이온*에서 결혼식을 올렸다. 나라에서는 지참금을 대주는 것으로도 모자라 딸들에게 각각 3천 드라크메를 주기로 투표로 결정했다. 아들 뤼시마코스에게는 은화 백 므나, 그리고 같은 값이 나가는 포도밭, 그 밖에도 하루에 4드라크메를 연금으로 지급하기로 했다. 이 모든 것은 알키비아데스의 제안이었다.*

사람들이 이처럼 남아 있는 식구들을 따뜻하게 챙긴 것은 놀랄 일이 아니다. 아리스토게이톤의 손녀가 가난하여 결혼도 하지 못하고 렘노스에서 궁핍하게 살아가고 있다는 소식을 듣자, 아테나이 시민들은 손녀를 아테나이로 데려와 괜찮은 집안에 시집보내고 포타모스의 토지를 지참금으로 주었다. 아테나이가 존경받고 칭송받는 이유는 이와 같은 인정과 너그러움 때문이며 이러한 훌륭한 본보기는 오늘날까지 이어지고 있다.

• 오늘날의 시청 같은 곳으로 도시국가의 중대사가 행해지던 곳.

마르쿠스 카토

I.

마르쿠스 카토의 집안은 투스쿨룸 출신으로 알려져 있다. 그러나 군인이자 정치가로 활동하기 이전 카토는 사비니 족의 영토에 있는, 대대로 물려받은 토지에서 살고 있었다. 그의 조상들은 어떤 명성도 남기지 않았지만, 카토 자신은 아버지 마르쿠스가 용감했으며 유능한 군인이었다고 칭송한다. 또 할아버지 카토 역시 전장에서 공을 세워 종종 포상을 받곤 했으며 용맹하게 싸운 대가로 나랏돈을 받기도 했는데, 그 액수가 그를 태우고 나갔다 죽은 말 다섯 마리의 값어치와 같았다고 전한다. 로마 사람들은, 평범한 집안에서 태어났지만 스스로의 업적을 통해 세간의 주목을 받게 된 사람들을 '새 사람'이라고 불렀는데 카토 역시 그렇게 불렸다.

그러나 카밀루스는 이렇게 주장하곤 했다. 관직이나 명성으로 보면 새 사람이 맞지만 조상들의 용맹으로 따지면 옛 사람 중의 옛 사람이라고 말이다. 그의 이름은 처음에는 카토가 아니라 프리스쿠스였다. 이후 뛰어난 능력 덕분에 카토라는 이름을 얻었다. 로마 사람들은 지혜롭고 분별력 있는 사람을 카투스라고 부르기 때문이다.

외모로 보자면 머리카락은 붉은색이었고 눈동자는 잿빛에 가까웠다. 짓궂은 어느 시인의 유명한 시구에서도 이렇게 말하고 있다.

> 쌀쌀맞고 트집 잡기 좋아하는 빨강머리. 그의 잿빛 눈동자에는 저항의 불꽃.
> 포르키우스, 어둠의 세상으로 가더라도 그 세상 왕비에게 쫓겨날 자.

카토는 어릴 때부터 제 힘으로 노동하는 것에 빠져 있었으며 절제하는 삶, 군인으로서의 임무에 충실했기 때문에 신체를 유익하게 놀릴 줄 알았고 기력과 건강이 두루 좋았다. 무명으로 살아가고 싶지도, 나태하게 살고 싶지도 않았던 그에게 신체 다음으로 중요한 것은 바로 화술이었다. 그것은 필수적인 능력일 뿐 아니라 고상하고 명예로운 일에 봉사하기 위한 도구였다. 그는 로마 외곽의 마을과 도시를 다니며 그를 필요로 하는 모든 사람들의 변호인으로 활동하면서 화술을 다듬고 완성했다.

• 카토.

그리하여 처음에는 열정적인 변호인으로 시작해, 이내 능력 있는 연설가로 인정받았다. 그때부터 카토의 진중함과 격조 높은 인품이 그와 교류하는 많은 사람들에게 점점 더 명확히 드러났다. 그들은 그가 큰일을 이루어낼 것이며 높은 관직에 오를 것이 분명하다고 생각했다. 그는 어떤 대가도 받지 않고 법정에 서는 듯했으며 법정 싸움을 통해 명성을 얻는 것을 주된 야망으로 삼고 있지도 않았다. 대신 적과의 전투, 원정을 통해 명성을 높이는 데 더 큰 관심이 있었으며 풋내기 시절부터 가슴이 명예로운 상처로 뒤덮여 있었다. 카토 자신의 말에 따르면, 처음으로 원정을 나섰을 때 불과 열일곱 살이었다고 한다. 그때는 한니발이 연이은 승리로 활활 타오르며 이탈리아 땅을 삼키고 있을 때였다.

전투 중에는 손을 효과적으로 썼으며 확고부동한 태도로 발을 놀렸고 표정은 무섭게 일그러뜨렸다. 또 위협적인 말을 하고 거친 고함을 지르며 적에게 다가가곤 했는데, 적을 겁주는 데에는 이러한 행위가 칼보다 더 효과적일 수 있다는 틀리지 않은 생각 때문이었다. 그는 이것을 다른 이들에게도 가르치고자 했다. 행군을 할 때에는 자신의 무기와 갑옷을 들고 걸었으며 하나밖에 없는 시종에게는 진영에서 필요한 세간만 들고 따라오게 했다. 시종에게는 단 한 번도 화를 내지 않았고 음식에 대해서도 꾸중하지 않았으며 업무가 많지 않으면 직접 나서서 식사 준비를 거드는 경우가 대부분이었다. 원정에 나섰을 때는 주로 물을 마셨지만 아주 가끔 극심하게 목이 마르면 식초를 요청하거나 힘이 달릴 때는 포도주를 조금 섞기도 했다.

II.

카토의 밭 근처에는 한때 마니우스 쿠리우스의 소유였던 작은 집 한 채가 있었다. 마니우스 쿠리우스는 세 번이나 개선 행진을 마친 영웅이었다. 카토는 종종 이곳을 찾아 소박한 밭과 누추한 집을 보면서 전 주인을 떠올렸다. 마니우스 쿠리우스는 그 어느 로마인보다 위대했고 극도로 호전적인 나라들을 정벌하였으며 퓌르로스를 이탈리아 땅에서 몰아낸 장본인으로 세 번이나 개선 행진의 영광을 누렸음에도, 직접 작은 밭뙈기를 일구며 자그마한 집에 살았다. 삼니타이 족이 보낸 사절단이 그를 찾아와 꽤 많은 황금을 건넨 것도 그 집에서다.

당시 화로에 순무를 굽고 있던 쿠리우스는 사절단의 요구를 거절하며 말했다.

"순무로 끼니를 해결하는 것에 만족하는 사람에게 황금은 필요 없으며 황금을 갖는 것보다 더 영예로운 일은 황금을 가진 자를 정복하는 일입니다."

• 『삼니타이 족 사람들과 쿠리우스 덴타투스』, 쿠퍼.
•• 『황금보다 순무를 택하는 마니우스 쿠리우스 덴타투스』, 플링크.

카토는 이와 같은 생각에 깊이 잠겨 집으로 돌아가서는 자신의 집과 땅, 하인들, 그리고 생활 방식을 검토한 다음 노동량을 늘리고 사치를 줄이곤 했다. 파비우스 막시무스가 타렌툼을 점령했을 당시 풋내기에 불과했던 카토는 파비우스의 부하로 있으며 퓌타고라스 학파의 일원이었던 네아르코스라는 자와 같은 숙소를 썼다. 한번은 네아르코스가 플라톤이 쓰는 언어로 다음과 같이 말하며 쾌락을 비난했다.

"쾌락은 악행으로 이끄는 가장 지독한 유혹이며 육체는 영혼에 해를 입히는 주범으로, 영혼이 몸으로부터 해방되어 정화되려면 육체적 감각으로부터 영혼을 떼어놓고 단절시키는 종류의 사유를 통해서만 가능하다."

카토는 네아르코스를 통해 검소하고 절제하는 삶에 더욱 빠져들었다.

• 아테나이의 철학자 플라톤. 로마 복제품. 뮌헨 조각미술관.
•• 아테나이의 저명한 연설가 데모스테네스. 2세기 로마 복제품. 로마 바르베리니 궁전.

덧붙여 말하자면, 그는 나이가 들어서까지 헬라스 말을 배우지 않았으며 헬라스 책을 읽기 시작한 것도 나이가 꽤 먹은 뒤였다고 알려져 있다. 책을 읽기 시작한 뒤에는 투퀴디데스를 읽고 수사법에 관한 배움을 얻기도 했지만 그보다 데모스테네스로부터 더 큰 도움을 얻었다. 카토의 저서에는 헬라스적 감성과 이야기가 적절히 담겨 있고 헬라스 말로부터 직역한 속담과 격언도 들어 있다.

III.

당시 로마에는 태생이 누구보다 고귀하고 영향력이 막대한 사람이 있었다. 그에게는 탁월한 사람을 떡잎부터 알아보는 능력이 있었다. 그는 또 그 탁월함을 잘 가꾸어 사람들의 존경을 받게 할 만큼 은혜로운 사람으로, 이름이 발레리우스 플락쿠스였다.

발레리우스는 카토의 밭 옆에 농장을 갖고 있었고 카토의 하인들로부터 주인이 매우 부지런하고 검소한 생활을 한다는 걸 듣게 되었다. 이야기에 따르면 카토는 아침 일찍 시장으로 나가 자신의 도움을 필요로 하는 모든 사람들의 변호를 맡았고, 밭으로 돌아오면 겨울에는 작업복을 입고 여름에는 웃통을 벗어젖힌 뒤 하인들과 함께 일을 했으며, 일을 마치면 하인들과 똑같은 빵과 포도주를 먹었다. 이를 들은 발레리우스는 놀라움을 금치 못했다. 하인들은 또 발레리우스에게 카토의 공정함과 절제심이 드러나는 여러 사례들을 이야기해 주었고 간결하면서도 깊은 의미가 담긴 그의 다양한 말을 전했다.

마침내 발레리우스는 카토를 식사에 초대했다. 이 만남을 통해 발레리우스는 카토의 품성이 온유하고 예의 바르다는 것, 그리고 자라나는 나무와 마찬가지로 카토에게도 가꾸어 줄 사람, 가지를 뻗을 공간이 필요하다는 것을 깨달았다. 그래서 카토를 설득해 로마에서 공직 활동을 시작하게 만들었다. 로마에 집을 마련한 카토는 변호 활동을 통해 즉시 그를 존경해 마지않는 친구들을 두게 되었고, 발레리우스의 총애로 여러 관직에 오르고 영향력을 갖게 되었다. 그리하여 먼저 군사 호민관이 되었고 그다음에 재무관이 되었다. 그런 뒤 눈부시고 뛰어난 성공을 거듭하며 발레리우스와 함께 고위 관직에 올랐다. 두 사람이 나란히 집정관 자리에 오르고 또 그다음에는 감찰관직을 맡은 것이다.

나이 많은 의원들 가운데는 파비우스 막시무스와 가장 가깝게 지냈다. 그가 명성이 드높고 영향력이 막대한 인물이기 때문이기도 했지만 자신보다 뛰어난 사람을 본보기로 삼아 그 품성과 삶을 따르기 위해서였다. 같은 맥락에서 카토는 파비우스의 혈기왕성한 맞수였던, 그 유명한 스키피오의 반대편에 섰고 그를 시기한다고 여겨졌다.

그가 재무관으로서 스키피오와 함께 아프리카에서 벌어지고 있는 전쟁에 파견되었을 때 그는 스키피오가 몸에 배인 대로 사치를 부리고 부하들에게 돈을 아낌없이 퍼붓는 것을 보았다. 카토는 과감히 스키피오를 불러 말하였다. 비용 문제가 심각한 것은 아니지만 병사들에게 필요한 액수 이상의 봉급을 지급한 결과 그들이 흥청망청 쾌락에 몰두하고 있으며 본래 검소하던 병사들이 나쁘게 물들고 있다고 한 것이다. 스키피오는 전쟁의 바람이 불어닥친 마당에 인색한 재무관은 필요 없다고 대답했다. 로마 사람들에게는 업적을 보여줘야지, 돈을 보여줄 필요는 없다고 말한 것이다.

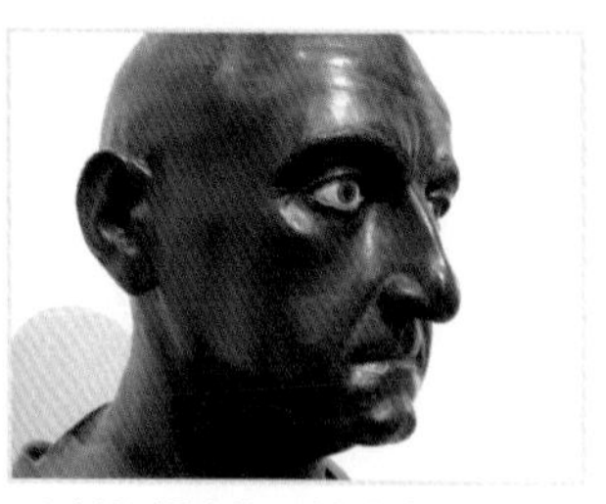

스키피오 아프리카누스의 흉상. 나폴리 국립고고학박물관.

이에 시켈리아를 떠난 카토는 파비우스와 함께 원로원에 서서 스키피오의 엄청난 자금 낭비를 비난했다. 또 그가 어린아이처럼 체육관과 극장에 몰두하는 모습이 군사 사령관이 아니라 축제 담당자 같다고 했다. 그러자 로마는 호민관들을 보내 혐의가 사실인지 확인하고, 사실이라면 스키피오를 로마로 데려오도록 했다. 이에 스키피오는 다음과 같이 호민관들을 설득했다. 전쟁에서의 승리는 철저한 준비에 달려 있으며 여유가 있을 때는 친구들과 화기애애한 분위기에서 담소를 나누기도 하지만 사교에 정신이 팔려 크고 심각한 문제를 소홀히 하지는 않는다고 말한 것이다. 그런 뒤 아프리카로 전쟁을 벌이러 떠났다.

IV.

카토의 연설 능력은 그에게 많은 영향력을 안겨주었다. 사람들이 그를 로마의 데모스테네스라고 부를 정도였다. 그러나 그의 삶의 방식은 더 많은 주목을 받았으며 입소문을 타고 널리 퍼졌다. 그의 연설 능력은 이미 많은 젊은이들이 얻고자 애쓰고 있는 목표였지만, 사치품을 갖는 것보다 그것을 원하지 않는 삶에 더 관심이 있는 사람은 극히 드물었기 때문이다.

실로 카토는 선조들이 해오던 대로 제 손으로 땅을 일구고, 찬 아침 식사, 간단한 저녁 식사, 검소한 의복, 그리고 누추한 집 한 채로 만족하는 사람이었다. 로마 연방은 어느새 애초의 통일성을 지키기에는 너무 비대해져 있었다. 여러 지방과 민족을 다스리다 보니 풍습이 뒤죽박죽

섞이고 사람들은 온갖 다양한 형태의 삶을 본보기로 삼고 있었다. 사람들이 카토를 우러러본 것은 당연했다. 보통 사람이라면 노동 후에 지치고 쾌락을 즐긴 후에 힘이 빠지는 게 당연하거늘, 카토는 두 가지 모두를 상대로 승리했기 때문이다. 젊고 야심찬 시절에만 그러했던 것이 아니라 집정관직을 지내고 개선 행진까지 마친 백발의 나이에도 그러했다. 그 뒤에도 카토는 마치 승리를 거머쥔 선수처럼 예전 방식대로 훈련을 계속했고 마지막까지 변함없는 집중력을 유지했다.

카토 자신의 말에 따르면 그는 백 드라크메 이상 나가는 옷을 사지 않았고 법무관이나 집정관 자리에 있을 때에도 노예들과 같은 포도주를 마셨으며 생선이나 고기의 경우 시장에서 30아스 어치를 사다가 저녁 식사 때 먹었다. 빵 외의 것을 먹은 이유는 군 복무를 위해 몸을 만들어 두어야 했기 때문이니 이 역시 나라를 위해서였다. 한번은 수놓인 바빌로니아의 긴 겉옷을 물려받았는데 당장 팔아버렸다고 한다.

그밖에도 카토는 작은 집을 여러 채 소유하고 있었는데 어디에도 벽에 회칠이 되어 있지 않았으며 노예를 사는 대가로 천오백 드라크메 이상 지불해 본 적이 없었다. 연약하고 아름다운 노예보다 말을 기르거나 가축을 칠 줄 아는 튼튼한 일꾼들을 원했기 때문이다. 또 이들마저도 나이가 들면 파는 것이 자신의 의무라고 생각했다. 쓸모없는 노예를 위해 식량을 낭비하는 것보다 낫다고 여겼기 때문이다. 대체로, 쓸데없는 것은 그 어떤 것도 값싸다고 생각지 않았고 필요하지 않은 물건은 그 값이 단 한 푼에 지나지 않아도 비싸다고 생각했다. 땅을 살 때는 곡식을 키우고 가축을 먹일 곳을 택했으며 잔디에 물을 주고 길을 깨끗이 쓸어야 하는 정원은 사지 않았다.

V.

어떤 이들은 이러한 것들을 보고 카토가 인색하다고 했다. 그러나 다른 이들은 그가 타인의 호화로운 삶의 방식을 고치고 누그러뜨리기 위해 이처럼 절제된 삶을 산다고 여기며 그를 이해하고자 했다. 하지만 나로서는 노예를 마치 짐승 취급하여 쓸 때까지 쓰고는 나이가 들면 팔아치우는 것이 매우 고약한 심성의 표식이라고 생각한다. 사람과 사람 사이에 필요를 제외한 그 어떤 끈도 존재하지 않는다고 생각하는 사람만이 그럴 수 있기 때문이다.

그러나 우리가 알고 있듯이 인정은 정의에 비해 그 범위가 넓다. 법과 정의는 인간에게만 적용되는 것이 당연하지만 너그러움과 인정은 상냥한 마음에서 마치 샘에 물이 넘치듯 줄기차게 흘러나와 말 못하는 짐승에게까지 도달한다. 착한 사람은 나이가 들어 못 쓰게 된 말이라도 정성스럽게 돌보고 강아지뿐만 아니라 보살핌이 필요한 늙은 개에게도 따뜻하게 대한다.*

우리는 살아 있는 생명을 신발이나 솥, 냄비처럼 다루어서는 안 된다. 제 몫을 다하느라 멍이 들고 닳아빠진 뒤에라도 치워버려서는 안 된다. 사람에게 인정을 베푸는 법을 연습하기 위해서라도 다른 생명체를 대하는 데 친절하고 너그럽게 해야 하는 것이다. 나는 소 한 마리라도 나를 위해서 일했다면 나이가 들었다고 해서 팔지 않을 것이다. 하물며 나이 든 사람이라면 푼돈이나 받자고 그 사람으로부터 고향이나 다름없는 집, 익숙한 삶의 방식을 빼앗을 수는 없는 것이다. 파는 사람에게 쓸모가 없다면 사는 사람에게 쓸모가 없는 것은 매한가지다. 그러나 카토는 그러한 것을 자랑스럽게 여기며 자신이 집정관으로서 원정을 나갔을 때 탔던 말조차 이베리아스페인에 두고 왔다고 말한다. 말을 이동시키는 데 세금을 낭비하지 않기 위해서였다고 한다. 이러한 것이 정신이 위대한 탓인지 통이 좁은 탓인지는 생각하기 나름이다.

VI.

그러나 다른 사안에 관해서 카토의 절제는 말할 수 없이 존경스러웠다. 예를 들어, 군대를 지휘할 당시 자신과 자신의 일행이 먹을 밀을 가져갈 때 앗티케 식 단위로 쳐서 한 달에 3메딤노스 이상은 가져가지 않았고 탈 짐승에게 먹일 보리도 하루에 1메딤노스 반 이상을 가져가지 않았다.

그가 사르디니아를 다스리게 되었을 때의 일이다. 그의 전임자들은 세금으로 천막, 침상, 의복을 마련하고 하인들과 친구들을 잔뜩 데리고 와 사치스럽고 화려한 잔치판을 벌이느라 지역민들을 힘들게 한 반면, 카토는 놀라운 차이를 보여주었다. 그는 세금을 조금도 사용하지 않았으며 도시들을 돌아볼 때에도 관리 단 한 사람에게만 제사 때 필요한 겉옷과 술잔을 들려 함께 걸어다녔다.

이처럼 아랫사람들에게 온화하고 관대했던 카토도 다른 방면으로는 관직에 어울리는 품위와 엄격함을 보여주었다. 옳고 그름을 따질 때는 냉혹했으며 로마의 지시를 실행에 옮길 때는 직접적이고 노련했기에, 그가 다스리는 동안 지역민들은 로마의 세력에 그 어느 때보다 큰 두려움과 애정을 보였다.

VII.

카토의 연설에도 그러한 성격이 드러났다. 그의 연설은 우아한 동시에 강력했으며 편안하면서도 흥미진진하고, 익살맞은 동시에 신랄하고, 간결하면서 도전적이었다.*

VIII.

한번은 때 아니게 옥수수를 배급해 달라고 떼쓰는 로마 사람들을 설득하기 위해 이렇게 연설을 시작했다.

"시민 여러분, 위장胃腸과 논쟁을 하기는 어려운 일입니다. 귀가 달리지 않았으니까요."

또 사치가 팽배한 세태에 비난을 퍼부으며 이렇게 말했다.

"황소보다 생선의 값어치가 높은 도시를 살리기는 쉽지 않습니다."

또 로마 사람들을 양에 비유하기도 했다. 한 사람 한 사람 설득하기는 쉽지 않으나 전체는 맹목적으로 우두머리를 따르기 때문이었다. 그는 이렇게 말했다.

"여러분은 혼자라면 기필코 따르지 않을 의견이라도 여럿이 모이면 이끄는 대로 따라갑니다."

여성의 힘에 대해서는 이렇게 이야기했다.

"모든 남자들은 자기 아내를 다스립니다. 그런데 모든 남자들은 우리가 다스리고 우리는 우리 아내가 다스립니다."

그러나 이것은 테미스토클레스의 말을 직역한 것이다. 그는 아들의 말이라면 꼼짝 못하는 아내를 통해 아들의 다스림을 받게 된 것을 깨닫고 이렇게 말한 적이 있다.

"여보, 헬라스는 아테나이 사람들이 지배하고 아테나이 사람들은 내가 지배하는데 나는 당신이, 당신은 우리 아들이 다스리는군요. 그러니 어리기는 해도 헬라스에서 누구보다 강력한 우리 아들에게 그 권세를 좀 적절히 사용하라고 일러둡시다."

카토는 또, 로마 사람들이 염료의 시장가격을 결정할 뿐 아니라 행동의 시장가격도 결정한다며 이렇게 말했다.

"염색을 하는 사람들은 여러분이 좋아하는 염료를 가장 많이 씁니다. 젊은이들도 여러분의 칭송을 받는 행위들을 배우고 행합니다."

또 로마가 덕행과 절제를 통해 위대해졌다면 더 나빠지지 말고, 무절제와 악행을 통해 그렇게 되었다면 더 나아져야 한다고 충고했다. 계속해서 고위 관직에 오르고 싶어 하는 사람들에 대해서는 길을 몰라 헤맬까봐 언제나 수행원을 데리고 다니려 하는 것 같다고 했다. 또 같은 사람을 거듭해서 고위직에 선출하는 동료 시민들을 비난하며 이렇게 이야기했다.

"여러분이 관직을 중요하게 여기지 않는 것처럼 보이거나 그 관직에 마땅한 사람이 많지 않다고 생각하는 것처럼 보일 것입니다."

불명예스럽고 부끄러운 삶을 살고 있는 것으로 유명했던 그의 적에 대해서는 이렇게 말했다.

"그자의 어머니는, 당신의 아들이 당신보다 오래 살기를 바라는 것을 경건한 기도가 아니라 극악한 저주라고 생각하십니다."

한번은 바닷가에 있는 문중의 땅을 팔아버린 남자를 가리키면서 그를 칭송하는 척, 남자가 바다보다 강하다고 말했다.

"바다도 쓸어가지 못한 것을 꿀꺽 삼켰으니 강하다 하지 않겠습니까?"

에우메네스 왕이 로마를 방문했을 때, 원로원은 왕에게 환영의 의미로 많은 영예를 안겼고 도시의 주요 인사들은 왕과의 친분을 놓고 겨루는 듯했다. 그러나 카토는 명백한 의심과 경계의 눈초리로 그를 바라보았다. 누군가가 카토에게 말했다.

"틀림없이 훌륭한 사람일 걸세. 우리 로마 편이야."

그러자 카토가 대답했다.

"그럴지도 모르지만, 왕이라는 동물은 본래 육식을 한다네."

그는 또한 사람들이 아무리 칭송하는 왕이라고 해도 에파미논다스나 페리클레스, 테미스토클레스, 마니우스 쿠리우스, 혹은 하밀카르 바르카에 비할 데가 없다고 말했다. 또 그의 말에 따르면 적들이 자신을 싫어하는 이유는 자신이 매일 동트기 전에 일어나 사적인 일은 뒷전이고 온종일 나랏일만 보기 때문이라고 했다. 또 잘못을 하고 아무 처벌도 받지 않는 것보다 옳은 일을 하고 아무 감사도 받지 않는 것이 낫다고 말하곤 했다. 그리고 다른 사람들의 잘못은 다 용서할 수 있어도 자신의 잘못은 그럴 수 없다고 했다.

IX.

한번은 로마 사람들이 비튀니아로 보낼 사절단 세 명을 뽑았다. 그 가운데 한 사람은 통풍에 걸려 있었고 또 한 사람은 두개골에 구멍을 뚫는 수술을 했으며 세 번째 사람은 어리석었다. 카토는 이것을 웃음거리로 삼으며 로마가 발도 없고 머리도 없고 심장도 없는 사절단을 보낸다고 하였다.

또 한번은 스키피오가, 아카이아에서 끌려온 자들의 대표였던 폴뤼비오스의 일로 카토의 도움을 청했다. 원로원에서는 이 문제에 대하여 긴 토론이 벌어졌고 그들의 귀향을 찬성하는 이도, 반대하는 이도 있는 가운데 카토가 일어나 말했다.*

* 폴뤼비오스는 헬라스 아카이아의 귀족이었는데, 기원전 168년 아카이아 귀족 천 명과 함께 로마에 인질로 억류되었다. 로마에서 그는 높은 교양 수준 덕분에 스키피오 장군과 오랜 우정을 나눴다고 한다. 로마는 기원전 150년에 당시까지 남은 인질 3백 명을 아카이아로 돌려보냈다. 후에 폴뤼비오스는 유명한 저서 『역사(Pragmateia)』를 남겼다.

"우리가 이렇게 하루 종일 할 일 없는 사람들처럼 여기 앉아서, 그 헬라스 노인네들이 여기 묻히느냐 아카이아에 묻히느냐 고민해야 합니까?"

원로원은 투표를 통해 귀환을 허락하기로 결정했다. 며칠 뒤 폴뤼비오스는 다시 다른 문제에 대해서 원로원의 승인을 요청하고자 했다. 아카이아 사람들이 과거 아카이아에서 누렸던 지위를 회복시켜 달라는 제안이었는데, 그는 먼저 카토의 의견을 물었다. 카토는 폴뤼비오스의 제안에 대해 이렇게 말했다.

"오뒷세우스가 모자와 허리띠를 찾으러 퀴클롭스의 동굴로 도로 들어가려는 격."•

또 그가 말하기를, 지혜로운 사람은 어리석은 사람으로부터, 그 반대의 경우보다 더 많은 것을 배운다고 했다. 지혜로운 사람은 어리석은 사람이 범하는 잘못을 피하려 들지만, 어리석은 사람은 지혜로운 사람의 성공을 모방하려 들지 않기 때문이다. 젊은이의 얼굴은 창백한 것보다 붉은 게 좋다고도 했다. 또 행군할 때 부지런히 손을 놀리는 병사나 전투 중에 부지런히 발을 놀리는 병사는 필요 없으며, 전투에서 고함을 내지를 때보다 더 크게 코를 고는 병사도 필요 없다고 했다. 또 뚱뚱한 기병을 꾸짖으며 이렇게 말했다.

• 외눈박이 괴물 퀴클롭스의 눈을 찌르는 오뒷세우스와 동료들. 항아리, 기원전 650년경. 엘레우시스 박물관.

"그런 몸이 어찌 나라를 위해 일하겠는가? 목구멍과 허리 사이는 모두

• 오뒷세우스는 외눈박이 괴물 퀴클롭스의 눈을 찌르고서야 겨우 동굴에서 탈출했다. 사지(死地)에서 금방 벗어난 자가 다른 것을 요구함을 신화에 빗대어 비웃고 있다.

위장에 몸 바치고 있는데?"

한번은 어느 쾌락주의자가 그와 친구가 되고 싶어 했다. 그러자 카토는 혀가 가슴보다 더 민감한 사람과는 친구가 될 수 없다며 사양했다. 또 사랑에 빠진 이에 대해서는 그의 영혼이 다른 사람의 몸에 살고 있다고 말했다.

후회에 관해서는 평생 세 번밖에 해보지 않았다고 말했다. 아내를 믿고 비밀을 말했을 때 한 번, 걸어갈 수 있는 곳을 뱃삯을 주고 다녀왔을 때 한 번, 그리고 하루 온종일 빈둥거렸을 때 한 번.

불법적인 일에 빠진 어느 노인에게는 이렇게 말했다.

"노년은 그 자체로도 수치스러운 일입니다. 거기에 악행의 수치까지 더하지 마십시오."

독살毒殺 혐의를 받고 있었으며 쓸모없는 법안을 통과시키려고 애쓰고 있던 어느 평민 호민관에게는 이렇게 말했다.

"젊은이, 그대의 독약을 마시는 것과 그대의 법안이 통과되는 것 중 무엇이 더 나쁜 일일지 모르겠군."

또 평생 부끄러운 줄 모르고 주색을 일삼아 온 사람에게 욕설을 듣고는 이렇게 말했다.

"이 싸움은 공평하지 못하군요. 당신은 남에게 욕을 들어도 꿈쩍하지 않고, 남을 욕하는 일도 예사로 하지요. 그러나 나는 남에게 욕하는 것도 싫어하고, 남에게 욕을 듣는 일도 흔히 겪지 않으니 말입니다."

카토가 남긴 명언은 이와 같다.

X.

절친한 동료였던 발레리우스 플락쿠스와 함께 집정관직에 선출된 카토는 로마 사람들이 '가까운 히스파니아동부 스페인'라고 부르는 곳을 다스리는 일을 맡게 되었다. 여기서 지역민 일부는 진압하고 일부는 외교적인 방법으로 설득하는 과정에서 이방의 야만족들이 떼를 지어 카토를 공격해 그를 몰아내겠다고 윽박질렀다.

카토는 이웃하고 있는 켈티베리아 사람들에게 도움을 요청했다. 그들이 도움을 주는 대가로 2백 탈란톤을 요구하자 카토의 부하 장교들은, 로마인이 이방인으로부터 돈을 주고 도움을 받아야 한다는 사실을 참을 수 없다고 여겼다. 그러나 카토는 그다지 억울한 일은 아니라고 했다. 승리한다면 적에게서 빼앗은 전리품으로 값을 치르면 되고 패한다면 값을 치를 사람도, 받을 사람도 남지 않을 터였기 때문이다. 이 전투에서 카토는 완승하였고 남은 원정도 성공적이었다.

폴뤼비오스는 바이티스 강 이편에 뛰어난 전사들이 살고 있는 도시가 여럿이었음에도, 그 모든 도시들이 카토의 명령에 단 하루 만에 무너졌다고 한다. 카토 자신의 말에 따르면, 그가 이베리아가까운 히스파니아에서 보낸 날들보다 정복한 도시가 더 많았다고 하는데 도시 4백 곳을 빼앗았으니 단순한 허풍은 아니다.

병사들은 이 원정을 통해 많은 전리품을 획득했고 카토는 이들에게 각각 은 1리브라를 주었다. 소수가 황금을 갖고 고향으로 돌아가는 것보다 다수가 은을 갖고 돌아가는 것이 낫다고 생각했기 때문이다. 그러나 카토의 말에 따르면, 먹고 마신 것을 제외하고 그 자신의 몫으로 돌아간 전리품은 전혀 없었다.

"이러한 일을 계기로 이득을 취하려는 사람들이 잘못되었다는 것은 아니지만 나는 용맹한 자들 가운데서 용맹을 겨루는 것이 좋지, 부유한 자들 가운데서 재산을 겨루거나 욕심 많은 자들 가운데서 돈에 대한 욕심을 겨루는 것은 원치 않는다."

또 그는 그 자신뿐만 아니라 주변 사람들까지 탐욕에서 오는 부패로부터 자유롭게 하려고 애썼다. 카토는 전장에 수행원 다섯을 데리고 있었는데, 이 중 팍쿠스라는 자가 제 마음대로 나라 소유의 포로들 중에서 남자 아이 셋을 데려왔다. 그러나 이 거래가 카토의 귀에 들어갔다는 것을 알았기 때문인지, 혹은 카토의 귀에 들어갈까 두려웠기 때문인지 목을 매달아 죽었다. 카토는 아이들을 팔고 그 돈을 국고에 되돌려 주었다.

XI.

카토가 여전히 이베리아에서 꾸물대고 있는 것을 본 카토의 적, 대大 스키피오•는 카토의 성공을 방해하고 그로부터 이베리아의 지배권을 빼앗고 싶었던 나머지 자신이 카토의 후임자로 임명되도록 손을 썼다. 그런 뒤 전속력으로 움직여 카토의 지배권을 빼앗았다. 그러나 카토는 중장비 병사들로 이루어진 보병대 다섯, 그리고 기병 5백 명을 호위대로 삼아 귀국하는 길에 라케타니 족을 정복하고 그들이 일러바친 탈주병 6백 명을 처형했다.

일이 이렇게 되자 스키피오는 격분하였으나 카토는 겸손을 가장한 말투로 말했다. 로마의 귀족들이 태생이 낮은 이들에게 승리의 영예를 양보하지 않고, 카토 자신과 같은 평민들이 태생이나 명성이 더 뛰어난 이들과 용맹을 겨룰 때 로마가 진정 위대해질 것이라고 주장한 것이다. 스키피오의 불만에도 원로원은 카토가 이베리아에서 결정하고 진행한 일

• 푸블리우스 코르넬리우스 스키피오 아프리카누스(Publius Cornelius Scipio Africanus, 기원전 235~183년), 약칭 대 스키피오(大 Scipio)는 제2차 포에니 전쟁에서 싸운 로마 측의 장군이다. 기원전 204~202년 제2차 포에니 전쟁 중 한니발의 군대를 아프리카의 자마 전투에서 격파했다. 소(小) 스키피오는 스키피오 아이밀리아누스로 그의 외손자이다.

들 가운데 그 어떤 것도 바로잡으라고 하지 않았다. 때문에 오히려 스키피오가 이베리아를 지배한 뒤 별다른 활동이나 노력이 없었던 것처럼 비춰졌고 카토의 명성보다 스키피오 자신의 명성이 깎이는 결과가 되었다.

반면 카토는 개선 행진으로 승리를 자축했다. 덕행보다 명성을 쌓기 위해 애쓰는 사람들 대부분은 집정관이라는 고위 관직에 오르고 개선 행진까지 하고 나면 곧장 공직에서 은퇴하고 여생을 편안하고 즐겁게 보낼 채비를 한다. 그러나 카토는 자신의 탁월한 능력을 버리거나 포기하지 않았다. 오히려 처음 공직을 맡아 승진과 명성에 목마른 사람처럼 허리띠를 새로이 졸라맨 채, 포룸에서든 전장에서든 친구들과 동료 시민들을 위해 봉사할 준비가 되어 있었다.

XII.

그렇게 그는 집정관 티베리우스 셈프로니우스를 도와 그의 사절로서 트라키아 지방과 다누비우스도나우 강 유역을 정벌했고, 마니우스 아킬리우스 밑에서는 군단 호민관으로서 대大 안티오코스에 대항하여 헬라스로 행군했다. 안티오코스는 로마 사람들에게 한니발 다음으로 큰 두려움을 안겨준 사람이다. 과거 셀레우코스 니카토르가 점령했던 아시아 땅 대부분을 되찾은 장본인이며 호전적인 이방의 여러 국가들을 정복한 안티오코스는, 겨뤄볼 만한 유일한 적이라고 생각한 로마 사람들과 맞붙고 싶어 안달이었다.

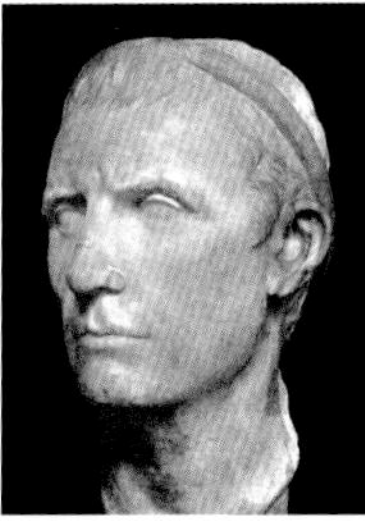

• 안티오코스의 얼굴이 새겨진 동전. 영국 박물관.
•• 대(大) 안티오코스. 루브르 박물관에 있는 두상의 복제품.
••• 셀레우코스 니카토르의 두상. 루브르 박물관.

따라서 그는 헬라스 사람들을 해방시킨다는 그럴듯한 명목 아래 군대를 이끌고 헬라스 땅을 밟았다. 사실 헬라스 사람들은 해방이 필요 없었다. 이미 로마 덕분에 필립포스와 마케도니아의 손아귀에서 벗어난 뒤였기 때문이다. 따라서 안티오코스가 온다는 소식이 전해지자 헬라스는 당장 희망과 두려움이 뒤섞인 폭풍우 속 바다처럼 되었다. 민중 선동가들의 말에 현혹되어, 안티오코스가 가져다줄 은혜와 풍요로움을 기대하는 이들이 생겼기 때문이다.

그러자 마니우스는 여러 도시로 사절단을 보냈다. 티투스 플라미니누스는, 내가 「플라미니누스」 편에 적었듯, 어느 편에 설지 결정하지 못한 도시들로 이동해 시민들을 잠재웠고 카토는 코린토스와 파트라이, 아이기온을 로마의 편에 서게 했다.

카토는 아테나이에서도 많은 시간을 보냈다. 카토가 아테나이 사람들 앞에서 헬라스 말로 낭독했던 연설문이 남아 있다고 전해지기도 한다. 이 연설은 고대 아테나이 사람들의 뛰어남에 대한 존경심과 아테나이처럼 아름답고 웅장한 도시를 보게 된 기쁨을 담고 있다고 한다. 그런데 이는 사실이 아니다. 카토는 통역관을 통해 아테나이 사람들과 소통했다. 헬라스 말로 직접 대화할 수도 있었지만 카토는 언제나 자기 나라 말을 고집했고 헬라스와 관련된 것이라면 사족을 못 쓰는 사람들을 비웃었다. 예를 들자면, 헬라스어로 역사책을 쓴 포스투미우스 알비누스가 독자들에게 이를 어여삐 봐달라고 부탁한 것을 보고 카토는 그것이 암픽튀온 동맹•이 투표를 통해 맡긴 임무라면 모를까 어여삐 보아줄 이유가 없다고 놀린 것이다. 또 그는 아테나이 사람들이 자신의 빠르고 간결한 언행에 놀라움을 금치 못했다고 말하고 있다. 그가 간단히 뱉은 말도

• 헬라스에서 공동으로 신전을 관리하고 축제를 열기 위해 연합하여 만든 기구.

통역관은 장황하게 설명하곤 했기 때문이다. 그는 헬라스어는 입술로부터 나오지만 로마어는 가슴으로부터 나온다고 생각했다.

XIII.

한편 안티오코스는 병력을 동원해 테르모퓔라이의 좁은 통로를 막고, 자연적인 방어물에 덧붙여 참호를 파고 방벽을 세웠다. 그러고는 헬라스 땅에서 전쟁이 벌어지는 것을 막았다고 생각했다. 실제로 로마 사람들은 크게 좌절하여 이를 뚫고 들어갈 엄두도 내지 못했다.

그러나 카토는 페르시아인들이 한때 먼 길로 돌아 헬라스 땅으로 진입한 일을 상기시키며 꽤 많은 병력을 이끌고 어둠 속에 길을 나섰다. 그들은 산을 타고 높이 올라갔으나, 길을 인도하던 전쟁 포로가 길을 잃는 바람에 어느새 도저히 길이라고 할 수 없는 험한 곳을 헤매기 시작했다. 이에 병사들은 극심한 좌절감과 두려움에 휩싸이게 되었다.

카토는 위험에 처한 병사들을 보고 자리를 지키고 있으라고 명한 뒤 자신은, 능숙하게 산을 타는 루키우스 만리우스라는 자와 함께 길을 떠났다. 달도 뜨지 않은 칠흑 같은 밤, 야생 올리브나무와 뾰족한 바위 봉우리들이 길을 막고 눈앞을 가리는 와중에 위험을 무릅쓰고 힘겹게 나아가던 두 사람은 마침내 길을 찾았다. 그들은 이 길이 적의 진영으로 이어진다고 생각하고 칼리드로몬 산을 내려다보는, 눈에 띄는 절벽에 표식을 한 뒤 병사들에게로 돌아갔다. 이후 병사들을 이끌고 표식이 있는 위치를 찾은 두 사람은 표식이 가리키는 길로 들어섰다.

그런데 얼마 후 길이 끊겼고 앞에는 깊은 계곡이 입을 벌리고 있었다. 좌절과 공포감이 또다시 팽배했다. 그들은 찾아 헤매던 적들이 코앞에 있다는 사실을 알지도 못했고 볼 수도 없었던 것이다. 그러나 곧 새벽빛

이 비추어 왔고 여기저기서 사람 목소리가 들린다는 병사들이 나왔다. 곧 절벽 아래 참호를 파고 있는 적의 전초 부대가 보였다. 카토는 거기서 병력을 멈추고 피르뭄 출신 병사들을 호출하여 비밀리에 면담을 갖고자 했다. 이 믿음직스러운 병사들은 언제나 열성을 다해 임무를 완수하곤 했기 때문이다. 피르뭄의 병사들이 달려와 카토를 에워쌌을 때 그는 이렇게 말했다.

"적의 병사 한 명을 생포해야 한다. 이 전초 부대의 구성원이 누구이며 수가 얼마이며 어떤 작전을 염두에 두고 있는지, 어떤 대형을 이루고 우리를 기다리는지 알아내야 한다. 그러려면 겁에 질린 먹이에게 두려움 모르고 달려드는 사자들처럼, 무장을 벗은 채 재빠르고 과감하게 습격해야 한다."

카토의 말이 끝나자마자 피르뭄 출신 병사들은 그 차림 그대로 산을 내려가 적의 보초병들에게 달려들었다. 불시에 습격을 당한 적은 혼란에 빠졌고 뿔뿔이 흩어져 도망치느라 정신이 없었다. 병사들은 이들 중 한 명을 붙잡아 무장한 그대로 카토에게 데리고 갔다.

붙잡힌 병사로부터 알아낸 사실은 이러했다. 적의 주 병력은 왕과 함께 테르모필라이에 진을 치고 있었으며 아이톨리아 사람 6백 명으로 이루어진 정예부대를 파견하여 산을 넘어오는 길을 지키고 있었다. 정예부대의 수가 적고 경계심이 풀려 있다는 것을 가볍게 여긴 카토는 즉각 병사들을 이끌고 전진했고 찢어지는 나팔 소리, 고함 소리와 함께 달려들었다. 제일 먼저 칼을 뽑은 것은 카토였다. 그러나 적은 카토의 병사들이 절벽에서 쏟아져 내려오는 것을 보고 주 병력이 있는 곳으로 퇴각했고 이로써 적의 병력 모두가 혼란에 휩싸였다.

XIV.

한편 산 아래에 있던 마니우스 역시 전군을 이끌고 테르모필라이로 몰아쳐 적의 방벽을 무너뜨렸다. 안티오코스는 입에 돌을 맞아 이가 부러지자 괴로워하며 말을 돌렸다. 곧 안티오코스의 군대는 다가오는 로마군 앞에서 여기저기 무너지기 시작했다. 그러나 후퇴한다고 한들 그들 앞에 놓인 것은 길이라고 할 수 없는 길을 따라 정처 없이 방황하는 것뿐이었다. 발을 헛디뎌 넘어지는 자에게는 깊은 늪지대와 깎아지른 절벽이 기다리고 있었음에도 그들은 적의 살인적인 무기가 두려웠던 나머지 꾸역꾸역 이런 지대로 몰려들었고 그로써 자멸하게 된 것이다.

자신을 칭송하는 데만은 전혀 인색하지 않았고 자신의 위대한 업적에 그 못지않은 자랑을 갖다 붙이기를 망설이지 않은 카토는 이 전투에 관해서도 몹시 오만한 자세로 이야기한다. 카토가 전하는 말에 따르면 당시 그가 적을 쫓으며 베어 죽이는 모습을 본 사람들은 카토가 로마에 빚진 것보다 로마가 카토에 빚진 것이 많다고 생각했다. 또 집정관 마니우스가 승리에 취해 상기된 얼굴로, 마찬가지로 상기된 카토를 껴안았으며 한참을 그러고 있었다고 한다. 마니우스는 기쁨에 넘쳐 외치기를 카토의 은혜에 적절히 보답하려면 혼자서는 부족하고 온 로마 시민을 동원해도 부족하다고 했다고 한다.

전투 직후 그는 전령의 자격으로 다름 아닌 자기 자신의 승리를 전하기 위해 로마로 갔다. 브룬디시움까지 가는 뱃길은 평탄했고 거기서 타렌툼까지 하루 만에 반도를 가로지른 카토는 거기서 나흘이 더 걸려 상륙한 지 닷새째 되는 날 로마에 도달했다. 거기서 누구보다 먼저 승리를 선포했다. 온 도시가 기뻐하며 하늘에 제를 올렸고 사람들은 로마가 온 땅과 바다를 다스리게 된 것을 자랑스러워했다.

XV.

이때가 아마도 카토의 군사 행적 가운데 가장 주목할 만한 일들이 벌어진 시기였을 것이다. 정치적 활동으로 말할 것 같으면 그는 부패한 관리들을 탄핵하고 그들에 대한 유죄 판결을 받아내는 데 가장 열정적인 노력을 쏟아부었던 것 같다. 스스로 기소를 하는 일도 많았거니와 기소를 하려는 다른 사람들을 도와주기도 했으며 심지어는 고발을 하라고 다른 사람들을 부추기기까지 했다.

스키피오를 고발하도록 페틸리우스를 부추긴 일이 바로 그런 경우다. 그러나 위대한 스키피오는 영예로운 가문의 아들이자 고귀한 정신의 소유자답게 그를 향한 비난을 모조리 짓밟아 버렸으며, 카토는 주된 혐의를 입증하는 데 실패한 탓에 소송을 취하해야 했다. 반면 스키피오의 동생 루키우스의 경우 다른 고발자들과 힘을 합쳐 무거운 벌금형에 처하도록 만들었다. 벌금을 내지 못한 루키우스는 옥에 갇힐 위기에 놓였으나 호민관들의 개입으로 자유로운 몸이 될 수 있었다.

한번은 어느 젊은이가, 세상을 떠난 아버지의 적들을 고발하여 지위를 박탈하는 판결을 얻어냈다. 재판이 끝나고 포룸을 지나가던 젊은이는 카토를 만났고, 카토는 그를 반기며 이렇게 말했다고 한다.

"우리는 돌아가신 부모님의 제사상에 바로 그런 것들을 올려야 하는 것이네. 새끼 양이나 새끼 염소의 고기가 아니라, 부모님의 적이었던 자들의 처벌과 눈물 말이네."

그러나 카토 자신도 아무런 해를 입지 않은 것은 아니다. 그의 정치적 행보가 상대편에게 약간의 허점이라도 드러낼 때마다 그는 고발을 당하기 일쑤였고, 언제나 처벌받을 위기에 있었다. 그는 적어도 50건의 재판에서 피고로 선 것으로 알려져 있으며 마지막으로 소송을 당했을 때 그의 나이는 여든여섯이었다고 한다. 이 마지막 소송에서 그는 다음과 같은 명언을 남겼다.

"후배들 앞에서 선배가 자기변호를 하려니 쉽지가 않습니다."

그런데 이 소송이 그의 법률 활동의 마지막이었던 것은 아니다. 4년 후 아흔의 나이에 세르비우스 갈바를 탄핵했기 때문이다. 실로 카토는 네스토르가 그랬듯 3대에 걸친 상대들 속에서 적극적으로, 그리고 활동적으로 정치를 펼쳤다. 위에서 말한 것처럼 대 스키피오와 여러 정쟁에 휘말린 것 이외에도, 대 스키피오의 손자로 입양된 소 스키피오와도 동시대에 활동했으며 페르세우스와 그 휘하의 마케도니아 사람들을 정복한 파울루스 아이밀리우스의 아들과도 함께 활동했다.

XVI.

집정관을 지낸 뒤 십 년 만에 카토는 감찰관 선거에 나갔다. 이 자리는 다른 어떤 관직보다 중요했으며 어떤 의미에서 정치 인생의 최고조를 장식한다고 말할 수 있었다. 감찰관의 권력은 매우 다양했는데 시민들의 삶과 삶의 방식을 들여다보는 일도 포함되었다. 감찰관이라는 직책을 만든 이들은 결혼을 하거나 아이를 낳는 일, 일상생활을 정돈하는 일, 혹은 친구들을 초대해 잔치를 벌이는 일에 관하여 누구도 그 어떤 감사나 검토 없이 자기만의 방식이나 욕망에 따라 행해서는 안 된다고 생각했다. 오히려 이러한 일들이 사람의 공적, 정치적 인생보다 그의 실제 품성을 더 잘 드러낸다고 생각하여 감찰관이라는 관직을 만들었던 것이다. 감찰관의 역할은 시민들을 감시하고 타이르고 또 꾸중하여 그 누구도 타락하거나 전통과 관습을 포기하도록 내버려두지 않는 것이었다.

이 관직에는 소위 귀족 한 사람과 평민 한 사람이 선출되었다. 감찰관들은 기사 계급에 있는 이들을 더 낮은 계급으로 끌어내리거나, 원로원 의원이 질서를 무시하고 고삐 풀린 행동을 할 경우 제명시킬 권한도 있었다. 그들은 또, 재산을 재평가하기도 하고 시민들을 사회 정치 계급에 따라 분류하여 목록에 기록했다. 그 밖에도 이 관직과 연결된 여러 대단한 권한이 많았다.

따라서 카토가 감찰관 선거에 출마했을 때 원로원의 가장 명성 높고 영향력이 큰 의원들 대부분이 입을 모아 반대를 외쳤다. 그 가운데 태생이 고귀한 사람들은 주로 시기심 때문에 카토를 반대했다. 태생이 미천한 사람들이 명예와 권력의 꼭대기로 떠밀고 나아간다면 핏줄의 고귀함이라는 가치는 진창 속에 짓밟힐 것이라고 생각했기 때문이다.

반면 저속한 행위, 전통과 동떨어진 풍습 등이 자행되고 있다는 것을 알고 있던 사람들은 카토의 엄격함을 두려워했다. 권력을 무자비하고 가차 없이 휘두를 것이 분명했기 때문이다. 따라서 충분한 논의와 준비 끝에 카토에 맞설 후보 일곱 명을 내놓았다. 그들은 관직에 오르면 너그럽게 다스리겠다고 약속하며 대중의 지지를 얻으려고 했다. 대중이 아무래도 느슨하고 관대한 다스림을 받고 싶어 할 것이라고 추측했기 때문이다.

반면 카토는 그 누구의 비위를 맞추려고도 하지 않고 연설을 통해 잘못을 범하고 있는 자들을 노골적으로 위협했으며 도시가 전면적인 정화를 필요로 한다고 크게 외쳤다. 그는 시민들에게 명하기를 지혜로운 사람이라면 좋은 말을 하는 의사가 아니라 솔직한 의사를 선택해야 한다고 했다. 그는 자신이 바로 그런 의사이며 귀족 중에는 발레리우스 플락쿠스가 그러한 사람이라고 했다. 그는 발레리우스와 나란히 관직에 올라야만 괴수 휘드라의 머리 같던, 당대의 사치와 나약함을 베어내고 그 자리를 불로 지질 수 있으리라고 믿었다. 다른 후보들에 대해서는 자신이 제대로 다스릴 것을 두려워한 나머지 엉터리로 다스리려고 관직을 차지하려는 것이라고 비난하였다.

그런데 로마 시민들은 진정으로 위대하며 또 위대한 지도자의 다스림을 받아 마땅하였으니, 카토의 엄격함과 꼿꼿한 자신감을 두려워하지 않았고 오히려 시민들을 기쁘게 하기 위해 무엇이든 다 할 것 같은 상냥한 후보들을 거부하였다. 그리하여 카토와 플락쿠스가 선출되었다. 그들은 관직을 얻으려는 사람이 아니라 이미 관직에 올라 법령을 선포하는 사람에게 하듯 카토의 말에 귀를 기울였던 것이다.

• 머리가 아홉 개인 물뱀 휘드라는 머리를 베면 그 자리에 두 개가 돋아나는 괴수였다. 『헤라클레스와 레르나의 휘드라』, 귀스타브 모로.

XVII.

감찰관으로서 카토는 동료이자 친구였던 루키우스 발레리우스 플락쿠스를 원로원 의장으로 앉혔다. 또 여러 의원들을 원로원으로부터 몰아냈는데 그중에는 루키우스 퀸티우스도 포함되어 있었다. 루키우스는 그로부터 7년 전에 집정관에 오른 적이 있었지만, 그가 큰 명성을 누린 주된 이유는 필립포스 왕과 싸워 이긴 티투스 플라미니누스의 형제라는 점 때문이었다.

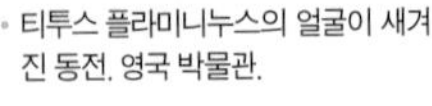
• 티투스 플라미니누스의 얼굴이 새겨진 동전. 영국 박물관.

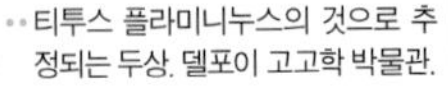
•• 티투스 플라미니누스의 것으로 추정되는 두상. 델포이 고고학 박물관.

그는 다음과 같은 이유로 원로원에서 제명당했다. 어린아이일 때부터 루키우스의 총애를 받던 젊은이가 있었다. 루키우스는 언제나 이 젊은이를 곁에 두었고, 원정을 떠날 때조차 데리고 다니며 가까운 친구나 친척보다 이 젊은이에게 더 많은 명예와 권한을 안겼다. 한번은 집정관에 오른 뒤 로마의 어느 지방을 다스리게 된 루키우스가 만찬을 열었다. 젊은이는 평소와 마찬가지로 루키우스의 곁에 비스듬히 누워, 거나하게 취하면 무슨 말이든 곧이듣곤 하는 루키우스에게 듣기 좋은 말을 늘어놓기 시작했다.

"한번은 고향에서 제가 한 번도 본 적이 없는 검투사 경기가 벌어졌는데, 사람이 죽는 것을 보고 싶은 마음이 굴뚝같았지만 꾹 참고 그대를 만나러 달려갔답니다. 그대를 사랑하는 제 마음이 이렇습니다."

그러자 루키우스가 대답했다.

"내가 원망스러운 모양이구나. 그러면 바로잡으면 되지."

루키우스는 당장 만찬장으로 처형을 앞둔 죄수 한 사람을 불렀다. 그리고 도끼를 들고 있던 수행원을 그 옆에 세웠다. 그런 다음 죄수가 도끼를 맞는 것을 보고 싶은지 사랑하는 젊은이에게 물었다. 젊은이가 보고 싶다고 대답하자 루키우스는 죄수의 목을 치라고 명령했다.*

카토가 루키우스를 원로원에서 제명시키자, 분개한 루키우스의 형제가 민중 앞에 호소하기를 제명시킨 이유를 밝혀야 한다고 주장했다. 이에 카토는 만찬장에서 일어난 일을 설명했다. 루키우스는 이를 부정해 보려 했으나 카토가 벌금을 걸고 정식으로 재판에 부칠 것을 제안하자 거절했다. 그로써 그가 정당하게 제명되었다는 것이 인정된 것이다.*

카토는 집정관직에 오를 것이 유력한 마닐리우스를 원로원에서 제명하기도 했는데 대낮에 딸 앞에서 아내를 껴안았다는 이유에서였다. 카토는 자기 자신의 경우 심하게 천둥이 치지 않는 한 아내를 안지 않는다고 말하며 천둥이 치는 날은 운이 좋은 날이라고 농담하곤 했다.

XVIII.

카토는 스키피오의 형제 루키우스를 너무 가혹하게 다루었다는 이유로 심한 비난을 받기도 했다. 개선 행진의 영광까지 누린 루키우스로부터 기사 계급을 박탈한 것이다. 이것은 스키피오 아프리카누스의 명성에 흠집을 내기 위해서였다고 여겨졌다.

그러나 그가 적들로부터 미움을 받은 가장 큰 이유는 사치를 막았기 때문이다. 대놓고 사치를 금지할 수는 없었다. 대부분의 사람들이 사치에 전염되어 부패한 상태였기 때문이다. 따라서 카토는 돌아가는 방법을 택했다. 그는 의복과 마차, 보석, 가구와 식기 등 그 가치가 천오백 드라크메를 초과하는 모든 물건들의 가치를 열 배로 재평가하였다. 평가액을 높여 소유자들의 세금을 늘리려 한 것이다. 그런 다음 이렇게 평가한 재산에 1천 아스마다 3아스의 세금을 매겼다. 부유한 사람들에게 세금 부담을 주고, 절제하며 검소하게 사는 사람의 경우 경제력이 같아도 국고에 내는 돈이 적은 것을 보여주어 사치를 줄이게 만들려고 했던 것이다.

결과적으로 호화로운 삶을 유지하기 위해 세금 부담을 견디어 낸 사람들과 세금 때문에 호화로운 생활을 멈춘 사람들 모두 카토를 극도로 미워하게 되었다. 보통 사람은 부를 자랑하지 못하게 막으면 그 부를 빼앗긴 것처럼 억울해 하는데, 자랑하고자 하는 물건은 삶에 꼭 필요한 물건이 아니라 사치품이기 마련이다.

한번은 텟살리아 사람 스코파스에게 이런 일이 있었다. 그의 친구가 스코파스의 물건을 탐하며 말하기를, 사는 데 꼭 필요한 유용한 물건을 달라는 것이 아니라 그에게 있어도 좋고 없어도 좋을 물건이니 달라고 하는 것이라고 했다. 그러자 스코파스가 이렇게 대답했다.

"하지만 이 쓸모없고 사사로운 것이 내 부와 행복의 바탕이네."

이와 같이 부를 향한 욕망은 처음부터 영혼의 일부가 아니라 바깥세상의 올바르지 못한 시선에 의해 영혼에 강요되는 것이다.

XIX.

그러나 카토는 자신을 비난하는 자들을 조금도 신경 쓰지 않고 점점 더 엄격해져 갔다. 그는 사람들이 자기 집과 정원에 공공의 물을 끌어다 쓰기 위해 설치한 수도관을 절단했다. 또 공공의 토지를 차지한 모든 건물을 뒤엎고 철거했다. 공공사업을 하는 데 드는 비용은 최대한으로 줄였으며 공유지의 임대료는 최대한으로 인상했다. 이 모든 조치로 그는 커다란 미움을 샀다.

티투스 플라미니누스는 카토를 반대하는 당파를 이끌며 원로원으로 하여금 카토가 신전과 공공시설을 짓기 위해 집행한 모든 경비와 지불 금액을 취소하게 만들었다. 그런 다음 겁 없는 호민관을 골라 카토를 민중 앞에 소환하고 벌금으로 2탈란톤을 매기도록 했다. 원로원은 또, 포룸에 있는 의회 건물 아래에 나랏돈으로 자신의 이름을 딴 공회당, 즉 바실리카 포르키아를 세우려는 카토에게 강력하게 반대하기도 했다.

그럼에도 민중은 카토의 감찰관직을 놀라울 정도로 지지했던 것으로 보인다. 건강의 여신의 신전에 카토의 조각상을 세운 뒤 그 위에 그를 기리는 기념 문구를 적을 때, 카토의 군사 지도력이나 전쟁에서의 승리에 대해 적는 대신 다음과 같이 적었던 것이다.

로마가 휘청거릴 때 감찰관으로 선출되었고, 유익한 지도력을 보이며 지혜로운 방법으로 규제하고 건전하게 타일러 로마를 바로 세웠다.

이 일이 있기 전 카토는, 자기 모습이 조각상으로 만들어졌다고 좋아하는 사람들을 비웃곤 했다. 그런 사람들의 명예는 단지 조각가와 화가의 능력에 달려 있는 반면, 자신의 가장 아름다운 형상은 동료 시민들의 가슴속에 들어 있다고 말하곤 했던 것이다. 또한 명성이 없는 자들의 조각상이 널려 있는 반면, 카토의 것이 없다는 사실에 놀라움을 표하는 사람들에게는 이렇게 말하곤 했다.

"사람들이 나의 조각상이 없는 이유를 묻는 것이, 나의 조각상이 있는 이유를 묻는 것보다 낫습니다."

다시 말하여 그는, 훌륭한 시민이라면 칭송을 받는 것조차 허락하지 말아야 하되 그 칭송이 나라에 이익이 되는 것이라면 허락해도 된다고 생각했다.

그러나 카토는 그 누구보다 자기 자신에게 가장 많은 칭송을 보냈다. 카토 자신의 말에 따르면, 자신만의 쾌락을 위해 사는 사람들은 비난을 받을 때마다 이렇게 말했다고 한다.

"욕하지 마세요. 우리가 카토인 줄 아십니까?"

또 카토의 생활방식을 모방하였으되 제대로 모방하지 못한 사람은 '왼손잡이 카토'라고 불렀다는 말도 전한다. 원로원은 극심한 위기가 닥쳤을 때마다 뱃사람이 키잡이를 찾듯 그를 찾았고 그가 없으면 중대한 결정을 연기했다고 전하기도 한다. 실로 여러 다른 증인들이 이와 같은 카토의 자랑이 사실임을 확인해주고 있다. 그의 삶과 말, 연륜은 로마에서 막대한 권위를 갖고 있었던 것이다.

XX.

카토는 좋은 아버지이자 이해심 많은 남편이었으며 능력 있는 살림꾼이기도 했다. 그는 집안일을 하찮게 여기지 않았고 여기 필요 이상의 신경을 썼다. 그러니 가족 관계에서 그가 보여준 태도를 언급하지 않고 넘어갈 수는 없다.

카토는 재산이 많기보다 태생이 고귀한 여인을 아내로 맞았다. 부유한 여인과 태생이 고귀한 여인이 자부심이 크기는 마찬가지일지라도 태생이 고귀한 여인은 수치스러운 행위를 극도로 혐오하기 때문에 올바른 일을 함에 남편의 말에 더 잘 복종하리라고 생각했기 때문이다.

그는 아내나 자식을 때리는 남자는 그 무엇보다 신성한 물건에 폭력을 행사하는 것이라고 말하곤 했다. 또한 위대한 의원이 되기보다 좋은 남편이 되는 것이 더 칭찬할 만하다고 생각했다. 실로 고대의 소크라테스가 존경받아 마땅하다면 그것은 다른 이유가 있어서가 아니라 고약한 아내와 어리석은 아들들을 대할 때 언제나 상냥하고 친절했기 때문이라고 여겼다. 아들이 태어난 뒤에는 아무리 급한 볼일이 있어도, 그것이 나라를 위한 일이 아닌 경우에는 언제나 아내가 아기를 목욕시키고 포대기에 싸는 것을 지켜보았다. 카토의 아내는 유모도 두지 않고 직접 젖을 먹였다. 심지어는 노예의 갓난아기에게 젖을 먹이기도 했는데 이는 노예의 자식들과 아들 간에 형제의 우애가 싹트길 바랐기 때문이다.

아들이 말귀를 알아들을 나이가 되자마자 아버지는 스스로 나서서 아들에게 글을 가르쳤다. 학식을 갖춘 노예 킬로가 있었고 그가 학교에서 여러 아이들을 가르치는 교사였음에도 카토 스스로 가르친 것이다. 카토의 말에 따르면, 그는 노예가 아들을 꾸중하거나 말귀를 알아듣지 못한다고 귀를 비트는 것이 올바르지 못하다고 생각했다. 또한 교육이라는 무엇보다 귀중한 일을 하는데 노예에게 기대는 것은 더욱 잘못된 일이라고 생각했다.

• 『소크라테스에게 물을 끼얹는 크산티페』, 브로멘델.

따라서 아들에게 글을 가르쳤을 뿐만 아니라 법과 운동을 가르치기도 했다. 창을 던지고 갑옷을 입고 싸우는 법, 말 타는 법만 가르친 것이 아니라 주먹으로 싸우는 법, 추위와 더위를 이기는 법, 그리고 티베리스 강의 거친 물결과 소용돌이를 헤치고 씩씩하게 헤엄치는 법도 가르쳤다. 또 자신이 엮은 『로마의 역사』를 큰 글씨로 필사하기도 했다. 아들이 집 안에서 로마의 오랜 전통을 접할 수 있도록 하기 위해서였다고 한다.

아들 앞에서는 베스타 여사제 앞에서 하듯 험한 말을 삼갔으며, 한 번도 함께 목욕한 적이 없다고 한다. 이것은 로마 사람들이 일반적으로 지켰던 풍습으로 사위와 장인이 함께 목욕하는 일도 없었다고 한다. 알몸을 보이는 것을 부끄럽게 여겼기 때문이다. 그러나 헬라스 사람들로부터 알몸으로 자유롭게 나다니는 풍습을 배운 뒤로부터는 여인들이 있을 때조차 알몸을 보이는 것을 두려워하지 않았으며 이 풍습은 다시 헬라스 사람들에게로 옮겨갔다고 한다.

이처럼 카토는 아들을 뛰어난 인물로 다듬고 주무르는 데 힘을 쏟았다. 아들은 티 없는 열정을 보여주었고 곧은 천성에 어울리는 정신을 갖추게 되었다. 그러나 심한 고통을 버텨내기에는 몸이 비교적 약했기 때문에 카토 자신이 지키던 지나치게 경직되고 엄격한 삶의 방식을 아들에게까지 강요하지는 않았다. 몸은 약해도 카토의 아들은 믿음직한 병사였고 페르세우스를 상대로 전쟁을 벌이고 있던 파울루스 아이밀리우스 밑에서 눈부시게 잘 싸워주었다.

• 『파울루스 아이밀리우스 앞의 페르세우스 왕』, 장 프랑수아 피에르 페롱.

한번은 카토의 아들이, 적의 칼에 맞아서였는지 땀에 젖은 손 때문이었는지 몰라도 자신의 칼을 떨어뜨렸다. 당황한 그는 동료들에게 도움을 청했고 동료들의 뒷받침을 받아 다시 적의 병사들 틈으로 들어갔다. 그리고 길고 치열한 싸움 끝에 적을 소탕한 뒤 적과 아군의 시신과 무기가 뒤엉켜 산더미를 이루고 있는 곳에서 마침내 자신의 칼을 찾았다. 지휘관 파울루스는 이 젊은 병사의 용기를 칭송했고 카토 역시 아들에게 편지를 보내 칼을 되찾는 과정에서 아들이 보여준 존경할 만한 열정을 입마르게 칭찬했다. 이 편지는 아직도 남아 있다.

카토의 아들은 이후 파울루스의 딸이자 소 스키피오의 누이 테르티아와 결혼한다. 이처럼 훌륭한 집안과 혼인을 하게 된 데에는 아버지의 명성도 큰 몫을 했다. 카토의 정성스런 아들 교육은 이처럼 합당한 열매를 맺게 되었다.

XXI.

카토는 소유하고 있는 노예도 많았다. 대체로 전쟁 포로를 사들여 노예로 삼았는데, 강아지나 망아지처럼 원하는 대로 키우고 훈련시킬 수 있었기 때문이다. 카토의 노예는 주인이나 안주인의 심부름이 아니고서는 남의 집에 발을 들여놓지 않았으며, 카토가 무얼 하고 있는지 물으면 늘 모른다고 대답하였다.

또 카토의 노예는 집 안에서 부지런히 일을 하거나 그러지 않으면 잠을 자고 있어야 했다. 카토는 잠이 많은 노예를 매우 선호했다. 잠이 많은 노예가 잠이 없는 노예보다 더 유순하며, 잠이라는 선물을 받은 노예가 그러지 못한 노예보다 무슨 일이든 더 잘한다고 생각했기 때문이다. 또 노예가 잘못을 저지르는 이유가 주로 성적 욕구 때문이라고 믿은 카토는 남자 노예가 정해진 액수를 지불하고 여자 노예와 관계를 맺는 일을 허용했으나, 다른 여자에게는 가까이 가지도 못하게 했다.

재산도 없고 군 복무를 할 나이였던 옛 시절의 카토는 무엇을 차려내도 불평하지 않았고 먹을 것과 마실 것에 대하여 하인과 다투는 일은 점잖지 못하다고 생각했다. 그러나 형편이 나아진 뒤 친구와 동료들에게 식사를 대접하곤 할 때에는, 음식을 만들거나 시중을 드는 데 소홀히 한 노예가 있으면 식사가 끝나자마자 즉시 채찍질을 하곤 했다. 나아가 그는 노예들이 서로 패를 갈라 싸우거나 의견 차이를 보이도록 이간질을 하곤 했다. 노예들이 사이좋게 지내면 의심스럽게 여기거나 두려워하기까지 했다. 극악한 범죄가 의심되는 노예가 있으면 다른 노예들 앞에서 재판에 세웠고 유죄로 판명되면 처형했다.

그러나 돈을 모으는 데 더 많은 노력을 기울이기 시작하면서 농사는 사업이라기보다 취미 활동이라 여기게 되었고 재산은 안전하고 확실한 사업에 투자했다. 연못과 온천, 직물을 다듬는 사람들이 모여 일을 하는 곳, 수지樹脂 공장, 자연적으로 초원과 숲이 어우러진 땅 등을 사들인 것이다. 그의 말에 따르면, 이 모든 것은 '유피테르가 망칠 수' 없으며 큰 수익을 가져다주는 것들이었다.

또 돈을 빌려줄 때는 실로 비난받아 마땅한 방법을 사용했다. 배를 담보로 한 이 방식은 구체적으로 이야기하면 다음과 같다. 그는 돈을 빌리려는 사람들이 있으면 그들끼리 연대하여 큰 상회를 이루도록 했다. 50명이 모여 같은 수의 배를 담보로 제공할 수 있을 규모가 되면 그 자신 역시 주주로서 참여했다. 그리고 해방 노예였던 퀸티오가 카토를 대표해서 사업에 나서는 채무자들과 언제나 동행했다. 이와 같은 방식은 담보물 전체가 아니라 적은 일부만 위험에 노출시키되 수익은 크도록 해주었다.*

그는 원한다면 노예에게도 돈을 빌려주었다. 노예들은 이 돈으로 남자 아이들을 사들인 다음 카토가 대는 비용으로 1년 동안 가르치고 훈련시킨 다음 되팔았다. 카토 자신도 이런 남자 아이들을 꽤 여럿 사들였는데 노예들의 노력을 높이 사서 남들보다 비싼 값을 치르곤 했다. 그는 아들에게도 재산을 늘리는 법을 익히라고 다그치며 재산을 깎아먹는 것은 남자가 아닌 과부나 할 짓이라고 했다. 그러나 남기고 죽는 재산이 상속받은 재산보다 많다면 그 사람은 신처럼 존경받고 칭송받아 마땅하다고 말한 것은 지나쳤다.

XXII.

카토가 제법 나이가 들었을 때 아테나이에서 로마로 사절단이 왔다. 아카데메이아 학파의 카르네아데스와 스토아 철학자 디오게네스가 아테나이 사람들에게 부과된 벌금 5백 탈란톤을 무효로 만들고자 온 것이었다. 오로포스 사람들이 아테나이를 상대로 소송을 제기했는데 아테나이가 불참하는 바람에 시퀴온 사람들이 오로포스의 손을 들어준 사건에 따른 벌금이었다.

철학자들이 도착하자 로마의 학구파 젊은이들은 다투어 이들을 방문했고 커다란 존경심과 애정을 갖고 그들의 말에 귀를 기울이게 되었다. 특히 카르네아데스의 매력은 무한한 영향력을 발휘했고 영향력에 뒤지지 않는 명성을 얻었으며 그에게 동조하는 수많은 청중을 가져다주었

• 자금 대출이 정확히 어떤 방식으로 이루어졌고 왜 비난의 대상이 되었는지에 대해서, 플루타르코스는 명확하게 설명하고 있지 않으며 역사적으로 명확히 밝혀진 바도 없다. 주로 무역 사업을 하는 사람들 혹은 선박을 소유하고 있는 사람들과 거래했는지조차 불명확하다. 다만 배를 담보로 하는 대금업의 경우, 배가 바다에서 가라앉으면 채무자는 빚을 갚지 않아도 되었다고 한다. 플루타르코스는 배 여러 척을 함께 다니게 함으로써 위험 부담을 줄이고 투자 수익을 늘리는 동시에 거대한 무역 상회를 운영하는 데 따르는 법적 부담을 줄이려고 했을 가능성이 높다.

다. 철학자들에 대한 칭송의 소리는 쏜살같은 강풍처럼 도시를 가득 채웠다. 말솜씨로 적을 무장 해제시키는 놀라운 재능을 가진 헬라스인이 로마의 젊은이들 사이에 엄청난 열정을 심었으며 젊은이들이 다른 모든 욕구와 활동을 접고 오로지 철학에 '정신을 빠뜨렸다'는 소식은 널리 퍼졌다. 다른 로마인들은 이 소식에 기뻐하며 젊은이들이 헬라스의 문화를 받아들이고 그토록 훌륭한 인물들과 어울리게 된 것을 반겼다.

• 플라톤의 가르침을 이어받은 카르네아데스. 뮌헨 조각미술관.

그러나 카토는 토론에 대한 열정이 도시로 쏟아 들어오기 시작할 때부터 마음이 편치 않았다. 젊은이들이 무공이 아닌 말로 빚어진 명성에 집착하게 될까 걱정스러웠기 때문이다. 그러나 로마를 방문한 철학자들은 점점 더 큰 명성을 얻었고 그들은 통역을 자청한 가이우스 아킬리우스라는 평범하지 않은 인물을 통해 원로원을 상대로 그들의 의견을 발표하기에 이르렀다.

카토는 어떤 그럴듯한 핑계를 대어서라도 철학자들을 도시에서 몰아내야겠다고 결심했다. 그리하여 원로원에서 발언권을 요청해 관리들을 질타했다. 기가 막힌 말솜씨로 원하는 것이면 무엇이든 얻을 수 있는 사절단에게 빠른 대답을 주지 않고 그들을 괜히 불안에 떨게 했다고 탓한 것이다. 그리고 이렇게 덧붙였다.

"어느 쪽으로든 결정을 내려 사절단의 제안에 대해 투표합시다. 그래야 이분들이 학교로 돌아가 헬라스의 아들들을 가르치고, 로마의 젊은이들은 지금까지 해왔 듯 법과 관리들의 말에 귀를 기울일 것 아닙니까?"

XXIII.

그러나 혹자가 생각하는 것과 달리 이는 카르네아데스에 대한 개인적인 원한이 있어서는 아니었다. 카토는 철학을 몹시 싫어했고 로마에 대한 애국심으로 충만해 모든 헬라스 문화와 교육을 비웃었다. 예를 들어 그는 소크라테스에 대해, 전통을 무시하고 시민들로 하여금 법에 반하는 의견을 갖도록 선동함으로써 아테나이의 독재자가 되려고 애쓴 말 많은 수다쟁이라고 했다. 또 이소크라테스의 제자들이 늙어서까지 스승의 밑에서 공부를 멈추지 않는 것을 보고, 저승의 판관 미노스 앞에서야 갈고닦은 것을 보이고 변론을 펼칠 셈이냐고 비웃었다.

또 아들로 하여금 헬라스 문화에 편견을 갖게 만들 요량으로 나이에 어울리지 않는 경솔한 말로 예언과 같은 선언을 하기도 했다. 로마가 헬라스의 문자에 전염되면 제국이 무너질 것이라고 말한 것이다. 그러나 이 비관적인 예언이 얼마나 헛된 것이었는지는 시간이 보여주었다. 로마 제국은 헬라스의 모든 학문과 문화를 자기 것으로 만들면서 전성기를 맞았기 때문이다.

카토는 헬라스 철학자들을 미워하는 것에서 그치지 않고 로마에서 의술을 펴는 헬라스 사람들 또한 수상하게 여겼다. 카토는 힙포크라테스가 페르시아 대왕의 부탁을 거절한 이야기를 들은 것 같다. 페르시아 대왕은 큰돈을 주겠다고 약속하고 힙포크라테스에게 진찰을 부탁했는데 힙포크라테스는 헬라스의 적인 이방 민족의 왕에게는 의술을 제공할 수 없다고 말했다고 한다. 카토는 모든 헬라스의 의사들이 비슷한 맹세를 했으니 그들을 조심하라고 아들을 타이른 것이다.*

* 헬라스 사람의 입장에서 본다면 로마인도 이방 민족이다.

카토의 말에 따르면 자신도 의술에 관한 책을 썼는데 집안사람들이 병에 걸렸을 경우 어떻게 다스렸으며 어떤 식이요법을 했는지 기록해 놓았다고 한다. 그는 환자들에게 절대로 단식을 권하지 않는 대신 채소를 먹이거나 오리 고기, 비둘기 고기, 혹은 토끼 고기 약간을 먹였는데 꿈을 유발한다는 것을 제외하면 이와 같은 가벼운 식사가 병자에게 유익하다고 주장했다. 그리고 이와 같은 식이요법을 따름으로써 자신과 가족들의 건강을 지킬 수 있었다고 했다.

XXIV.

카토의 이와 같은 주제넘은 신념은 결국 벌을 받았다. 아내와 아들의 죽음으로 이어진 것이다. 반면 카토 자신은 몸이 건강하고 기력이 좋았으며 오랫동안 세월의 공격을 버티어냈다. 나이가 들어서도 왕성한 성욕을 채우고자 하였으며 결국, 결혼할 나이가 한참 지난 뒤였음에도 아내를 맞았다. 말하자면 이렇다. 아내가 죽고 난 뒤 그는 아들을 아이밀리우스 파울루스의 딸, 스키피오의 누이와 혼인시켰다. 그러나 홀아비가 된 카토 자신은 몰래 그의 침실로 찾아오는 노예 소녀로부터 위안을 찾았다.

그런데 젊은 며느리가 있는 작은 집에서 이 일은 쉽게 탄로가 났다. 한번은 노예가 지나치게 당당한 발걸음으로 보란 듯이 카토의 침실로 들어갔는데 그의 아들이 이를 보았다. 카토는, 언짢은 표정을 하고 말없이 고개를 돌리는 아들의 얼굴을 보았다. 자신의 행동이 아들 내외를 불편하게 만들고 있다는 것을 안 카토는 그들을 꾸짖거나 탓하는 대신 다음과 같이 행동했다. 하루는 자신이 후원하고 있는 사람들과 포룸으로 가는 길에 큰 소리로 살로니우스라는 자를 불러 세웠다. 한때 카토 밑에서 부서기관으로 일했던 자였다. 카토는 어느새 일행에 합류한 살로니우스에게 어린 딸은 시집을 갔느냐고 물었다. 그는 딸이 결혼을 하지 않았으며 후원자 카토의 조언을 구하지 않고 감히 어떻게 시집을 보냈겠느냐고 반문했다. 그러자 카토가 말했다.

"잘됐군. 나이만 문제 삼지 않는다면 썩 괜찮은 사윗감이 있네. 아주 늙었다는 것을 제외하면 아무 문제가 없는 사람이네."

살로니우스는 즉시 일을 성사시켜 줄 것을 부탁했다. 카토에게 의지하고 있으며, 그의 고마운 도움을 필요로 하는 자신의 딸을 카토가 말한 남자에게 줄 것을 간청한 것이다. 그러자 카토는 더 말할 것도 없이 처녀를 자신의 아내로 달라고 했다. 살로니우스가 이 제안에 놀란 것은 당연하다. 카토가 결혼을 하기에 너무 늙었기도 했고, 집정관을 지내고 개선행진의 영광까지 누린 집안과 혼사를 맺기에는 자신의 지위가 너무 낮다고 생각했기 때문이기도 하다. 그러나 카토의 말이 진심이라는 것을 깨달은 살로니우스는 기꺼이 카토의 청을 받아들였고 포룸에 도착하자마자 결혼을 예고했다.

혼사가 진행되는 중 카토의 아들이 친구들을 대동하고 아버지에게 갔다. 그리고 혹시 자신에게 불만이 있어 양어머니를 들이려는 것이냐고 물었다. 카토는 이렇게 외쳤다.

"말도 안 되는 소리를 하는구나! 넌 언제나 나에게 훌륭한 아들이었다. 난 너한테 아무 불만이 없어. 다만 나와 이 나라에 너 같은 아들을 더 낳아주고 싶을 뿐이다."*

카토는 둘째 아내로부터 아들을 얻었고 외할아버지의 이름을 따 살로니우스라고 지었다. 그런데 하필 큰 아들이 행정관직을 수행하다 죽었다. 카토는 자신의 책에서 아들이 용감하고 훌륭한 사내였다고 이야기하곤 한다. 그럼에도 그는 아들을 잃은 슬픔을 철학자 못지않게 담담하게 이겨냈으며, 공직 생활에 대한 열정도 조금도 줄이지 않았다고 한다.

그는, 그를 뒤따른 루키우스 루쿨루스나 메텔루스 피우스처럼 자신이 나라를 위해 일하기에 너무 늙었다고 여기거나 관직을 짐이라고 생각하지 않았다. 또 그보다 앞선 스키피오 아프리카누스처럼, 그의 명성을 질투한 사람들이 그를 공격했다고 해서 시민들에게 등을 돌리고 남은 인생을 한가로이 빈둥거리지도 않았다. 누군가 디오뉘시오스에게 말하기를 통치권처럼 고운 수의壽衣가 또 어디 있겠는가, 라고 했듯 카토 역시 공직에 봉사하는 것을 노년의 가장 아름다운 특권으로 여겼다. 따라서 여유가 생겨도 휴식과 재미를 위해 책을 쓰거나 농사를 지었다.

XXV.

그는 온갖 주제에 관해 연설과 역사를 기술하였다. 한편 젊고 가난했을 때는 돈을 모으는 방법이 단 두 가지, 즉 농사와 검약이었다고 할 정도로 진심으로 농사에 임했지만 나이가 들어서는 이론과 상상만 가지고 농사를 지었다. 농법에 관한 책을 쓰기도 했는데 빵을 만들고 과일을 저장하는 자세한 방법까지 기록해 두었다. 그는 이처럼 모든 분야에서 뛰어나고 남들과 다르고자 했다.

시골에서 잔치를 벌일 때도 아낌없이 베풀었다. 늘 사이좋은 이웃들을 초대해 즐거운 시간을 보내곤 했는데, 카토와 연배가 비슷한 이들만 그를 좋아하고 사귀고 싶어 했던 것이 아니라 젊은이들도 마찬가지였다. 카토는 되풀이할 만한 가치가 충분한 많은 일들을 목격하고 또 들은, 경험 많은 사람이었기 때문이다.

그는 우정을 돈독히 해주는 것 가운데 식탁만 한 것이 없다고 생각하기도 했다. 카토가 대접을 하는 자리에서 대화는 주로 명예롭고 훌륭한 시민들에 대한 칭송으로 이루어졌고 쓸모없고 천한 자들은 거의 거론되지 않았다. 카토는 그런 자들에 관해서는 칭송이든 흉이든 식탁에서는 논하지 않으려 했던 것이다.

XXVI.

카토가 공직에서 한 마지막 일은 카르타고를 멸망시킨 것이라고 알려져 있다. 실제로 임무를 완수한 것은 소 스키피오였지만 로마인들이 애초에 전쟁을 벌인 것은 대체로 카토가 설득하고 조언한 결과였다. 카토는 사절단의 일원으로, 서로 전쟁 중이던 카르타고 사람들과 누미디아 사람 마시닛사에게 파견되었다. 서로 다투는 이유를 알아보기 위함이었다. 마시닛사는 애초부터 로마에 우호적이었고 카르타고는 대 스키피오에게 패한 뒤 로마와 협정을 맺은 관계였다. 협정에 따라 카르타고는 다스리던 영토를 빼앗기고 엄청난 공물을 바쳐야 했다.

그럼에도 카르타고에 당도한 카토는 로마의 생각과는 달리 이 도시가 조금도 가난하거나 초라하지 않다는 것을 발견했다. 오히려 씩씩한 전사들이 바글바글하고 엄청난 재물이 넘쳐나며 온갖 무기와 군수품이 쌓여 있는 것을 보았다. 게다가 카르타고 사람들은 이 모든 것으로 인해 보통 우쭐해져 있는 것이 아니었다. 카토는 로마가 마시닛사와 누미디아 사람들의 일을 이래라저래라 할 때가 아니라는 것을 알았다. 그는 언제나 로마의 오래되고 지독한 적이었던 카르타고를 누르지 않는 한, 전과 다름없는 심각한 위험에 처하게 될 것이라고 생각했다.

서둘러 로마로 돌아간 카토는 원로원에서 발언하기를, 과거 카르타고의 패배는 그들의 세력을 감소시키기는커녕 무모함을 키웠으며 더 약해지는 결과가 아니라 전쟁에 더 능숙해지는 결과를 낳았다고 하였다. 또,

누미디아와의 싸움은 로마와의 전쟁의 서주에 지나지 않으며 평화와 협정은 말뿐이고 실은 적절한 때를 기다리며 전쟁을 연기하려는 속셈이라고 했다.

XXVII.

뿐만 아니라 카토는 원로원에 리뷔아의 무화과를 떨어뜨리는 꾀를 부렸다고 전해지기도 한다. 그는 실수인 척 토가의 옷깃 사이에 숨겨두었던 무화과를 떨어뜨리고는 의원들이 그 크고 아름다운 모습에 감탄하자 무화과가 자라는 곳이 로마에서 사흘도 채 걸리지 않는다고 했다. 때로는 이보다 더욱 잔인한 모습을 보이기도 했는데 어느 사안에 표를 던지든 다음과 같은 말을 덧붙인 것이다.

"카르타고를 멸망시켜야 합니다."

반면 푸블리우스 스키피오 나시카는 의견을 표하라는 요구를 받을 때마다 늘 다음과 같이 선언하며 말을 맺곤 했다.

"카르타고는 살려두어야 합니다."

이렇게 주장한 이유는 우쭐해진 로마 시민들이 지나친 과욕을 부리고 있다고 생각했기 때문일 것이다. 또, 부유해졌다는 자부심에 원로원의 통제를 경멸함으로써 온 나라를 광기 어린 욕구가 이끄는 대로 끌고 가려 한다고 생각했기 때문일 것이다. 따라서 푸블리우스는 로마 시민들 사이에 카르타고에 대한 두려움이 남아 대중의 무모함을 마치 고삐처럼 붙들어 주기를 기대했다. 카르타고가 로마를 정복할 정도로 힘이 센 것도 아니고 로마가 깡그리 무시해도 될 정도로 약하지도 않다고 여겼기 때문이다. 그러나 카토가 두려워했던 것이 정확히 이것이었다. 로마가 권력에 도취되어 비틀거리는 와중에 언제나 막강한 도시였던 데다가 연이은 패배에 정신까지 똑바로 차린 카르타고가 계속해서 위협을 해오는 상황이었다.

어쨌든 위와 같은 방법으로 카토는 카르타고를 상대로 세 번째이자 마지막 전쟁을 선포하는 결과를 가져왔다. 하지만 전쟁이 시작되자마자 그는 죽음을 맞았다. 죽기 직전 그는 전쟁을 끝낼 장본인을 예언하였다. 그 사람은 당시 젊었으나 군사 호민관으로서 적과의 싸움에서 판단력과 호기를 입증하고 있었다. 그 사람에 대한 소식이 로마로 전해지자마자 카토는 이렇게 외쳤다고 한다.

"그 젊은이 홀로 제정신이고, 나머지는 가물거리는 헛것이로구나."

스키피오는 이러한 카토의 말을 재빨리 입증했다.

카토는 둘째 아내에게서 얻은 아들 하나를 남겨놓고 죽었으며, 앞에서 말했듯 그 아들의 이름은 살로니우스였다. 살로니우스는 행정관직에 있을 때 죽었으나 그의 아들 마르쿠스는 집정관까지 올랐다. 이 마르쿠스가 바로 철학자 카토의 할아버지였으며 당대에 가장 훌륭하고 명성이 높은 사람이었다.

I.

이제 아리스테이데스와 카토의 가장 주목할 만한 업적들을 전부 기록하였다. 그런데 두 사람의 인생 전체를 통째로 서로 비교한다면 수많은 공통점에 가려 차이점을 발견하기 어려울 것이다. 또 시나 그림을 분석하듯 각각의 삶을 분석하여 비교해 본다고 해도, 두 사람이 얻은 정치적 권력과 명성이 부모로부터 덕을 보았기 때문이라기보다 타고난 능력과 강인함의 결과라는 것을 알 수 있다.

그러나 아리스테이데스의 경우 명성을 얻었을 당시 아테나이가 강성하지 않았고 그가 상대해야 했던 지도자들과 군 지휘관들의 경우에도 재산이 많지 않았으며 형편이 대체로 비슷했다. 당시 최고위층의 재산은 곡식 5백 메딤노스, 차상층의 재산은 3백 메딤노스, 그 아래 계급은 2백 메딤노스였다.

반면 소도시 출신으로 소박한 삶을 살고 있던 카토가 무한한 바다와 같은 로마 정치판으로 곤두박질쳤을 때 쿠리우스나 파브리키우스, 아틸리우스 같은 이들은 정치에서 손을 뗀 뒤였고, 제 손으로 쟁기와 곡괭이를 들고 일했던 가난한 자들이 연단에 올라 관리나 지도자로 선출되는 것을 환영하는 분위기도 아니었다. 오히려 이름 있는 집안을 우대하고 그들의 부와 선물을 반기며 청을 들어주는 분위기였다. 권력과 오만함이 극에 달한 시민들은 관직을 구하는 이들을 무례하게 다루었다. 명문가 사람도 아니었고 재산도 많지 않았던 테미스토클레스를 맞수로 두었던 아리스테이데스와는 사정이 달랐던 것이다. 카토는 정의를 위해서라면 주저하지 않고 펼쳐놓았던 말솜씨 하나로, 스키피오 아프리카누스나 세르비우스 갈바, 퀸티우스 플라미니누스와 같은 이들을 상대해야 했다.

II.

게다가 마라톤에서 그리고 또 플라타이아에서 아리스테이데스는 열 명의 장군 가운데 한 사람이었으나 카토는 수많은 경쟁자들을 물리치고 집정관 두 사람 가운데 한 사람으로 선출된 데 이어, 그와 함께 후보로 나선 로마의 가장 훌륭하고 이름 높은 시민 일곱 명을 제치고 두 명의 감찰관 가운데 한 명으로 선출되었다.

그 밖에도 아리스테이데스는 승리를 이끈 적이 없었다. 마라톤에서는 밀티아데스가 승리의 영광을 주로 차지했고 살라미스 전투는 테미스토클레스가 승리로 이끌었다. 또 헤로도토스에 따르면 플라타이아에서 가장 통쾌한 승리를 거둔 것은 파우사니아스였으며 두 번째로 잘 싸운 것으로 치면 아리스테이데스 말고도, 누구보다 용맹스러운 모습을 보여주었던 소파네스, 아메이니아스, 칼리마코스, 퀴나이게이로스 등이 있었다.

반면 카토는 집정관을 지내던 시절 이베리아 전쟁을 계획하고 실행에 옮기는 데 주된 역할을 했을 뿐만 아니라 테르모퓔라이에서 역시 다른 이가 집정관 자리에 있고 자신은 다만 군사 호민관이었음에도 승리의 영광을 얻었다. 산길을 열고 안티오코스를 향해 돌진해 눈앞에 있는 것에 정신이 팔린 왕의 뒤통수를 친 것이다. 이 승리는 분명 카토의 업적이었다. 이 일로 아시아가 헬라스에서 쫓겨났을 뿐 아니라 훗날 스키피오가 아시아로 진출하는 발판이 마련되었다.

두 사람 다 전쟁에서 승승장구한 것은 사실이지만 아리스테이데스의 경우, 정치에서는 실패를 겪었다. 소수파로 몰리고 테미스토클레스에 의해 도편 추방되기까지 했던 것이다. 반면 카토는 로마의 가장 위대하고 영향력 있는 이들을 상대해야 했으며 노년까지 이들과 씨름했으나, 한

번도 설 자리를 잃은 적이 없었다. 그는 수많은 민사 소송에 원고 혹은 피고로서 참여했고, 원고로서 그는 자주 승소했으며 피고로서는 단 한 번도 재판에 지지 않았다. 평생 그를 지켜주었던 방패이자 유용한 무기, 즉 말솜씨 덕분이었다. 그가 불명예를 겪지 않은 이유는 운이 좋아서라거나 그를 수호하는 무언가가 있어서가 아니라, 바로 말솜씨 덕분이었다고 생각할 수 있다.*

III.

인간의 능력 가운데 가장 뛰어난 것은 도시와 국가를 다스리는 능력이다. 그러나 대부분의 사람들은 이러한 고차원적인 정치 능력에 가정을 다스리는 능력이 포함된다고 생각한다. 도시는 가정을 모아놓은 것에 지나지 않을 뿐이며, 시민들 개개인의 삶이 번영할 때만이 도시가 생명력을 갖출 수 있기 때문이다.

뤼쿠르고스가 스파르테에서 금은을 모두 없애고 불로 훼손한 철을 화폐로 정했다고 해서 시민들이 가정을 알뜰히 꾸려나갈 의무로부터 면제된 것은 아니었다. 뤼쿠르고스가 그렇게 한 것은 단지 부풀어올라 있던 극심한 방종을 제거하고 누구나 삶에 필요하고 유용한 것들을 풍부하게 누리게 하기 위한 목적이었다. 이는 무력하고, 집 없고, 가난에 시달리는 시민이 돈 많고 이를 과시하기 좋아하는 시민들보다 나라에 더 큰 해악이 될 수 있음을 고대의 다른 어느 입법자보다 잘 내다보았기 때문이다.

카토는 가정을 다스릴 때, 나라를 다스릴 때 못지않게 효율을 생각했다. 그는 자기 재산을 늘리는 데 그치지 않고 가정 경제와 농사에 관하여 남을 가르치는 스승으로서 인정을 받았으며 이 주제에 관하여 여러 쓸모 있는 지침을 편찬했다. 반면 아리스테이데스는 너무 가난하여 그의 정의감조차 비난을 살 정도였다. 정의감이 가정을 망치고 그를 구걸하는 신세로 만들었으며 아리스테이데스 자신을 제외한 다른 모든 이들에게만 유익했기 때문이다.

그러나 헤시오도스는 정의와 가정 경제를 같은 편에 두도록 권하고 있고 게으름을 불의의 근원으로 보고 비난한다. 호메로스도 이렇게 말한다.

노동을 즐긴 적이 없고
검소한 생활로 자식들을 잘 키워내는 것도 관심 밖.
오로지 내 기쁨은 노 달린 배에 있고
전투에 있고, 광을 낸 투창과 화살에 있나니.

이 구절에는 가정을 소홀히 하는 자들이 정의롭지 못한 삶을 산다는 의미가 숨어 있다. 의사들이 말하듯 기름은 몸에 바르면 매우 유익하지만 삼키면 큰 해를 입힐 수 있다. 그러나 정의로운 자는 그렇지 않다. 자기 자신과 가족을 소홀히 하면 남에게도 유익할 수 없다.

대부분의 역사가들이 주장하듯 아리스테이데스가 불쌍한 딸들의 혼례 비용이나 자기 자신의 장례비조차 미리 준비해 두지 않은 것이 사실이라면, 실로 아리스테이데스의 가난은 그의 정치 인생에 얼룩을 남겼다고 할 수 있을 것이다. 카토의 손자와 증손자들이 줄줄이 최고위 관직에 오르면서 카토의 집안이 4대에 걸쳐 로마에 행정관과 집정관을 제공한 반면, 헬라스에서 가장 뛰어났던 아리스테이데스의 자손들은 찢어지게 가난했던 나머지 고작 점이나 치며 살아가야 했던 것이다. 자손들 가운데는 가난 때문에 현상금을 좇으며 살아가는 사람들도 있었다. 그들은 뛰어난 사람이 되고자 하는 야망을 갖기는커녕 위대한 조상의 이름에 어울리게 살고자 하는 바람조차 가질 수 없었던 것이다.

IV.

이것은 논의해 볼 가치가 있는 문제이다. 가난은 게으름과 무절제, 사치 혹은 어리석음의 결과가 아닌 한, 그 자체로 수치스러운 것은 아니다. 반면 가난이 민중을 위해 봉사하는 데 온 힘을 다 하는, 깨어 있고 부지런하고 정의롭고 용기 있는 사람의 시녀일 때 그것은 어떤 천박한 생각도 품고 있지 않은 숭고한 영혼의 증표이다. 사소한 일에 신경 쓰는 사람이 큰일을 하기는 어렵다. 자신이 필요로 하는 것이 많으면 남이 필요로 하는 것을 가져다줄 수 없다. 공익에 봉사하기 위한 가장 좋은 장비는 부에 있는 것이 아니라 자족에 있다. 자족하는 사람은 자신을 위한 사치품을 필요로 하지 않기에 나라를 위해 봉사하는 데 아무 장애가 없다.

신만이 욕구에서 완전히 자유롭다. 그러나 욕구를 최대한 줄이는 능력은 가장 완벽하고 신적인 인간 미덕이다. 잘 담금질된 건강한 신체가 여분의 음식이나 의복을 필요로 하지 않듯, 건강한 사람이나 가정은 최소한의 지출만으로 삶을 꾸려나갈 수 있다. 사람은 필요한 만큼만 가져야 한다. 많은 물질을 쌓아놓고 쓰지 않는 이는 만족을 모르고 의존적이다. 필요도 없는데 원하지 않는 것을 갖추어 놓고 있는 자는 어리석다. 그러나 원하면서도 스스로에게 인색하여 그 즐거움을 박탈하는 자는 불행하다.

실로 카토에게 이렇게 묻고 싶다.

"부는 즐기자고 갖는 것인데, 그대는 그토록 많이 가지고도 왜 그토록 조금으로 만족하며 살려고 애쓰는 것입니까?"

그러나 실은 평범한 빵을 먹고 일꾼이나 하인들과 똑같은 포도주를 마시고 자줏빛 외투, 회칠한 집에 대한 욕구를 버리는 것이야말로 좋은 일이며, 사용하기 혐오스러운 것은 구하지조차 않은 아리스테이데스와 에파미논다스, 마니우스 쿠리우스, 그리고 가이우스 파브리키우스의 선택은 옳았다. 순무를 별미라고 생각하고 아내가 빵을 반죽하는 동안 직접 순무를 요리한 카토와 같은 사람에게, 엽전 한두 닢에 대해 하루 종일 재잘대거나 일확천금을 가져다줄 일에 대해 책을 쓰는 것은 실로 시간 낭비였다. 소박한 삶은 행복하고 자유롭다. 사치스러운 물건을 얻기 위해 안달하지 않아도 되기 때문이다.

칼리아스의 재판에서, 어쩔 수 없이 가난한 이들은 부끄러워해야 마땅하지만 자신처럼 가난을 선택한 이들은 그것을 자랑스럽게 여겨야 한다고 말한 것이 바로 아리스테이데스였다. 게다가 아리스테이데스의 가난이 게으름의 결과라고 넘겨짚는 것은 말도 안 된다. 그는 적의 갑옷을 벗기거나 천막을 빼앗는 것만으로도 부자가 될 수 있었고 돈을 위해 그 어떤 불명예스러운 일도 할 필요가 없었기 때문이다. 이 이야기는 여기까지 해두겠다.

V.

카토의 군사 원정은 이미 광활했던 로마 제국에 방대한 영토를 가져다주지는 못했다. 그러나 아리스테이데스는 헬라스의 가장 아름답고 눈부시고 중대한 군사 원정, 즉 마라톤, 살라미스, 그리고 플라타이아 전투에 참여하였다. 게다가 안티오코스는 크세르크세스와 비교가 되지 않으며, 이베리아 도시들의 성벽을 무너뜨린 일도 육지와 바다에서 셀 수 없이 많은 페르시아인들을 섬멸한 것에 비할 것이 못 된다. 이러한 원정에서 아리스테이데스는 누구에게도 뒤지지 않고 싸웠으나 승리와 월계관은 부와 재물과 마찬가지로 그것을 더 간절히 원하는 이들에게 양보했다. 그 모든 것을 초월해 있었기에 가능했다.

나는 카토가 끊임없이 자기 자랑을 했다거나 자신을 남들보다 뛰어나다고 여겼다고 해서 그를 탓하지는 않는다. 그런데 카토는 어느 연설에서 자화자찬과 자기비하는 똑같이 어리석은 짓이라고 말한 바 있다. 나는 자신을 칭찬하는 일이 잦은 사람을, 남들이 자신을 칭찬하는 것조차 원치 않는 사람에 비해 덜 훌륭하다고 여긴다. 야망으로부터 자유로운 것은 정치가가 가져야 할 온화한 성품의 중요한 필수 요건이다. 야망은 가혹하고 시기심을 조장하는 데 무엇보다 능하다. 아리스테이데스는 이 마음에서 완전히 자유로웠던 반면 카토는 야망이 가득했다.

예를 들자면 아리스테이데스는 테미스토클레스와 그의 가장 위대한 업적을 함께하며 테미스토클레스가 지휘하는 동안 그를 지켰고, 그로써 아테나이를 구했다고 할 수 있다. 반면 카토는 스키피오에 대한 적개심으로, 카르타고에 맞서 무적의 한니발을 패배시킨 스키피오의 그 훌륭한 원정을 방해하고 망칠 뻔했다. 또 스키피오에게 온갖 혐의를 뒤집어씌우고 그를 비방하여 결국 그를 로마에서 쫓아냈고 스키피오의 형제 루키우스에게 횡령 혐의를 씌워 수치스러운 유죄 선고를 얻어냈다.

VI.

카토가 그토록 칭찬해 마지않았던 절제라는 덕목을 아리스테이데스는 조금도 훼손하지 않고 순수하게 지켜냈으며 또 실천했다. 반면 카토는 어울리지 않는 여자와 늦은 나이에 결혼함으로써 절제를 모른다는 심각하고 혹독한 비난을 면치 못했다. 그 나이에, 다 자란 아들과 며느리 앞에, 자신의 조수였으며 생계를 위해 공직에 나선 자의 딸을 새어머니라고 데려온 것은 실로 적절치 못했다. 이것이 자신의 기쁨을 위해서였든, 잠자리를 같이 하던 노예를 탐탁지 않게 여긴 아들을 혼쭐내기 위해서였든 그가 한 짓, 그리고 그 이유는 명예롭지 못하다.

더구나 그가 큰 아들에게 이유라며 둘러댄 말에는 진실이 담겨 있지 않았다. 큰 아들만큼 좋은 아들을 낳고 싶었다면 애초부터 괜찮은 집안의 여인과 결혼하려고 해야 했을 것이다. 그러나 그는 들통 나기 전까지 비천한 첩실로 만족했으며, 들켰을 때 장인으로 삼은 자 역시 혼인을 통해 크나큰 명예를 가져다줄 사람이 아니라 가장 설득이 쉬운 사람이었다.

PLUTARCH
LIVES

키몬

I.

오펠타스 왕과 신하들을 이끌고 텟살리아에서 보이오티아로 넘어온 예언자 페리폴타스는 그곳에 자손을 남겼고 자손은 대대로 번성하였다. 자손들 가운데 대다수는 카이로네이아에 정착했는데 이 도시는 그들이 이방인들로부터 빼앗은 첫 번째 도시였다. 이들 대부분은 날 때부터 전쟁에 능하고 용맹한 이들이었기에 몸을 아끼지 않고 페르시아의 침략과 갈리아와의 싸움에 임하느라 지쳐 있었다. 그러나 이름이 다몬, 성이 페리폴타스였던 어느 고아는 교육을 받지 못하고 성품이 거친 것을 제외하면 또래들에 비해 훨씬 신체가 아름답고 활기가 넘쳤다.

카이로네이아에서 겨울을 나던 로마 군대의 어느 지휘관은 갓 어린아이 티를 벗은 이 다몬이라는 젊은이가 마음에 들었다. 그러나 아무리 애원하고 선물을 갖다 바쳐도 다몬이 마음을 주지 않자 폭력을 쓸 결심을 노골적으로 드러냈다. 당시 나의 고향 카이로네이아가 작고 가난하다는 이유로 무시당하는 딱한 처지에 있다는 것을 잘 알고 있었기 때문이다.

다몬은 폭력이 염려되기도 했고 지휘관의 구애에 화가 났기 때문에,

그를 해치려고 다양한 동료들을 자기편으로 끌어들였다. 그러나 발각되지 않아야 했으므로 소수의 동지들을 모으는 데 그쳤다. 총 열여섯이었다. 이들은 어느 날 밤 얼굴에 그을음을 문질러 바르고 포도주로 몸을 달군 다음, 새벽녘 시장에서 제를 올리던 지휘관을 덮쳐 죽였다. 이어진 혼란 속에 카이로네이아의 의회가 소집되었고 살인자들에게 사형이 선고됐다. 훗날 카이로네이아는 사형이라는 조치를 취했다는 사실을 들어 로마인 지배자들의 선처를 부탁하기도 했다. 그러나 같은 날 저녁, 도시의 관리들이 관습에 따라 함께 식사를 하는 도중, 다몬과 동지들이 관청으로 뛰어들어와 관리들을 죽이고 도시를 떴다.

때마침 루키우스 루쿨루스가 다른 용무로 군대를 이끌고 그 지방을 지나고 있었다. 가던 길을 멈추고 기억이 사라지기 전에 사건을 조사하기로 마음먹은 루쿨루스는 카이로네이아에는 아무 잘못이 없고 이 도시 역시 피해자임을 알아냈다. 그래서 도시에 주둔하고 있던 로마군을 철수시켜 자신이 데리고 갔다.*

II.

그러나 카이로네이아의 이웃이자 경쟁자였던 오르코메니아의 사람들은 로마인 고발자를 고용해, 다몬의 손에 죽은 로마 군인들에 대한 살인 혐의로 마치 개인을 기소하듯 카이로네이아를 기소했다. 재판은 마케도니아 행정관의 주재로 치러졌다이때까지만 해도 로마는 헬라스로 행정관을 보내고 있지 않았다. 카이로네이아의 변호인단은 루쿨루스의 증언을 호소했고 행정관의 편지를 받은 루쿨루스는 사건의 진실을 증언했다. 이로써 카이로네이아는 심각한 처벌을 면했다.

루쿨루스 덕택에 살아난 사람들은 대리석으로 그의 조각상을 만들어

시장 거리에 있던 디오뉘소스의 조각상과 나란히 놓았다. 그는 우리보다 한참 전에 살았던 사람이지만 우리 카이로네이아 사람들은 오늘날에도 그의 은혜가 이어지고 있다고 믿는다. 그리고 단지 외모와 형상을 복제해 놓은 조각상보다 성격과 품성을 드러내는 글이 더 아름답다고 생각하기에, 나는 루쿨루스의 업적을 이 비교열전에 포함시키고 진실하게 이야기하려는 것이다. 진실한 증언을 한 대가가 그의 인생에 대한 억지스럽고 왜곡된 서술이라면 그도 받아들이려 하지 않을 것이다.

우리는 우리의 용모를 아름답고 우아하게 그려주려는 사람에게 요청하기를, 사소한 흠이 발견될 경우 완전히 생략하지도 말고 강조하지도 말라고 하는데 이렇게 하면 그림이 추해지고 저렇게 하면 실제 모습과 달라지기 때문이다. 같은 맥락에서 사람의 인생을 흠잡을 데 없고 순수하게만 그리는 것은 어렵기에, 아니 거의 불가능하기에 최대한 진실과 가깝게 그려야 한다.

그러나 격정 혹은 정치적 강요가 초래한 일탈 행위 또는 실수가 그 사람의 인생에 오점을 남겼다면 뛰어난 사람에게도 부족한 점이 있을 수 있다고 생각해야지, 어느 모로 보나 질이 낮은 인생을 산 데 대한 불결한 결과물이라고 생각해서는 안 된다. 이를 이야기 속에서 지나치게 의욕적으로 다루어서는 안 되고 사소하게 다루어서도 안 될 것이다. 절대적으로 선하지도 않고 오로지 탁월함만을 추구하지도 않는 인간 본성을 따뜻하게 변호하듯 다루어야 한다.

III.

루쿨루스와 비교할 만한 사람을 찾던 나는 키몬을 비교해야겠다고 결심했다. 두 사람 모두 군인이었고 페르시아를 상대로 빛나는 업적을 보여주었음에도 정치가로서는 온화하고 너그러웠다. 두 사람 모두 승전비를 세우고 이름 높은 승리를 달성했으며 나라 안 분쟁을 잠재운 까닭이다. 또 키몬과 루쿨루스는 각각 헬라스와 로마를 누구보다 멀리 진출시켰다. 다만 이것은 헤라클라스나 디오뉘소스의 업적을 고려 대상에서 제외해야 말이 된다. 또 인류의 기억을 통해 우리에게까지 전해져 내려온 이야기들, 즉 페르세우스가 아이티오피아와 메디아, 아르메니아 사람들을 상대로 벌인 역사적인 행위들이나 이아손의 업적도 제외해야 말이 된다. 나아가 루쿨루스와 키몬 두 사람 모두 원정을 확실히 끝맺지 못했다는 공통점이 있다. 두 사람 다 적을 눌렀지만 치명타를 안기지는 못했다.

다른 무엇보다, 툭하면 호화로운 잔치를 벌이고 호의를 베푼 점, 그리고 때로는 열성적으로 때로는 느슨하게 삶을 영위한 점은 두 사람 모두에게서 두드러졌다. 다른 유사점은 일단 생략하겠지만 앞으로 풀어나갈 이야기를 통해서 추측하기 어렵지 않을 것이다.

• 퀴프로스에 있는 키몬의 흉상.

IV.

키몬은 밀티아데스와 헤게시필레 사이에서 생긴 아들이었다. 트라키아 여인 헤게시필레는, 키몬에게 바치는 아르켈라오스와 멜란티오스의 시에서 알 수 있듯 올로로스 왕의 딸이었다.*

벌금 50탈란톤을 부과받고 이를 지불할 때까지 갇혀 있어야 했던 밀티아데스는 결국 옥에서 생을 마감했다. 뒤에 남은, 풋내기 티를 벗지 못한 키몬과 결혼하지 않은 어린 누이에게 관심을 갖는 이는 없었다. 키몬은 방탕하고 술을 좋아하기로 악명이 높았고, 생각이 단순한 나머지 코알레모스, 즉 얼간이라는 별칭을 얻었던 할아버지 키몬과 닮았다는 소리를 들었다. 키몬과 거의 동시대 사람인 타소스 사람 스테심브로토스에 따르면, 그는 문예 교육도 받지 못했고 교양이나 그 밖의 헬라스 고유의 성과로 알려진 학문도 배우지 못했다고 한다. 또 앗티케 사람다운 영리함이나 말솜씨도 전혀 없었다고 한다.

품행은 고귀하고 솔직했으며 기상은 오히려 펠로폰네소스 사람에 가까웠다고 하는데, 헤라클레스에 대한 에우리피데스의 말을 여기 참고로 덧붙일 수 있겠다.

"수수하고 꾸밈없었으며 큰 위기 앞에서는 용감하고 진솔하였다."

키몬은 젊은 시절 누이와 부적절한 관계를 맺었다는 비난도 받았다.*

그러나 키몬의 누이 엘피니케가 키몬과 비밀리에 관계를 맺으며 살았던 것이 아니라, 오히려 공공연히 그의 아내로 살았다는 주장도 있다. 가난했던 나머지 고귀한 핏줄에 어울리는 남편을 얻지 못했기 때문이라고 한다. 그러나 부유한 아테나이 사람 칼리아스가 엘피니케와 사랑에 빠져 엘피니케의 아버지에게 부과되었던 벌금을 대신 국고에 내주겠다고 제안하자 엘피니케가 허락하였고, 키몬은 기꺼이 누이를 칼리아스에게 아내로 내주었다고 한다.

그러나 키몬이 여자를 좋아했다는 것은 더 말할 것도 없이 분명하다. 시인 멜란티오스는 키몬에게 보내는 장난스러운 엘레게이아• 형식의 시에서 그가 살라미니아 가문의 아스테리아, 그리고 므네스트라를 유혹하였다고 언급한다. 그리고 에우뤼프톨레모스의 딸이자 메가클레스의 손녀였던 아내 이소디케에게 지나치게 집착해 아내가 죽자 심하게 고통스

• 6보격의 시행과 5보격의 시행이 교차되어 나타나는 형식으로 훗날 애가(哀歌)를 짓는 데 많이 사용되었다.

러워했던 것으로 전해지는데 이것은 그의 슬픔을 다독이기 위해 지어진 애가로부터 추측해 볼 수 있다. 철학자 파나이티오스에 따르면 이 시는 자연주의자 아르켈라오스가 썼는데 연대로 추정해 봤을 때 꽤나 타당한 주장이다.

V.

키몬의 다른 모든 품성은 고귀하고 존경할 만했다. 밀티아데스보다 용기가 덜하지도 않았고 테미스토클레스에 비해 기민함이 부족하지도 않았다. 나아가 두 사람보다 더 정의로웠고 군인이 갖춰야 할 능력에서도 조금도 뒤지지 않은 반면, 정치가로서는 이들과 비교도 할 수 없이 우월했다고 한다. 이것은 전쟁 경험이 없던 젊은 시절부터 따져 보아도 그러했다.

메디아가 침략해 왔을 당시 테미스토클레스는 아테나이 사람들을 설득하기를 도시를 버리고 나라를 떠나 살라미스 해상에 배를 띄우고 바다에서 승패를 가르자고 주장했다. 당시 시민들 대부분이 이 무모한 계획에 벌벌 떨었다.

그러나 키몬은 달랐으니 누구보다 먼저 이를 실행에 옮겼다. 그는 가벼운 발걸음으로 동료들을 이끌고 도공이 모여 살던 케라메이코스를 지나 아크로폴리스로 올라갔다. 아크로폴리스의 여신에게 손에 들고 있던 말의 고삐를 바치기 위해서였다. 이는 도시에 필요한 것이 뛰어난 기병이 아니라 해전에 능한 병사라는 의미였다. 고삐를 봉헌한 키몬은 신전에 걸려 있던 방패를 내려 여신에게 기도를 올리고 바다로 내려갔으며 이를 본 많은 사람들이 용기를 냈다.

시인 이온에 의하면, 키몬은 존재감이 부족하기는커녕 키가 크고 위엄이 있었으며 곱슬머리가 풍성했다. 그리고 살라미스에서 눈부시고 영웅적인 업적을 보여준 덕택에 명성을 얻고 시민들의 지지도 얻었다고 한다. 여러 사람들이 줄지어 그를 찾아와, 어서 마라톤 전투에 버금가는 업적을 목적으로 삼고 행할 것을 간청했다. 따라서 그가 정치에 발을 들여놓았을 때, 테미스토클레스의 과욕에 지쳐 있던 사람들은 기꺼이 그를 환영하고 그를 떠받들어 최고의 영예와 관직을 안겨주었다. 그의 온화하고 솔직한 성격에 매료되었기 때문이었다.

그러나 누구보다 키몬의 정치 인생에 가장 큰 도움이 된 것은 뤼시마코스의 아들 아리스테이데스였다. 그는 키몬의 성품을 세세한 구석까지 뜯어보고는 영리하고 무모한 테미스토클레스를 좌절시킬 상대로 키몬을 키워냈다.

VI.

메디아 사람들이 헬라스에서 도망친 뒤 키몬은 지휘관으로 임명되어 원정길에 올랐다. 아테나이 사람들이 바다를 장악하기 이전, 여전히 라케다이몬과 파우사니아스의 지휘 아래 있을 무렵이었다. 이 원정에서 키몬의 지휘를 받고 있던 시민군은 언제나 훈련이 철저히 되어 있었고 다른 병사들에 비해 의욕이 넘쳤다.

또 파우사니아스가 페르시아인들과 반역에 가까운 논의를 일삼고 페르시아의 왕에게 수차례 서신을 보냈을 때, 동맹군을 오만한 태도로 거칠게 다루며 권력을 마구 휘두르고 모자란 사람처럼 우쭐대고 있을 때, 키몬은 불의를 호소하는 사람들을 따뜻하게 맞이하고 인간적으로 대접했다.

이로써 어느새 무기가 아닌 언행과 성품으로 헬라스의 지휘권을 확보하게 된 것이다. 동맹국 대부분은 파우사니아스의 핍박과 멸시를 견딜 수 없었기에 키몬과 아리스테이데스의 편에 섰고, 이와 같이 편이 갈리자 두 사람은 에포로스들에게 사람을 보내 스파르테의 권위가 땅에 떨어지고 헬라스가 혼란에 빠졌으니 파우사니아스를 불러들이라고 요구하였다.*

VII.

동맹국들의 지지를 등에 업은 키몬은 지휘권을 잡고 트라키아로 배를 띄웠다. 페르시아의 고위 관리들과 왕의 친척들이 스트뤼몬 강가에 있는 도시 에이온을 점령하고 근처에 사는 헬라스인들을 괴롭히고 있다는 소문이 들려왔기 때문이다. 그는 먼저 전투에서 페르시아인들을 패배시키고 도시 안에 가두었다. 그런 다음 스트뤼몬 상류에 있던 트라키아 사람들을 집에서 몰아냈다. 페르시아인들에게 식량을 공급하던 이들이었다.

키몬이 그 일대를 철저히 폐쇄하자 얼마나 괴로웠으면 페르시아 왕의 장군 부테스는 투쟁을 멈추고 도시에 불을 붙여 가족, 재물과 함께 사그라졌다. 이리하여 키몬은 도시를 빼앗았지만 거기서 별다른 이득을 얻지는 못했다. 대부분의 재물이 페르시아인들과 함께 불타 없어졌기 때문이다. 그러나 도시를 에워싼 영토는 기름지고 아름다웠기에 키몬은 이 지방의 지배권을 아테나이로 넘겼다.*

VIII.

키몬의 동시대 사람들은 그를 매우 높이 추켜세웠다. 이는 테미스토클레스나 밀티아데스조차 받아보지 못한 영광이었다.* 사람들이 키몬의

업적에 그토록 열광한 이유는 무엇일까? 아마도 다른 이들이 장군일 때에는 적을 물리쳐 재앙을 막는 데 그쳤으나 키몬의 군대는 먼저 침략하여 적의 땅을 파괴하고 에이온은 물론 암피폴리스까지 새로운 정착지로 삼았기 때문일 것이다.

키몬은 스퀴로스도 점령했는데 그 이유는 다음과 같다. 섬에 살고 있던 돌로페스 족은 농사에는 소질이 없었다. 그래서 오래전부터 먼 바다에서 해적질을 일삼았고 나중에는 스퀴로스 항구에 정박하여 거래를 하던 이들에게까지 손을 대기에 이르렀다.

한번은 크테시온에 닻을 내리고 있던 텟살리아 상인들을 약탈하는 것으로 모자라 그들을 가두었다. 그러나 탈출한 상인들은 암픽튀온 회의에서 스퀴로스를 상대로 승소했다. 그런데도 스퀴로스는 보상하는 대신 약탈을 했던 장본인들에게 빼앗은 물건을 되돌려 주도록 강요했다. 그러자 겁에 질린 도둑들은 키몬에게 편지를 보냈고, 함대를 데리고 도시를 공격하러 오면 도시를 넘겨주겠다고 한 것이다. 이와 같은 방식으로 섬을 차지한 키몬은 돌로페스 족을 쫓아내고 아이가이온에게 해를 해방시켰다.

그리고 아이게우스의 아들이었던 테세우스가 먼 옛날 아테나이에서 쫓겨나 스퀴로스로 유배 왔다가 겁먹은 뤼코메데스의 배신으로 죽음을 맞았다는 사실을 알게 된 키몬은, 기를 쓰고 테세우스의 무덤을 찾아 헤맸다. 아테나이 사람들은, 테세우스의 유골을 가져와 영웅에게 합당한 경의를 표하라는 신탁을 받은 적이 있었다. 그러나 스퀴로스 사람들이 소문을 사실로 인정하지 않아 무덤을 찾을 길이 없었다. 그러던 중 키몬이 열성적으로 수색을 시작한 것이다. 그는 마침내 그 신성한 자리를 찾아 유골을 자신의 트리에레스에 안치한 뒤 영웅의 고향으로 위풍당당 되돌아갔다. 테세우스가 고향을 떠난 지 약 4백 년 만이었다. 이것이 시민들이 키몬을 지지할 수밖에 없었던 주된 이유였다.

한편 키몬이 어느 비극 경연에서 내린 결정 역시 사람들의 마음속에 따뜻한 기억으로 남아 있었다. 젊은 소포클레스가 첫 작품을 들고 경연에 참가했을 때였다. 당시 아르콘이었던 압세피온은 편이 갈린 관객들 간에 경쟁이 과열된 것을 보고 평소처럼 제비뽑기로 경연의 심사위원을 뽑지 않았다. 대신 키몬과 동료 장군들이 극장으로 들어와 관습대로 신에게 제주를 올리는 것을 보고는 떠나지 못하게 붙잡은 뒤, 선서를 하고 심사위원이 되어 달라고 부탁했다. 모두 열 명이었던 데다 각각 다른 필레 사람이었던 까닭도 있었다.

• 소포클레스, 덴마크 니 칼스버그 조각관.

평소와 달리 지위가 높은 사람들이 심사를 맡은 이 비극 경연은 그 어느 때보다 활기를 띠었다. 결국 소포클레스가 승리했고, 이에 매우 분하고 억울했던 아이스퀼로스는 아테나이에 오래 머무르지 않고 화를 내며 시켈리아로 갔다고 전해진다.*

IX.

이온은 풋내기 시절 키오스에서 아테나이로 왔을 때 라오메돈이 여는 만찬에 키몬과 함께 초대된 적이 있다고 말한다. 포도주가 오간 뒤 누군가 키몬에게 노래를 청했고, 키몬은 노래를 꽤 잘 불렀으며 손님들은 그를 추켜세우며 테미스토클레스보다 낫다고 말했다고 한다. 테미스토클레스는 같은 청을 받고도, 노래를 배운 적도 없고 수금을 배운 적도 없으나 도시를 크고 융성하게 만드는 법은 안다고 답했다는 것이다.

이온의 말에 따르면 술잔이 오가는 사이 대화는 자연스럽게 키몬의 업적으로 흘러갔다고 한다. 그의 가장 뛰어난 업적들이 논의되는 사이 키몬 자신이 스스로 가장 영리했다고 생각하는 계략을 장황하게 늘어놓기 시작했다. 아테나이와 동맹국들이 세스토스와 뷔잔티온에서 페르시아인들을 포로로 붙잡아 그에게 분배를 맡겼을 때였다. 그는 한쪽에는 포로들을 놓고 다른 한쪽에는 그들이 하고 있던 값비싼 장신구를 놓았다. 분배가 불공평하게 되었다고 비난받았지만 키몬은 아랑곳 않고 동맹국들에게 둘 중 하나를 고르라고 하였고 아테나이는 남는 것을 가지는 것으로 만족하겠다고 했다.

이에, 페르시아 사람들보다 페르시아 사람들의 재물을 고르라는 사모스 사람 헤로퀴토스의 조언에 따라 동맹국 사람들은 값비싼 장신구를 가져갔고 포로들은 아테나이가 가지도록 남겨두었다. 당시 키몬은 말도 안 되는 분배를 했다는 오명을 얻었다. 동맹국들은 팔뚝과 발목에 차는 황금 장신구들, 목걸이와 웃옷, 자줏빛 긴 겉옷까지 자랑했으나 아테나이 사람들은 노동을 할 훈련조차 되어 있지 않았던 맨몸을 받았으니 당연했다. 그러나 얼마 후 포로들의 친척과 동료들이 프뤼기아와 뤼디아에서 내려와 값비싼 몸값을 치르고 포로 전부를 데려갔다. 그리하여 키몬은 부하들 전부에게 줄 넉 달치 봉급과 식량을 확보했으며, 그러고도 아테나이에 꽤 많은 황금을 바칠 수 있었다.

X.

또 이미 부유했던 키몬은 원정길에서 적으로부터 명예롭게 획득한 소득을 동료 시민들을 위해 더욱 명예로운 방식으로 아낌없이 썼다. 그는 밭에서 울타리를 걷어내 바깥 나라 사람이든 가난한 아테나이의 시민이든 얼마든지 밭의 열매를 가져갈 수 있도록 했다. 매일 집에서 저녁 식사를 제공하기도 했다. 간단한 음식이기는 했지만 여러 사람을 먹이기에 충분했으며 가난한 자라면 누구든 와서 먹을 수 있었다. 그로써 먹고사는 걱정에서 벗어난 시민들이 공적인 일에 온 신경을 투자할 수 있도록 한 것이다.*

또 그의 곁에는 언제나 곱게 차려입은 젊은 동료들이 따라다녔는데 그들은 옷차림이 남루한 어른을 만나면 기다렸다는 듯 옷을 벗어주곤 했다. 이 행동은 깊은 인상을 남겼다. 젊은이들은 또한 꽤 많은 돈을 지니고 시장 거리를 다니며 비교적 점잖은 빈자들에게 다가가 말없이 잔돈을 쥐어주곤 했다. 크라티노스는 그의 작품 「아르킬로코이」에서 이러한 키몬의 관용을 이야기했다.

그렇네, 나 메트로비오스 서기관 역시 키몬과 함께하고 싶었네. 그 거룩한 인간, 보기 드문 후원자, 헬라스 땅 누구보다 뛰어난 이와 함께 기쁨이 넘치는 만찬을 즐기며 편안한 노년을, 여유로운 여생을 보내고 싶었네. 그런데 그이가 나를 남겨두고 먼저 떠났네.

레온티스 필레 출신 고르기아스는 키몬이 돈을 번 것은 쓰기 위해서였으며 돈을 쓴 것은 신망을 얻기 위해서였다고 말한다. 또 독재관 서른 명 가운데 한 사람이었던 크리티아스는, 그의 시 속에서 '스코파다이 가문의 부, 키몬의 넓은 마음, 그리고 라케다이몬 사람 아르케실라오스의 승리'를 갖게 해달라고 기원한다.

우리가 잘 알고 있듯 스파르테 사람 리카스는 소년들의 체육 대회에서 바깥 나라 사람들을 대접했다는 이유 하나만으로 헬라스에서 명성을 얻었다. 그러나 키몬의 너그러운 마음 씀씀이는 심지어 옛 아테나이 사람들의 호의와 자선 행위도 넘어섰다. 옛 아테나이 사람들은 헬라스 사람들에게 씨를 뿌리는 법과 샘물로 부정을 씻는 법을 가르쳤으며 인류에게 불을 붙이는 법을 가르쳤다. 아테나이 사람들이 이를 자랑스럽게 여기고 있던 것은 마땅한 일이다.

그러나 키몬은 시내에 있던 자신의 집을 동료 시민들을 위한 공동의 쉼터로 만들었고 시골에 있는 땅을 개방했다. 여기서 잘 익은 열매를 가져가고 계절마다 찾아오는 모든 좋은 것들을 누릴 수 있도록 했으며 바깥 나라 사람이라고 막지 않았다. 따라서 어떠한 맥락에서 보면 그는 이야기로만 전해져 내려오는 크로노스의 시대, 즉 모두가 함께 소유하고 나누는 황금의 시대를 인류에 되돌려 준 것과 다름없었다.

이것이 폭도들에 아첨하고 그들을 선동하기 위함이라고 비난하는 자들의 주장은 귀족과 라코니케를 위하는 그의 정책이 반박하고 있다. 키몬은 테미스토클레스가 민주주의를 과도하게 칭송했을 때 아리스테이데스와 마찬가지로 그에게 반대했다. 나중에는 에피알테스와 적대 관계를 형성하기도 했는데, 그가 민중을 만족시키기 위해 아레이오파고스 회의를 해산시키려 했기 때문이다. 그리고 아리스테이데스와 에피알테스를 제외한 나머지 사람들이 모두 공직을 통해 얻은 이득으로 제 주머니를 채우는 것을 보고도 키몬은 뇌물에 흔들리지도, 넘어가지도 않았으며 그 어떤 보상을 요구하지도 않는 순수한 마음으로 마지막 순간까지 나라를 위해 온 힘을 다했다.

한번은 로이사케스라는 페르시아인이 왕을 배신한 뒤 큰돈을 들고 아테나이로 왔다. 그러나 고발을 업으로 삼은 이들•이 그를 치열하게 몰아세우자 그는 키몬의 집으로 피신해 문 앞에 그릇 두 개를 놓았다. 그릇 하나에는 은, 다른 하나에는 황금 다레이코스페르시아의 화폐가 가득 담겨 있었다. 이것을 본 키몬은 미소를 지으며 자신을 고용인으로 삼고 싶은지 아니면 친구로 삼고 싶은지 물었다. 로이사케스가 친구로 삼고 싶다고 대답하자 키몬은 이렇게 대답했다.

"그렇다면 이 돈을 넣어두십시오. 내가 그대의 친구라면 필요할 때 달라고 할 테니까요."

XI.

동맹국들은 지속적으로 전쟁 부담금을 냈으나 정해진 대로 병사와 배를 제공하지는 않았다. 얼마 가지 않아 군사 행동에 지친 데다 전쟁을 벌일 필요를 느끼지 못했을 뿐만 아니라 땅을 일구며 편안하게 살려는 마음이 커졌기 때문이다. 헬라스에서 쫓겨난 페르시아 사람들이 더 이상 괴롭히지 않았기에 헬라스 사람들 또한 배에 선원들을 태우거나 병사들을 내보내지 않았다. 이에 아테나이 장군들은 규칙을 어기는 나라를 고발하고 처벌함으로써 그들을 강제로 바로잡으려고 했고 이것은 제국에 크고 귀찮은 짐이 되었다.

그러나 키몬은 장군이 되자 정반대의 길을 택했다. 그 어떤 헬라스인에게도 전쟁을 강요하지 않았고 복무를 원하지 않는 이들로부터는 돈을 받거나 선원을 배치하지 않은 빈 배도 받았다. 이에 동맹국들은 편안함

• 당시 아테나이에는 형사 고발이 없고, 모든 사건이 민사 고발 형식이었기 때문에 고발이나 밀고를 전문으로 하는 사람들이 있었다.

이라는 미끼에 낚여 고향에서 밭을 갈았으며 전사가 되기보다 싸울 줄 모르는 상인이 되었던 것이다. 이 모든 것이 어리석게도 편안함을 좇은 결과였다.

반면 키몬은 수많은 아테나이 병사들을 동맹국의 함선에 돌아가며 배치하고 의무적으로 자신과 함께 원정길에 오르도록 했다. 얼마 지나지 않아 이 병사들은 동맹국이 지급하는 봉급 덕분에 오히려 돈줄을 쥔 이들을 쥐락펴락하게 되었다. 군 복무에서 면제된 동맹국 사람들은, 지속적으로 원정을 다니고 걸핏하면 무기를 들고 훈련을 하거나 연습을 하는 아테나이 사람들을 두려워하며 비위를 맞추었다. 자신들도 모르는 사이 동맹국은 종속국이 되어버린 것이다.

• 「키몬, 헬라스 함대를 지휘하다」. 『허친슨의 국가 역사(Hutchinson's History of the Nations)』에 삽입된 그림.

XII.

또 키몬처럼 페르시아의 왕을 누르고 그의 도도한 기상을 꺾은 이도 없었다. 키몬은 페르시아 왕이 얌전히 헬라스를 떠나도록 내버려두지 않았고 그 뒤를 바짝 좇으며 페르시아 군이 멈추어 숨을 돌리기도 전에 도시를 약탈하여 파괴하거나, 전복시켜 헬라스에 합병시켰다. 이로써 이오니아에서 팜필리아에 이르는 아시아 지역이 페르시아로부터 완전히 해방되었다.

페르시아 왕의 장군들이 큰 병력과 함대를 거느리고 팜필리아에서 어슬렁대고 있다는 소식을 들은 키몬은 그들을 켈리돈 군도의 서쪽으로 얼씬도 못하게 만들기 위해, 크니도스와 트리오피온에서 트리에레스 2백 척을 이끌고 나섰다. 빠르고 정확하게 조종할 수 있도록 테미스토클레스가 특별히 제작한 배들이었다. 나아가 키몬은 폭을 넓히고 갑판 사이에 다리를 놓음으로써 중장비 보병들을 이용한 공격이 더욱 용이하도록 했다.

함대는 파셀리스에 닻을 내렸다. 이곳은 헬라스 도시였으나 키몬의 군대를 받으려고 하지도 페르시아 왕에게 맞서려고 하지도 않았다. 키몬은 도시 밖 영토를 파괴하고 성벽을 공격했다. 그러나 함대의 일부를 형성하고 있던 키오스 사람들은 예부터 파셀리스와 우호적인 관계였기에 키몬의 분노를 가라앉히려 애쓰는 동시에 촉이 없다시피 한 화살을 성안으로 쏘아 보냄으로써 키몬을 설득하는 데 성공했다는 신호를 주었다. 키몬은 결국 파셀리스와 우호 협정을 맺었다. 10탈란톤을 내고 페르시아와의 전쟁에 참여한다는 조건이었다.

에포로스에 따르면 당시 페르시아의 함대는 티트라우스테스의 지휘 아래 있었고 보병대는 페렌다테스가 지휘하고 있었다. 한편 칼리스테네스가 전하는 말에 따르면 병력의 총 지휘를 맡은 고브뤼아스의 아들 아리오만데스가 에우뤼메돈 하구에 함대를 정박시키고 있었으며, 헬라스 사람들과 싸우기를 꺼리며 퀴프로스에서 포이니케 함선 여든 척이 올라오기만을 기다리고 있었다고 한다.

그들이 오기 전에 전투를 시작하고 싶었던 키몬은 먼저 바다로 나가 적이 싸우기를 거부할 경우 강제로라도 전투를 진행시킬 준비를 했다. 적은 처음에는 싸움을 거부하기 위해 강으로 올라갔다. 그러나 아테나이가 공격을 시작하자 적들도 바다로 나왔다. 파노데모스의 말에 따르면 적의 배는 육백 척이었다. 에포로스에 따르면 삼백오십 척이었다. 정확히 몇 척이었든 물 위에서는 그만한 병력에 걸맞은 그 어떤 사건도 벌어지지 않았다. 적이 서둘러 배를 정박시키고 뭍으로 올라갔기 때문이다. 대부분의 병사들은 배를 버리고 가까이 있던 보병 부대로 피신했으나 일부는 붙잡혀 배와 함께 최후를 맞았다. 페르시아의 배가 굉장히 많았다는 사실은 명백하다. 여러 척이 도망하고 여러 척이 파괴되었는데도 아테나이가 빼앗은 배가 2백 척에 달했기 때문이다.

XIII.

적의 보병대가 바다를 향해 위협적으로 행군해 오자 키몬은, 지친 헬라스 병사들을 하선시켜 그 수가 몇 곱절이나 되는 펄펄한 페르시아 병사들에 맞서게 하는 것은 무리라고 생각했다. 그러나 그의 눈에 들어온 것은 승리에 고무되어 득의만만해진 부하들이었다. 그들은 페르시아 병사들과 맞붙어 싸우지 못해 안달이었던 것이다.

그래서 키몬은 해전의 흥분을 채 가라앉히지 못한 중장비 보병들을 하선시켰고 병사들은 고함을 치며 적에게로 달려갔다. 페르시아 사람들은 자리를 지키며 당당하게 공격을 받아냈고 치열한 전투가 이어졌다. 이 전투에서 지위가 높고 저명하던 아테나이 용사들이 쓰러졌다. 그러나 오랜 싸움과 살육 끝에 마침내 아테나이 군은 페르시아 군을 패주시켰고 많은 포로를 붙잡고 온갖 재물로 가득한 페르시아 진영을 차지했다.

힘이 넘치는 운동선수처럼 하루에 두 차례 전투를 치른 키몬은 뭍에서는 살라미스 전투를 능가하고 바다에서는 플라타이아 전투를 능가하는 승리를 거둔 것으로도 모자라 자신의 승리까지 능가하려고 나섰다. 뒤늦게 도착한 포이니케 함선 여든 척이 휘드로스에 정박해 있다는 소식을 듣고 전속력으로 그곳으로 달려간 것이다.

포이니케 함대의 지휘관은 주 병력이 어떤 상황에 처해 있는지 모른 채 긴가민가하고 있었다. 따라서 키몬의 공격에 더욱 당황하여 우왕좌왕하였고 결국 함대 전부를 잃었다. 선원 대부분은 배와 함께 끝을 맞았다.

이 전투는 페르시아 왕의 야심을 꺾어 마침내 저 유명한 평화 협정에 합의하게 만드는 데 크게 일조하였다. 왕은 헬라스의 해안가로부터, 말이 하루 동안 달릴 수 있는 거리보다 가까이 접근하지 않기로 하였고 무기를 갖춘 함선을 이끌고 퀴아네아이와 켈리돈 군도 서쪽으로 항해하는 것도 멈추기로 동의했다.*

• 함선이 새겨진 포이니케 동전.
•• 석관에 새겨진 포이니케 함선. 2세기경.

빼앗은 전리품을 판 돈으로 사람들은 다양한 금전 문제를 해결할 수 있었으며 원정에서 얻은 넉넉한 자원으로 아크로폴리스의 남쪽 벽을 세울 수 있었다. 스켈레다리라고 불리는 긴 벽은 이후에야 완성되었지만 그 기초는 키몬이 쌓은 것으로, 공사를 방해하던 늪지에 자기 돈을 들여 엄청난 폐석과 바위를 넣은 것이 시작이 되었다고 한다. 또한 이른바 '자유스럽고' 품위 있는 휴식 공간을 세워 도시를 아름답게 만든 것도 키몬이라고 한다. 이 공간들은 얼마 지나지 않아 매우 큰 인기를 얻었다. 시장거리에 버즘나무를 심은 것이나 아카데메이아를 메마른 황무지에서 촉촉한 숲으로 만들고 탁 트인 경주로와 그늘진 산책로를 조성한 것도 그 일환이었다.

XIV.

한편 케르소네소스 반도를 포기하지 않고 북의 트라키아인들에게 도움까지 청한 페르시아인들이 있었다. 그들은 아테나이에서 트리에레스 몇 척만을 이끌고 나온 키몬을 비웃었다. 그러나 키몬은 네 척만으로 적의 열세 척을 사로잡았고 페르시아인들을 패주시킨 다음 트라키아 군을 누르고 케르소네소스 반도 전체에 아테나이 사람들을 정착시켰다. 이후 타소스 섬 사람들이 아테나이에 맞서 들고 일어났을 때 키몬은 그들과 바다에서 싸워 이겼고, 배 서른세 척을 사로잡았

으며 도시를 공격해 빼앗았다. 그 결과 건너편 육지에 있던 금광을 얻었고 타소스가 다스리던 영토까지 소유하게 되었다.

키몬에게는 이곳을 기반으로 마케도니아를 침략해 꽤나 큰 부분을 봉쇄시킬 좋은 기회가 있었다. 그러나 이와 같은 작전을 지시하지 않았다는 이유로 알렉산드로스 왕의 뇌물을 받았다는 혐의를 얻었다. 거기서 그치지 않고, 한데 뭉친 그의 적들로부터 고발까지 당했다. 키몬은 판관들 앞에서 스스로를 변호하며 말하기를 자신은 다른 사람들과 달리 돈 많은 이오니아와 텟살리아 사람들의 프록세노스•가 아니어서 그들의 청을 들어주고 돈을 받을 일이 없다고 했다. 오히려 라케다이몬의 프록세노스로서 그들의 절제되고 소박한 삶을 애정 어린 마음으로 모방하고 있으며 재물을 우습게 여기고 적으로부터 얻은 재물을 도시를 아름답게 하는 데 쓰고 있다고 주장했다.

스테심브로스가 이 유명한 재판에 관해 전하는 바에 따르면, 엘피니케가 키몬의 사정을 호소하기 위해 페리클레스의 집으로 갔다고 한다. 그가 가장 열성적인 고발자였기 때문인데, 페리클레스는 웃으며 다음과 같이 말했을 뿐이라고 한다.

"너무 늙었어요, 엘피니케. 이런 일에 끼어들기에는 너무 늦은 나이라고요."

그러나 법정에서 그는 키몬을 관대하게 다루었고 단 한 번밖에 발언하지 않았다. 마치 모든 것이 형식에 지나지 않을 뿐이라는 태도였다.

• 프록세노스란 자국 내에서 타국의 이익을 대변하던 자국민을 일컫는다.

XV.

어쨌든 키몬은 이 재판에서 무죄 판결을 받았다. 그리고 남은 정치 인생 동안 아테나이에 머물고 있을 때에는, 귀족에게 달려들어 모든 관직과 권력을 가져가려는 민중을 다스리고 제압했다. 그러나 그가 또다시 군복무를 위해 바다로 나가자 대중은 통제 불능 상태가 되었다. 그들은 확립되어 있던 정치 질서를 혼란으로 빠뜨렸고 대대로 지켜오던 관습도 거부했으며 에피알테스의 주도 아래 아레이오파고스 회의로부터 거의 모든 관할권을 빼앗았다. 그런 뒤 법정을 장악하고 도시에 완전한 민주정을 가져왔다. 권력을 얻게 된 페리클레스가 민중의 편을 들어주었기 때문에 가능한 일이었다.

따라서 키몬이 귀국했을 때, 그는 존경받아 마땅한 아레이오파고스 회의가 모욕을 당한 것에 분노하여 관할권을 도로 빼앗고 클레이스테네스 시대의 귀족정으로 나라를 되돌리려 했다. 그러자 민중은 키몬을 끌어내리려고 힘을 합쳤고, 그를 향한 분노에 불을 지르고자 키몬의 누이에 관한 옛 이야기를 들추어내는가 하면, 스파르테에 지나치게 우호적이라고 그를 비난했다.*

XVI.

그에게 예전부터 친親라코니케 성향이 있었던 것은 사실이다. 그는 두 쌍둥이 아들의 이름을 각각 라케다이모니오스라케다이몬 남자와 엘레이오스엘리스 남자라고 짓기도 했다.* 라케다이몬 사람들 역시 키몬을 좋아했다. 그들은 테미스토클레스와 적대 관계에 놓이자 젊은 키몬이 아테나이에서 더 많은 명성과 권력을 얻기를 원했다. 처음에는 아테나이 사람들도 이를 환영했다. 스파르테가 키몬을 향해 보인 관심으로부터 적지 않은 이득을 얻었기 때문이다. 제국이 성장하고 동맹국을 맺느라 바쁜 와중에 스파르테가 키몬을 향해 존경과 호의를 보인다는 것은 불쾌한 일이 아니었다. 그는 헬라스의 가장 위대한 정치가 가운데 하나였고 동맹국들을 너그러운 태도로 대했으며 라케다이몬과의 관계도 적절히 다져 나갔다.

그러나 아테나이가 힘이 커지자 키몬이 스파르테에 심한 애착을 갖고 있다는 것을 알게 된 시민들은 이를 불쾌히 여기기 시작했다. 그는 실제로 시도 때도 없이 아테나이 사람들 앞에서 라케다이몬을 칭송했는데 아테나이 사람들을 꾸중하거나 자극할 때는 더욱 그러하였다. 스테심브로토스의 말에 따르면 그는 아테나이를 꾸중한 다음에 이렇게 덧붙이고는 했다.

"그러나 라케다이몬 사람들은 다릅니다."

그는 이와 같은 방식으로 동료 시민들의 시기심과 증오를 깨운 것이다.

아무튼 키몬을 향한 가장 심각한 혐의는 다음과 같았다. 제욱시다모스의 아들 아르키다모스가 스파르테의 왕위에 오른 지 4년째 되던 해, 그 어느 때도 겪어보지 못한 극심한 지진이 라케다이몬 땅에 수많은 균열을 냈고 타위게톤 산을 사정없이 흔들어 모든 봉우리들이 찢겨 나갔다. 도시는 가옥 다섯 채를 제외하고 깡그리 파괴되었다. 지진에 남김없이 무너진 것이다.*

아르키다모스는 위험에 빠진 라케다이몬에 어떤 일이 벌어질지 직감했다. 그는 시민들이 집에서 귀중품을 챙기려고 하는 것을 보고 적이 쳐들어 왔음을 알리는 전쟁 나팔을 불도록 명령했다. 시민들이 당장 무기를 들고 모여들기를 바랐기 때문이다. 바로 이것이 스파르테를 위기로부터 구했다. 마침 헤일로테스가 살아남은 스파르테 사람들을 없애려고 온 사방에서 서둘러 모여들고 있었던 것이다. 그러나 무장을 한 스파르테인들이 전열을 이루고 있는 것을 본 헤일로테스는 각자의 도시로 돌아가 정식으로 전쟁을 선포했다. 페리오이코이•도 함께하도록 설득하였다. 그 밖에도 멧세니아 사람들이 스파르테를 공격하는 데 힘을 보탰다.

이에 따라 라케다이몬 사람들은 사절 페리클레이다스를 보내 아테나이에 도움을 청했다.* 그러나 에피알테스는 도움을 주는 것에 반대했다. 경쟁 상대였던 도시를 돕거나 복구해 주지 말고 도도한 스파르테가 짓밟히도록 내버려두자고 아테나이 사람들에게 호소했다.

그러자, 크리티아스의 말에 따르면, 키몬은 아테나이보다 스파르테의 번영에 더 큰 관심을 보이며 중장비 보병들을 데리고 스파르테를 도우러 가자고 시민들을 설득했다. 이온의 말에 따르면 키몬은 다음과 같이 타이르며 아테나이 사람들의 마음을 돌렸다고 한다.

"우리가 저들을 내버려두면 헬라스는 불구가 되고 함께 멍에를 지던 친구는 죽어버리고 맙니다."

XVII.

*라케다이몬 사람들은 이 밖에도 이토메에서 멧세니아 군과 헤일로테스를 상대하며 아테나이의 도움을 청했다. 아테나이는 이를 받아들였으나 아테나이 병사들의 대담무쌍함은 오히려 두려움을 불러일으켰다. 그리하여 아테나이 군은 여러 동맹군 가운데서 유일하게 위험한 음모 세력

• '근방에 살고 있는 사람들'이라는 의미로, 여기서는 라코니케 변두리에 흩어져 살고 있던 사람들을 뜻한다. 도리아 사람들에 정복당한 아카이아 사람들과, 도리아와 아카이아의 피가 섞인 혼혈 민족에 그 뿌리를 두고 있을 것이라는 추측이 있다.

으로 낙인찍힌 채 귀국해야 했다. 아테나이 사람들은 격분하며 고향으로 돌아왔고 당장 친親라코니케 성향을 가진 이들을 향해, 무엇보다 키몬을 향해 적대 행위를 시작했다. 그리고 사소한 트집을 잡아 키몬을 십 년 동안 도편 추방시켰다. 당시 모든 도편 추방 기간은 십 년이었다.

• 키몬의 이름이 적힌 도편.

그 사이, 델포이 사람들을 포키스로부터 해방시킨 라케다이몬 사람들이 고향으로 돌아가던 길에 타나그라에 진을 쳤다. 여기서 아테나이 사람들은 끝까지 싸울 각오를 하고 라케다이몬과 대적했다. 키몬 역시 무장을 하고 여기 나타났다. 그는 같은 퓔레 사람들, 즉 오이네이다이 사이에서 동료 시민들을 도와 라케다이몬 사람들을 쫓아내고자 열심이었다.

그러나 5백인회•는 이 소식을 듣고 공포에 가득 찼다. 키몬의 적들이 그를 모함하려고 헛소문을 퍼뜨렸기 때문이다. 그들은 키몬이 아테나이군의 지휘부를 혼란에 빠뜨린 다음 라케다이몬을 이끌고 아테나이를 공격할 것이라고 했다. 따라서 5백인회는 장군들에게 명령하여 키몬의 도움을 받지 말도록 했다.

돌아설 수밖에 없었던 키몬은 아나플뤼스토스 출신 에우텝포스와 그 밖의 동료들에게 손을 뻗었다. 대부분 친親라코니케 성향을 가졌다는 혐의를 받고 있는 이들이었다. 키몬은 적에 대항해 당당히 싸우고 공훈을 세워 동포들이 씌운 혐의를 벗으라고 그들을 설득했다. 그들은 키몬의 갑옷을 받아 자신들 가운데 놓고는 서로 도와 맹렬히 전투에 임했다. 여기서 쓰러진 이들이 백 명에 달했고 그들은 아테나이 사람들 사이에 크

• 시민들로 이루어진 의사 결정 기구로 각 데모스에서 할당된 수를 뽑아 채웠다.

나큰 그리움과 상실감, 그들이 받은 부당한 혐의에 대한 안타까움을 남겼다.

바로 이런 이유로 아테나이 사람들은 키몬에 대한 미움을 오래 이어가지 않았다. 사람들이 키몬의 지난 업적을 다시 떠올렸기 때문이기도 했지만 상황이 그에게 유리한 방향으로 돌아갔기 때문이기도 했다. 치열한 전투 끝에 타나그라에서 패한 아테나이는 돌아오는 봄에 펠로폰네소스 군대가 공격해 올 것으로 생각하고 유배되어 있던 키몬을 다시 불러들였다. 그를 귀환시키기 위해 채택한 법령은 페리클레스가 정식으로 제안한 것이었다.

그처럼 당시의 불화는 정치적 견해 차이에 기초했던 것이지, 개인적인 감정이 개입하는 일은 적었고 공익에 쉽게 복종하였다. 심지어 열정 중의 열정이라는 야망조차 나라의 이익에 고개를 숙였다.

XVIII.

어찌 되었든 키몬은 귀국하자마자 전쟁을 멈추고 싸우던 도시들을 화해하게 했다. 평화 협정이 맺어진 뒤, 키몬은 아테나이 사람들이 잠자코 있지 못하고 군사 원정을 통해 세력을 넓히고자 안달인 것을 보았다. 그러나 그는 아테나이 사람들이 헬라스 전체를 노하게 하기를 원하지 않았고, 펠로폰네소스 반도와 주변 섬들 근처에 거대한 함대를 띄워놓음으로써 내전을 일으키려고 한다는 동맹국들의 비난과 불만의 소리를 듣고 싶지 않았기에 트리에레스 단 2백 척에만 병사를 배치했다.

그의 계획은 아이귑토스와 퀴프로스로 원정을 가는 것이었다. 그는 이방 민족들과의 분쟁을 통해 아테나이 사람들을 지속적으로 훈련시키고 싶어 했고, 본래 적대관계에 있었던 이들로부터 빼앗은 재물을 헬라스로 당당히 가지고 들어가고자 했다.

모든 준비가 끝나고 병사들이 승선하기 직전 키몬은 꿈을 꾸었다. 어디선가 화가 난 암캐가 짖는 것 같았는데 그 울음소리와 섞여 사람의 목소리가 이렇게 말하고 있었다.

"네 갈 길로 가라. 너는 나와 내 새끼들에게 친구가 될 터이다."

이해하기 어려운 이 꿈에 대해, 신의 계시를 받은 자이자 키몬의 친구였던 포세이도니아의 아스튀필로스는 키몬의 꿈이 죽음을 의미한다고 말해 주었다. 그는 꿈을 다음과 같이 해석했다. 개는 적이라고 생각하는 사람에게 짖어댄다. 죽지 않는 한 적과 친구가 될 수는 없다. 개 짖는 소리와 말소리가 섞여 들린 것은 그 적이 메디아 군이라는 것을 의미한다. 메디아 군에는 헬라스와 페르시아 사람들이 섞여 있기 때문이다.*

그러나 원정을 포기할 수 없었던 키몬은 돛을 올렸고 함선 60척을 아이귑토스로 파견하고 자신은 나머지와 함께 퀴프로스로 향했다. 해상에서 포이니케와 킬리키아 함대로 이루어진 페르시아 왕의 해군을 격파한 그는, 주변 도시들을 빼앗고 왕이 아이귑토스에서 펼치고 있던 계획 자체를 위협하고 나섰다. 속이 빈 협박이 아니었다. 키몬은 왕의 패권 전체를 와해시키는 데 관심이 있었던 것이다. 이는 테미스토클레스의 명성과 권력이 페르시아 사람들 사이에서 높아지고 있었던 것과도 관련이 있었다. 테미스토클레스는 육지에서 헬라스와 전쟁이 벌어지면 자신이 페르시아 군을 지휘하겠다고 약속한 바 있었다. 그러나 테미스토클레스는 자신이 키몬의 행운과 용맹을 이길 수 없을 것이며, 따라서 헬라스와 싸워 이길 수 없다고 생각하고 스스로 목숨을 끊은 것이라고 전해진다.

반면 치열한 전투가 벌어질 것을 예상한 키몬은 퀴프로스 근방에 함대를 정박시키고 있는 동안 암몬의 신전으로 사람을 보내 은밀한 문제에 관한 신탁을 받아오도록 했다. 그가 무엇을 물었는지, 신이 답변을 하사하였는지는 아무도 모른다. 그러나 신탁을 물으러 간 자들이 가까이 가자마자 사제는 키몬이 이미 신과 함께하고 있으니 어서 떠나라고 명했다. 그들은 이를 듣고 다시 해안가로 내려갔으며 당시 아이귑토스 국경 내에 있던 헬라스 진영에 당도했을 때에야 키몬이 죽었다는 사실을 알게 되었다. 날수를 따져본 그들은 신탁의 아리송한 말이 키몬의 죽음을 의미했음을 알게 되었다. 그날 그는 이미 신들과 함께 있었던 것이다.

XIX.

대부분의 사람들은 그가 키티온을 포위하고 있을 당시 병으로 죽었다고 한다. 그러나 어떤 이들은 페르시아인들과 싸우다가 얻은 상처 때문이라고도 한다. 그는 죽기 직전 곁에 있던 이들에게 당장 배를 타고 떠날 것을, 그리고 자신의 죽음을 숨길 것을 부탁했다. 따라서 적군도 아군도 무슨 일이 일어났는지 알지 못했으며, 파노데모스의 말에 따르면 아테나이 병력은 '죽은 지 30일이 지난 키몬의 지휘하에' 안전하게 귀향했다고 한다.

키몬이 죽은 뒤 헬라스의 그 어느 장군도 페르시아인들을 상대로 키몬만큼 눈부신 업적을 세우지 못했다. 장군들은 민중 선동가들과 내전을 지지하는 자들에 의해 이리저리 흔들렸으며, 누구도 중재할 엄두를 내지 못하는 와중에 그들 모두 서로 치고받고 싸우기에 이르렀다고 한다. 이것은 페르시아 왕에게는 휴식할 기회를 주었지만 헬라스의 힘은 말할 수 없을 정도로 약화되는 결과를 낳았다.

아게실라오스가 무기를 들고 아시아로 들어가 페르시아 왕의 장군들을 상대로 해안에서 짧은 전쟁을 치른 것은 한참 뒤의 일이다. 딱히 위대하거나 눈부시다고 할 수 없었던 아게실라오스의 업적도 헬라스를 뒤덮은 혼란과 소요의 홍수에 휩쓸려, 제2의 제국에 대한 희망과 함께 사라졌다. 따라서 그는 페르시아인들이 아테나이의 동맹국과 우호국으로 세금을 걷으러 오는 것을 지켜보며 철수할 수밖에 없었다. 키몬이 장군이었을 당시 해안가에서 4백 스타디온 이내로는 페르시아의 관리는 물론, 말 한 마리도 얼씬하지 못했던 것과는 달랐다.

오늘날까지 '키몬의 것'이라고 불리는 장례 기념물이 여럿 있다는 것은 그의 유골이 앗티케로 돌아왔다는 것을 입증한다. 그러나 수사학자 나우시크라테스의 말에 따르면 키티온 사람들 역시 키몬의 무덤이라고 하는 곳에 경의를 표하는데, 이는 역병과 굶주림의 시기에 그들을 찾아온 신이 키몬을 잊지 말고 초월적인 존재로 존경하고 받들라고 명했기 때문이라고 한다. 헬라스의 지도자 키몬은 이 같은 존재였다.

PLUTARCH
LIVES

루쿨루스

I.

루쿨루스로 말할 것 같으면 할아버지는 집정관직을 지낸 사람이었고 외삼촌은 메텔루스 누미디쿠스였다. 그러나 부모를 살펴보면 아버지는 횡령 혐의에 대해 유죄 판결을 받은 바 있었고 어머니 카이킬리아는 방탕한 여인이라는 오명을 갖고 있었다. 루쿨루스 자신은 성인이 채 되기도 전에, 사회생활을 시작하거나 공직에 오르기도 전에, 무엇보다 먼저 아버지를 고발했던 예언가 세르빌리우스를 탄핵하였다. 그가 나라에 잘못을 저지르고 있다고 여겼기 때문이다.

로마 사람들은 이를 매우 훌륭한 일격으로 보고 루쿨루스가 마치 전쟁에서 뛰어난 공로라도 세운 듯 입에 올렸다. 로마 사람들은 상대방의 특별한 도발 없이도 상식에 따라 탄핵이라는 절차를 밟을 수 있다고 생각했다. 특히, 야생 동물을 꽉 물고 놓지 않는 순종 강아지처럼 악인에게 달려드는 젊은이를 보는 것을 좋아했다. 그러나 이 사건은 커다란 증오로 번졌고 온갖 사람들이 실제로 다치고 죽었으며 세르빌리우스는 무죄 판결을 받았다.

루쿨루스는 로마어와 헬라스어를 모두 유창하게 쓰도록 교육받았다. 그래서 손수 회고록을 쓴 술라는 이를 루쿨루스에게 헌정하며 당대의 역사를 자신보다 더 질서 있고 정연하게 정리해 줄 사람으로 그를 지목했다. 루쿨루스는 간결하고 능숙하게 문장을 썼다.* 그뿐 아니라 어릴 때부터 루쿨루스는 당시 유행이던 '교양' 문화, 즉 미美를 추구하는 고상한 문화에 충실했다. 나이를 먹은 뒤에는 온갖 다양한 투쟁을 마친 뒤였던 만큼 철학을 통해 완전한 휴식과 여유를 찾고자 했다. 그는 보다 깊이 생각하려고 노력했고 폼페이우스와 의견 차이를 겪은 이후에는 자신의 야망을 때맞추어 멈추고 억제하곤 했다.

문학에 대한 그의 관심에 관해서는 이미 알려져 있는 바와 더불어 다음과 같은 이야기가 있다. 젊은 시절 연설가 호르텐시우스, 역사가 시센나와 농담 반 진담 반으로 대화를 나누던 중이었다. 두 사람은 그에게 헬라스어와 로마어로 시와 역사를 써보라고 제안했고 루쿨루스는 마르시 전쟁•에 관해 쓰되 어떤 형식으로 쓸 것인지는 제비뽑기를 통해 결정하겠다고 했다. 그리하여 루쿨루스는 제비뽑기 결과에 따라 헬라스어로 역사를 기술했고 덕분에 마르시 전쟁에 관한 헬라스어 역사서가 지금까지 전해 내려오고 있다.

그가 동생 마르쿠스에게 많은 애정을 갖고 있었다는 증거는 많지만, 로마 사람들은 그 가운데 가장 앞선 근거를 이야기하기 좋아한다. 마르쿠스보다 나이가 많았음에도 루쿨루스는 홀로 관직에 나서려고 하지 않았고 동생이 적당한 나이가 되기까지 기다렸다. 이러한 행동으로 많은 지지를 얻은 덕분에 도시를 떠나 있는 동안에도 동생과 함께 조영造營관••

• 기원전 90년에서 89년 사이에 일어난 로마와 여러 동맹시 간에 벌어진 전쟁. 동맹시 전쟁이라고도 하나 마르시 족이 주로 활약하여 마르시 전쟁이라고 부른다.

•• 옛 로마에서 공공건물과 시설을 관장하던 관리.

에 선출되었다.

II.

마르시 전쟁 당시 루쿨루스는 풋내기에 지나지 않았지만 그럼에도 용기와 이해력이 뛰어남을 입증했다. 그러나 술라가 루쿨루스를 곁에 두고 중대한 사안을 처음부터 끝까지 그를 통하여 처리한 것은, 무엇보다 그의 일관적이고 온화한 성품 때문이었다. 예를 들어 화폐 주조를 관리하게 한 경우가 그렇다. 미트리다테스 전쟁 중 펠로폰네소스에서 쓰던 화폐는 대부분 그가 주조한 것이고 그의 이름을 따서 불렀다. 이 화폐는 꽤 오랫동안 쓰였는데 전쟁 중 필요한 것이 많았던 병사들에 의해 빠르게 유통되었기 때문이다.

• 잔혹하기로 이름 높았던 로마의 독재관 술라. 뮌헨 조각미술관.

이후 술라는 아테나이를 손에 넣었으나 바다를 통해 운반해 오던 군수품이 적의 우월한 해군력에 의해 끊기는 처지에 이르렀다. 이때도 루쿨루스를 아이귑토스이집트와 리뷔에아프리카로 보내 배를 가져오도록 했다. 당시는 혹독한 한겨울이었음에도, 루쿨루스는 헬라스식 뮈오파론크지 않은 해적선 세 척과 같은 수의 로도스식 디크로토스노가 두 줄인 함선를 이끌고 바다로 나아갔다. 험한 바다를 상대해야 했을 뿐 아니라 바다를 장악한 채 여기저기 휘젓고 다니던 적의 수많은 함선들 역시 상대해야 했다.

그럼에도 그는 크레테에 닻을 내리고 섬을 자신의 편으로 만들었다. 그다음, 연이은 폭정과 전쟁의 결과로 혼란에 빠져 있던 퀴레네로 옮겨,

먼 옛날 위대한 플라톤이 도시에 건넸던 예언 같은 말을 일깨우며 질서를 바로잡고 구조를 개혁하였다. 퀴레네 사람들은 한때 플라톤에게 법을 제정하고 안정적인 나라 체제를 형성해 달라고 부탁했었다. 그러나 플라톤은 그들처럼 다복한 사람들에게 법을 만들어 주기란 쉽지 않다고 했다. 실로 넉넉한 사람처럼 다루기 어려운 이는 없다. 반면 불행을 겪고 겸손해진 사람처럼 권위에 복종하는 이는 없다. 바로 이런 이유로 퀴레네 사람들이 입법자 루쿨루스에게 그토록 순종했던 것이다.

루쿨루스는 거기서 아이귑토스를 향해 돛을 올렸으나 해적의 공격을 받아 선단의 대부분을 잃었다. 그럼에도 루쿨루스 자신은 무사히 몸을 피해 눈부신 모습으로 알렉산드레이아 항구에 들어섰다. 아이귑토스 함대 전체가 마치 왕이 입항할 때처럼 눈부시게 화려한 대열을 이루고 루쿨루스를 맞으러 나왔던 것이다. 더구나 젊은 프톨레마이오스는 놀라운 친절을 베푸는 것으로도 모자라 왕궁에 숙소를 차려주어 머물게 했는데, 바깥 나라 장군이 왕궁으로 초대받기는 루쿨루스가 처음이었다.

왕이 그에게 쓰도록 허락한 경비는 다른 사람들의 네 배였으나 루쿨루스는 실제로 필요한 것 이외에는 그 무엇도 요구하지 않았고 80탈란톤 상당의 선물조차 받지 않았다. 또 멤피스를 비롯한 아이귑토스의 놀라운 볼거리들도 찾지 않았다고 한다. 루쿨루스는 이를 여유로운 여행객의 호화로운 특권으로 생각하였을 뿐 자신에게 어울리지 않는다고 여겼다. 자신이 남겨두고 온 총사령관은 적의 흉벽을 곁에 두고 한데서 잠을 자고 있었기 때문이다.

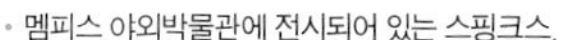
• 멤피스 야외박물관에 전시되어 있는 스핑크스.

•• 멤피스에 있었던 커다란 다주(多柱)식 방의 옛 터.

III.

프톨레마이오스는 전쟁의 결과가 두려워 로마와의 동맹을 저버렸지만 루쿨루스에게 배를 붙여 퀴프로스까지 호위하도록 했다. 헤어질 때는 그를 꼭 껴안으며 황금으로 감싼 값비싼 에메랄드를 선물로 주었다. 처음에는 이것을 사양한 루쿨루스도 보석에 왕의 모습이 새겨진 것을 보자 더 이상 사양할 수 없었다. 왕과 적대적인 관계에서 작별한 것으로 여겨지면 여정 중에 모함을 당할까봐 두려웠기 때문이다.

뱃길을 가던 루쿨루스는 해적질에 가담하지 않은 해양 도시들로부터 함선 여러 척을 모아 마침내 퀴프로스에 이르렀다. 거기서 적이, 길게 뻗은 곶의 앞바다에 닻을 내리고 그가 오기를 기다리고 있다는 소식을 들은 루쿨루스는 함대를 모조리 육지로 끌어 올렸다. 그러고는 여러 도시들에 서신을 보내 겨울을 날 숙소와 식량을 제공해 달라고 부탁했다. 날씨가 따뜻해지기를 기다릴 것처럼 가장한 것이다. 그러다 유리한 바람이 불어오자 갑자기 배를 띄워 바다로 나갔으며 낮에는 돛을 좁고 낮게, 밤에는 활짝 펼쳐 무사히 로도스에 이르렀다. 로도스 사람들도 루쿨루스에게 배를 제공했고 그는 코스와 크니도스 사람들도 부추겨 왕의 편에 서지 말고 그와 함께 사모스로 원정을 가자고 설득했다. 또 아무 도움도 받지 않고 키오스에서 왕의 병력을 몰아냈으며 폭군 에피고노스를 사로잡아 콜로폰 사람들을 해방시켰다.

마침 이때 미트리다테스가 페르가몬을 버리고 피타네로 피신했다. 육지에서는 핌브리아가 그를 빈틈없이 에워싸고 있었기에 왕은 바다로 도망칠 요량으로 온 사방에 있던 함대들을 죄다 불러 모았다. 핌브리아처럼 대담무쌍하고 전적이 화려한 이와 뭍에서 싸우고 싶지 않았기 때문이다. 핌브리아는 왕의 계획을 눈치 챘음에도 함대가 없었던 까닭에 루쿨루스에게 사람을 보내 도움을 청했다. 그 어느 왕보다 적대적이고 싸움에 능한 미트리다테스가 그물에 단단히 걸려 손안에 들어왔으니 그를 사로잡아, 로마가 얻기 위해 그토록 애써 노력하고 싸웠던 저 위대한 목표를 성취하자고 했던 것이다. 핌브리아는 또 덧붙이기를 미트리다테스를 사로잡는다면 퇴로를 가로막고 도망치는 왕을 붙잡은 이에게 모든 영광이 돌아갈 것이라고 말했다.

• 미트리다테스의 얼굴이 새겨진 동전. 영국박물관.
•• 미트리다테스의 두상. 루브르 박물관.

"내가 왕을 뭍에서 몰아내고 장군이 바다에서 차단하면 우리 둘 모두 승리의 관을 쓸 수 있을 것이며 오르코메노스와 카이로네이아에서 술라가 보여준 저 이름 높은 업적은 로마인들의 뇌리에서 사라질 것입니다."

이것은 터무니없는 제안이 아니었다. 만약 가까이 있던 루쿨루스가 핌브리아의 말을 듣고 배를 끌고 왔다면, 그리하여 함대를 이용해 항구를 봉쇄했다면, 전쟁은 끝나고 세상은 수많은 악으로부터 해방되었으리라는 사실을 의심하는 사람은 없다.

그러나 루쿨루스는 제안을 받아들이지 않았다. 루쿨루스가 자신이나 나라의 이익을 고려하기보다 술라의 명예를 지키는 것을 더 중대하게 여겼기 때문인지, 아니면 비열한 핌브리아의 야망이 그의 동료이자 상관을 죽음으로 몰고 간 일이 있고 얼마 지나지 않은 때였기 때문인지 그 이유는 알 수 없다*. 어떤 알 수 없는 운명이 미트리다테스를 살려 두어 루쿨루스의 맞수로 만들고자 했기 때문인지도 모른다. 그 이유가 어찌 되었든 루쿨루스는 제안을 받아들이지 않았고, 미트리다테스가 핌브리아의 병력을 비웃으며 바다로 도망가도록 내버려두었다.

대신 트로아스 지방 렉톤의 앞바다에 나타난 왕의 함대를 무찔렀다. 또 한결 큰 병력을 이끌고 테네도스에서 자신을 기다리고 있는 네오프톨레모스를 목격한 루쿨루스는 앞장서서 그를 향해 배를 몰았다. 루쿨루스가 탄 배는 다마고라스가 지휘하는 로도스의 펜테레스**였다. 다마고라스는 로마에 우호적이었고 노련한 해군이었다. 네오프톨레모스 역시 빠르게 달려 나왔고 적의 배를 향해 돌진하라고 키잡이에게 명령했다. 그러나 다마고라스는 투박한 청동으로 무장한 네오프톨레모스의 육중한 배와 충돌할 경우 피해가 클 것으로 생각하고 적과 정면으로 맞서지 않았다. 대신 뱃머리를 돌린 뒤 부하들에게 노를 거꾸로 저으라고 명령했다. 그러자 적의 배는 선미로 다가와 부딪쳤고 움푹한 상처를 남겼다. 그러나 수면 아래에서 충돌이

* 여기서 동료이자 상관은 아마도 발레리우스 플락쿠스를 의미하는 듯하다. 핌브리아는 불만이 많던 병사들을 부추겨 반란을 일으킨 뒤 상관 플락쿠스를 죽음으로 몰고 갔다. 플락쿠스는 술라의 정적이었던 마리우스의 뒤를 이어 집정관이 된 사람이었는데 핌브리아가 플락쿠스를 제거하고 마리우스 파의 후계자가 되려고 그를 죽였는지, 아니면 그가 술라에게 지나치게 온정적이라고 생각해서 죽였는지 그것은 명확하지 않다.

** 트리에레스보다 발전된 형태의 함선이다. 정확히 어떤 형태였는지에 관해서는 알려진 바가 많지 않다.

이루어졌던 까닭에 큰 해가 되지는 않았다. 때마침 동료들이 따라 붙었고 루쿨루스는 배를 돌리라는 명령을 내렸다. 그는 여러 훌륭한 공훈을 세운 끝에 적을 패주시키고, 네오프톨레모스를 바짝 뒤쫓았다.

IV.

루쿨루스는 거기서 케르소네소스로 이동해, 막 아시아를 향해 지협을 건너려던 술라와 합류했다. 루쿨루스는 술라를 보좌하며 병력을 이동시키는 것을 도왔다. 평화 협정이 이루어진 이후 미트리다테스는 에욱세이노스 해를 향하여 떠났고 술라는 아시아에 2만 탈란톤이라는 전쟁 부담금을 지웠다.•

이 금액을 모아 화폐로 재주조하는 일은 루쿨루스에게 맡겨졌다. 루쿨루스는 정직하고 정의로운 태도를 유지하며 부담금 징수라는 강압적이고 불쾌할 수 있는 임무를 참으로 매끄럽게 처리했다. 이를 본 아시아의 도시들은 술라의 가혹한 처사에 대한 분노가 상당히 진정되는 것을 느꼈다. 루쿨루스는 드러내 놓고 폭동을 일으켰던 미틸레네 사람들마저 합리적으로 다루고 싶었고 마리우스의 편에 선 것에 대해서 크지 않은 벌금을 매기고자 했다.

그러나 미틸레네 사람들이 악한 본성에 사로잡힌 것을 본 루쿨루스는 미틸레네를 향해 배를 몰았고 전투 끝에 그들을 성벽 안에 가두었다. 그리고 포위 공격을 시작하는가 싶더니 대낮에 느닷없이 엘라이아를 향해 배를 몰았다. 그러자 미틸레네 사람들은 허겁지겁 성 밖으로 쏟아져 나

• 로마와 폰토스의 왕 미트리다테스와의 전쟁은 3차에 걸쳐 진행되었다. 1차 전쟁에서 로마는 승승장구했으나 당시 지휘관이었던 술라는 로마 내부의 사정으로 인해 전쟁을 서둘러 마무리해야 했다. 따라서 미트리다테스 왕이 평화 협정을 제안했을 때 술라는 전쟁 부담금을 받는 대가로 병력을 철수하는 데 동의했다.

왔다. 버려진 로마 진영을 약탈할 수 있겠다는 당돌한 기대 때문이었다. 루쿨루스가 몰래 되돌아와 도시 근처에 잠복해 있다는 사실을 까맣게 몰랐던 것이다. 루쿨루스는 이들을 덮쳐 수많은 사람들을 포로로 잡고 저항하는 5백 명을 죽였다. 또 노예 6천 명 이외에도 셀 수 없이 많은 전리품을 획득했다.

그러나 당시 술라와 마리우스가 이탈리아 사람들에게 자행한 온갖 많고 많은 범죄에 루쿨루스는 조금도 일조한 적이 없다. 다행스럽게도 아시아에 볼일이 남아 있었기 때문이다. 그렇다고 해서 술라가 루쿨루스에게 보인 호의가 다른 동료들에게 보인 호의만 못했던 것은 아니다. 앞서 말했듯 술라는 자신의 회고록을 루쿨루스에게 헌정했고 유서에서 폼페이우스가 아닌 루쿨루스를 아들의 보호자로 지목했다. 바로 이것이 폼페이우스와 루쿨루스가 멀어지고 서로 시기하게 된 첫 번째 원인으로 보인다. 두 사람 모두 젊었고 명성을 얻고 싶어 달아올라 있었기 때문이다.

V.

술라가 죽은 직후 루쿨루스는 마르쿠스 콧타와 함께 집정관직에 올랐다. 백일흔여섯 번째 올림피아 제전이 열리던 무렵이었다. 많은 사람들이 미트리다테스 전쟁을 새로 시작하고 싶어 했다. 마르쿠스는 이 전쟁이 끝나지 않았으며 잠시 중단되었을 뿐이라고 했다. 따라서 갈리아 키살피나 지역이 자신의 몫으로 주어졌을 때 루쿨루스는 불만을 감출 수 없었다. 위대한 업적을 이룰 수 있을 만한 곳이 아니었기 때문이다.

무엇보다도 그를 씁쓸하게 만든 것은 폼페이우스가 이베리아에서 얻고 있던 명성이었다. 이베리아에서 벌어지고 있는 전쟁이 멈춘다면 미트리다테스와 상대할 장군으로 폼페이우스가 선택될 것이 분명한 상황이었다. 따라서 폼페이우스가 로마로 서신을 보내 요청한 군비를 주지 않는다면 이베리아와 세르토리우스를 버리고 군대를 돌려 이탈리아로 돌아오겠다고 했을 때 루쿨루스는 온갖 수단과 방법을 가리지 않고 군비를 만들어 보냈다. 자신이 집정관직에 있을 동안만은 폼페이우스가 그 어떤 핑계로든 돌아오지 못하도록 막은 것이다. 그는 폼페이우스가 그토록 큰 병력을 데리고 돌아온다면 로마가 그의 손에 들어가리란 걸 잘 알고 있었다.

• 17세기경에 만들어진 폼페이우스의 흉상.

당시 대중의 지지를 얻기 위해서라면 무엇이든 행하고 말함으로써 정치의 흐름을 좌지우지하고 있던 케테구스마저 루쿨루스를 몹시 싫어했다. 루쿨루스 역시 케테구스의 생활방식을 혐오했다. 케테구스는 언제나 비난받아 마땅한 애정 행각을 벌이고 방탕한 짓거리를 일삼았기 때문이다. 루쿨루스는 케테구스를 보란 듯 공격했다.

당시 대중의 지지를 받고 있던 또 한 사람은 바로 루키우스 퀸투스라는 자였다. 술라가 수립한 정치 구조에 반대하고 있던 루키우스 퀸투스는 확립된 질서를 혼란에 빠뜨리고자 했다. 그러나 루쿨루스가 사적으로 타이르고 공적인 장소에서 꾸중해 그의 마음을 돌리고 야심을 가라앉혔다. 지극히 현명하고 건전한 방법으로 거대한 분쟁의 시작을 다스린 것이다.

VI.

이 무렵 킬리키아의 지방관으로 나가있던 옥타비우스가 죽었다는 소식이 들려왔다. 그 자리를 채우고 싶어 안달인 사람은 한둘이 아니었다. 그들은 모두 자신의 계획을 이루어줄 사람으로 케테구스를 꼽고 그를 만나러 갔다. 루쿨루스는 킬리키아에는 큰 관심이 없었지만 캅파도키아에 가까운 킬리키아를 얻는다면 미트리다테스와의 전쟁을 본인이 지휘할 수 있으리라는 데 생각이 미쳤다. 그리하여 다른 사람이 그 지방을 갖지 못하도록 온갖 애를 썼다. 결국 필요에 의하여 내키지 않는 길을 택하게 된 것이다. 명예롭지도 못하고 칭송받지도 못할 선택이었음은 사실이지만 목적을 달성하는 데에는 유용했다.

당시 로마에는 프라이키아라는 여성이 있었는데 아름답고 재치 있기로 명성이 자자했다. 여느 고급 창부들과 달리 프라이키아는 자신의 인맥을 이용하여 친구들이 정치적 야망을 이루는 데 도움을 주었다. 그리하여 본래의 매력에 진정한 동지이자 해결사라는 명성까지 보탰다. 그렇게 최고의 영향력을 갖게 된 것이다. 나아가 당시 명성이 극에 달하고 도시를 쥐락펴락하던 케테구스까지 프라이키아를 추종해 마지 않아 애인으로 삼자 모든 정치권력은 프라이키아의 손에 들어갔다. 그 어떤 법적 조치도 케테구스가 지지하지 않는 한 통과되지 않았고 케테구스는 프라이키아의 허락 없이는 아무것도 하지 않았다.

그런데 루쿨루스가 바로 이 여인을 선물과 달콤한 말로 사로잡았던 것이다. 프라이키아처럼 진취적이고 과시하기 좋아하는 여인에게, 루쿨루스와 함께 그의 야망을 논하는 친구로 비춰지는 것이 크나큰 혜택이었음은 의심할 여지가 없다.

그러자 곧 케테구스가 루쿨루스를 칭송하고 그에게 킬리키아를 주기 위해 온갖 애를 쓰고 나섰다. 킬리키아를 얻은 뒤 루쿨루스는 더 이상 프라이키아나 케테구스의 도움을 구할 필요가 없어졌다. 루쿨루스에게 미트리다테스 전쟁을 맡기는 데 모두가 신속하게 만장일치로 동의했던 것이다. 사람들은 전쟁을 승리로 마무리 짓는 데 루쿨루스만큼 적합한 사람이 없다고 확신하고 있었다. 폼페이우스는 여전히 세르토리우스와 전쟁 중에 있었고 메텔루스는 나이가 들어 은퇴한 뒤였는데 루쿨루스와 지휘권을 두고 겨룰 만한 사람들은 이 둘을 제외하고 없었던 것이다.

한편 루쿨루스와 함께 집정관직을 지낸 콧타는 원로원에 간청한 끝에 배 몇 척을 얻었으며, 프로폰티스 해를 지키고 비튀니아를 방어하라는 임무를 받았다.

VII.

루쿨루스는 자신이 이탈리아 땅에서 직접 훈련시킨 군대를 이끌고 아시아로 건너갔고 이미 그곳에 있던 로마 군대의 지휘권도 넘겨받았다. 아시아에 있던 로마 병사들은 모두 오래전부터 사치와 물욕에 빠져 부패해 있었다. 핌브리아의 부하들이라고 일컬어지던 병사들도 기강이 풀어진 지 오래였기에 다루기가 불가능할 정도였다. 그들은 핌브리아와 공모하여 집정관이자 장군이었던 플락쿠스를 죽이고 핌브리아 자신까지 술라에게 넘긴 자들이었다. 고집이 세고 법을 모르기는 해도 건장하고 전쟁 경험이 많은 썩 괜찮은 전사들이었다.

그러나 루쿨루스는 단시간 내에 그들의 무모한 배짱을 가지치기했고 나머지 병사들도 바꾸어 놓았다. 병사들은 그때 처음으로 진정한 지휘관이자 지도자를 만난 것처럼 보였다. 그 이전에는 마치 유세장에 모인 유권자들처럼 좋은 말로 구슬리지 않으면 의무를 다하지 않았던 것이다.

반면 적의 편에서는 다음과 같은 상황이 벌어지고 있었다. 대부분의 궤변론자들이 그렇듯 처음에는 거만하고 우쭐했던 미트리다테스는, 겉으로는 눈부시고 화려했으나 실속이 없는 군대를 이끌고 로마를 상대한 바 있었다. 그러나 그들을 이끌고 터무니없는 실패를 경험한 끝에 유익한 교훈을 얻었다.

• 카스테인의 그림 속에 낫이 달린 페르시아의 전차가 잘 묘사되어 있다.

따라서 미트리다테스는 두 번째 전쟁을 준비하며 실질적 효율을 고려하여 군대를 다듬었다. 그는 먼저, 서로 알아듣지 못하는 말로 고함을 치던 모든 이방 민족의 병사들을 쫓아냈다. 또 금을 새겨 넣거나 보석을 박은 갑옷도 지급하지 않았다. 그것이 승자에게나 귀한 전리품이 될 뿐 갑옷을 입은 이에게는 그 어떤 힘도 되지 못한다는 것을 깨달았기 때문이다. 대신 로마식 칼을 만들게 했고 방패도 무겁게 제작했다. 화려하게 장식한 말보다 훈련이 잘된 말을 모았으며, 보병 120만 명에게 로마식 밀집 대형을 훈련시켰다. 기병은 1만 6천 명이었고 이것은 말 네 마리가 끄는, 낫이 달린 전차 백 대를 제외한 수였다. 더 나아가 함선에서, 금을 입힌 천막이나 애첩들을 위한 욕조, 여인들을 위한 화려한 선실을 없애고 무기와 화살 등 군수품을 가득 실었다.

그런 후 미트리다테스는 느닷없이 비튀니아로 쳐들어갔다. 비튀니아의 도시들이 미트리다테스를 반갑게 맞이한 것은 물론, 아시아 전체가 과거의 병적인 상태로 되돌아갔다. 로마의 대금업자나 세금 징수관들에게 지독히 시달린 결과였다. 이후 루쿨루스가 남의 식탁을 덮치는 이 하르퓌이아이*를 쫓아내기는 했으나 당시에는 그들을 타일러 요구 사항을 줄이려고 하는 데 그쳤다.

그는 또 툭하면 들고 일어서는 도시들을 잠재우기 위해 애썼으나 하루도 조용할 날이 없었다.

VIII.

루쿨루스가 이와 같은 일에 얽매여 있을 때 콧타는 자신에게 황금 같은 기회가 찾아왔다는 생각에 미트리다테스와 싸울 준비를 하고 있었다. 그러나 곧, 루쿨루스가 올라오고 있으며 이미 프뤼기아에 진을 쳤다는 소식이 여러 곳에서 들려오기 시작했다. 눈앞에 승리가 있다고 생각한 콧타는 루쿨루스에게 그 영광을 조금도 양보하고 싶지 않았기 때문에, 서둘러 왕에게 싸움을 청했다. 그러나 결국 물에서도 뭍에서도 모두 패배한 그는 배 60척과 거기 타고 있던 선원 모두를 잃었고 보병 4천 명까지 잃었다. 그 자신은 칼케돈에 발이 묶여 포위를 당한 채 루쿨루스의 지원을 기다리게 되었다.

어떤 이들은 루쿨루스를 부추기며 말하기를 콧타를 무시하고 무방비 상태로 있을 미트리다테스의 왕국으로 행군하여 그곳을 빼앗자고 했다. 이와 같이 주장한 군인들은 콧타가 악의적인 판단으로 자신과 부하들을 파멸로 이끈 것으로도 모자라 손쉽게 얻을 수 있었던 그들 자신의 승리까지 가로막은 것에 대하여 격분해 있었다.

그러나 루쿨루스는 열변을 토하며 적의 모든 것을 빼앗기보다 적으로부터 로마인 단 한 사람을 구하는 것이 낫다고 역설했다. 보이오티아에서 미트리다테스의 군대를 지휘했다가 마음을 바꾸어 로마 편으로 온

• "채어 가는 자들" 이라는 의미의 하르퓌이아이는 신화 속에서 반은 새, 반은 사람인 존재들로 나타나기도 한다. 황금 양의 털가죽을 찾아 떠나는 이아손의 아르고 원정대 이야기 속에서 원정대원들은 피네우스의 밥상을 터는 하르퓌이아이를 쫓아 버린다.

아르켈라오스는, 루쿨루스가 모습만 드러내면 폰토스를 단번에 평정할 수 있다고 주장했다. 그러자 루쿨루스는 자신의 용기가 사냥꾼보다 못하지는 않다며 짐승을 놓친 뒤 빈 굴을 덮칠 수는 없다고 말했다. 이 말과 함께 그는 보병 3만 명과 기병 2천5백 명을 이끌고 미트리다테스와 싸우러 갔다. 그러나 적이 보이는 곳에 다다른 루쿨루스는 그 거대한 병력을 보자 싸움을 연기하고 시간을 벌어야겠다는 생각이 들었다.

그때 이베리아의 세르토리우스가 보낸 마리우스•가 원군을 이끌고 미트리다테스를 도우러 왔고 루쿨루스에게 싸움을 걸었다. 이에 루쿨루스는 승패를 겨루고자 병사들을 정렬시켰다. 그런데 싸움이 시작되려는 찰나 날씨가 바뀌지도 않았는데 갑작스럽게 하늘이 갈라지며 거대한 불꽃 비슷한 물체가 두 군대 사이로 떨어졌다. 모양은 마치 포도주 병 같았고 빛깔은 용해된 은과 같았다. 이 광경에 양측 모두가 놀라움을 금치 못하며 서로에게서 떨어졌다. 이 기적 같은 일은 프뤼기아의 오트뤼아이라는 곳에서 벌어졌다고 한다.

그러나 루쿨루스는 식량과 재물이 아무리 많아도 수만 명의 대군을 오랜 시간 동안, 그것도 적의 앞에서 먹여 살리기는 힘들 것이라고 생각했다. 따라서 포로 한 사람을 불러 함께 식사한 사람이 몇 명인지, 그리고 막사에 식량이 얼마나 남아 있었는지 물었다. 그는 같은 방식으로 두 사람을 더 심문했다. 그리고 적이 가진 식량의 양과 병사들의 수를 추정하여 비교하더니 적의 식량이 사흘이나 나흘 후면 떨어질 것이라고 결론지었다. 따라서 그는 더 큰 확신을 갖고 시간을 끌었고 부하들을 위해 풍부한 식량을 확보했다. 풍요로운 상태에서 적의 불행을 지켜볼 수 있도록 하기 위함이었다.

• 마르쿠스 마리우스. 술라의 정적 가이우스 마리우스와 다른 사람이다.

IX.

한편 미트리다테스는 퀴지코스에 타격을 가할 심산이었다. 퀴지코스는 칼케돈 근처에서 벌어진 전투에서 참패하여 병사 3천 명과 배 열 척을 잃은 도시였다. 물론 루쿨루스의 눈을 피해야 했기에 미트리다테스의 군대는 저녁 식사를 끝내자마자 어두운 밤 비가 내리는 틈을 타 행군을 시작했고 새벽녘 도시를 내려다보는 아드라스테이아 산맥의 비탈에 병력을 심는 데 성공했다.

루쿨루스는 미트리다테스가 움직인다는 소식을 듣고 뒤따랐지만, 행군으로 인해 부하들의 대열이 흐트러진 와중에 적을 공격하는 것이 내키지 않았다. 그래서 병사들을 트라키아라는 마을 근처에 주둔시켰다. 미트리다테스의 군대에 필요한 군수품을 조달할 마을과 도로를 관리하기에 좋은 지점이었다. 결과가 뻔히 보였던 루쿨루스는 이를 굳이 부하들로부터 숨기려고 하지 않았다. 그래서 병사들이 진영의 방어를 강화하는 임무를 마치자마자 그들을 불러 모아 며칠 안으로 피 흘리지 않는 승리를 주겠다고 했다.

미트리다테스는 육지와 바다에서 동시에 퀴지코스를 공격하고 있었다. 내륙 쪽은 열 개의 진영으로 포위하고 있었고 도시와 헬라스 땅을 가르는 좁은 해협에는 함대를 배치시켰다. 퀴지코스의 시민들은 용기를 잃지 않고 이 난관을 바라보려 애썼고 로마를 위해서라도 아무리 힘들어도 참을 각오가 되어 있었지만 루쿨루스가 어디 있는지 알지 못했고 아무 소식도 듣지 못했기에 심히 불안해하고 있었다. 루쿨루스의 진영이 뻔히 보이는데도 적의 수작에 넘어가 몰랐던 것이다. 적이 산비탈에 진영을 친 로마인들을 가리키며 이렇게 말했기 때문이다.

"저 군대가 보이는가? 티그라네스가 미트리다테스를 도우려고 보낸 아르메니아와 메디아 군대이다."

그처럼 무시무시한 적들이 에워싸고 있는 것을 본 퀴지코스 사람들은 겁에 질렸으며 루쿨루스가 오더라도 구원받을 가망은 없다고 생각했다.

그런 가운데 먼저 아르켈라오스가 전령 데모낙스를 보내 루쿨루스가 당도했다는 말을 전했다. 퀴지코스 사람들은 데모낙스의 말을 믿지 않았고 그가 불안을 덜어주기 위해 이야기를 꾸며냈다고 생각했다. 그러나 곧 이어서 한 소년이 찾아왔다. 적에게 붙잡혀 있다가 탈출한 아이였다. 퀴지코스 사람들은 소년에게 루쿨루스 장군이 어디 있다고 생각하느냐고 물었고 소년은 이를 농담으로 여기고 웃어넘겼다. 그러나 곧 농담이 아니라는 것을 깨달았고 그 즉시 로마 진영을 손으로 가리켰다. 그러자 퀴지코스의 용기가 되살아났다.

한편 루쿨루스는 다스킬리티스 호수를 왕복하던 꽤 큰 나룻배들 가운데 가장 큰 배를 호반으로 끌어 올려 마차에 실은 뒤 바다로 가져갔으며 여기 가능한 많은 병사들을 태웠다. 그들은 밤을 틈타 적의 눈에 띄지 않고 무사히 퀴지코스 안으로 들어갈 수 있었다.*

XI.

한편 미트리다테스의 장군들은 병사들이 굶주리고 있다는 사실을 왕에게 숨기고 있었다. 미트리다테스를 괴롭힌 것은 퀴지코스 사람들이 그의 포위 공격을 성공적으로 막아내고 있다는 사실이었다. 그러나 부하들이 궁지에 몰려 식인 행위까지 일삼고 있음을 알게 된 미트리다테스는 승리에 대한 열망이 빠르게 식어가는 것을 느꼈다.

루쿨루스는 극적인 효과를 노리고 있지도 않았고 보여주기 위한 전쟁을 치르고 있는 것도 아니었다. 그는 말 그대로 '복부를 걷어차고' 있었고 식량을 차단하기 위한 수단과 방법을 가리지 않고 있었다. 따라서 루쿨루스가 어느 전초 부대를 공격하는 데 정신이 팔린 것을 보고 이를 절호의 기회라고 생각한 미트리다테스는 거의 모든 기병과 탈 짐승 그리고 부상당한 보병들을 비튀니아로 보냈다.

이 소식을 들은 루쿨루스는 밤 사이 진영으로 되돌아 왔으며 아침 일찍, 불어닥치는 폭풍우에도 아랑곳하지 않고 보병대 열 개와 기병대를 이끌고 그들을 뒤쫓았다. 눈이 내리고 있었고 고난이 극심한 행군이었다. 추위에 시달린 여러 병사들이 낙오했지만 그는 나머지 병사들을 데리고 륀다코스 강 근처에서 적을 붙잡아 끔찍한 패배를 안겨주었다. 아폴로니아에서 여인들이 뛰쳐나와 적의 짐을 빼앗고 갑옷을 벗겨 갈 정도였다. 당연히 수많은 사람들이 전투에서 죽음을 맞았다. 말 6천 마리와 병사 1만 5천 명이 포로로 붙잡혔고 그 밖의 탈 짐승도 말할 수 없이 많았다. 루쿨루스는 이 모든 포로와 짐승들을 거느리고 적의 진영 앞을 지나갔다.

어느새 미트리다테스는 신속하게 도주할 방법을 강구하기 시작했다. 먼저 루쿨루스의 관심을 돌리고 추격을 막을 방편으로 해군 대장 아리스토니코스를 헬라스의 바다로 파견했다. 아리스토니코스가 배를 띄우려는 찰나 그는 누군가의 음모로 루쿨루스의 손에 넘어갔다. 로마 군에게 뇌물로 바치려고 갖고 있던 황금 1만 덩어리도 함께 넘어갔다. 이 같은 일이 벌어지자 미트리다테스는 바다로 도망쳤고 보병대장들도 군대를 이끌고 달아나기 시작했다. 그러나 루쿨루스가 그라니코스 강 근처에서 이들을 덮쳤고 엄청난 수를 포로로 잡았으며 2만 명을 죽였다. 전투병을 비롯하여 군대를 따라다니던 수행원들까지 합하면 이 전쟁에서 30만 명에 달하는 이들이 죽었다고 전해진다.

XII.

이 직후 루쿨루스는 개선 행렬을 이끌고 퀴지코스로 입성했으며 받아 마땅한 환영 행사를 즐겼다. 그런 다음 헬레스폰토스로 전진해 함대를 준비시키기 시작했다. 루쿨루스가 트로아스 지방을 방문했을 때 아프로디테의 성역에 막사를 치고 잠을 자는데 밤사이 아프로디테 여신이 잠든 루쿨루스를 내려다보며 이렇게 말했다고 한다.

"위대한 사자여, 왜 잠을 자고 있는가? 사슴이 가까이 있으니 덮치라."

잠에서 깨어 동료들을 부른 루쿨루스는 날이 밝기도 전에 자신이 꾼 꿈을 설명했다. 그런데 아니나 다를까, 일리온에서 사람들이 와서 전하기를 미트리다테스의 펜테레스 열세 척이 아카이아 앞바다에 모습을 드러냈으며 렘노스로 가고 있다고 했다. 루쿨루스는 당장 바다로 나갔고 이 배들을 붙잡아 지휘관 이소도로스를 죽였다. 그리고 이들이 합류하고자 했던 다른 배들을 뒤쫓아 갔다.

적의 함대는 마침 해안가 가까이 닻을 내리고 있었다. 루쿨루스가 다가오는 것을 목격한 적은 함대를 전부 해안 위로 끌어올린 뒤 갑판 위에 서서 적과 마주보았고, 이에 루쿨루스의 선원들은 심히 약이 올랐다. 배를 몰고 적의 등 뒤로 갈 수도 없었고 정면으로 습격할 수도 없었기 때문이다. 루쿨루스의 함대는 물 위에 떠 있었고 적들의 배는 뭍 위에 심겨 단단히 고정되어 있었던 탓이다.

그러나 루쿨루스는 마침내 배를 댈만한 곳을 찾아 최고의 병사들을 하선시키는 데 성공했다. 병사들은 적을 뒤에서 덮쳐 일부를 죽였다. 나아가 적병을 위협해 배를 뭍에 고정 시키고 있는 선미 밧줄을 끊게 만들었다. 그러자 배들이 해안에서 벗어나 서로 부딪히거나, 돌진해 오는 루쿨루스의 배로 인해 충격을 입었다. 수많은 적들이 죽은 것은 말할 것도 없고 붙잡힌 이들 중에는 세르토리우스가 보낸 마리우스도 포함되어 있었다.

마리우스는 외눈박이였는데 병사들은 바다로 나서자마자 외눈박이는 절대 죽여서는 안 된다는 루쿨루스의 지시를 받은 바 있었다. 루쿨루스는 마리우스를 무엇보다 극심한 치욕 속에서 죽이고 싶었기 때문이다.

XIII.

이와 같은 일을 마치고 루쿨루스는 미트리다테스를 서둘러 쫓아갔다. 보코니우스가 비튀니아에서 그를 철저히 감시하고 있으리라 기대했기 때문이다. 루쿨루스는 도망치는 미트리다테스를 잡기 위해 보코니우스에게 함대를 붙여 니코메데이아로 파견한 바 있었다.

그러나 보코니우스는 사모트라케에서 비의에 입회하고 이를 자축하느라 뒤처지고 말았고 미트리다테스는 병력을 이끌고 바다로 나섰다. 루쿨루스가 등을 돌려 쫓아오기 전에 폰토스에 닿기 위함이었다. 그런 그를 따라잡은 것은 다름 아닌 극심한 폭풍우였다. 이는 미트리다테스의 함선 일부를 파괴하고 나머지도 쓸모없게 만들어 버렸다. 해안 전체는 수 일 동안 거대한 파도에 쓸려온 난파선들로 뒤덮여 있었다.

한편 미트리다테스 왕이 타고 있던 상선은 너무 거대한 나머지, 밀물이 심하고 파도도 걷잡을 수 없는 상황에서 해안에 접근할 수 없었다. 그뿐 아니라 방향조차 잡기 힘들었으며 너무 무겁고, 많은 물로 가득 차 난바다로 나갈 수도 없는 처지였다. 그래서 미트리다테스는 상선을 버리

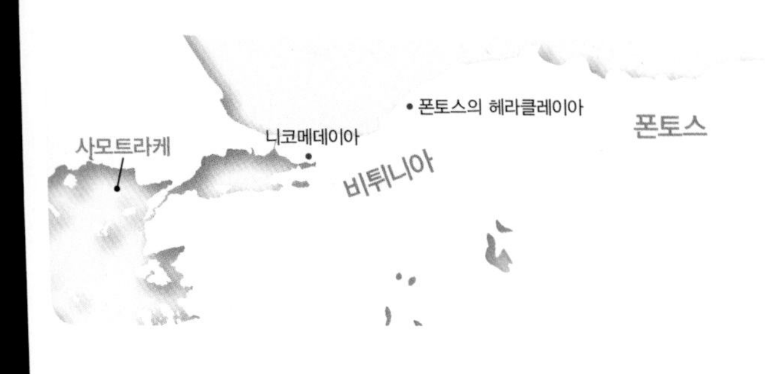

고 어느 해적 무리가 갖고 있던 아담한 뛰오파론에 몸을 실었다. 그들의 손에 신변을 맡긴 다음 예상과 달리, 그러나 온갖 위험 끝에 무사히 폰토스의 헤라클레이아에 다다랐다.*

XIV.

이쯤 되자 많은 사람들이 루쿨루스에게 전쟁을 멈추라고 조언했다. 그러나 루쿨루스는 아랑곳하지 않고 비튀니아와 갈라티아를 통해 왕의 영토에 병력을 밀어 넣었다. 처음에는 필수품이 부족했기 때문에 갈라티아 사람 3만 명이 어깨에 곡식 1메딤노스를 지고 루쿨루스의 행렬을 따랐다. 그러나 전진하며 모든 필요한 것을 손에 넣었고 어느새 지나치게 풍요로워진 나머지, 루쿨루스의 진영에서는 황소 한 마리가 1드라크메, 남자 노예가 4드라크메밖에 하지 않았고 그 밖의 전리품은 아무 가치도 없었다. 버리고 가는 사람도 있었고 파손하는 이도 있었다. 모두가 넘치게 갖고 있으니 누구에게 무얼 팔 수조차 없었다.

그러나 루쿨루스가 기병대를 이용한 기습 공격을 통해 테미스퀴라와 테르모돈 강 유역의 평야를 약탈하는 데서 그치자 병사들은 불만을 토로하기 시작했다. 루쿨루스가 평화로운 방법으로 도시의 지배권을 넘겨받는 통에 단 한 군데도 무력으로 빼앗지 못했으며, 따라서 전리품을 얻을 기회도 없었다고 불평한 것이다.

"바로 이 순간에도 아미소스처럼 부유하고 풍요로운 도시를 내버려두고 가고 있지 않은가. 포위 공격을 하면 아미소스를 빼앗는 것쯤이야 그리 큰일이겠는가. 그런데도 미트리다테스와 싸우자고 장군님을 따라 티바레니, 칼다이오이 족이 우글거리는 사막으로 들어가야 하다니."

그러나 루쿨루스는 훗날 병사들이 이로 인해 얼마나 광기 어린 짓을 벌일지 상상도 못한 채 이들의 불평을 무시하고 넘어갔다. 반면 그가 별 볼일 없는 마을과 도시들을 굴복시키느라 너무 지체하고 있으며 미트리다테스에게 병력을 모을 시간을 주고 있다고 비난하는 자들에 대해서는 보다 열정적으로 스스로를 변호했다.

"내가 원하는 것이 바로 그것이며 그것을 얻기 위해 여기 앉아 있는 것입니다. 나는 그자가 다시 힘을 얻게 되기를 바랍니다. 그래서 나와 상대가 될 만한 병력을 모으기를 바랍니다. 그래야 우리가 다가가도 도망치지 않을 테니까요. 미트리다테스가 등진 광활하고 자취 없는 사막이 보이지 않으십니까? 언덕과 계곡이 많은 카우카소스 산맥도 근처에 있습니다. 싸우기를 거부하는 왕이 1만 명이라도 하나같이 이곳에 안전하게 숨을 수 있습니다. 또 카비라에서 아르메니아에 이르는 데는 며칠밖에 걸리지 않고 아르메니아의 왕좌에는 왕 중의 왕 티그라네스가 앉아 있습니다. 티그라네스 왕의 병력은 파르티아 사람들을 아시아로부터 고립시켰고, 헬라스의 도시들을 메디아에 옮겨 심었으며, 쉬리아와 팔라이스티네를 흔들고, 셀레우코스의 후계자들을 죽인 다음 아내와 딸들을 포로로 붙잡은 바 있습니다. 이 왕은 미트리다테스의 친척입니다. 사위지요. 미트리다테스가 간청하면 달가워하지는 않을 테지만 그래도 우리와 전쟁을 하려들 것입니다.

그러니 미트리다테스를 폰토스로부터 쫓아내려고 안간힘을 쓰다가는 도리어 티그라네스를 끌고 나올 위험이 있습니다. 티그라네스는 오랫동안 우리를 공격할 핑계를 찾고 있었습니다. 그런 그에게 친척이자 폰토

• 아르메니아 왕 티그라네스.

스의 왕인 미트리다테스를 도와야 하는 어쩔 수 없는 상황보다 더 좋은 핑계가 어디 있겠습니까? 그러니 우리가 아무것도 모르고 있는 미트리다테스에게 어느 나라와 동맹하여 우리와 싸우면 될지 알려줄 이유가 어디 있습니까? 원하지도 않는 사람을 몰아붙여 최후의 방편을 택하도록 할 이유가, 티그라네스의 품으로 밀어 넣을 이유가 어디 있습니까? 그럴 바에야 그가 용기를 되찾고 스스로의 힘으로 병력을 가다듬을 시간을 주는 것이 낫지 않겠습니까? 그러면 우리가 이미 정복한 적 있는 콜키스 사람들과 티바레니 족, 캅파도키아 사람들과 싸우면 됩니다. 메디아와 아르메니아 사람들과 싸우지 않아도 된다는 말입니다."

XV.

이렇게 생각한 루쿨루스는 포위 공격을 심하게 몰아 부치지 않고 아미소스 근처에 머물렀다. 그리고 겨울이 지나자 무레나에게 포위 공격을 맡기고 자신은 미트리다테스와 싸우러 행군했다. 미트리다테스는 카비라에 자리를 잡고 로마군의 공격을 기다리려는 심산이었다. 보병 4만 명과 기병 4천 명을 모집한 뒤였고 기병에 더 큰 신뢰를 품고 있었다. 뤼코스 강을 건너 들판으로 나선 미트리다테스는 로마 사람들에게 전투를 제안했다. 기병들 간에 전투가 이어졌고 로마 병사들이 패주했다.*

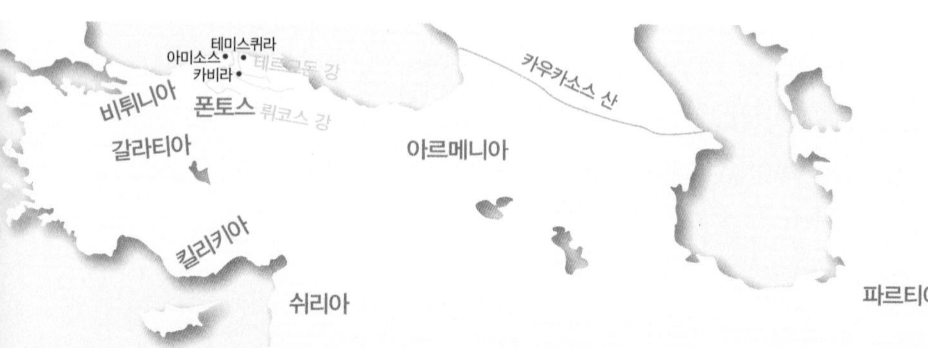

루쿨루스는 적의 기병이 우월한 것을 보고 들판에서 싸우기가 두려웠다. 그럼에도 언덕 지대로 들어서는 것을 망설였으니 외지고 숲이 많았으며 통행이 불가능하다시피 했기 때문이다. 그런데 마침 동굴 비슷한 곳에 피신해 있던 헬라스 사람들이 붙잡혔고 그 가운데 가장 나이가 많은 아르테미도로스는 루쿨루스에게 길을 안내하겠다고 약속했다. 그리고 카비라가 내려다보이는 요새가 있는 안전한 곳에 진영을 치게 해주겠다고 했다.

루쿨루스는 아르테미도로스의 약속을 믿고 밤이 되자마자 모닥불을 피운 뒤 진영을 나섰다. 그리고 무사히 좁은 골짜기를 지나 원하던 지역을 차지했으며 날이 밝자 적이 보이는 곳에서 모습을 드러냈다. 싸우고 싶으면 싸울 수 있지만 조용히 있고 싶으면 적의 공격을 피할 수 있는 위치에 병사들을 배치해 둔 것이다.

그 어느 편의 지휘관도 당장 맞붙고 싶은 생각은 없었다. 그러나 전해져 오는 이야기에 따르면 미트리다테스 왕의 부하들이 수사슴을 쫓는데 로마 사람들이 그들을 가로막고 시비를 걸었다고 한다. 이것은 몸싸움으로 이어졌고 곧 양쪽에서 사람들이 계속해서 끼어들었다. 그러다 마침내 왕의 병사들이 승리했다. 동료들이 도망쳐 오는 것을 본 로마 병사들은 줄줄이 루쿨루스에게 찾아가 제발 자신들을 이끌어주기를, 전투 명령을 내려주기를 요구했다. 그러나 루쿨루스는 부하들에게 잠자코 있으라고 했을 뿐이다. 적과의 위험천만한 싸움에서 분별력 있는 장군의 뚜렷한 존재가 얼마나 중요한 것인지 가르쳐주고 싶었기 때문이다.

루쿨루스는 스스로 들판으로 나가, 앞장서 도망쳐오는 병사들을 막아세웠다. 그리고 자신과 함께 싸움이 벌어졌던 곳으로 가자고 했다. 병사들은 루쿨루스의 말을 따랐고 나머지도 뒤돌아 전투 대형을 이루었다. 로마군은 순식간에 적을 패주시키고 그들의 진영까지 몰아붙였다. 한편 로마 진영으로 돌아온 루쿨루스는 도망쳤던 병사들에게 형식적인 벌을 내렸다. 나머지 병사들이 지켜보는 앞에서 속옷만 입고 깊이가 12페스나 되는 구덩이를 파도록 한 것이다.

XVI.

한편 미트리다테스의 진영에는 단다리오이 족 왕자 올타코스가 있었다.* 힘이 좋고 용감했으며 판단력이 누구보다 뛰어났고 사근사근한 말투로 남의 환심을 사는 데 누구보다 능했던 특출한 병사였다. 그는 같은 씨족의 다른 왕자들에게 지지 않으려는 경쟁심이 심하여 언제나 최고가 되려 했다. 그래서 미트리다테스를 위해 커다란 업적을 세워야겠다고 결심한 그는 루쿨루스를 암살하기로 마음먹었다.

미트리다테스 왕은 올타코스의 계획을 승인하고는 일부러 그에게 잡다한 비난을 퍼부었다. 올타코스는 이에 격분한 척 꾸미고는 루쿨루스가 있는 곳으로 조르르 말을 몰고 달려갔다. 루쿨루스는 병사들 가운데 소문이 자자했던 올타코스를 기꺼이 맞아들였다. 얼마간의 관찰 끝에 그의 영악함과 열정에 반해버린 루쿨루스는 그를 자신의 식탁에 앉히더니 급기야 군사 회의에까지 참여시켰다.

이 단다리오이 족 왕자는 기회가 왔다는 생각이 들자 노예들을 시켜 자신의 말을 진영 밖으로 끌고 나가도록 했다. 그리고 그 자신은 정오에 다른 병사들이 널브러져 휴식을 즐기고 있는 틈을 타 장군의 막사로 갔다. 그는 장군과 절친한 자신을 가로막는 사람이 있을 거라고는 생각지 않았다. 그래서 매우 중대한 소식을 전해야 한다고 말하고 무작정 들어가려고 했다. 평소 같았으면 아무런 방해 없이 들어갈 수 있었을 터이지만, 그날 루쿨루스를 살린 것은 여러 장군들을 곧잘 파멸로 몰아가곤 하는 잠이었다. 루쿨루스가 잠들어 있었기 때문에 막사 앞을 지키고 있던 그의 시종 메네데모스는 올타코스를 멈추어 세웠다. 그리고 장군이 긴 경계 근무와 여러 힘든 임무 끝에 막 잠들었으니 다음에 오라고 말했다.

그러나 올타코스는 메네데모스의 부탁에도 돌아가지 않고 장군과 매우 중대하고 긴급한 상황에 대해 이야기해야겠으니 기어코 들어가겠다고 고집을 피웠다. 그러자 메네데모스가 화를 내며 장군을 보호하는 것보다 더 긴급한 일은 없다며 두 손으로 올타코스를 밀어냈다. 이에 겁을 집어먹은 올타코스는 목적을 달성하지도 못한 채 진영을 나와 말에 올라타고 미트리다테스의 진영으로 향했다. 삶에서도 질병에서도 저울이 목숨을 구하는 쪽으로 기우느냐, 혹은 위협하는 쪽으로 기우느냐 하는 것은 단 하나의 결정적인 계기가 좌우한다.

XVII.

이런 일이 있고 소르나티우스는 10개 코호르스•를 이끌고 곡식을 구하러 가는 임무를 부여받았다. 미트리다테스의 부하 메난드로스 장군이 이들을 따라붙자 소르나티우스의 군대는 뒤돌아 싸웠고 수많은 적병을 학살한 끝에 패주시켰다. 그리고 또 아드리아누스가 곡식을 넉넉히 확보하라는 명령을 받고 병력을 이끌고 나섰을 때 역시 미트리다테스는 가만히 지켜보지 않고 메네마코스와 뮈론에게 기병과 보병을 잔뜩 붙여 보냈다. 그러나 단 두 사람을 제외하고 병사들 모두가 로마군의 칼에 난도질당했다고 한다.

• 로마군의 한 단위. 병사 6백 명(마니풀루스 3개)으로 이루어져 있다.

미트리다테스는 이 사건의 심각성을 숨기고 장군들의 경험 부족에서 비롯된 사소한 일인 척했다. 그러나 아드리아누스가 수레 여러 대에 곡식과 약탈한 물건들을 한가득 싣고 미트리다테스의 진영 앞을 위풍당당하게 행군하자 왕은 심한 좌절감에 빠졌고 부하들에게는 혼란과 어찌할 수 없는 두려움이 엄습했다. 따라서 그들은 더 이상 같은 자리를 사수하지 않기로 했다. 그러나 왕의 시종들이 자신들의 짐을 먼저 실어 보내려 하자 병사들은 분노에 휩싸였고 짐수레를 비집고 진영의 출구로 가 그곳에서 짐을 약탈하고 책임자들을 죽였다.*

미트리다테스 왕 역시 시종이나 마부도 없이, 심지어는 왕궁 소유의 말 한 마리 없이 수많은 병사들 틈에 끼어 진영을 벗어났다. 그러나 인파에 휩쓸려 가던 왕은 마침내, 말을 타고 있던 내관 프톨레마이오스의 눈에 띄었고 프톨레마이오스는 왕에게 말을 양보했다.

곧 따라오던 로마 사람들이 왕의 꽁무니를 바짝 뒤쫓았다. 그들이 왕을 붙잡지 못한 것은 속도가 부족해서가 아니었다. 실상 거의 붙잡을 뻔했다. 그러나 그토록 오랫동안 수많은 고충과 엄청난 위험을 감수하고 추적했던 사냥감을 놓치게 만든 것, 루쿨루스로부터 승자의 포상을 강탈한 것은 다름 아닌 탐욕, 그리고 인색한 병사들의 욕심이었다. 왕을 태우고 가던 말이 뒤쫓던 로마 병사들의 코앞에 있었는데 왕의 황금을 싣고 가던 노새들이 하필 그 사이를 지나간 것이다. 노새들이 스스로 그리 했든, 왕이 쫓아오는 자들의 길을 막기 위해 일부러 그리 보냈든 로마 병사들은 다투어 황금을 빼앗고 차지하는 데 정신이 팔려 뒤처지기 시작했다.*

XVIII.

카비라를 비롯한 여러 성채들을 점령한 루쿨루스는 엄청난 양의 보물과 감옥 여러 곳을 발견했다. 이 안에는 여러 헬라스인들과 왕의 친척들이 감금되어 있었다. 죽은 목숨이라고 여겨졌던 이들이었기에 이것은 구조라기보다는 부활, 일종의 재탄생이나 마찬가지였고, 모두 루쿨루스의 호의 덕분이었다.

미트리다테스의 누이 뉫사 역시 이때 붙잡혔고 덕분에 살 수 있었다. 그러나 파르나키아에 꼭꼭 숨어 있던, 위험에서 가장 멀리 있다고 여겨진 왕의 누이와 아내들은 처참한 결말을 맞았다. 미트리다테스가 도망치다 말고 내관 바키데스를 보내 그들을 처리하도록 했기 때문이다. 여인들 중에는 왕의 누이 록사네와 스타테이라가 있었고, 이들은 마흔 전후의 나이로 미혼이었다. 왕의 부인들 가운데 이오니아의 집안에서 시집온 키오스의 베레니케와 밀레시아의 모니메도 여기 있었다.

모니메는 곧잘 헬라스 사람들의 입에 오르곤 했는데 왕이 모니메를 유혹하기 위해 황금 1만 5천 덩어리를 보냈을 때 모니메가 왕의 구애를 거절했기 때문이다. 그럼에도 왕은 마침내 혼약을 맺었고 모니메에게 왕관과 함께 왕비의 칭호를 내렸다. 그러나 모니메의 결혼 생활은 불행했고 모니메는 남편이 아닌 주인, 가정과 가족의 수호자가 아닌 이방 민족의 수호자를 가져다준 자신의 아름다움을 한탄했다. 헬라스에서 멀고 먼 땅에 홀로 남겨진 모니메는 상상했던 행복은 꿈으로 남고 익숙했던 행복마저 빼앗긴 삶을 살아가야 했다.

그런데 이제 바키데스까지 찾아와 죽음을 명했던 것이다. 여인들은 각자 가장 쉽고 고통 없이 죽는 방법을 택했다. 모니메는 머리에서 왕관을 내려 목에 묶고 목을 매달려고 했다. 그러나 고리가 금세 둘로 부러졌다.

"이런 저주받은 싸구려 노리개 같으니라고. 이 임무조차 제대로 수행하지 못하느냐?"

모니메는 왕관에 침을 뱉고 내팽개친 다음 바키데스에게 목을 맡겼다. 반면 베레니케는 독약이 든 잔을 들었고 곁에서 이를 나누어 달라고 간청한 어머니와 함께 들이켰다. 독약은 몸이 약한 어머니에게는 약효가 충분했지만 베레니케의 목숨은 앗아가지 않았다. 양이 부족했다. 베레니케의 죽음은 더디게 찾아왔고 결국 시간에 쫓기던 바키데스는 베레니케의 목을 졸랐다. 왕의 두 누이 가운데 하나는 왕에게 온갖 비난과 저주를 퍼부으며 독약을 마신 반면, 스타테이라는 원망스럽거나 야박한 말 한마디 없이 목숨을 끊었다고 한다. 오히려 자신들을 잊지 않은 왕을 칭찬했는데, 수모를 당하고 죽는 대신 자유의 몸으로 죽을 수 있도록 조처를 취해 주었기 때문이었다. 물론 이 소식은 루쿨루스의 마음을 아프게 했다. 그는 본래 마음이 여리고 인정 많은 사람이었다.

XIX.

루쿨루스는 탈라우라까지 미트리다테스를 뒤쫓아 갔지만 거기서 멈추었다. 미트리다테스는 루쿨루스가 당도하기 나흘 전, 티그라네스 왕이 있는 아르메니아로 도망친 뒤였다. 루쿨루스는 칼다이아 사람들과 티바레니 족을 차례로 진압한 다음 소 아르메니아를 점령해 성채와 도시들을 짓밟고는 미트리다테스를 내놓으라고 요구하기 위해 티그라네스 왕에게 압피우스를 보냈다.

한편 자신은 여전히 포위 공격을 버티어내고 있던 아미소스로 갔다. 아미소스가 버틸 수 있었던 것은 그곳을 다스리고 있던 칼리마코스 덕분이었다. 칼리마코스는 기계 장치를 다루는 데 능숙했고 포위 공격을 당한 도시가 필요로 하는 모든 자원을 확보할 수 있는 능력이 있었기 때문에 로마 사람들에게는 보통 성가신 존재가 아니었다. 이 때문에 칼리마코스는 추후 대가를 치르게 된다.

그러나 그것은 나중의 일이고 아미소스에서 칼리마코스는 루쿨루스의 영리한 전술에 당했다. 칼리마코스는 늘 특정한 시간이 되면 성벽을 지키는 병사들에게 물러나 휴식을 취하도록 하곤 했는데 바로 이때 루쿨루스가 갑작스럽게 공격을 감행한 것이다. 성벽의 일부를 빼앗긴 것뿐인데도 칼리마코스는 도시에 불을 지르고 달아났다. 제 손으로 불을 지른 것은 도시의 재물이 로마군의 손에 들어가는 것을 막기 위해서였을 수도 있고, 아니면 그편이 도망을 치는 데 도움이 되었기 때문일 수도 있다. 불길이 치솟아 성벽을 휘감자 아무도 돛을 펴고 달아나는 이들에게는 신경을 쓰지 않았으며 오로지 성안의 집들을 약탈하려고 안달이었기 때문이다.

루쿨루스는 사라져가는 도시가 안타까웠던 나머지 성 밖에서나마 도움의 손길을 주려고 불길을 잡으라는 명령을 내렸으나 아무도 듣지 않았다. 병사들은 모두 전리품을 획득하는 데 정신을 빼앗겨 고함을 치며 방패와 창을 두드렸다. 루쿨루스는 결국 병사들의 요구를 들어줄 수밖에 없었다. 그렇게 하면 도시가 불길에 휩싸이는 것만은 막을 수 있으리라고 생각했다. 그러나 병사들은 정반대의 일을 저질렀다. 횃불을 들고 온 도시를 약탈하고 누비면서 집들을 대부분 파괴한 것이다. 새벽녘 성안에 들어선 루쿨루스는 울음을 터뜨리며 동료들에게 말하기를 술라가 행복한 줄은 알았지만 그날은 더욱더 술라의 행운이 부럽다고 했다. 술라에게는 아테나이를 구할 힘이 있었기 때문이었다.

"그러나 하늘은 술라의 본보기를 따르려던 나를 고작 뭄미우스*의 수준으로 끌어내리셨으니."

그러나 상황이 허락하는 선에서 루쿨루스는 어떻게든 도시를 복원하려고 애썼다. 이것은 도시가 사로잡힌 순간 운명적으로 내리기 시작한 빗줄기 덕분에 불길이 잡혔기에 가능했다. 병사들이 파괴한 것은 떠나기 전 대부분 재건했다. 그는 또한 도시를 떠났던 아미소스 사람들을 도로 받아들였고 정착을 원하는 다른 헬라스 사람들도 모두 받아들였다. 또 도시의 영토에 덧붙인 땅도 120스타디온에 달했다.

아미소스는 아테나이 사람들의 정착지로서 아테나이의 세력이 최고조에 달해 바다를 호령할 당시 세워진 도시였다. 그 때문에 아리스티온의 독재정을 피하고 싶었던 아테나이 사람들이 아미소스로 향해했고 거기 정착해 시민이 된 것이다. 고향 땅에서의 불행을 피하려다 더 큰 수난을 맞이한 아미소스 사람들이었지만, 루쿨루스는 살아남은 사람들에게 말끔한 옷을 입히고 한 사람당 2백 드라크메를 선사했다.*

XX.

루쿨루스는 다음으로 아시아에 있는 도시들을 향해 주의를 돌렸다. 전쟁을 잠시 쉬는 동안 정의와 법을 도모하기로 한 것이다. 법과 정의가 오랫동안 사라지고 없었던 아시아에는 말할 수도 없고 믿을 수도 없는 불행이 퍼져 있었다.

세금을 거두는 이들과 대금업자들에 의해 지역 사람들은 재산을 빼앗기고 노예로 전락했던 것이다. 가족은 어여쁜 아들과 순결한 딸을 팔아야 했고 도시는 신전에 봉헌된 제물과 그림, 신성한 조각상을 팔아야 했다. 종국에는 채권자들에게 스스로를 넘겨 노예살이를 해야 했으나 그

* 코린토스를 점령하고 깡그리 훼손한 다음, 희귀한 헬라스 예술품의 가치조차 알아보지 못하고 팔아치운 로마의 집정관.

전에 더 심한 꼴을 겪어야 했다. 밧줄과 형틀, 말을 이용한 고문을 당하기도 했으며 여름에는 뙤약볕 아래 서 있어야 했고 겨울에는 진흙탕이나 얼음 위로 내던져졌다. 노예살이가 시작되면 오히려 짐을 던 기분으로 평화를 느낄 수 있을 정도였다.

루쿨루스가 당도했을 때 도시들은 이와 같은 악에 물들어 있었으며 그는 짧은 시간 안에, 억압되었던 자들을 이 모든 악으로부터 구해냈다.

그는 먼저 월 이자율을 1퍼센트로 낮추고 그 이상은 절대로 물지 못하도록 명령했다. 두 번째로 원금을 초과하는 이자를 잘라냈다. 그리고 셋째이자 가장 중요한 조치로 대금업자가 채무자의 소득의 4분의 1이상을 가져갈 수 없도록 했고, 원금에 이자를 더하는 사람은 한 푼도 돌려받지 못하게 만들었다. 그러자 4년도 채 되기 전에 모든 채무가 해결되었고 재산은 소유주에게 고스란히 돌아왔다. 시민들에게 공동으로 지워졌던 이 채무는 술라가 아시아에 전쟁 부담금으로 청구한 2만 탈란톤이 그 원인이었으며 대금업자들은 이미 그 두 배나 되는 금액을 받아 챙긴 뒤였다. 그런데도 터무니없는 금리를 적용해 12만 탈란톤에 달하는 금액을 요구하고 있었던 것이다.

당연히 대금업자들은 억울한 일을 당했다고 생각하고 큰 목소리로 로마에 항의했다. 그들은 또한 호민관들에게 뇌물을 주어 루쿨루스를 고발하도록 부추겼다. 대금업자들은 현직에 있는 정치가들에게도 돈을 빌려준 실로 영향력 있는 자들이었다. 그러나 루쿨루스는 그의 덕을 본 많은 사람들의 사랑을 받았다. 뿐만 아니라 다른 지역에서도 루쿨루스의 다스림을 받기를 원했고 그의 다스림을 받는 운 좋은 이들을 축하하기까지 했다.

XXI.

한편 티그라네스 왕에게 파견된 압피우스 클로디우스당시 루쿨루스의 아내의 오라비는 왕이 보낸 안내인들을 따라 북부 지방을 지나는, 쓸데없이 멀고 굽은 길로 들어섰다. 그러나 그의 편에 있던 어느 쉬리아 해방노예가 직통으로 난 길을 알려주자 압피우스는 자신을 골탕 먹이려는 의도가 담긴 먼 길을 버리고 왕의 안내인들에게 긴 작별 인사를 고한 뒤 다프네 숲을 가로질러 안티오케이아에 다다랐다.

이어서 티그라네스 왕을 기다리라는 명령을 받고왕은 여전히 포이니케의 도시들을 정복하느라 바빴으므로 안티오케이아에 머무는 동안 압피우스는 티그라네스에게 껍데기뿐인 충성심을 갖고 있던 여러 군주들의 지지를 얻을 수 있었다. 그중에는 고르뒤에네의 왕 자르비에노스도 있었다. 또한 예속 상태에 있는 여러 도시들이 그와 협의하고자 사람을 보냈으며 압피우스는 그들에게 추후 루쿨루스의 도움을 약속했으나 당분간은 잠자코 있으라고 당부했다.

• 티그라네스의 얼굴이 새겨진 동전. 영국 박물관.

아르메니아 사람들의 권세는 헬라스 사람들에게 견디기 힘든 고충을 안기고 있었다. 다른 모든 것을 떠나서 왕 자신의 태도가 매우 풍족한 형편 속에서 건방지고 오만해진 것이다. 대부분의 사람들이 욕심내고 우러러보는 모든 것을 그는 소유하고 있었을 뿐 아니라 실로 그 모든 것이 자신만을 위해 존재한다고까지 생각했다.

처음 왕의 자리에 올랐을 때는 작고 보잘것없는 바람만을 갖고 있던 티그라네스는 여러 국가를 정복했고 앞선 왕들과 달리 파르티아의 세력을 굴복시켰으며 킬리키아와 캅파도키아로부터 몰아낸 헬라스 사람들로 메소포타미아를 채우고 그들을 그곳에 정착시켰다. 또

유목민이었던 아라비아 사람들을 그들이 자주 다니는 지역으로부터 몰아내 근방의 도시에 정착시켰는데 무역과 통상에 이용하기 위함이었다.

티그라네스를 받드는 군주들은 한둘이 아니었으며 그들은 왕의 시종이나 경호원이라도 되는 듯 왕을 싸고돌았다. 왕이 말을 타고 나가면 짧은 속옷만 입고 그 곁을 뛰어갔고 왕이 왕좌에서 나랏일을 볼 때면 그 곁에 팔짱을 끼고 서 있었다. 이러한 자세는 철저한 복종을 나타내는 것으로 스스로 자유를 버리고 주인에게 몸을 맡긴다는 의미였으며 시중을 들겠다는 의미라기보다 어떤 고통도 달게 받겠다는 의미였다.

• 푸쏘가 그린 『네 군주들에 둘러싸인 티그라네스』.

그러나 압피우스는 이 모든 허장성세에도 겁을 먹거나 놀라지 않고 왕과의 면담 기회를 얻자마자 왕에게 꾸밈없이 말하기를 루쿨루스의 개선 행진을 장식하기 위해 미트리다테스를 데리러 왔으며 내어주지 않으면 왕을 상대로 전쟁을 선포하겠다고 했다. 티그라네스 왕은 밝은 표정과 억지 미소를 유지하기 위해 온갖 애를 썼으나 곁에 있던 사람들은 왕이 젊은 장군의 거침없는 말에 불편한 기색을 감추지 못하는 것을 보았다. 왕이 그처럼 자유로운 언행을 들어본 것은 아마 스물다섯 해만에 처음이었을 것이다. 그것이 곧 왕의 통치 기간, 아니 독재 기간이었다.

그럼에도 그는 압피우스에게 미트리다테스를 내어줄 수 없으며 로마 사람들이 전쟁을 시작하면 맞서 싸우겠다고 대답했다. 왕은 루쿨루스가 서신에서 자신을 왕 중의 왕이라고 칭하지 않고 그냥 왕이라고 칭하는 것이 신경 쓰였고 자신 또한 답신에서 루쿨루스를 임페라토르•라고 칭하지 않았다.

그래도 압피우스에게는 귀중한 선물을 내렸고 압피우스가 이를 거절하자 더 많은 선물을 보냈다. 압피우스는 마지못해 대접 하나를 받았는데 개인적인 적대감이 있어서 왕의 선물을 거절한 것이 아니라는 표시였다. 나머지 선물을 돌려보낸 뒤 압피우스는 임페라토르와 합류하기 위해 전속력으로 돌아갔다.

XXII.

이때까지 티그라네스는 미트리다테스와 말을 하기는커녕 만나주지조차 않고 있었다. 미트리다테스와 혼인을 통해 맺어진 친척 관계이며 그가 한때 커다란 왕국을 다스렸다는 사실은 아랑곳하지 않았던 것이다. 오히려 가능한 멀리 둠으로써 그에게 불명예와 모욕을 안겼는데 질병이 많고 습한 지역에 마치 포로처럼 내팽개쳐 둔 것이다. 그러나 압피우스가 다녀간 뒤 티그라네스는 미트리다테스를 궁으로 불러 존중해 주고 친구를 대하듯 하였다.*

XXIII.

아시아를 법과 질서로, 그리고 평화로 충만하게 한 루쿨루스는 즐거움을 주고 호의를 살 만한 다양한 조치들도 빼놓지 않았다. 그리하여 에페소스에 있을 당시 온갖 행진과 개선 축제, 운동 경기와 격투 경기 등

• 전쟁에서 큰 승리를 얻은 장군에게 주어지는 칭호.

을 열어 여러 도시 사람들을 즐겁게 해주었다. 도시들은 이에 대한 보답으로 루쿨루스를 기리는 축제 루쿨레아를 제정하였고 그에게 명예보다 더 달콤한 것, 즉 그들의 순수한 정성을 바쳤다.

그러나 압피우스가 돌아오고 티그라네스 왕을 상대로 전쟁을 벌여야 한다는 것이 명백해지자 루쿨루스는 폰토스로 돌아가 군대를 이끌고 시노페를 공격했다. 정확히 말하자면 티그라네스 왕을 위해 시노페를 점령하고 있던 킬리키아 사람들을 포위 공격한 것이다. 킬리키아인들은 여러 시노페 사람들을 죽이고 도시에 불을 지른 뒤 밤새 도망칠 준비를 했다. 그러나 상황을 눈치 챈 루쿨루스는 도시로 잠입해 남아 있던 킬리키아 사람들 8천 명을 죽였다.*

한편 미트리다테스와 티그라네스는 전쟁이 선포되기 전에 아시아를 침략하려는 목적으로 뤼카오니아와 킬리키아에 당도하기 직전이었다. 소식을 들은 루쿨루스는 아르메니아의 왕의 행동에 놀라움을 감출 수 없었다. 로마를 공격할 작정이었다면 왜 미트리다테스의 권력이 절정에 있을 때 그를 이용하지 않고, 또 그의 병력이 강력할 때 힘을 합치지 않고 그가 짓밟히고 망할 때까지 기다렸다가 뒤늦게 승리할 가능성이 희박한 전쟁을 시작했는지, 똑바로 일어설 수 없는 자들의 수준으로 스스로 납작하게 엎드렸는지 의문이었다.

XXIV.

그러나 보스포로스를 쥐고 있던 미트리다테스의 아들 마카레스마저 루쿨루스에게 황금 천 덩어리만큼의 가치가 있는 왕관을 보내 자신을 로마 편에 넣어달라고 간청하자 그 즉시 루쿨루스는 첫 번째 전쟁이 끝난 것으로 간주하였다. 따라서 소르나티우스에게 병사 6천을 주어 폰토스를 맡긴 뒤 자신은 보병 1만 2천 명과 3천이 되지 않는 기병들을 데리고 두 번째 전쟁을 하러 나섰다. 루쿨루스는 후퇴에 대한 그 어떤 계산도 없이 무모한 공격을 하는 것으로 보였다. 실로 그는 온갖 호전적인 국가들과 기병 수천을 상대로 싸우기 위해 깊은 강과, 만년설로 뒤덮인 산맥으로 둘러싸인 광대한 지역으로 돌진하고 있었다.

훈련도 제대로 되어 있지 않았던 병사들이 망설임과 반항심을 가진 것은 당연하다. 로마의 평민 호민관들도 루쿨루스에게 비난을 퍼부었다. 그가 무기를 내려놓기 싫어서 혹은 나라의 위험을 빙자해 자신의 배를 불리려고 지휘권을 넘기지 않는 것이며 그러기 위해 로마가 필요로 하지도 않는 전쟁을 연이어 벌이고 있다는 주장이었다. 결국 호민관들의 뜻이 받아들여졌다.

그럼에도 루쿨루스는 에우프라테스 강으로 행군을 감행했다. 강은 겨울 동안 불어닥친 폭풍우로 물이 불어 있었고 흐름도 거셌다. 배를 모으고 뗏목을 만드는 데 들 시간과 수고를 생각하니 신경질이 나지 않을 수 없었다. 그러나 저녁이 되자 강물이 잠잠해지더니 밤사이 물이 점점 줄어들었고 새벽녘에는 수면이 강둑 아래로 내려가 있었다. 원주민들은 물 위로 온갖 작은 섬들이 드러난 것을 보고, 그리고 그 주변의 물살이 약해진 것을 보고 루쿨루스에게 충성을 맹세했다. 그들은 이것이 매우 드문 일이며 강이 루쿨루스를 위해 스스로 순하고 부드럽게 바뀌어 쉽고 빠르게 건널 수 있도록 허락한 것이라고 생각했다.

루쿨루스는 이 기회를 틈타 병사들을 건너보냈다. 강물을 건너던 루쿨루스에게 또 다른 길조가 나타났다. 그 지역은 페르시아 아르테미스의 신수神獸인 암소들이 풀을 뜯는 곳이었는데 페르시아 아르테미스는 에우프라테스 강 저편의 이방 민족들이 가장 귀하게 모시는 여신이었다. 여신의 횃불 모양으로 생긴 낙인이 새겨진 이 암소들은 제사에만 쓰이고 다른 경우에는 자유롭게 들판을 노닐었다. 잡는다고 잡히는 암소가 아니었던 것이다. 그런데 로마군이 에우프라테스 강을 건너자 이 암소 가운데 한 마리가 신성하다고 여겨지던 바위로 오더니 그 위에 서서 루쿨루스에게 스스로 머리를 낮추었다. 밧줄로 묶어서 강제할 필요도 없이 스스로 제물이 되어준 것이다. 루쿨루스는 안전하게 건널 수 있도록 허락한 에우프라테스 강의 신에게도 황소 한 마리를 바쳤다. 그리고 그날 밤을 거기서 보내고 다음 날 소페네 지역을 따라 행군했다.

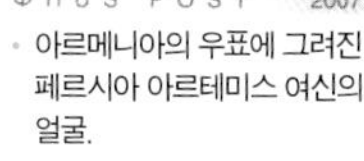

• 아르메니아의 우표에 그려진 페르시아 아르테미스 여신의 얼굴.

•• 페르시아 아르테미스.

루쿨루스는 그와 그의 군대를 마중 나온 주민들에게 그 어떤 해도 입히지 않았다. 오히려 병사들이, 재물이 많기로 알려진 어느 성채를 빼앗으려 하자, 루쿨루스는 멀리 타우로스 산맥을 가리키며 이렇게 말했다.

"우리가 빼앗아야 하는 성채는 저 너머 있다. 여기 가까이 있는 것들은 승자를 위해 남겨둔다."

이어서 루쿨루스는 티그리스 강을 건너 아르메니아로 들어가는 강행군을 했다.

XXV.

티그라네스 왕에게 루쿨루스가 온다고 알린 첫 번째 전령은 수고에 대한 보답으로 결국 목이 잘렸기 때문에 누구도 왕에게 소식을 전하려 하지 않았다. 그리하여 왕은 전쟁의 불길이 그를 에워싼 채 타오르고 있는데도 아무것도 모르고 앉아 있었고 아첨하는 자들의 말에만 귀를 기울이고 있었다. 그들은 루쿨루스가 에페소스에서 티그라네스 왕과 마주칠 때 왕의 무수한 대군을 보고 오줌을 지리며 아시아에서 내빼지만 않는다면 위대한 장군으로 인정하겠다고 했다. 실로 아무나 물 타지 않은 포도주를 이겨낼 수 있는 것은 아니며 평범한 두뇌로는 넘치는 풍요 속에서 이성을 잃지 않기가 힘든 법이다.

티그라네스 왕의 친구이며 왕에게 처음으로 진실을 말하려고 시도한 이는 미트로바르자네스였다. 그 또한 이 과감한 언행에 대하여 그리 훌륭한 보상을 받은 것은 아니다. 티그라네스 왕은 미트로바르자네스에게 기병 3천 명과 적지 않은 수의 보병들을 붙여 루쿨루스에게 보냈다. 병사들은 짓밟되 루쿨루스는 생포해 오라는 명령과 함께.

한편 정찰병들이 돌아와 아르메니아의 군대가 다가오고 있다고 전했을 때 루쿨루스의 병력 일부는 진영을 차릴 준비를 하고 있었고 나머지는 여전히 따라붙고 있는 상황이었다. 루쿨루스는 병사들이 둘로 나뉜 무질서한 상태에서 공격을 받으면 혼란이 벌어질 것을 염려했다. 따라서 자신은 직접 진영을 정리하기 위해 나섰고 그동안 섹스틸리우스 장군에게 기병 1천6백 명, 그리고 같은 수의 경무장 보병과 중장비 보병을 붙여 보냈다. 적의 곁으로 가되 아군이 안전히 진영을 쳤다는 기별이 올 때까지 싸우지 말고 기다리라는 명령이었다. 섹스틸리우스는 명령을 따르고 싶었으나 겁 없이 달려드는 미트로바르자네스와의 충돌을 피할 수는 없었다. 전투가 이어졌고 미트로바르자네스는 싸우다 죽음을 맞았으며 나머지 병사들은 몇몇을 제외하고 도주하거나 난도질당했다.

이렇게 되자 티그라네스는 제 손으로 지은 대도시 티그라노케르타를 버리고 떠났다. 그리고 타우로스 산맥에 은신하며 온 사방에서 병력을 모으기 시작했다. 그러나 루쿨루스는 준비할 시간을 주지 않았고, 무레나를 보내 티그라네스와 합류하려는 병력을 괴롭히고 가로막도록 했다. 또 섹스틸리우스를 보내 왕을 향해 접근하던 아라비아 군을 방해하도록 했다. 섹스틸리우스는 진영을 치려던 아라비아 군을 공격해 대부분을 무찔렀고 같은 순간 무레나는 절호의 기회에 왕을 공격했다. 왕이 길게 늘어선 병사들을 이끌고 좁고 험한 계곡을 지나던 찰나였다. 공격을 받은 왕은 짐을 버리고 도주했지만 많은 아르메니아 병사들이 죽음을 맞았고 그보다 많은 수가 포로로 붙잡혔다.

XXVI.

이처럼 연이어 승리를 얻은 루쿨루스는 진영을 철수하고 티그라노케르타로 전진하였다. 그리고 도시를 포위한 다음 공격하기 시작했다. 도시 내에는 이주를 당한 수많은 헬라스 사람들과 킬리키아 사람들, 그리고 헬라스 사람들과 동일한 운명을 겪은 여러 이방 민족들이 있었다. 아디아베노이 족과 앗쉬리아인들, 고르뒤에노이 족, 캅파도키아인들 모두 티그라네스의 손에 고향을 빼앗기고 강요에 의해 그곳에 살게 된 사람들이었다. 도시에는 재물이 많고 신전에 봉헌된 제물도 많았다. 개개인마다 그리고 군주들마다 신전을 풍요롭게 하고 아름답게 장식하고자 왕과 경쟁하였기 때문이다.

루쿨루스는 맹렬히 공격을 지속했다. 그리하면 분을 못 참은 티그라네스 왕이 판단력을 잃고 들판으로 내려와 싸우리라고 생각했기 때문이다. 이유 있는 믿음이었다. 실로 미트리다테스는 티그라네스에게 강력히 권고하기를 전투에 나서지 말고 대신 기병을 동원해 적의 공급로를 차단하라고 하였다. 미트리다테스가 보내 티그라네스 왕의 군대에 합류한 탁실레스 또한 방어에 집중하고, 패배를 모르는 로마인들의 무기를 피하라고 왕에게 진심으로 간청했다.

그러나 이때 아르메니아 사람들과 고르뒤에노이 족 사람들이 전군을 이끌고 왕과 합류했고 메디아 사람들과 아디아베노이 족의 군주들도 전 병력을 끌고 찾아왔다. 또 바빌로니아 해海로부터 수많은 아라비아 사람들이 당도했으며 카스피아 해의 알바니아 사람들도 알바니아의 이웃 이베리아 사람들과 함께 당도했다. 또 왕의 백성은 아니었으나 온갖 호의와 선물에 이끌려 합류한, 아락세스 강 유역 사람들도 적지 않았다.

왕이 베푸는 만찬과 회의에서는 희망찬 바람과 용기, 무지막지한 위협의 말들이 난무했고 싸움에 반대한 탁실레스는 사형에 처해질 위험에 놓였다. 게다가 미트리다테스 역시 시기심 때문에 왕을 위대한 승리로부터 떨어뜨려 놓으려는 것으로 여겨졌다. 미트리다테스와 승리를 나눠 갖기 싫었던 티그라네스는 그를 기다리지도 않고 온 병력을 이끌고 전진했다. 그러면서 로마의 장군 모두를 한꺼번에 상대하는 것이 아니라 루쿨루스 혼자만을 상대한다는 것이 억울하다는 듯 동료들을 향해 한탄하였다고 한다.

티그라네스의 무모함은 광기로 인한 것도 아니고 타당한 이유가 없는 것도 아니었다. 그토록 많은 국가와 군주들이 밀집 대형을 이룬 중장비 보병들과 무수한 기병들을 이끌고 자신을 따르는 것을 보았으니 그럴 만도 하다. 루쿨루스가 이후 원로원에 보낸 서신에 기록한 바에 따르면, 티그라네스는 사수와 투석병 2만 명, 기병 5만 5천 명을 거느리고 있었고 그 가운데 1만 7천 명이 쇠미늘 갑옷을 입고 있었다. 또 중장비 보병은 15만 명으로 일부는 코호르스 단위*로, 일부는 밀집 대형으로 구성되어 있었다. 그 외에도 길을 닦는 사람들, 다리를 놓는 사람들, 강물을 돌리고 숲을 개간하는 사람들, 그 밖에 군대의 다른 여러 필요를 충족하는 사람들이 3만 5천 명에 달했다. 이들이 전투병 뒤에 대열을 이루어 서면 군은 실제보다 더 강력해 보였다.

XXVII.

티그라네스가 타우로스를 넘어 병력을 배치한 뒤 티그라노케르타를 에워싸고 있는 로마군을 내려다보았을 때 도시 내에 있던 이방 민족들은 고함을 치고 소란을 피우며 왕의 출현을 반겼다. 그리고 로마군에게 아르메니아 군을 가리키며 위협적인 동작을 취했다.

루쿨루스가 군사 회의를 소집하자 일부 장교들은 포위 공격을 포기하고 전군을 이끌고 티그라네스와 맞설 것을 조언했고, 다른 이들은 포위 공격을 포기함으로써 등 뒤에 그토록 많은 적을 남겨두어서는 안된다고 했다. 두 조언이 각각은 형편없지만 합치면 좋다고 생각한 루쿨루스는 군을 둘로 나누었다. 무레나에게 보병 6천을 붙여 포위 공격을 책임지도록 했고 자신은 중장비 보병 1만 명 이하, 그리고 모두 합쳐도 천 명이 되지 않는 기병, 투석병, 사수 등 총 스물네 개 코호르스를 이끌고 적을 향해 행군했다.

강가에 있는 너른 들판에 진영을 세운 로마군은 티그라네스의 눈에는 심히 하찮아 보였고 왕의 아첨꾼들에게는 우스갯거리를 제공했다. 일부

• 대대. 시대별로 구성 인원이 조금씩 다르나 대개 500~600명으로 구성된다.

는 로마군을 비웃었고 다른 일부는 장난삼아 누가 더 많은 전리품을 가져갈 것인지 제비뽑기를 하기도 했다. 한편 장군과 군주들은 각각 왕을 만나 간청하기를 로마군은 자기 혼자 알아서 처치할 테니 왕은 곁에서 지켜보기만 하라고 했다. 모두가 재치를 자랑하고 로마를 조롱하는 와중에 자신도 빠지고 싶지 않았던 티그라네스는 다음과 같은 명언을 남겼다.

"사절단으로 온 것이라면 너무 많고 군대로 온 것이라면 너무 적구나."

아무튼 한동안 그들은 조소와 야유를 이어갔다. 그러나 새벽녘 루쿨루스는 무장시킨 병력을 이끌고 나왔다.

당시 티그라네스의 군대는 강 동쪽에 자리하고 있었다. 강물이 서쪽으로 꺾어지는 지점이 건너기 가장 쉬운 지점이었는데, 루쿨루스가 먼저 병력을 이끌고 이 지점을 향해 빠르게 전진했다. 티그라네스의 눈에는 이들이 후퇴하는 것으로 보였다. 그리하여 왕이 탁실레스를 불러 비웃으며 말했다.

"패배를 모른다던 로마의 중장비 보병들이 도망치는 것이 안 보이느냐?"

이에 탁실레스가 다음과 같이 대답했다.

"왕이시여, 저 또한 왕께 놀라운 행운이 있기를 바랍니다. 그러나 이자들은 평소 행군을 할 때는 번쩍이는 복장을 하지 않으며 방패를 광이 나게 닦거나 투구를 드러내지 않습니다. 지금은 갑옷에서 가죽 덮개를 모두 벗기지 않았습니까? 저들이 저렇게 번쩍이는 것은 싸울 준비가 되었다는 뜻이며 적을 향해 진군하고 있다는 의미입니다."

탁실레스가 말을 끝내기도 전에 첫 번째 독수리 상징이 눈에 들어왔다. 루쿨루스가 강을 향해 방향을 돌리고 있었으며 코호르스는 마니풀루스로 분대하고 있었다.* 강을 건너기 위해서였다. 그러자 마침내 만취 상태에서 깨어나듯 정신을 차린 티그라네스가 두세 차례 고함을 쳤다.

"지금 우리한테 오고 있는 건가?"

이어 상당한 소동과 혼란 끝에 왕의 군대는 전열을 갖추었고 티그라네스는 그 중앙을 맡았다. 왕의 왼쪽 날개는 아디아베니 족의 군주가, 오른쪽 날개는 메디아 왕이 지켰다. 쇠미늘 갑옷을 입은 기병 대부분은 바로 이 날개 앞에 줄지어 있었다.

로마군의 상징인 독수리가 달린 표장을 들고 있는 병사.

루쿨루스가 강을 건너려고 할 찰나, 장교 몇몇이 그에게 운이 좋지 않은 날이니 조심하라고 일렀다. 로마 사람들이 '검은 날'이라고 부르는 날이었다. 바로 이날 카이피오와 그의 군대가 킴브리 족과 싸우다 전멸했던 것이다. 그러나 루쿨루스는 다음과 같은 잊지 못할 말을 남겼다.

"그렇다면 로마 사람들에게 이날이 운이 좋은 날이기도 하다는 것을 보여주어야겠네."

이날은 10월 엿새였다.

XXVIII.

이 말을 마치고 부하들에게 용기를 북돋아 준 루쿨루스는 강을 건너 직접 적을 향하여 군대를 이끌었다. 비늘무늬가 반짝이는 강철 가슴받이를 하고 술이 달린 외투를 입은 루쿨루스는 칼집에서 단번에 번쩍이는 칼을 뽑았다. 이것은 사정거리가 긴 화살을 갖고 싸우는 자들과 근거리 싸움을 해야 한다는 의미였으며 빠르게 사정거리 안으로 이동

로마의 어느 장군의 조각상. 가슴받이와 긴 외투가 보인다. 기원전 1세기. 뮌헨 조각미술관.

• 마니풀루스는 중대 규모. 약 200명.

함으로써 화살을 무력화시켜야 한다는 뜻이었다.

이때 루쿨루스는 적이 가장 많이 의지하고 있던, 쇠미늘 갑옷을 입은 기병들을 보았다. 그들은 꼭대기가 넓고 평평한 커다란 언덕의 기슭에 자리하고 있었는데 기슭까지의 거리가 4스타디온이 채 되지 않았으며 험하지도 가파르지도 않은 지형이었다. 루쿨루스는 트라키아와 갈리아 출신 기병들을 시켜 이들을 측면으로부터 공격하도록 했다. 그리고 기병들이 쥐고 있던 긴 창을 짧은 칼로 받아 넘기라고 명령했다. 쇠미늘 갑옷을 입은 기병들의 무기는 긴 창이 유일했고 그 밖에 자신을 방어하거나 적을 공격할 그 어떤 무기도 없었는데 갑옷이 무거워 움직임을 제한했기 때문이다. 그들은 어떤 의미에서 갑옷 안에 갇혀 있었던 것이다.

• 트라키아 기병. 불가리아 국립 역사 박물관.

•• 트라키아 기병. 트라키아 병사들은 전투에 능해 용병으로 인기가 높았다. 벽화, 카잔루크의 고분.

루쿨루스 자신은 두 개 코호르스를 이끌고 열심히 언덕을 향해 움직였다. 병사들은 갑옷을 입은 루쿨루스가 평범한 보병들과 고초를 함께하며 서둘러 전진하는 것을 보고 온 힘을 다해 그를 따랐다. 언덕 위에 다다라 가장 눈에 띄기 좋은 곳에 선 루쿨루스는 큰 소리로 이렇게 외쳤다.

"오늘은 우리의 날이다. 우리의 날이다, 전우들이여!"

이 말과 함께 그는 부하들을 이끌고 쇠미늘 갑옷을 입은 기병들을 공격했다. 일단은 투창을 던지지 말고 한 사람씩 상대하여 적의 다리와 허벅지를 노리라고 명령했다. 갑옷을 두르고 있지 않은 유일한 부위였다. 그러나 이와 같은 전투 방식은 곧 쓸모없게 되어버렸는데 적이 로마군을 기다리지도 않고 비명을 지르며 극도로 치욕적인 모습으로 도망을 시작했기 때문이었다. 그들은 말을 탄 채 그 무거운 몸을 자기편 보병들을 향해 내던졌으며 이로써 수만 명의 병사들이 싸워보지도 못한 채, 적에게 상처를 입거나 피를 보기도 전에 패배해 버렸다.

그러나 처참한 학살은 후퇴와 함께 비로소 시작되었다. 아니, 후퇴를 시도하려고 할 때 시작되었다. 병사들이 지나치게 넓은 범위에 걸쳐 밀집되어 있던 터라 후퇴가 용이하지 않았던 것이다. 티그라네스는 전투가 시작되자마자 수행원 몇몇과 함께 자리를 떴으며 이내 도망질을 쳤다. 아들 또한 같은 처지에 놓인 것을 본 티그라네스는 눈물을 흘리며 머리에서 왕관을 벗어 아들에게 주었다. 다른 길을 택해서라도 어떻게든 목숨을 살리라고 당부하였던 것이다. 그러나 이 어린 아들은 감히 왕관을 받지 못하고 가장 믿음직한 노예에게 안전하게 보관하도록 맡겨두었다. 이 노예는 이후 로마군의 포로가 되어 루쿨루스 앞에 세워졌다. 티그라네스의 왕관마저 로마의 전리품이 되어버린 것이다.

적의 보병 가운데 적어도 십만 명이 죽었다고 전해지며 기병 중에는 소수만이 목숨을 건졌다고 한다. 반면 로마군은 백 명이 상처를 입었고 다섯 명이 전사하는 데 그쳤다.

철학자 안티오코스는 그의 저서 『신들에 관하여』에서 이 전투를 언급하며 태양 아래 이런 전투는 또 없었다고 말한다. 또 다른 철학자 스트라본은 그의 『역사 논평』에서 로마 사람들 자신조차 이 전투를 부끄럽게 여겼으며 그런 노예들을 상대로 무기를 들어야 했다는 것에 조소를 보냈다고 한다. 리비우스에 따르면, 로마군이 수적으로 그토록 열세인 적이 없었다고 한다. 승자는 패자의 20분의 1도 되지 않았기 때문이다.

누구보다 능력 있고 전쟁 경험이 많은 로마의 장군들은 특히 이 점에서 루쿨루스를 칭송한다. 그가 누구보다 뛰어나고 강력한 두 왕을 정반대의 전략, 즉 빠름과 느림으로 무찔렀기 때문이다. 권력이 절정에 달해 있던 미트리다테스와의 싸움은 시간을 질질 끌면서 이겨낸 반면, 티그라네스의 경우 재빠르게 작전을 수행하여 짓밟은 것이다. 시간을 지체함으로써 보다 큰 공을 세우고 과감하게 다가감으로써 위험 없는 전투를 이끌어낼 수 있는 장군은 많지 않았다.

XXIX.

미트리다테스가 서둘러 전투에 합류하지 않은 것도 바로 이런 이유에서였다. 그는 루쿨루스가 평소대로 신중하고 소극적인 방법으로 전쟁을 이끌어 나가리라고 생각했기 때문에 티그라네스가 있는 곳으로 여유 있게 행군했다. 그러다 공포와 두려움에 질린 채 길을 서두르는 아르메니아 병사 몇몇을 만나고는 벌어진 일을 직감했다. 이윽고 무기마저 버린, 상처 입은 패잔병들을 만나 패배를 확인한 미트리다테스는 티그라네스 왕을 찾아 나섰다. 둘이 만났을 때 티그라네스는 자존심을 짓밟힌 것으로도 모자라 빈털터리가 되어 있었다.

그럼에도 미트리다테스는 티그라네스의 오만한 태도를 되갚아 주지 않았다. 오히려 말에서 내려 두 사람 모두의 처지에 눈물을 흘렸다. 그런 다음 자신의 마차를 내어주고 앞날을 위한 용기를 불어넣어 주었다. 이어서 두 왕은 새로이 병력을 모집하기 시작했다.

한편 티그라노케르타 성안에서는 헬라스인들이 다른 이방 민족에 대항해 들고 일어나 루쿨루스에게 도시를 넘겨줄 준비를 마쳐놓고 있었다. 그리하여 루쿨루스는 도시를 공격해 빼앗을 수 있었다. 도시에 있던 왕의 재물은 루쿨루스가 보관했지만 나머지는 병사들이 약탈하도록 내버려두었다. 성안에는 화폐가 총 8천 탈란톤이 있었고 늘 그렇듯 여러 귀중품이 있었다. 나아가 루쿨루스는 공동의 전리품을 나누어 병사 각각에게 8백 드라크메씩 주었다.

한편 도시에는 여러 연극배우들이 있었다. 티그라네스가 자신이 지은 극장을 정식으로 봉헌하고자 온 사방에서 데려온 이들이었다. 배우들이 붙잡혔다는 소식을 들은 루쿨루스는 그들을 이용해 승리를 자축하는 여러 경기와 볼거리를 선사했다. 헬라스 사람들은 고향으로 돌려보내 주었고 여비를 주는 것도 잊지 않았다. 도시로 강제 이주된 다른 이방 민족들도 마찬가지로 대우했다. 따라서 한 도시가 해체됨으로써 다른 도시들이 시민들을 되찾는 결과가 나타났고, 그들 모두 루쿨루스를 은혜로운 후원자이자 도시의 창건자처럼 여기고 받들었다.

루쿨루스가 무슨 일에 손을 대든 그 일은 번창했다. 전장에서의 승리보다 의로움과 인정에 뒤따르는 칭송을 더 열망했던 루쿨루스에게 적절한 보상이었다. 전장에서의 승리는 일정 부분 군대의 능력에 달려 있고 많은 부분 운에 달려 있지만 의로움과 인정은 온화하고 절제된 영혼의 발현이며 루쿨루스는 이러한 능력을 통해 무기를 들지 않고도 이방의 민족들을 정복하기 시작했다.

아라비아의 왕들이 가진 것을 앞세우고 그에게로 왔고 소페네 사람들도 동참했다. 고르뒤에노이 족은 그의 인자함에 얼마나 큰 감명을 받았던지 자진해서 처자식을 데리고 고향을 떠나 그를 받들었다. 그 이유는 이러했다. 위에서 언급했듯 고르뒤에니 족의 왕 자르비에노스는 압피우스를 통해 루쿨루스에게 은밀한 제안을 한 바 있었다. 티그라네스의 핍박이 지겨우니 로마를 돕겠다고 한 것이다. 그러나 정보가 새어 나갔고 로마가 아르메니아에 들어서기 전 자르비에노스는 아내, 자식들과 함께 죽음에 처해졌다.

이를 잊지 않고 있었던 루쿨루스는 고르뒤에니 족의 영토에 들어서자마자 자르비에노스를 기리는 장례 의식을 명령했고 장작더미를 왕의 의복과 황금, 그리고 티그라네스로부터 빼앗은 전리품으로 장식한 다음, 자기 손으로 불을 붙였다. 그리고 죽은 왕의 동료, 친척들과 함께 제주를 뿌리며 왕을 자신의 친구이자 로마의 동료라고 칭하였다. 그는 또한 엄청난 비용을 들여 자르비에노스를 기리는 기념비를 세우도록 하기도 했다. 로마의 손으로 넘어온 자르비에노스의 왕궁에는 금은을 포함한 온갖 재물이 즐비했고 곡식도 3백만 메딤노스나 있었기 때문이다. 덕분에 병사들은 각각 넉넉한 보상을 받았으며 루쿨루스는 국고에서 한 푼도 가져가지 않고 전쟁을 치른 것으로 존경을 받았다.

XXX.

루쿨루스가 고르뒤에네에 머무는 동안 파르티아의 왕이 보낸 사절단이 오기도 했다. 파르티아의 왕은 우호 동맹을 원하고 있었고 루쿨루스 역시 이를 긍정적으로 받아들여 파르티아 왕에게 사절단을 보냈지만, 곧 파르티아 왕이 동시에 두 군데에 손을 내밀고 있다는 것을 발견했다. 그가 티그라네스에게 동맹의 대가로 메소포타미아를 제안하고 있었던 것이다.

이를 알게 된 루쿨루스는 이빨 빠진 호랑이와 다름없는 티그라네스와 미트리다테스는 신경 쓰지 않기로 하고 파르티아로 군대를 이끌고 행진해 그들의 세력을 시험해 보기로 했다. 뛰어난 선수처럼, 맹렬한 기세로 단번에 세 왕을 차례로 쓰러뜨리고, 패배를 모르는 승리자로 태양 아래 가장 커다란 제국 세 곳을 행진한다면 진정 영광스러우리라고 생각했던 것이다.

따라서 루쿨루스는 고르뒤에네로부터 동쪽으로 행군할 목적으로 폰토스에 있던 소르나티우스와 동료 지휘관들에게 군대를 끌고 오라고 명령하였다. 지휘관들은 부하들이 다루기 힘들고 복종할 줄 모르는 병사들이라는 것을 전부터 모르는 바는 아니었지만, 그들이 어느새 그 어떤 설득이나 강요에도 꿈쩍하지 않는, 통제 불가능한 상황까지 이르렀다는 것을 발견했다. 병사들은 심지어 제자리를 지키지도 않으려고 했다. 폰토스의 수비를 포기하고 떠나겠다고 한 것이다.

이 소식이 루쿨루스에게 다다르자 루쿨루스의 병사들 또한 사기를 잃었다. 부유하고 사치스러운 삶에 물들어 군 복무는커녕 휴식을 취하고 싶은 마음이 간절했던 루쿨루스의 병사들은 폰토스에 있는 동료 병사들의 대담한 언행에 대한 소식이 들려오자 그들을 용감한 사나이라고 칭찬하며 고르뒤에네에서도 그들의 본보기를 따라야 한다고 했다. 수많은 공을 세웠으니 노동으로부터의 휴식과 위험으로부터의 해방을 누릴 자격이 있다고 생각했던 것이다.

XXXI.

이와 같은 주장이, 그리고 이보다 더한 주장이 루쿨루스의 귀에 들어오자 그는 파르티아로 원정을 나가려던 것을 포기하고 한여름을 틈타 다시 한 번 티그라네스를 향해 행군하기로 했다. 그러나 타우로스 산맥을 넘은 루쿨루스는 들판에 여전히 곡식이 익지 않은 것을 보고 기운이 빠졌다. 기후가 서늘하여 여름이 더디게 찾아온 것이다.

그럼에도 루쿨루스는 산에서 내려와 그를 상대로 두세 차례 공격을 감행한 아르메니아인들을 물리치고 당당히 그들의 마을을 약탈했다. 그리고 티그라네스를 위해 저장되어 있던 곡식을 빼앗음으로써 자신이 처할까 우려하던 상황에 티그라네스를 몰아넣었다. 그런 다음 티그라네스의 진영 주위에 해자垓字를 둘러 파고 그들의 눈앞에서 그들의 영토를 짓밟음으로써 약을 올렸다. 그러나 적은 워낙 여러 번 패배했던 터라 그 정도로 움직이지 않았다. 따라서 루쿨루스는 진영을 철수하여 티그라네스 왕의 사택이 있는 아르탁사타로 행군했다. 거기 그의 아내들과 어린 자식들이 있었는데 아무리 티그라네스 왕이라도 싸우지 않고 이들을 내어줄 리 없다고 여겼기 때문이다.*

루쿨루스가 아르탁사타를 향해 행군하자 티그라네스는 가만히 앉아 지켜보지 않았다. 병력을 진두지휘해, 나흘째 되는 날 로마군이 내려다 보이는 곳에 진영을 쳤다. 두 군대 사이에는 아르사니아 강이 흐르고 있었다. 로마군은 이 강을 건너야 아르탁사타에 다다를 수 있었다. 거기서 루쿨루스는 승리가 이미 자신의 것이라는 확신 아래 신들께 제를 올렸고 열두 개 코호르스를 앞장 세워 강을 건넜다. 나머지 병력은 적이 옆에서 공격해 오지 못하도록 배치했다. 앞에는 적의 수많은 기병과 정예 부대들이 버티고 서 있었기 때문이다.

게다가 이들을 엄호하고 있던 것은 티그라네스가 누구보다 호전적이라며 그 어떤 용병보다 신뢰했던 마르도이 족의 말 탄 사수들과 이베리아의 창기병들이었다. 그러나 그들은 전투에서 빛을 보지 못했으며 로마의 기병대와 살짝 밀고 당기는 듯하다가는, 전진하는 보병대에게 길을 내주더니 좌우로 흩어져 도망쳤다. 로마의 기병대는 이들을 좇아 따라 흩어졌다. 병사들이 이처럼 분산되자 티그라네스가 기병대를 이끌고 나타났다. 루쿨루스는 기병대의 화려한 겉모습과 규모를 보고 덜컥 겁을 집어먹었다. 도망치는 적을 쫓던 기병대를 다시 불러들인 루쿨루스는 진두로 나서 병사들을 이끌고 아트로파테노이 족 군대를 향해 진격했다.

루쿨루스의 맞은편에 서 있던 아트로파테노이 족 병사들 사이에는 티그라네스 왕을 따르는 여러 군주들이 있었다. 그들은 두 군대가 가까이서 맞붙어 보기도 전에 허둥지둥 도망을 쳤다. 로마군에 맞선 세 명의 왕 가운데 폰토스의 미트리다테스가 가장 불명예스럽게 도망친 것으로 보이는데 그는 로마군의 고함 소리조차 견디지 못했다. 추격은 길었으며 밤새 이어졌고 로마군은 적을 죽이는 것뿐 아니라 포로를 붙잡고 온갖 전리품을 회수하느라 녹초가 되었다. 리비우스에 따르면 전처럼 많은 적을 무찌른 것은 아니지만 그 어느 때보다 지위가 높은 자들을 죽이고 또 붙잡았다고 한다.

XXXII.

이 승리로 인해 사기가 충천하고 신이 난 루쿨루스는 내륙으로 보다 깊이 들어가 아르메니아 영토를 철저히 굴복시키고 싶었다. 그러나 때가 추분이었음에도 그들은 혹독한 겨울과 마주했다. 땅은 눈으로 뒤덮여 있었고 지나친 추위 때문에 맑은 날씨에도 서리가 앉고 얼음이 얼었기 때문에 말들은 강물을 마실 수조차 없었다. 그렇다고 해서 강을 건너기가 쉬운 것도 아니었는데 얼음이 날카롭게 깨지면서 말의 힘줄을 손상시켰기 때문이다. 대부분의 지역은 짙은 숲과 좁은 계곡, 습지로 뒤덮여 있어 병사들은 언제나 젖어 있었다. 행군을 할 때는 눈을 뒤집어썼고 밤에는 축축한 자리에서 불편하게 잠을 자야 했다.

따라서 전투가 끝나고 행군을 시작한 지 며칠이 채 지나지 않아 병사들은 불만을 터뜨리기 시작했다. 처음에는 군사 호민관들을 보내 그만두자고 간청했고 이어서 떠들썩한 집회를 열었으며 밤에는 막사에서 구호를 외쳤다. 반란의 조짐이었다. 루쿨루스는 병사들을 다독여 보았다. 누구보다 혐오스러운 저 한니발이 이루어놓은 아르메니아의 카르타고, 즉 아르탁사타를 빼앗아 없앨 때까지 힘든 마음을 차분히 붙들어 매자고 간절히 호소했다. 그러나 병사들을 설득하는 데 성공하지 못했고 결국 발길을 돌려야 했다.

전과는 다른 길로 타우로스 산맥을 넘은 로마군은 뮈그도니아라는 땅에 이르렀다. 비옥하고 양지바른 이 땅에는 크고 인구가 많은 도시가 하나 있었다. 이방인들을 이 도시를 니시비스, 헬라스인들은 이곳을 뮈그도니아의 안티오케이아라고 불렀다. 직위로 보면 명목상 이 도시의 수비를 맡은 사람은 티그라네스의 형제 구라스였다. 그러나 실질적인 수비를 맡고 있었던 자는 경험과 능력이 뛰어난 기술자 칼리마코스로 아미소스에서 루쿨루스를 가장 골치 아프게 했던 자였다.

그럼에도 루쿨루스는 이 도시 앞에 진영을 치고 모든 방법을 동원해 공격했으며 순식간에 밀어닥쳐 도시를 차지했다. 루쿨루스는 투항한 구라스에게는 관대하게 대했지만 숨겨진 보물이 있는 곳을 알려주겠다고 약속한 칼리마코스의 말에는 귀조차 기울이지 않았다. 대신 그를 쇠사슬에 묶어 대령하게 하였다. 아미소스에 불을 지름으로써 자신의 목적을 빼앗은 것을, 즉 헬라스인들에게 인정을 베풀지 못하게 만든 것을 처벌하기 위함이었다.

XXXIII.

이 시점까지는 루쿨루스에게 행운이 따랐고 행운이 그의 편에 있었다고 말할 수 있을 것이다. 그러나 이 시점 이후, 마치 그를 위해 불던 순풍이 그친 듯 루쿨루스는 모든 문제를 억지로 풀어나가야 했고 어딜 가든 가로막혔다. 여전히 훌륭한 지도자로서 용기와 인내심을 보여주고 있었지만 그가 벌인 일들이 새로이 명성이나 호의를 가져다주지는 못했다. 오히려 사납고 얄궂은 운명 때문에 그는 이미 획득한 것들을 잃어버릴 뻔했다.

그런데 이것은 루쿨루스의 잘못이 아니다. 그는 일개 병사의 호의를 사는 데 관심이 없었고 부하들을 기쁘게 하려는 모든 행위가 오히려 명예와 권위를 실추시킨다고 생각했다. 더욱이 그는 힘이 있는 자들이나 자신과 동일한 지위에 있는 사람들과도 쉽게 협력하지 못했다. 그들 모두를 혐오했고 자신과 비교 대상이 되지 않는다고 생각했다. 루쿨루스에게 이런 단점이 있었다고 전해지기는 해도 단점은 여기서 그쳤다. 그는 키가 크고 인물이 출중했으며 뛰어난 연설가였고 광장에서도 전장에서도 동일한 능력을 발휘했다.

아무튼 살루스티우스에 의하면 루쿨루스의 부하들은 전쟁의 시작부터 그에게 안 좋은 감정을 갖고 있었다고 한다. 이것은 퀴지코스에서 싸우기 전이고 아미소스에서 싸우기 전에도 그러했는데, 진영을 치고 연달아 두 번이나 겨울을 맞았기 때문이다. 그다음에 찾아온 겨울도 불만을 키웠다. 적의 영토에서, 혹은 동맹군 병사들과 함께 노상에서 겨울을 맞았기 때문이다. 루쿨루스가 겨울을 나기 위해 우호적인 헬라스 도시로 군대를 데리고 들어간 적은 한 번도 없었다.

불만을 가진 병사들을 가장 열렬히 지지한 것은 로마의 민중 지도자들이었다. 그들은 루쿨루스를 시기했고 그가 권력과 부에 대한 애정 때문에 전쟁을 질질 끌고 있다고 비난했다. 그들은 킬리키아와 아시아, 비튀니아, 파플라고니아, 갈라티아, 폰토스, 아르메니아, 그리고 파시스까지 이어지는 땅을 손안에 넣고 있다시피 하고 티그라네스의 왕궁까지 약탈하고 있는 루쿨루스가 왕들을 굴복시키러 간 것이 아니라 벌거벗기러 간 것 같다고 주장했다. 전해지는 말에 따르면, 이것은 행정관 루키우스 퀸투스의 주장이었다. 루쿨루스의 뒤를 이어 그 지방을 다스릴 사람을 뽑는 투표를 할 때 대부분의 사람들이 루키우스 퀸투스의 말에 귀를 기울였다고 한다. 사람들은 또한 투표를 통해 루쿨루스의 밑에서 싸운 여러 병사들을 복무에서 해제시켜 주기로 결정했다고 한다.

XXXIV.

이렇게 해서 곤란한 상황에 처하게 된 루쿨루스 앞에 또 다른 사람이 나타나 그의 업적에 무엇보다 큰 해를 입혔다. 다름 아닌 푸블리우스 클로디우스였다. 그는 무자비하고 난폭했으며 오만하고 뻔뻔하기가 이루 말할 수 없는 자였다. 클로디우스는 루쿨루스의 타락한 아내의 오라비로, 루쿨루스의 아내를 방탕하게 만든 것도 바로 이 오라비였다고 한다.

당시 클로디우스는 루쿨루스와 전쟁에 참가하고 있는 중이었는데 자신이 충분한 대가를 받지 못하고 있다고 생각했다. 그는 자신이 최고의 자리에 올라야 한다고 생각했지만 포악한 성질 때문에 다른 이들이 대신 그 자리에 오르자 비밀리에 핌브리아의 지휘 아래 있었던 병사들과 모의하여 루쿨루스에 대한 악의를 심었다. 호의를 바라지도 않고 호의를 받는 것에 익숙하지도 않은 병사들을 감언이설로 사로잡은 것이다. 이들은 핌브리아가, 집정관 플락쿠스를 죽이고 자신을 지휘관에 앉히도록 설득했던 병사들이었다. 따라서 그들은 클로디우스의 말도 기꺼이 들어주었고 그를 병사들의 동지라고 불렀다. 클로디우스가 병사들의 처우에 격분한 척했기 때문이다.

클로디우스는 병사들의 싸움과 고생이 끝이 없을 것처럼, 그들이 온갖 나라와 싸우며 온 세상을 방황하며 살다 죽을 것처럼 격분했다. 또 루쿨루스의 병사들이 수고에 따른 합당한 보상도 받지 못한 채 보석이 박힌 황금 술잔으로 가득 채운 루쿨루스의 수레와 낙타를 호위하고 있을 때, 폼페이우스의 병사들은 평범한 시민으로 복귀하여 비옥한 땅과 부유한 도시를 차지하고 처자식들과 안락한 생활을 하고 있다고 말했다. 그런데 그들은 미트리다테스와 티그라네스를 황폐한 사막으로 몰아낸 것도 아니고 아시아 왕들의 궁전을 파괴한 것도 아니었다. 겨우 이베리아 땅의 처참한 유배자들, 이탈리아 땅의 도망친 노예들과 싸웠을 뿐이었다. 클로디우스는 바로 이 점을 강조한 것이다. 그는 이렇게 울부짖기도 했다.

"이 원정이 영원히 끝나지 않을 것이라면 병사들의 재산을 가장 큰 자랑으로 삼는 장군을 위해 남은 이 몸과 이 인생을 바쳐야 하지 않겠는가?"

이리하여 사기가 꺾여버린 루쿨루스의 군대는 티그라네스와 싸우려 하지 않았을 뿐더러 아르메니아에서 폰토스로 돌아와 힘을 재정비하려 애쓰고 있던 미트리다테스와도 싸우려 하지 않았다. 그들은 겨울을 핑계로 고르뒤에네에 머물렀고 빠른 시일 내에 폼페이우스나 다른 지휘관이 루쿨루스의 뒤를 이을 것으로 기대했다.

XXXV.

그러나 미트리다테스가 파비우스를 패배시키고 소르나티우스와 트리아리우스를 향해 행군하고 있다는 소식이 들려오자 병사들은 부끄러움을 참지 못하고 루쿨루스를 따랐다. 그러나 승리를 확신하고, 루쿨루스가 미처 당도하기 전에 그 승리를 거머쥐고 싶었던 트리아리우스는 결국 참패했다. 7천 명이 넘는 로마 병사가 죽었으며 그 가운데 백인대장 150명, 호민관 24명이 포함되어 있었다고 한다. 게다가 진영도 미트리다테스의 손에 들어갔다. 그러나 며칠 후 도달한 루쿨루스는 격분한 병사들의 눈으로부터 트리아리우스를 숨겼다.

한편 미트리다테스는, 큰 병력을 이끌고 내려오고 있던 티그라네스를 기다리며 혼자서는 싸우려 들지 않았기 때문에 루쿨루스는 두 군대가 만나기 전에 선수를 칠 결심으로 티그라네스의 군대를 향해 뒤돌아 행군하기로 했다. 그러나 이동하던 가운데 핌브리아 수하에 있었던 병사들이 반란을 일으켜 대열을 이탈하는 일이 벌어졌다. 그들은 민중이 정한 법령에 따라 병사로서의 의무가 해제됐으며 그 지역이 다른 이들에게 배정되었으므로 루쿨루스에게는 더 이상 지휘권이 없다고 주장했다.

루쿨루스는 체면을 차리지 않고 온갖 방법을 동원해 병사들을 붙잡고 애원했다. 한 사람 한 사람을 붙잡은 것은 물론이고 겸손한 태도와 눈물을 보이며 이 막사 저 막사로 옮겨 다녔다. 심지어 일부 병사들의 손을 잡고 간청하기도 했다. 그러나 병사들은 루쿨루스의 청을 거절했고 그의 앞에 빈 주머니를 내팽개치며 말하기를 싸워서 재물이 생기는 사람은 한 사람이니 그 사람 홀로 적과 싸우면 되겠다고 했다. 그러나 다른 병사들의 요청이 이어지자 핌브리아 수하에 있었던 병사들은 여름 한철 동안만은 남아 있겠다고 동의하지 않을 수 없었다. 대신 그동안 적이 내려와 싸움을 걸지 않는다면 해산하겠다는 조건을 내걸었다.

루쿨루스는 이와 같은 조건에 만족할 수밖에 없었다. 그러지 않으면 병사들은 떠나고 영토가 적들의 손에 넘어갈 터였다. 따라서 루쿨루스는 병사들을 다그치거나 전투에 끌고 나가지 않고 단지 한자리에 잡아 두려고 애썼다. 그가 기대할 수 있는 것은 병사들이 그와 함께 거기 남아 있는 것일 뿐 티그라네스가 캅파도키아를 짓밟고 미트리다테스가 기존의 오만한 태도를 되찾는 것을 힘없이 지켜볼 수밖에 없었다.

루쿨루스는 원로원에 서신을 보내 미트리다테스를 완전히 굴복시켰다고 말한 바 있었다. 게다가 로마가 폰토스를 확보했다는 가정 아래, 폰토스의 일을 정리하러 온 관리 열 명도 그와 함께 있었다. 그들이 와서 보니 루쿨루스는 자기 부하들조차 다스리지 못하고 병사들의 조롱과 비난의 대상이 되어 있었다. 병사들이 장군을 얼마나 우습게 보았는지 여름의 끝 무렵 그들은 갑옷 차림으로 칼을 뽑아들고 이미 사라지고 어디에도 없는 적들과 싸우겠다고 나섰다. 실제 전투를 앞둔 이들처럼 고함을 치고 무기를 휘두르던 그 병사들은 머물겠다고 약속한 기한이 지났음을 상기시키며 진영을 떠났다.

나머지 병사들은 폼페이우스가 서신을 통해 불러들였다. 민중의 환심을 사고 민중 지도자들의 비위를 맞춘 덕택에 폼페이우스는 미트리다테스와 티그라네스를 상대로 전쟁을 이끌 자격을 얻은 것이다. 그러나 원로원과 귀족들은 루쿨루스가 억울한 일을 당했다고 여겼다. 그들은 루쿨루스가 전쟁터가 아닌 개선 행진을 빼앗겼으며 그가 원정이 아닌 승리의 보상을 남에게 넘겨야 했다고 주장했다.

XXXVI.

가까운 곳에서 지켜본 사람에게 그 자리에서 일어난 일은 더욱 분하고 노할 만한 것이었다. 루쿨루스는 부하들이 전쟁에서 세운 공에 대해 상벌을 내릴 수 없었으며 폼페이우스는 루쿨루스가 사람을 만나는 것조차 허락하지 않았다. 또 루쿨루스가 열 명의 관리들과 함께 만든 법령과 규정을 누구도 따를 수 없게 했다. 루쿨루스의 법령을 무효화하는 또 다른 법령을 만들거나 보다 큰 병력을 과시하며 위협했던 것이다.

그럼에도 동료들은 두 사람을 만나게 하고자 했고 마침내 갈라티아의 어느 마을에서 회담이 이루어졌다. 두 사람은 서로를 따뜻하게 맞이했고 서로의 승리를 축하했다. 나이는 루쿨루스가 많았지만 폼페이우스의 위세가 더 컸다. 그가 더 많은 원정을 다녔고 개선 행진도 두 번이나 치렀기 때문이었다. 두 지휘관은 각각 월계수 잎을 걸친 파스케스*를 앞세우고 있었는데 폼페이우스가 물이 없고 메마른 지방을 지나는 긴 행군을 한 뒤였기 때문에 그의 파스케스를 장식한 월계수 잎이 시들시들한 상태였다. 이를 눈치 챈 루쿨루스의 수행원들은 폼페이우스의 수행원들에게 신선하고 파릇파릇하던 자신들의 월계수 잎을 나눠주었다.

폼페이우스의 동료들은 이와 같은 상황을 좋은 징조로 풀이하였다. 실제로 루쿨루스의 업적이 폼페이우스의 지휘권을 강화하고 있었기 때문이다. 그러나 두 사람의 회담은 적절한 협의안으로 이어지지 못했고 두 사람은 더 멀어진 채 작별하였다. 폼페이우스는 이어서 루쿨루스의 법령을 무효화하였으며 병사도 1천6백 명만 남겨두고 모두 빼앗아갔다. 루쿨루스와 개선 행진을 함께할 병사들이었지만 병사들은 행진마저도 기분 좋게 하지 않았다.

지도자에게 필요한 모든 요건 가운데 첫 번째이자 가장 중요한 요건과 관련해 루쿨루스는 이처럼 놀라울 정도로 능력이 없거나 운이 좋지 않았던 것이다. 만약 그의 많고 훌륭한 재능에, 즉 용기와 성실함, 현명함, 의로움에 병사들의 마음을 살 능력까지 더해졌다면 로마 제국은 에우프라테스 강이 아니라 아시아 저편의 경계 그리고 휘르카니아 해를 국경으로 삼았을 것이다. 다른 모든 국가는 이미 티그라네스가 굴복시킨 바 있었고 루쿨루스가 지휘권을 쥐고 있을 당시 파르티아의 세력은 크랏수스 때만큼 크지 않았기 때문이다. 당시 단합이 부족했던 파르티아는 내전과 주변국들과의 싸움 때문에 아르메니아 사람들의 경솔한 공격조차 막아낼 수 없었다.

나는 이렇게 생각한다. 루쿨루스는 그 자신이 로마에 가져온 이득보다, 그가 미친 영향으로 로마에 입힌 해악이 더 컸다. 아르메니아, 즉 파

• 고위 관리들이 수행원을 시켜 앞세우는 막대 묶음.

르티아와 티그라노케르타, 니시비스의 경계에 서 있는 루쿨루스의 승전비들, 그리고 이들 도시로부터 로마로 흘러들어온 엄청난 재물, 또 그의 개선 행진 당시 티그라네스의 왕관이 전시된 일, 이 모든 것이 크랏수스로 하여금 아시아를 공격하게 만들었다. 크랏수스는 아시아의 민족들을 약탈과 노략질의 대상으로 보았지, 그 이상으로 보지 않은 것이다. 그러나 파르티아의 화살을 맛 본 크랏수스가 정신을 차리는 데에는 그리 오랜 시간이 걸리지 않았다. 뒤늦게 루쿨루스의 승리가 적의 우둔함이나 비겁함에 기인한 것이 아니라 그의 용기와 능력에서 비롯된 것임을 깨달은 것이다. 그러나 이것은 나중의 일이다.

XXXVII.

로마로 돌아온 루쿨루스는 가장 먼저 동생 마르쿠스가 가이우스 멤미우스에 의해 고발을 당한 상태라는 것을 알았다. 술라의 집권 당시 재무관으로서 행한 일들 때문이었다. 마르쿠스는 결국 무죄 판결을 받았지만 멤미우스는 공격의 화살을 루쿨루스에게 돌렸고 시민들을 루쿨루스의 적으로 만들고자 애썼다. 그는 루쿨루스가 많은 재물을 자기만을 위하여 낭비했고 필요 이상으로 전쟁을 끌었다고 주장하며 개선 행진을 허락하지 않도록 시민들을 설득하는 데 결국 성공했다.

루쿨루스는 이 결정을 뒤집기 위해 많은 힘을 썼으며 지위가 높고 누구보다 영향력 있는 시민들이 나서서 여러 필레와 협의한 끝에, 그리고 때로는 간청하고 때로는 권력을 행사한 끝에 개선 행진을 허락하도록 만들었다. 그러나 이 행진은 다른 개선 행진과 달리, 길이로 보나 진열된 물건의 양으로 보나 요란하거나 야단스럽지 않았다. 대신 적으로부터 빼앗은 수많은 무기와 왕의 병기는 플라미니우스 경기장에 전시되었다. 이것은 그 자체로 볼 만한 구경거리였고 경멸스럽지 않았다.

한편 행렬 속에서는 쇠미늘 갑옷을 입은 기병 몇 명과 낫이 달린 전차 열 대가 왕의 동료와 장군 예순 명과 함께 움직였다. 뱃머리를 청동으로 휘감은 함선 백십 척도 행렬을 뒤따랐으며 미트리다테스를 새긴 높이 여섯 페스의 황금 조각상, 보석으로 장식한 눈부신 방패, 은그릇을 담은 들것 스무 개, 황금 술잔을 담은 것 서른두 개, 갑옷, 화폐 등도 사람들의 손에 들려 행진에 참여했다. 그 밖에도 황금 의자를 얹은 노새 여덟 마리, 은괴를 진 노새 쉰여섯 마리가 지나갔으며 노새 백일곱 마리에 지운 은화는 270만 개에 달했다. 또 해적을 소탕한 대가로 루쿨루스가 폼페이우스에게 지급한 금액을 기록한 서판들도 있었다. 그 밖에도 루쿨루스가 국고의 담당자들에게 지급한 금액, 그리고 루쿨루스의 병사들이 각각 950드라크메를 받았다는 사실이 적힌 서판도 있었다. 마지막으로 루쿨루스는 로마와 로마 외곽의 여러 마을비키 사람들에게 웅장한 잔치를 베풀었다.

XXXVIII.

부도덕하고 천박했던 클로디아와 이혼한 루쿨루스는 카토의 누이 세르빌리아와 재혼했으나 이 또한 불행한 결혼 생활로 이어졌다. 클로디아가 끌고 들어왔던 모든 악행이 이 결혼에도 없지 않았던 것인데 빠진 것이 있다면 오라비들에 관한 추문뿐이었다. 다른 모든 면에서 세르빌리아는 클로디아만큼 악하고 방탕했다. 루쿨루스는 카토를 보아서라도 세르빌리아를 참아보려고 하였으나 결국 그녀를 내보내야 했다.

원로원은 루쿨루스가 폼페이우스의 독재에 반대하고 귀족정을 지지해주리라는 부푼 희망을 안고 있었다. 그의 크나큰 명성과 영향력이 도움이 되리라 생각했던 것이다. 그러나 루쿨루스는 모든 나랏일에서 손을 뗐다. 나랏일이, 통제할 수 있는 적절한 수준을 넘어섰으며 병이 들었다고 판단했기 때문일 수도 있다. 혹은 일부가 주장하는 대로, 루쿨루스가 더 이상의 영광을 원하지 않았고 수많은 난관과 고생 끝에 겪은 불행이 그에게 편안하고 호화로운 삶을 누릴 자격을 주었다고 생각했기 때문일 수도 있다.*

XXXIX.

고대 희극을 읽을 때와 마찬가지로 루쿨루스의 삶에 대하여 읽을 때 앞부분은 정치적 활동과 군대의 지휘에 관한 내용이 대부분이고, 뒷부분은 술잔치와 만찬, 환락이라고 할 만한 것들, 횃불 경주를 비롯한 온갖 경박한 일들에 관한 내용이 대부분인 것은 사실이다. 그가 지은 값비싼 건물이나 산책 시설, 목욕 시설은 경박하다고 할 수밖에 없다. 그 밖에도 그가 원정에서 축적한 놀랍도록 많은 양의 부를 아낌없이 지출하여 모은 그림과 조각상, 뿐만 아니라 그가 이 분야에 쏟은 헌신적인 관심은 말할 것도 없다.

사치가 극심해진 요즘에도 루쿨루스의 정원은 다른 권력자들의 정원과 비교해 보아도 가장 많은 돈이 들어간 것으로 여겨진다. 그가 해안가와 네아폴리스 근방에 마련한 것들, 즉 넓은 굴 위로 언덕을 쌓기도 하고 집 주변으로 바닷물을 가두어 놓거나 물고기를 키울 냇물을 판 것을 보고 스토아 학자 투베로는 그를 토가 입은 크세르크세스라고 하였다. 그는 투스쿨룸 근방에도 별장이 있었고 별장에는 관측 시설, 야외 만찬장, 회랑도 있었다.

• 과거 루쿨루스의 정원이 있던 곳에 지금은 빌라 보르게세와 빌라 메디치가 자리하고 있다. 사진은 빌라 보르게세의 정원에 자리한 연못.

•• 벨라스케스가 그린 『빌라 메디치』.

폼페이우스도 이런 별장 가운데 한 곳을 방문한 적이 있었는데 별장이 여름에 적합한 방식으로 꾸며져 있기는 하나 겨울에는 살기 힘들게 되어 있는 것을 보고 잔소리를 했다. 그러자 루쿨루스가 너털웃음을 터뜨리며 말했다.

"내 머리가 황새나 두루미보다 못할 것 같습니까? 철에 따라 집을 옮기는 것은 당연한 것 아닙니까?"

한번은 어느 행정관이 성대한 공연을 계획하면서 루쿨루스에게 합창대가 입을 자줏빛 의상을 부탁했다. 루쿨루스는 있는지 알아보고 있으면 주겠다고 했다. 다음 날 그는 행정관에게 몇 벌이 필요한지 물었고 백 벌이면 충분하다는 행정관에게 그 두 배를 가져가라고 했다. 시인 플락쿠스는 눈에 띄지 않는 숨은 재물이 눈에 보이는 재물보다 많은 집이야말로 부유한 집이라며 이 일을 언급한다.

XL.

루쿨루스가 날마다 먹는 식사 또한 새로이 부자가 된 사람에 걸맞은 것이었다. 식사 때, 염색한 의자 덮개와 보석으로 장식한 술잔, 합창대와 낭독 배우를 두는 것으로 모자라 온갖 종류의 고기와 정성들여 마련한 요리로 평민들의 부러움을 샀다.

폼페이우스가 병상에서 했던 말도 널리 퍼졌다. 하루는 폼페이우스의 병을 돌보던 의원들이 지빠귀 고기를 처방했다. 그러나 하인들은 여름에 지빠귀 고기를 구하려면 루쿨루스가 사육장에서 살찌워 놓은 것을 가져와야 한다고 했다. 그러나 폼페이우스는 루쿨루스로부터 지빠귀를 얻어오는 것을 용납하지 않고 대신 구하기가 좀 더 쉬운 것을 준비하라고 하며 의원에게 이렇게 말했다고 한다.

"이 폼페이우스가 루쿨루스의 사치 덕택에 살았다는 소리를 들어야 하겠습니까?"

그러나 루쿨루스의 친구이자 처남이었던 카토는 그의 삶과 일상을 그다지 언짢게 여기지 않았다. 한번은 원로원의 어느 젊은 의원이 뜬금없이 검약과 절제에 관한 길고 지루한 연설을 늘어놓자 카토가 일어나서 이렇게 말했다.

"그만 하십시오. 그대는 크랏수스처럼 돈을 벌고 루쿨루스처럼 살고 카토처럼 말을 하는군요."

그러나 어떤 사람들의 말에 따르면 이런 말이 있었기는 하나 카토가 한 말은 아니라고 한다.

XLI.

나아가 루쿨루스가 자신의 생활방식을 즐겼을 뿐만 아니라 이를 자랑스럽게 여겼다는 사실은 그에 관해 기록된 여러 일화에 명백하게 나타나 있다. 한 예로 그가 로마로 온 여러 헬라스 사람들을 며칠간 연달아 대접한 일이 있다. 루쿨루스의 호의가 계속되자 손님들은 헬라스의 예의를 아는 사람들답게 미안한 마음을 감추지 못하고 루쿨루스의 초대에 응하는 데 주저하였다. 루쿨루스가 그들을 위해 매일 너무 많은 비용을 들이고 있다는 이유에서였다. 그러자 루쿨루스는 미소를 지으며 이렇게 말했다.

"헬라스의 친구들이여, 내가 들이는 비용의 일부는 물론 그대들을 위한 것입니다. 하지만 대부분은 루쿨루스를 위한 것입니다."

또 한번은 홀로 식사를 하는데 요리가 한 가지뿐인 검소한 식사가 차려졌다. 그러자 화가 난 루쿨루스는 식사를 담당하고 있던 하인을 불렀다. 하인은 손님이 없어서 값비싼 요리가 필요 없으리라고 생각했다고 말했다. 그러자 주인이 말했다.

"뭐라고? 오늘 루쿨루스의 손님은 루쿨루스라는 사실을 모르는 게냐?"

이 이야기가 자연스럽게 온 동네로 퍼지는 사이 키케로와 폼페이우스가 포룸에서 노닐던 루쿨루스에게 다가왔다. 키케로는 루쿨루스의 가장 절친한 친구 가운데 한 사람이었고, 군대 지휘권의 문제로 루쿨루스와 폼페이우스 사이에 약간의 냉기가 흐르기는 했어도 둘은 종종 다정한 만남과 대화를 가지곤 했다. 루쿨루스에게 인사를 건넨 키케로는 건의가 하나 있는데 받아줄 기분인지 물었다.

"기분이 아주 훌륭하니 말해보세요."

키케로는 이렇게 말했다.

"오늘 자네와 식사를 하고 싶은데, 자네가 혼자 있을 때 먹는 그대로 대접해 주게."

루쿨루스는 이의를 제기하며 다른 날을 잡자고 했으나 두 사람은 동의하지 않았고 하인들과 의논하도록 내버려두지도 않았다. 홀로 식사를 할 때보다 더 많은 음식을 주문하는 것을 막기 위함이었다. 단, 두 사람이 있는 곳에서 하인에게 식사 장소를 일러주는 것만은 허락했다. 루쿨루스는 그날 아폴로에서 식사를 하겠다고 말했다. 아폴로는 루쿨루스가 소유한 여러 값비싼 집 가운데 하나였다. 이리하여 두 사람은 꼼짝없이 속아 넘어갔다.

왜냐하면 루쿨루스는 식사하는 위치에 따라 정해둔 식사비용이 따로 있었으며 식기와 장비 또한 위치에 따라 정해져 있었다. 따라서 루쿨루스의 하인들은 그가 어디서 식사하고자 한다는 것을 듣기만 해도 식사에 얼마나 많은 비용을 들여야 할 것이며 어떻게 장식하고 준비해야 할지 알 수 있었다. 아폴로에 마련되는 식사의 비용은 평균 5만 드라크메였고, 키케로와 폼페이우스를 위한 식사 역시 이 액수를 들여 마련되었다. 폼페이우스는 그토록 호화로운 만찬이 그토록 신속하게 준비될 수 있는 것에 놀랐다. 이처럼 루쿨루스는 재산을 이방의 전쟁 포로인 듯 물 쓰듯 낭비했다.

XLII.

그러나 그가 도서관을 설립한 일에 관해서는 따뜻한 칭송을 보내야 마땅하다. 그는 좋은 책을 상당량 수집하였다. 그러나 좋은 책을 구했다는 사실보다 책을 이용한 방식이 더 칭찬할 만했다. 루쿨루스의 도서관은 모두에게 열려 있었고 도서관 주변의 회랑과 연구실은 헬라스 사람들도 아무런 제재 없이 이용할 수 있었다. 헬라스 사람들은 마치 무사이 여신들의 숙소에 가듯 루쿨루스의 도서관으로 향했고 기꺼이 다른 용무를 제치고 그곳에서 어울려 하루를 보내곤 했다. 루쿨루스도 그곳에서 여가를 보냈다. 학자들과 함께 회랑을 거닐거나 정치가들이 필요로 하는 것이 있으면 도움을 주곤 했다. 대체로 그의 집은 로마로 온 헬라스 사람들의 안식처이자 모임 공간이었다. 그는 모든 철학 이론을 귀중하게 여겼고 모든 학파에 대해 우호적이고 호의적이었다.*

위에서 언급하였듯 루쿨루스와 키케로 사이에는 열렬한 우정이 있었으며, 두 사람은 같은 정당에 속해 있었다. 루쿨루스가 나랏일을 완전히 포기한 것은 아니었다. 그가 최고의 자리와 최고의 권력을 노린 치열한 싸움을 크랏수스와 카토에게 양보하는 데 한순간도 지체하지 않은 것은 사실이다. 이 싸움에 위험과 불명예 또한 걸려 있다는 것을 알았기 때문이다.

폼페이우스의 세력을 의심의 눈초리로 바라보던 사람들은 루쿨루스가 지도권을 사양하자 크랏수스와 카토를 원로원의 옹호자로 내세웠다. 그래도 루쿨루스는 동료들을 지지하기 위해 포룸으로 나갔으며 폼페이우스의 야심찬 계획에 반대해야 할 필요가 있을 때에는 원로원으로 나가기도 했다. 폼페이우스가 왕들을 굴복시킨 뒤 병력의 배치에 관한 여러 결정을 내렸을 때 루쿨루스는 그 결정을 무효로 만들었고, 부하 병사들에게 땅을 넉넉히 나누어 주겠다고 제안했을 때도 카토와 힘을 합쳐 통과를 막았다. 따라서 폼페이우스가 피난처로 삼은 것은 크랏수스, 카이사르와의 동맹, 아니 음모였고 그는 도시를 무장한 병사들로 가득 채운 뒤 포룸으로부터 카토와 루쿨루스의 지지자들을 몰아내고 자신의 법안을 통과시켰다.

그러나 귀족들이 이와 같은 조처에 분개하고 있었으므로 폼페이우스의 지지자들은 벳티우스라는 자를 내세워 그가 폼페이우스를 암살하려다가 잡혔다고 주장했다. 원로원에서 취조를 당한 벳티우스는 여러 인물들을 언급했지만 정작 민중 앞에서는 루쿨루스가 폼페이우스의 암살을 사주하였다고 말했다. 그러나 아무도 벳티우스의 말을 믿지 않았다. 폼페이우스의 지지자들이 그를 내세워 악의가 담긴 거짓 비난을 하게 만들었다는 것이 명백했기 때문이다. 게다가 며칠 후 그가 죽은 몸으로 감옥에서 나오자 음모가 있었다는 사실은 더욱 분명해졌다. 그가 자연사했다는 주장과 달리 목을 졸리고 구타를 당한 흔적이 보였으며 벳티우스에게 일을 맡긴 당사자가 그를 죽였을 것이라는 의견이 대세를 이루었다.

XLIII.

루쿨루스가 이 일로 나랏일을 더욱 기피하였음은 말할 것도 없다. 키케로가 도시에서 추방되고 카토가 퀴프로스로 발령을 받자 그는 아주 은퇴해 버렸다. 전해지는 바에 따르면 그가 죽기 전부터 정신이 온전치 않았으며 서서히 이성을 잃어갔다고 한다.

그러나 코르넬리우스 네포스의 말에 따르면 루쿨루스가 정신을 놓은 것은 연로해서라거나 병을 얻었기 때문이 아니라 해방노예 칼리스테네스가 그에게 약물을 투여했기 때문이라고 한다. 칼리스테네스는 그의 애정을 보다 많이 얻기 위해 그러한 약효가 있다고 여겨지는 약물을 주었으나 이 약물은 오히려 루쿨루스의 정신을 혼미하게 하고 이성을 압도했다. 재산을 관리하기조차 힘들어 동생에게 맡겨야 할 정도였다.

그럼에도 루쿨루스가 죽었을 당시• 그의 군사적, 정치적 인생이 절정에 달해 있었다고 해도 믿을 만큼 사람들은 그의 죽음을 슬퍼했고 무리를 지어 그를 따랐다. 심지어 그의 시신을 들고 가던 젊은 귀족들을 설득해 그를 술라가 묻혀 있는 캄푸스 마르티우스에 묻게 하려고 했다.

그러나 아무도 이를 예상하지 못했고 준비가 쉽지 않았기 때문에 루쿨루스의 동생은 애원과 간청 끝에 시민들을 설득해 형을 준비된 대로 투스쿨룸의 사택에 묻는 데 성공했다. 루쿨루스의 동생도 형이 죽은 뒤 오래 살지 못했다. 나이와 명성이 형보다 조금 모자랐던, 그러나 형을 누구보다 사랑했던 동생은 죽음을 맞을 때도 형보다 조금 늦었다.

• 기원전 57년경.

I.

우리는 루쿨루스의 말년이 특별히 행복했으리라고 생각할 수 있다. 내전이 체제 전복으로 이어질 운명에 있을 무렵이었기는 해도 아무튼 루쿨루스는 체제가 바뀌기 이전에 죽음을 맞았기 때문이다. 그가 목숨을 내려놓았을 때 로마는 불안한 형국에 있었지만 그래도 로마는 자유 국가였다. 다른 무엇보다 이러한 면에서 루쿨루스는 키몬과 닮아 있었다. 키몬 역시 헬라스가 혼란에 빠지기 직전, 그 세력이 절정에 있을 때 죽었기 때문이다. 그러나 키몬은 전장에서 군대를 진두지휘하다가 죽음을 맞았다. 삶에 지치거나 정신이 혼미한 상태에서 죽은 것이 아니다. 키몬은 무기를 들고 원정에 나가고 승전비를 세운 것에 대한 마지막 보상으로 만찬과 환락을 만끽하지도 않았다.*

더 놀라운 것은 키몬이 젊었을 때 평판이 좋지 않고 절제할 줄 몰랐던 반면, 루쿨루스는 품행이 바르고 정신이 또렷했다는 것이다. 더 나은 방향으로 변화한 사람이 더 나은 사람임은 말할 것도 없다. 악함이 시들고 선함이 무르익는 사람이 더 건강한 사람이기 때문이다.

더 나아가 두 사람 모두 매우 부유했으나 동일한 방법으로 부를 사용하지 않았다. 키몬이 고국으로 가지고 들어온 돈으로 완공한 아크로폴리스의 남쪽 벽은 루쿨루스가 적으로부터 얻은 전리품으로 만든 네아폴리스의 궁전 같은 집, 바닷물 철썩이는 전망대와 비교할 수조차 없다.

키몬의 식탁도 루쿨루스의 것과 비교할 수 없다. 한쪽은 민중을 생각하는 너그러운 식탁이었고 다른 한쪽은 호화로운 동방의 식탁처럼 사치스러웠다. 한쪽은 적은 비용으로 여러 사람에게 일용할 식량을 제공했고 다른 한쪽은 호화롭게 사는 소수의 사람들을 위해 큰 비용을 들여 마련되었다. 두 상황의 차이가 시기의 차이 때문이었다고 말할 수도 있을 것이다. 키몬이 만약 무사히 원정을 마치고 노년에 전쟁이나 정치에 개입하지 않았다면 그 역시 좀 더 화려하고 쾌락적인 삶을 살았을지 모른다. 그도 포도주를 좋아하고 자랑하는 것을 즐겼으며 여자와의 관계에서도 이미 말했듯 추문을 뿌리고 다녔다. 그러나 나라를 위하는 마음이 있고 야심이 있는 사람들은 힘겨운 위업을 달성한 뒤 그것이 주는 고귀한 쾌락을 맛보느라 저급한 욕구를 채울 시간을 갖지 못하고 욕구 자체를 잊어버린다.

아무튼 루쿨루스 역시 만약 끝까지 군대를 지휘하다 생을 마감했다면 아무리 트집 잡기 좋아하는 비판적인 사람이라도 그를 비난할 수 없었을 것이다. 두 사람의 생활방식에 대해서는 여기까지만 하겠다.

II.

전장에서, 육지와 바다를 가리지 않고 두 사람 모두 훌륭한 전사였다는 것은 명백하다. 그러나 하루에 씨름과 격투기를 모두 석권한 선수들을 관습에 따라 '최우수 선수'라고 부르듯 하루 만에 헬라스에 육지와 바다에서의 승리를 모두 안겨준 키몬이 다른 장군보다 뛰어나다는 것은 정당한 주장일 듯하다.

더 나아가 루쿨루스는 나라로부터 최고 권위를 수여받았지만 키몬은 나라에 최고 권위를 가져다주었다. 루쿨루스는 이미 동맹국의 우두머리에 있던 고국을 위해 다른 국가들을 정복했지만, 키몬은 다른 국가에 복종하고 있던 고국에 동맹국들을 다스릴 지배권을 주고 이방의 적들과 싸워 얻은 승리를 주었다. 페르시아 군을 패배시키고 바다에서 몰아냈으며 라케다이몬을 설득해 자진해서 지휘권을 넘기도록 한 것이다. 지도자의 가장 중요한 임무가 선의를 통해 빠른 복종을 유도하는 것이거늘 루쿨루스는 자기 부하들로부터 미움을 받았고 키몬은 동맹국들의 존경을 받았다. 한 사람은 병사들에게 버림을 받았고 한 사람은 더 많은 동맹국을 얻었다. 한 사람은 전쟁을 시작할 때 지휘했던 이들로부터 버림을 받고 고향으로 돌아왔고, 한 사람은 남의 지휘 아래 동맹군과 함께 원정을 떠났으나 고향으로 돌아오기 전에 그 동맹군을 지휘하게 되었고 이는 고국을 위해, 가장 힘겨운 세 가지 목적을 동시에 성공적으로 달성함으로써 가능했다. 그것은 바로 적과의 화평, 동맹군의 지휘권 획득, 그리고 라케다이몬과의 화해였다.

또 두 사람 모두 거대한 제국들을 전복시키고 아시아 전부를 정복하고자 시도했으나 미처 이루지 못했다. 키몬이 목적을 이루지 못한 것은 순전히 운이 나빴기 때문이다. 군의 우두머리로서 거듭 성공을 거두고 있었기에 목적을 이루지 못할 다른 이유는 없었다. 그러나 루쿨루스는 비난을 완전히 면할 수는 없다. 그가 그를 그토록 미워한 병사들의 고충과 불만을 알지 못했든 알고도 외면했든 그것은 상관없다. 키몬의 생애에도 비슷한 경우가 없는 것은 아니다. 그도 동료 시민들에 의해 재판에 회부되었고 결국 도편 추방되었다. 플라톤의 말에 따르면 그로써 십 년간 시민들은 그의 목소리를 듣지 않아도 되었다.

귀족적인 본성은 대중과 썩 어울리지 않고 대중을 기쁘게 하는 일이 매우 드문데 때때로 대중의 일탈 행위를 힘을 이용해 고치려다가 대중을 자극하고 괴롭히기도 한다. 의사의 붕대가 상처를 자극하고 괴롭히지만 이는 잘못된 신체 일부를 자연적인 위치로 돌려놓기 위해서인 것과 같다. 아무튼 이런 점에서 두 사람은 비슷하다고 할 수 있겠다.

III.

그러나 루쿨루스는 전쟁에서 더 훌륭한 공을 세웠다. 그는 군대를 이끌고 타우로스 산맥을 넘은 첫 번째 로마인이다. 또 티그리스 강을 지났으며 아시아의 여러 왕이 살던 도시들을 사로잡아 불태웠다. 티그라노케르타, 카비라, 시노페, 그리고 니시비스까지 모두 왕의 눈앞에서 그리 했다. 그는 북으로는 파시스, 동으로는 메디아, 그리고 아라비아의 왕들의 도움으로 남으로는 홍해까지 자기 것으로 만들었다. 루쿨루스는 다만 적대국 왕들의 신변을 확보하는 데 실패했을 뿐 그들의 병력은 전멸시켰다. 왕들이 야생 짐승처럼 사막으로 도망치거나 길이 없고 침투하기 불가능한 숲으로 피신했기 때문이다.

루쿨루스의 우월함은 다음에서 명백히 나타난다. 페르시아인들은 키몬의 손에 그다지 큰 피해를 보지 않았기에 즉시 전열을 가다듬어 다시 헬라스에 대항했으며 아이귑토스에 있던 헬라스의 적지 않은 병력을 패배시켰다. 반면 루쿨루스 이후 티그라네스와 미트리다테스는 힘을 쓰지 못했다. 미트리다테스는 앞선 싸움으로 인해 지치고 무력해진 나머지 폼페이우스에 맞서 감히 병사들을 진영 밖으로 데리고 나오지도 못했으며 보스포로스로 도망쳐 거기서 목숨을 끊었다.

한편 티그라네스는 외투도 걸치지 않고 무장도 하지 않은 채 폼페이우스의 발치에 서둘러 몸을 숙였고 머리에서 왕관을 벗어 땅에 내려놓았다. 폼페이우스에게 공을 세우게 해주지는 못할망정 루쿨루스가 이미 개선 행렬에서 뽐내었던 업적을 건넨 것이다. 그는 훗날 왕권의 상징을 돌려받았을 때 빼앗긴 것을 다시 얻은 것에 무척 기뻐했다. 아무튼 전쟁을 치르는 장군이든 경기를 치르는 선수든 상대편을 약화시킨 뒤 후임자에게 건네주는 이가 더 우월하다.

더구나 키몬이 원정을 나갔을 때 페르시아의 왕의 권력은 이미 한풀 꺾여 있었고, 테미스토클레스와 파우사니아스, 레오튀키데스의 손에 겪은 무수한 패배와 연이은 후퇴 덕분에 페르시아 군의 자부심은 바닥이었다. 따라서 패배를 경험한 뒤 사기가 납작 엎드려 누운 자들의 몸을 정복하기란 힘들지 않았다. 그러나 루쿨루스와 맞섰을 당시 티그라네스는 여러 전투를 패배 없이 치러낸 뒤였고 승리에 도취되어 있었다. 병력의 규모를 비교해 보아도 키몬에 의해 정복당한 이들은 루쿨루스에 대항해 연합한 이들과 비교할 수가 없다.

따라서 모든 것을 고려해 본다면 결정을 내리기가 쉽지 않다. 하늘은 두 사람 모두에게 관대했던 것으로 보인다. 한 사람에게는 해야 할 일을 가르쳐 주고 한 사람에게는 피해야 할 일을 가르쳐 주었기 때문이다. 그러니 두 사람 모두 고귀하고 신적인 본성을 가졌다는 것에 신들이 찬성표를 던졌다고 말할 수 있겠다.